afgeschreven

Twee dagen in Biarritz

Michelle Jackson bij Boekerij:
Een kus in Havana

www.boekerij.nl

Michelle Jackson

Twee dagen in Biarritz

ISBN 978-90-225-5939-0
NUR 302

Oorspronkelijke titel: *Two Days in Biarritz*
Oorspronkelijke uitgever: Poolbeg Press Ltd.
Vertaling: TOTA/Erica van Rijsewijk
Omslagontwerp: Guter Punkt, München
Foto's voorzijde omslag: Vrouw: © mauritius images / Urbanship; achtergrond: © Bensliman Hassan / shutterstock
Zetwerk: CeevanWee, Amsterdam

Dit boek is ook verkrijgbaar als e-boek (ISBN 978-94-602-3217-6).

Voor jou, lezer, en je eerste liefde

1

'Soms is het beter om niets te zeggen.'

'Hoe bedoel je?' vroeg Kate nieuwsgierig. Misschien kende ze haar vriendin toch niet zo goed als ze dacht.

'Nou ja, sommige dingen die gebeurd zijn kun je het best laten rusten.' Annabel was loslippig geworden door de alcohol, maar toch wenkte ze de serveerster om nog twee glazen kruidenbitter te brengen. Ze leunde achterover op haar stoel. 'Oké, misschien ben ik vannacht toch teruggegaan naar Nico's kamer om met hem te vrijen terwijl jij bij Brett was!'

'Mooi is dat!' zei Kate spottend. 'Volgens mij weet ik nu wel zo'n beetje hoe je in elkaar zit, mevrouwtje Getrouwd! En trouwens, in het onwaarschijnlijke geval dat je het zou hebben gedaan, had je het me vast wel verteld. We zijn de hele dag samen geweest en zelfs toen we hem vanmiddag in Bayonne tegenkwamen heb je er met geen woord meer over gerept! Dus ik weet dat je het niet hebt gedaan.'

'Toch was ik bij hem, en ik verga van het schuldgevoel, dus laat het verder maar zitten.'

Kate staarde Annabel aan. Ze zag er inderdaad schuldbewust uit. Het kon niet waar zijn! Of toch wel? 'Je maakt zeker een grapje?'

'Nee.'

De serveerster zette nog twee glazen kruidenbitter voor hen op tafel.

'Bedankt,' zei Annabel, en ze sloeg het grootste deel van haar glas in één teug achterover.

'Niet te geloven!' zei Kate.

'Wat geloof je er niet aan?' vroeg Annabel met een frons.

'Dat je met Nico naar bed bent geweest, natuurlijk.'

'Hoezo?'

'Hoezo?' bauwde Kate haar geërgerd na. 'Omdat jij dat soort dingen gewoon niet doet!'

'Hoe heet dit spul ook alweer?' zei Annabel, terwijl ze het glas robijnkleurige kruidenbitter in slow motion naar haar lippen bracht.

'Floc.'

'Nou, Kate, ik geloof dat ik gefloct ben.' Annabel dronk haar glas leeg en likte langs haar lippen. Ze haalde een hand door haar warrige, lange blonde krullen en wenkte nogmaals de serveerster.

Kate nam een slokje van haar eigen floc. 'Kom op, nu de waarheid! Ben je echt met Nico naar bed geweest?'

'Waarom kun je dat zo moeilijk geloven?' Annabel begon enigszins met dubbele tong te praten.

'Omdat je getrouwd bent, omdat jij niet iemand bent om spelletjes te spelen, omdat jij de verstandigste van ons tweeën bent –'

'Ho 'ns effe!' Annabel stak haar hand op. 'Ben ik de verstandige?' Toen ze zich realiseerde dat ze moeilijk te verstaan was stopte ze even, waarna ze haar best deed om goed te articuleren. 'Ach ja, natuurlijk. Jij bent de artistiekeling, de exotische – en ik ben de duffo, de saaie piet –'

'Dat zeg ik helemaal niet!'

'Dat zeg je wél! Ik ben altijd de grijze muis geweest en jij de... de...' – ze nam Kate, met haar lange ledematen, haar ravenzwarte haar en gebruinde huid, scherp op – '... de panter! Of dat denk je temminste!'

De serveerster zette nog twee flocs op tafel.

'Nou, Annabel,' zei Kate, 'feit is wel dat je je in al die jaren dat ik je nu ken, zelfs nog voordat je met Colin trouwde, nog nooit tot een avontuurtje hebt laten verleiden...'

'Dat denk jij!' Annabel priemde dronken met een vinger richting Kates gezicht.

Kate schoof achteruit en dronk eerst haar oude glas leeg voordat ze het nieuwe oppakte. 'Wat wil je daarmee zeggen?' vroeg ze, terwijl dit vage gedoe haar zo langzamerhand begon te irriteren.

'Ik zeg alleen maar dat ik best wel weet wat passie is, grote passie. Beter dan wie ook!'

'O ja? Slikt Colin tegenwoordig soms Viagra of zo?' Kates tong werd steeds scherper als ze dronk.

Dat kwam iets te dichtbij en Annabel was beledigd. 'Ik heb zo m'n passies gehad!' zei ze blozend. 'Toen kende ik Colin nog niet eens!'

'Dat zal wel ja. Zeker zo fantastisch dat je geen moment hebt overwogen mij erover te vertellen!'

'Inderdaad!'

'Oké, oké.' Kate deed alsof ze geeuwde. 'Wanneer en waar – en wat? Je eerste zoen, op je twaalfde, in het fietsenhok? Dat verhaal ken ik al.'

Er knapte iets bij Annabel. Ze had schoon genoeg van Kates vooringenomen ideeën over haar liefdesleven, en de ervaring met Nico van de afgelopen nacht had haar nieuw zelfvertrouwen gegeven. 'Ho effe. Op de boot, met Damien!'

'De ouwe stiekemerd!' zei Kate hoofdschuddend. 'Over ene Damien heb ik je nooit gehoord – wie was dat, en wanneer speelde dat zich af?'

'Op de boot! Jij was erbij! Damien is het altijd helemaal voor me geweest! Ik heb altijd van hem gehouden. Dat maakte het ook zo makkelijk om met Colin te trouwen!'

'Ik kan me van vroeger geen Damien herinneren,' verklaarde Kate, die inmiddels aardig in de war raakte en niet kon geloven dat Annabel al die jaren een geheim voor haar had gehad.

'Damien – ken je Damien niet? Je kent hem heel goed, Kate. Je hebt lang genoeg met hem in één huis gewoond!'

Kate staarde Annabel een tijdlang als versteend aan. Toen viel haar mond open. Het voelde alsof iemand haar een harde stomp

midden op haar borst had gegeven. 'Mijn vader! Hebben jullie...
Nee, dat kan niet waar wezen... Was je verliefd op mijn vader?'
Kate kon de woorden die ze uitsprak zelf niet geloven.

'Jazeker wel, en hij hield ook van mij. Op de veerboot, al die jaren terug.'

Kate had het gevoel alsof ze elk moment kon flauwvallen. Zat Annabel maar wat uit haar nek te kletsen, met al die glazen wijn en floc achter de kiezen, of sprak ze de waarheid?

'Wat is er dan op de veerboot gebeurd?'

'Ik heb met je vader geslapen, Kate!'

'Zeg me dat het niet waar is, Annabel! Dat kan niet!' Kate schudde verwoed haar hoofd, alsof ze op die manier het beeld van zich af kon zetten.

'Zeker wel, en ik zal het nooit vergeten.' Het luchtte Annabel op om Kate eindelijk de waarheid te vertellen. 'Ik wil nog iets drinken – waar is die serveerster gebleven...?'

Kate bleef uitdrukkingsloos zitten, niet in staat te reageren. Als het waar was wat Annabel zei, had ze haar voor het grootste deel van de tijd dat ze vriendinnen waren bedrogen.

'Ik voel me veel beter nu ik het je eindelijk heb verteld, Kate. Het viel niet mee om het zo lang voor me te houden.' Annabel hikte even. 'Blij dat ik het je nu heb verteld.'

Kate kreeg geen druppel meer naar binnen. Ze drukte haar servet tegen haar lippen en schoof langzaam haar stoel naar achteren.

'Ik kom zo terug,' zei ze, terwijl het haar moeite kostte om te blijven ademhalen.

Snel liep ze naar de toiletten. Haar maag kwam in opstand en haar hart ging tekeer. Het kon onmogelijk waar zijn: Annabel en haar vader! Het lukte haar niet de raclette binnen te houden; ze voelde het avondeten omhoogkomen in haar keel en spoog haar maaginhoud in de wc-pot. Het zweet droop van haar gezicht en ze voelde zich alsof iemand haar keel dichtkneep.

Terwijl ze voor de wastafel stond en het maar niet voor elkaar kreeg om haar handen te wassen omdat die veel te erg trilden, staarde ze naar haar spiegelbeeld en sprongen de tranen haar in de ogen. Hoe kon Annabel zoiets doen? Ook tegenover haar moeder, die altijd zo goed voor haar was geweest! En hoe kon ze het al die jaren geheim hebben gehouden, ondanks alle herinneringen die ze samen deelden? Ze waren dus nooit echte vriendinnen geweest. Annabel had haar bedrogen. Ze zou haar nooit meer kunnen vertrouwen.

Met knikkende knieën kwam ze terug bij hun tafeltje; ze moest steun zoeken voordat ze weer kon zitten.

Annabel schonk haar een scheve glimlach, zich niet bewust van de uitwerking die haar bekentenis op Kate had. Ze zag er een stuk dronkener uit dan toen Kate een paar minuten geleden bij haar was weggelopen.

Kate boog zich over tafel, pakte Annabels hand stijf beet en keek haar recht in haar wazige ogen.

Geschrokken knipperde Annabel.

'Annabel,' zei Kate langzaam en weloverwogen, 'ik schrik hier echt van. Ik moet weten of het waar is wat je me hebt verteld.'

'Het is waar.'

Trillend haalde Kate adem. 'Heb je echt seks met mijn vader gehad op dat veerboottochtje, in de storm, al die jaren geleden?'

'Jazeker.'

'En ben je sindsdien altijd verliefd op hem gebleven?'

'Ja, dat ben ik. Daarom ben ik ook met Colin getrouwd.'

Kate liet haar hand los. 'Maar je hebt daar nooit iets over tegen me gezegd.'

Annabels ogen werden groot. 'Hoe had ik je zoiets moeten vertellen?'

Het was waar, dacht Kate. Dit verschrikkelijke nieuws was echt waar.

'Ik moet nu naar de wc. Je bleef uren weg,' zei Annabel met een grijns. Bij het opstaan zwaaide ze even heen en weer, waarna ze wegwankelde in de richting van de toiletten.

Kate voelde zich verdoofd. Ze moest hier weg. Ze tastte diep in haar tas, haalde er zestig euro uit en gooide de bankbiljetten op tafel; ze wilde weg zijn voordat Annabel van de wc terugkwam.

Met Annabel Hamilton wilde ze nooit meer iets te maken hebben, nooit meer.

Nico wilde graag op tijd komen voor zijn afspraak met de Ierse vrouwen.

'Je zit te wippen als een gek, Nico – rustig nou maar, en drink je bier op,' zei Brett hoofdschuddend.

'Ik heb tegen Kate en Annabel gezegd dat we ze zouden zien bij Desperados,' zei Nico met tegenzin.

'Had mij er maar buiten gelaten. Eén avond met hen vond ik wel genoeg.' Brett nam een slok van zijn bier. 'Trouwens, we zijn vanavond met z'n drieën.' Hij knikte naar hun drinkmaatje, een van de andere surfers.

'Hé, ik wil er niet de schuld van krijgen dat Nico zijn pleziertje misloopt!' lachte de broodmagere Londenaar.

'Hij heeft vannacht zijn pleziertje al gehad met zijn meissie,' grijnsde Brett. 'Daarom snap ik het ook niet.'

Nico voelde zich ongemakkelijk. In de regel was één nacht genoeg – ze pikten zo vaak vrouwen op als ze door heel Europa van het ene strand naar het andere trokken –, maar Annabel was een geval apart.

Hij nam nog een slok en wierp een blik op zijn horloge. Kwart voor tien – ze waren niet het soort vrouwen dat zou blijven wachten.

'Nog een biertje dan maar?' vroeg de Londenaar aan Nico.

'Ik sla over,' antwoordde die stuurs, waarbij hij expres geen oogcontact maakte met Brett. 'Ik ga even een luchtje scheppen.' Hij stond op.

'De waarheid graag: ga je naar Desperados?' vroeg Brett.

'Ik ga tegen ze zeggen dat we het niet redden. Het is hier om de hoek; ik ben zo terug.'

Brett schudde minachtend zijn hoofd en wendde zich weer naar zijn biertje.

Kate gooide haastig haar kleren in haar weekendtas. Annabel mocht haar niet zien pakken. Het zou niet lang duren voordat tot haar doordrong dat Kate uit het restaurant was vertrokken en was teruggegaan naar het hotel, en tegen die tijd moest Kate Biarritz een flink eind achter zich hebben gelaten.

De receptioniste schrok toen ze haar op dit uur bepakt en bezakt zag staan en haar om de rekening hoorde vragen.

'*Et un taxi, s'il vous plaît*,' verzocht Kate.

Kates plan was simpel: ze zou vannacht in een van de vele hotels in Bayonne slapen. Het Ibis had in deze tijd van het jaar vast een heleboel kamers vrij. De dronken Annabel was niet haar verantwoordelijkheid, en na hun gesprek wilde ze haar trouwens toch niet meer zien.

Terwijl het verraad van haar beste vriendin haar dwars bleef zitten, dwaalden Kates gedachten naar haar vader. Ze kreeg er een knoop van in haar maag. Hoe had hij dit kunnen doen? Hoe had hij dit haar moeder kunnen aandoen? Die avond van de storm. Geen wonder dat haar vader er niets over gezegd had dat zij die hele avond niet in haar hut was geweest: Annabel had opgekruld onder de dekens in de zijne gelegen! Dit vond ze zo weerzinwekkend dat het haar even duizelde en ze in de kleine foyer moest gaan zitten. Was ze maar weer in haar eigen huisje, onder het wakend oog van de Pyreneeën.

Toen Annabel terugkwam van de damestoiletten kwam de serveerster aanlopen met een schoteltje met daarop de rekening.

'Waar is Kate?'

'Uw vriendin, *madame*? Die is vertrokken.'

'Vertrokken?'

'*Oui, madame.*'

Waarom had ze dat gedaan? Annabel liet zich zwaar op haar stoel zakken en graaide rond onder de zitting, tot haar hand haar tas vond. Waar was ze naartoe? Dit was heel raar. Annabel had graag verder willen praten over Damien. Haar hoofd was een warreling van twinkelende lichtjes, verrukkelijke smaken en aroma's vanuit de keuken. Ze reikte in haar tas en legde wat geld op tafel.

'Uw vriendin heeft al betaald, *madame*,' zei de serveerster.

Op wankele benen kwam Annabel overeind en zocht tastend naar haar jas, die van de rugleuning van de stoel was gegleden. Dit was echt heel merkwaardig.

'Wilt u een kop koffie?' vroeg de serveerster toen ze zag hoe Annabel eraan toe was.

'Nee, dank u. Ik moet echt gaan,' zei Annabel, en langzaam begaf ze zich naar de deur. Er kwamen weer flarden van haar gesprek met Kate bij haar boven. Die had het al met al goed opgenomen. Ze was niet in woede uitgebarsten en had haar niet veroordeeld – maar waar zou ze naartoe zijn gegaan? Behoedzaam stapte ze de straat op, goed oppassend om niet te vallen, maar het leek wel of de grond omhoogkwam om haar te begroeten. Ze kon zich niet meer herinneren hoe ze terug moest komen naar het hotel, maar de gestaag brullende oceaan riep haar toe dat ze links af moest slaan.

'Annabel!' riep een stem, maar het drong niet tot haar door.

Ze strompelde de weg over en het leek of er steentjes in haar schoenen zaten. Een sterke arm greep haar van achteren beet en toen ze zich omdraaide zag ze dat twee donkerbruine ogen haar aanstaarden.

'Nico!' riep ze uit, en ze sloeg haar armen om zijn nek. Heel even begaven haar benen het, maar hij hield haar met zijn armen om haar middel geslagen overeind.

'Wat een geluk dat ik je zie, Annabel,' fluisterde hij. 'Je zou niet alleen moeten zijn met zo veel drank op.'

'Heb je Kate gezien?' Annabel was gedesoriënteerd en haar geheugen was één grote chaos.

'Ik was op weg naar Desperados,' zei Nico, verbaasd om haar in deze toestand aan te treffen. Waar was haar vriendin? 'Ik breng je wel terug naar het hotel.'

De receptioniste had die avond al het een en ander zien langskomen, maar ze schrok toen ze zag dat Annabel, kort nadat haar vriendin met een taxi in de nacht was verdwenen, naar de balie werd geholpen.

'Wat is je kamernummer, Annabel?' vroeg Nico.

'Weet ik niet meer,' zei Annabel, terwijl haar hoofd zwaar naar voren viel.

'*Vingt-sept*,' antwoordde de receptioniste, en ze overhandigde Nico de sleutel, in de veronderstelling dat Annabel niet in staat was om op eigen kracht de tweede verdieping te bereiken.

Bij elke stap werd Annabel zwaarder. Nico droeg haar als een brandweerman de slaapkamer binnen en gooide haar neer op het bed, waar ze in elkaar gezakt bleef liggen. Ze kreunde en rolde zich om naar de andere kant van het tweepersoonsbed.

Nico legde de sleutel op de commode en liet de dronken Annabel sluimerend achter. De vorige avond was vurig en sexy geweest, maar misschien had hij zich toch in haar vergist.

Een paar uur later scheen de zon stralend door het raam naar binnen en brandde op Annabels gesloten oogleden. Ze woelde door het bed, zonder te beseffen waar ze precies was. Met enige moeite hief ze haar hoofd op. De kamer was verlaten. Ze draaide zich een paar keer om, op zoek naar haar horloge. Twee minuten over acht.

Waar was Kate? Wat was er de vorige avond gebeurd? Hoe was ze in het hotel teruggekomen? Het was allemaal ontzettend mistig in haar hoofd; ze had er alleen vage herinneringen aan.

Maar ze wist nog wel dat ze het verteld had van Damien. Waarom in godsnaam?

Ze ging naar de badkamer om te kijken of Kate daar was, maar al haar toiletspullen waren weg. Ze keek of ze Kates tas zag, maar ook die was verdwenen. Ze kreeg een zinkend gevoel in haar maag. Wat een nachtmerrie was dit. Ze zocht haar tas en was blij dat haar mobieltje nog in het zijvakje zat. Toen ze Kates nummer belde, ging haar toestel een paar keer over, waarna het plotseling stopte. Dit was menens. Ze moest er echt achter zien te komen waar Kate was gebleven. En ze had nog maar een paar uur de tijd voordat ze zou terugvliegen naar Dublin.

Kon ze de klok maar terugdraaien. Gewoon achtenveertig uur terug, en dan zou alles weer zijn zoals het was – zoals het zou moeten zijn.

2

Twee dagen eerder
Donderdag 9 maart, 10.50 uur

Annabel staarde door het raampje van het vliegtuig naar de wolkenflarden tegen een volmaakt blauwe lucht, terwijl haar gedachten teruggingen naar de eerste keer dat ze Kate had ontmoet. Het voelde bepaald niet alsof dat zevenentwintig jaar geleden was. Ze waren twee sprieterige meisjes, nog maar amper tieners, en waren door het lot en de omstandigheden in één klaslokaal samengebracht. Ze had die dag voor hetzelfde geld ergens anders kunnen zitten.

De tijd had bij hen beiden zijn sporen nagelaten. Ze probeerde zich voor te stellen hoe zij zich zou voelen als ze in Kates schoenen stond. Ze kon Stefan wel vermoorden omdat hij haar beste vriendin in de steek had gelaten. Wat een ontzettend beroerde timing zo vlak voor haar veertigste verjaardag. Voor mannen was het altijd makkelijker; hij had een nieuwe vriendin aan de haak geslagen die tien jaar jonger was dan hij, en die zwanger was van zijn baby. Ondanks haar positieve en energieke karakter moest Kate er wel kapot van zijn.

'Dames en heren, straks landen we op het vliegveld van Biarritz. Controleer alstublieft of uw veiligheidsriem vastzit en uw tafeltje is opgeklapt.'

Annabel keek omlaag en klikte haar riem dicht, terwijl het vliegtuig een gestage daling inzette.

Het wandelingetje door de aankomsthal was een verademing na

alle drukte op het vliegveld van Dublin. Haar tas lag in no time op de bagageband en ze kon meteen doorlopen naar de taxistandplaats, waar al een rij taxi's stond te wachten. De kilte van de winter hing nog in de lucht; het voelde niet warmer aan dan in Dublin bij haar vertrek. Ze nam de Megane die vooraan in de rij stond en installeerde zich op de achterbank, terwijl de chauffeur beleefd haar bagage in de kofferbak zette.

Ze had wel verwacht een paar huizen en cafés langs de weg te zien, want Kate had haar verteld dat ze naar het platteland zouden gaan, maar ze had niet gedacht dat die zo mooi zouden zijn. Tegen de tijd dat ze de buitenwijken van Biarritz bereikten had ze het gevoel of ze door een kleurig schilderij was gereden.

Toen de taxi voor het hotel stilhield, kon Annabel de golven van de Atlantische Oceaan brullend tegen de kust horen slaan. De volmaakt gepolijste granieten tegels van de boulevard schitterden door het licht dat er na een recente bui op weerkaatste. Rechts van hen stonden kale, gebogen bomen, hun takken naar één kant gewaaid door de windvlagen vanaf zee. Annabel raakte bij deze aanblik bijna in vervoering.

'*Quinze euros, s'il vous plaît,*' zei de chauffeur, waarmee hij haar mijmerijen onderbrak.

Met een vragende blik stak Annabel de vingers van haar rechterhand drie keer omhoog.

'*Oui, madame,* vijftien.'

De chauffeur keek, schuin naar achteren gebogen, zijn passagier vanonder zijn bos krullen aan. Annabel stak haar hand diep in haar tas en overhandigde hem het afgepaste bedrag. Wat was het makkelijk geworden om in Frankrijk te reizen. Nooit meer geld wisselen. Geregelde vluchten. Heel anders dan vroeger, toen ze er als tiener elke zomer met Kate op uittrok.

'*Merci,*' zei ze, en ze stapte de auto uit.

De chauffeur haalde haar kleine reistas uit de kofferbak en zette hem voor het hotel neer.

Hotel Windsor: de naam riep beelden op uit lang vervlogen tijden, toen de Engelse betere kringen deze badplaats regelmatig bezochten. Het zag er precies zo uit als ze had verwacht, maar het gebrul van de golven was opwindender dan ze zich van tevoren had kunnen voorstellen. Dit slaperige Franse stadje was aan het eind van de winter een perfecte plek om weer bij elkaar te komen in wat voor Kate een roerige tijd moest zijn.

Resoluut liep ze de trap op naar de foyer, terwijl ze haar bagage moeiteloos achter zich aan trok.

De receptioniste droeg een donker pakje en haar ogen werden omlijst door een al even donkere bril. Haar zwarte haar was streng in een Franse knot gedraaid. Ze begroette Annabel met een beleefd glimlachje: 'Bonjour, madame.'

Voordat Annabel de kans kreeg om antwoord te geven, riep achter haar een stem opgewonden haar naam.

Ze draaide zich om, schudde haar lange blonde krullen uit haar gezicht, en zag haar vriendin opstaan uit haar stoel, haar armen gespreid om haar te omhelzen, terwijl haar bruine hertenogen die de harten van zo veel mannen hadden doen smelten, oplichtten. Haar haar was vast geverfd, want het was zelfs op haar dertiende niet zo zwart geweest. De rossig roze highlights waren even schrikken – Kate verzekerde Annabel later dat in de Franse modewereld rood het nieuwe blond was.

De twee vrouwen vlogen op elkaar af als oude geliefden en omklemden elkaar in een warme omhelzing. Kates roze truitje voelde zacht aan toen het langs de wang streek van haar iets kleinere vriendin.

'Niet te geloven dat je hier al zo snel bent!' zei Kate met een stralende glimlach. 'Ik wilde er net voor gaan zitten om een paar galeries te bellen.'

'Ik kan het ook amper geloven. Mijn vliegtuig landde een kwartier te vroeg.'

Allebei zetten ze een stap naar achteren en namen elkaar op. De lijnen in hun gezichten kenden ze maar al te goed van elkaar. Ze zagen er allebei goed uit.

'Je haar is leuk zo.'

'Ach, je weet hoe ik ben. Ik wil alles een keer proberen,' grijnsde

Kate. 'Jouw regenjas is te gek en ik háát je dat je in die skinny jeans past!'

Annabel glimlachte. Eindelijk dan toch was ze slanker en strakker dan Kate. 'Zullen we gaan lunchen?'

Ze lieten hun bagage achter onder de hoede van de receptioniste.

'Ik wil me eerst even opfrissen, jij niet?' zei Kate.

'Ja – de *toilettes* zijn deze kant op.'

De twee vrouwen liepen de kleine, informele lobby door, die was ingericht met knusse leren fauteuils en de obligate met mdf afgetimmerde bar. Annabels tas zwiepte aan haar schouder en haar crèmekleurige regenjas hing keurig over haar andere arm. Ze wierp een blik op de bonte geborduurde stoffen hippietas waar Kate onder het lopen nonchalant mee heen en weer zwaaide.

'Sinds wanneer gebruik jij een tas?' vroeg ze verbaasd. Zíj was altijd degene die allerlei make-up, haarborstels en andere attributen met zich meezeulde, en ze keek ervan op dat Kate nu zo'n groot geval bij zich had.

'Ik heb make-up nodig om mijn rimpels te camoufleren. De tijd heeft me eindelijk ingehaald, zoals we allemaal kunnen zien!'

'Dan kunnen we elkaar de hand schudden,' zei Annabel, terwijl ze de deur van de toiletten voor haar vriendin openhield.

Even later stonden beide vrouwen voor een felverlichte spiegel en begonnen hun make-up bij te werken.

'Heb jij misschien deodorant bij je?' vroeg Kate.

'Jawel,' zei Annabel, en ze dook diep in haar tas.

De vraag had iets heel vertrouwds. Ook al hadden ze elkaar bijna een jaar niet gezien, de intimiteit die ze deelden vonden ze allebei vanzelfsprekend. Die had alleen kunnen groeien dankzij een jarenlange vriendschap, die was begonnen in een tijd dat ze nog geen vooringenomen ideeën of verwachtingen hadden over wat een vriendin moest zijn. Annabel kwam voor Kate het dichtst in de buurt van een zus, en hoewel Annabel zelf twee zussen had, had ze de belangrijke momenten in haar leven alleen met Kate gedeeld.

'Zo, dat voelt een stuk beter,' zei Annabel, die haar handen af-veegde aan de handdoek van het hotel.

De twee vrouwen liepen het hotel uit om op zoek te gaan naar dat ene fantastische restaurant waarvan ze heel zeker wisten dat het op hen lag te wachten. Ze liepen onder een negentiende-eeuw-se promenade door, prachtig gedecoreerd met smeedijzeren orna-menten, terwijl de zon door de wolken brak.

'Hoe is het met Colin en de kinderen?'

'Ik zweer je, Kate, ik vraag me soms af hoe ze zich redden als ik er niet ben. En Colin weigert tegen me te praten omdat ik gister-avond naar een modeshow ben geweest – snap jij dat nou? Gister-middag ben ik twee uur bezig geweest om *shepherd's pie* en lasagne te maken, zodat ze de komende twee dagen niet hoefden om te ko-men van de honger, en meneer is gepikeerd omdat ik de avond voor mijn vertrek de deur uit ga!' Annabel slaakte een zucht.

'Hij weet dat hij het zonder jou moeilijk krijgt. Vonden de kin-deren het erg dat je wegging?'

'Sam heeft alleen maar oog voor zijn PlayStation, Taylor heeft het te druk met haar paard, en tegen Rebecca heb ik gezegd dat ik een schilderdoos voor haar zou meenemen die alleen in Frankrijk te krijgen is, dus met haar zegen ben ik vertrokken.'

'Die kids van je zijn ook niet materialistisch!' glimlachte Kate. 'En hoe was de modeshow?'

'Het was gisteravond hét evenement van Howth. June Stokes praatte de boel aan elkaar, er waren mensen van *Image* en van alle grote glossy's. Ik had het niet mogen missen. Trouwens, de op-brengst kwam ten goede aan de school, dus kon ik er niet onderuit, toch?'

Kate grijnsde en knikte.

Het was echt iets voor Annabel om zich midden in de week on-der de plaatselijke hotemetoten te begeven. Ze hoefde niemand iets te bewijzen, maar wilde altijd zichzelf iets bewijzen. Zo bang was ze om haar status van jonge, aantrekkelijke moeder kwijt te ra-ken.

Ze waren aan het einde van de promenade gekomen. Annabel

zag door het raam van een typisch Frans restaurant een groepje plaatselijke bewoners uit een handbeschilderde schaal couscous met kip op hun bord scheppen.

'Dat ziet er leuk uit,' zei ze, en Kate knikte instemmend.

De vrouwen aan de andere kant van de ruit schrokken ervan dat de twee Ieren hen aangaapten.

'Dat is couscous – heb jij dat wel eens gegeten?' vroeg Kate.

'Wat denk jij nou? Zelfs bij Patrick Guilbaud serveren ze couscous in de een of andere variatie. Om nog maar te zwijgen over de SuperValu bij mij om de hoek!'

'Patrick wie?'

'Je bent al een hele tijd weg uit Ierland, hè?' grijnsde Annabel.

'Veel te lang, zo te horen,' antwoordde Kate wrang.

Een serveerster heette de vrouwen welkom en bracht hen naar een tafeltje voor twee bij het raam. De rood-wit geruite tafelkleedjes gaven het restaurant een vrolijke sfeer en de muren waren in een helder kalkachtig blauw geverfd, afgezet met donkerblauwe mozaïektegels. Boven elk tafeltje hing een oranje lampenkap in de vorm van een tulp.

'Prima tent hier,' zei Kate. 'Rood of wit?'

'Wit of rosé.'

'*Une carafe de vin rosé, s'il vous plaît.*'

'Wat heb je toch een geweldige uitspraak!' complimenteerde Annabel haar vriendin. 'Denken de Fransen nu dat je hiervandaan komt?'

'Ben je gek. Ik val altijd als buitenlander door de mand. De galeriehouders in Parijs doen net alsof ze geen woord verstaan van wat ik zeg – tien jaar in dit land en ze kijken me soms nóg aan alsof ik Grieks praat!'

'En hoe gaat het met schilderen?'

'In november komt er een expositie en ik heb een paar galerieën die me in de tussentijd van inkomsten voorzien. Tot mijn trots kan ik zeggen dat ik van mijn werk kan leven, dus heb ik voor mijn veertigste ten minste één doelstelling gerealiseerd!'

'Ik vind dat je fantastisch bezig bent. Was ik maar zo creatief.'

'Maar dat ben je ook! Je doet toch van alles voor de ouderver-
eniging? Zie je nou, ik lees je e-mails heus wel!' Kates bruine ogen
twinkelden.

'Bedankt, maar om eerlijk te zijn zijn dat eerder excuses voor
huisvrouwen om halverwege de week uit te gaan en te veel wijn te
drinken.' Annabel slaakte een zucht toen ze aan haar kleine we-
reldje in Dublin dacht.

'Is het misschien een idee om weer naar de universiteit te gaan
studeren en alsnog af te studeren?' vroeg Kate vrolijk. 'Je hebt altijd
gezegd dat je dat nog eens wilde doen.' In stilte vroeg ze zich af hoe
het kon dat haar vriendin zich niet dood verveelde.

'Daar heb ik geen tijd voor. Mijn weken zijn zo volgepland. En
natuurlijk wordt elke middag in beslag genomen door mijn hoofd-
taak als chauffeur.'

Verbijsterd nam Kate Annabel op, terwijl de serveerster uit een
aardewerken kan wijn in hun glazen schonk.

'Wilt u iets te eten bestellen?' vroeg ze.

'We willen tweemaal de couscousschotel met kip, *s'il vous plaît*,'
zei Annabel.

'*Ah, couscous royale!*' riep de serveerster uit, en ze liep weg.

Annabel boog zich naar voren, plantte haar ellebogen op tafel
en legde Kate uit: 'Terwijl jij erop uittrekt om in de Hautes-Pyré-
nées je bergen te gaan schilderen, rijd ik van ballet naar tapdansen
en van voetbal naar pianoles. De meeste vrouwen in Howth zitten
de helft van de tijd in de auto of Jeep.'

Kate kon haar lachen niet inhouden. 'Jij liever dan ik!'

'Leuk, hoor!' zei Annabel, zogenaamd verontwaardigd met haar
ogen rollend. 'En, hoe is het met de jongens?'

'Bedoel je hoe het met ze gaat op kostschool of hoe ze zich eronder houden dat hun vader de benen heeft genomen en zijn personal assistent zwanger heeft gemaakt?'

Annabel voelde dat er een 'au-moment' aan zat te komen. Ze
had gehoopt dat het nog even zou duren voordat ze het over de
scheiding zouden gaan hebben, maar Kate was eerlijk en openhar-
tig, heel anders dan Annabels andere vriendinnen – met hen was

ze er te zeer aan gewend geraakt om heikele onderwerpen te omzeilen.

'O, Kate, ik heb me zo'n zorgen om je gemaakt!'

'Om mij? Annabel, met mij komt het helemaal goed, en om met mijn goede vriendin Ivana te spreken: "Kwaad worden heeft geen zin. Zorg liever dat je pakt wat je pakken kunt!"'

'Fijn dat je er zo tegenaan kunt kijken, Kate. Mijn hemel, toen we dit reisje vorig jaar planden, hadden we geen idee dat er zo snel van alles zou veranderen!'

'Zó snel gaat het in werkelijkheid allemaal niet. Om eerlijk te zijn had ik het al een poosje zien aankomen.'

'Hoe bedoel je?' Verrast door deze bekentenis hield Annabel haar hoofd schuin.

'Ik bedoel, Stefan vertoonde alle klassieke tekenen: hij moest steeds vaker overwerken en had geen belangstelling meer voor seks. Na het eten deed hij de afwas en hij liet overal merkwaardige bonnetjes slingeren die afkomstig waren van plekken waar hij onmogelijk kon zijn geweest.'

'Arme jij!' Annabels ogen werden vochtig. Bij het idee alleen dat zij haar riante positie aan de zijde van Colin zou moeten verliezen kreeg ze het Spaans benauwd.

'Ach, zo heel erg is het nou ook weer niet,' vervolgde Kate. 'Ik probeer er iets positiefs uit te halen en mijn schilderijen willen de laatste tijd goed lukken, al zeg ik het zelf. Hoe kan het toch dat creativiteit en crisis zo goed samengaan?'

'Gelukkig maar dat je je werk nog hebt,' zei Annabel met een knikje. 'Het zal wel stil zijn nu de jongens op kostschool zitten.'

'Het grappige is dat het nog nooit zo'n drukte is geweest in huis. Ik heb een heleboel leuke mensen en artistieke types om me heen wonen en we hebben een soort van rooster om bij elkaar thuis te gaan eten. Mijn beste vriend is Fabian, die mijn tuin doet en die van alle anderen ook – je weet wel, die relnicht. En heb ik je al verteld over Joy en Simon? Die runnen een holistisch centrum en houden het hele jaar door yogaretraites. Wat die niet voor figuren over de vloer krijgen! Verder heb ik nog wat kennissen uit het onderwijs, uit de tijd dat ik omging met de jonge Franse denkers van het plaatselijke *lycée*.'

'Mis je de reuring van Parijs niet?'

'Daar kom ik nog steeds een paar keer per maand, en dan zijn er mensen genoeg die me meetronen naar de Bastille en Montparnasse om me eraan te helpen herinneren hoe de beschaafde – of liever gezegd: niet zo beschaafde – wereld eruitziet, met name om drie of vier uur 's nachts!'

'Je maakt me jaloers. Jouw leven is zo...'

'... Frans?'

'Zo compleet en evenwichtig, wilde ik zeggen. Toen ik hier aankwam had ik echt niet verwacht dat je zo stevig in je schoenen zou staan. Ik weet niet precies hoe ik dan wel had verwacht dat het met je zou gaan, maar in elk geval niet zo.'

'Om eerlijk te zijn was de houdbaarheidsdatum van Stefan en mij al een poosje verstreken.'

'Als je het zo zegt lijkt het wel een contract.'

'Nou, het ís ook een soort contract,' zei Kate op zakelijke toon.

Annabel was geschokt. Ze pakte haar glas rosé op om de uitdrukking op haar gezicht te verbergen.

De serveerster kwam een enorme dampende schaal met couscous brengen. '*Bon appétit!*' wenste ze hun.

'Tast toe,' zei Kate tegen haar vriendin. 'Die couscous ziet er vanaf deze kant van het raam nog veel beter uit.'

Na de lunch kreeg Annabel het woord 'contract' nog steeds niet uit haar hoofd. De twee vrouwen wandelden over de adembenemende kliffen die zich uitstrekten langs de kust. Kon het echt waar zijn dat Kate na al die tijd zo tegen haar huwelijksgelofte aankeek? Ze vermoedde dat zij zich heel anders zou voelen als zij in haar schoenen stond. Voor haar was haar status als mevrouw Annabel Hamilton allesbepalend, en er was haar er veel aan gelegen dat dat tot haar laatste snik zo bleef. Ze had haar kinderen om voor te zorgen, en haar moeder, zolang die nog in leven was. Zij zouden niet weten waar ze het zoeken moesten als haar huwelijk spaak liep. Annabel had een heleboel mensen in haar omgeving met wie ze in alle aspecten van haar leven rekening moest houden en zij zou nooit zo luchthartig kunnen zijn als Kate. Maar zo was het altijd al geweest: Annabel keek toe vanaf de zijlijn, terwijl Kate voorwaarts ging en precies deed wat ze zelf wilde.

'Volgens mij bestaan er twee soorten mensen,' zei ze ineens. 'Degenen die weten wat ze willen en zorgen dat ze het krijgen, en degenen die niet weten wat ze willen en dan maar doen wat anderen van hen verwachten.'

'Hoe kom je daar zo ineens bij?' vroeg Kate. 'Ik sta hier net het spectaculaire uitzicht te bewonderen en mijn best te doen om me niet te laten natspatten door die hoge golven!'

Annabel zei even niets. Zij had de kartelige rotsen, die in diverse tinten gele oker en gebrande omber oprezen uit zee, amper opgemerkt.

Kate stond op het punt de voetgangersbrug die naar een uitzichtspunt leidde over te steken. Ze wenkte Annabel. 'Zullen we?'

'Zie je nou? Ik weet niet of ik daar wel heen wil en word nat van de golven, maar jij doet het gewoon.'

Kate fronste. Ze voelde dat haar vriendin iets dwarszat. 'Gaat het wel goed met je?'

'Eerlijk gezegd vind ik het maar niks dat je je huwelijk een contract noemde.' Annabels stem klonk een fractie hoger dan normaal.

Kate haalde haar schouders op. 'Hé, jij was anders degene die met dat woord kwam! Trouwens, het leven is vol verandering, en met Stefan had ik gewoon een bepaalde tijd te gaan, meer niet.'

'Hoe kun je er zo zakelijk tegen aankijken?'

'Annabel, ik ben eerder getrouwd geweest, weet je nog? Het mag dan maar een paar maanden hebben geduurd, maar toen Harry overleed moest ik dat een plek geven, en ik had twee baby's in mijn buik die erop wachtten om geboren te worden.'

Annabel voelde zich naïef en vond dat ze tekortschoot vergeleken met haar vriendin, die zo veel meer levenservaring had opgedaan.

Kate zuchtte. 'Heb je mij ooit meegemaakt zónder man... Nou ja, afgezien van nu dan?'

'Afgezien van nu? Eigenlijk niet, nee.'

'Ik bedoel maar! Daar buiten loopt een beter iemand rond die op me wacht. Ik hield van Stefan, ik ben een hele poos met hem samen geweest, maar uiteindelijk was hij niet mijn grote liefde, en dat weet jij ook.'

Annabel wist precies wat Kate bedoelde. Sterker nog: ze begreep exact wat voor gevoel dat was, maar anders dan haar vriendin kon zij dat aan niemand toegeven – en al nauwelijks aan zichzelf.

Toen kwam Kate ineens met een onthullende mededeling; ze had er altijd al een handje van gehad om met een surplus aan informatie te komen waar Annabels mond van openviel.

'Ik zag hem in Toulouse, weet je, een jaar of drie geleden,' zei ze kalm. 'Hij deed een opfriscursus op een Airbus. Nu is hij gezagvoerder bij Airjet.'

'Bedoel je Shane?' vroeg Annabel rustig, maar met grote ogen.

Kate vertrok geen spier; in plaats daarvan staarde ze naar de rollende golven.

'Ik hoorde dat hij naar het zuiden is verhuisd,' vervolgde Annabel. 'Zijn vrouw komt uit Dalkey. Ik heb hem in geen jaren gezien.'

'Hij heeft me alles over zijn vrouw verteld. Hij was nog maar kort getrouwd en zat nog steeds te friemelen met de smalle gouden ring om zijn ringvinger. Die zat niet lekker, zei hij. Weet je dat het tien jaar geleden was dat ik hem had gezien? Hij was geen spat veranderd. En ik stond nog steeds in vuur en vlam.'

'Daar kan ik me iets bij voorstellen. Hoe kwam je hem zo tegen?'

'Ik was gaan kijken in een kleine galerie waar Fabian me over had verteld. Het was op een zaterdag. Ik had net de auto neergezet en liep ernaartoe toen ik hem ineens zag... in een rood T-shirt en een spijkerbroek, zoals hij vroeger altijd droeg.'

Annabel vroeg zich af waarom ze dit verhaal nog niet eerder van Kate had gehoord.

'Hij liep recht op me af, alsof we een afspraak hadden. Het was heel bizar. Hij moest drie uur wachten tot de vluchtsimulator vrij was en was op zoek naar een cadeautje voor ene Natasha.'

'Hoho, wijfie. Bespeur ik daar een kattige ondertoon?'

'Ze zal vast wel een leuk mens zijn. Dat moet wel, want anders was Shane niet met haar getrouwd. Maar ik vond het vreselijk om zijn verhalen over haar te moeten aanhoren. Ik ben ook zo hypocriet! Ik had thuis een man en twee heerlijke jongens, en toch was ik strontjaloers op een vrouw die ik nog nooit had gezien.'

'En, vertel, wat heb je gedaan?' vroeg Annabel, en ze boog naar voren.

'We hebben heerlijk geluncht... en toen heb ik hem gepijpt!'

'Dat meen je niet!' Annabels mond viel open.

'Natuurlijk niet,' grijnsde Kate. 'Maar de gedachte kwam wel bij me op! Het waren drie gelukzalige uren, waarin we herinneringen ophaalden aan vroeger. We zaten in een knusse brasserie koffie te drinken en elkaar in de ogen te staren alsof we weer zestien waren. Ik heb hem zelfs nog teruggebracht naar het vliegveld voor zijn vluchttest. Hij zei dat hij minstens één keer per jaar naar Airbus komt voor zijn jaarlijkse opfriscursus.'

'Heeft hij daarna nog contact opgenomen?'

'De dag daarop sms'te hij me toen hij weer thuis was in Dublin. Ongeveer een week later heb ik hem opgebeld en hebben we zeker een uur zitten kletsen. Daarna gebeurde er een poosje niets en toen sms'te hij weer. Ik stuurde een sms'je terug, maar er kwam geen antwoord. Later dat jaar heb ik hem nog een berichtje gestuurd om hem een fijne kerst te wensen, maar daar heeft hij ook niet op gereageerd.'

'Waarschijnlijk werd het hem allemaal een beetje te veel,' opperde Annabel.

'Waarschijnlijk werd het voor ons allebei een beetje te veel. Ik kon me minstens een half jaar niet meer op mijn werk concentreren, of op wat dan ook.'

Ongelovig schudde Annabel langzaam haar hoofd. 'Waarom heb je me dit niet eerder verteld?'

'Ik geloof dat ik, nadat ik hem weer had gezien, niet goed wist wat ik ervan moest denken. Ik kon me alleen staande houden als ik probeerde hem te vergeten.'

'En, werkte dat?'

'Wat denk je zelf?' vroeg Kate, terwijl ze een zucht liet ontsnappen. 'Het is anders wel jammer dat we niet eerst nog wat hebben kunnen rollebollen!'

Annabel grijnsde. Dat woord had ze al een hele tijd niet meer gehoord. 'Ik zou denken dat je dat wel had gedaan – ik bedoel, jij hebt in het verleden bepaald niet altijd keurig je benen bij elkaar gehouden!'

Annabel was de enige op de hele wereld van wie Kate dit soort scherts kon verdragen.

'Annabel, je weet dat ik sinds de dag dat ik mijn huwelijksgelofte heb afgelegd trouw ben geweest aan Stefan. En moet je zien waar dat me heeft gebracht! Maar ja, ik had in de aanloop naar mijn bruiloft wel wat probleempjes.'

'Voor jou moest ik door een hel,' bracht Annabel haar in herinnering. 'Ik moest maandenlang hongerlijden om het perfecte bruidsmeisje te kunnen zijn, en toen kwam jij me vertellen over die galeriehouder en jullie wilde seks op een stapel schildersdoeken in zijn atelier!'

'Christophe lustte er wel pap van. De enige oudere man met wie ik me ooit heb ingelaten. Maar o, wat ben ik blij dat ik er bijtijds mee ben gekapt. Dit jaar zou hij zestig zijn geworden. Het idee alleen al!' Vol afkeer van haar eigen manier van doen trok Kate haar neus op, tot haar gezicht helemaal vertrok.

Annabel staarde naar de zee en reageerde niet.

'Gaat het?' vroeg Kate weer.

'Ja hoor.' Met een lichte frons draaide ze haar hoofd om en vroeg: 'Maar op het moment dat je Shane tegenkwam was je toch gelukkig met Stefan?'

'Ik ben altijd tevreden geweest met Stefan, en hij was kostwinner, zodat ik de vrijheid had om te schilderen. Hij onderhield mijn zonen alsof het zijn eigen kinderen waren. Maar als ik het allemaal over zou moeten doen, vraag ik me wel eens af...'

In gepeins verzonken liep Kate de stenen brug over, zodat Annabel alleen achterbleef bij de muur, waar ze naar de turquoise oceaan keek, bekroond met rollende witgekamde golven.

'Op het strand van Dollymount zag het er heel anders uit,' zei Annabel hardop, maar ze was zelf de enige die het hoorde.

Haar gedachten keerden terug naar juni 1983. Die zomer was alles anders. Voor haar geestesoog zag ze duidelijk Kate en Shane voor zich op het zilverkleurige zand, zij in een minuscule kersrode bikini, als *The Girl from Ipanema*, en hij in zijn T-shirt en Levi's 501...

Annabel vond het niet erg om aan de zijlijn te staan. Shanes vriend Josh mocht ze graag, en omdat de jongens elkaars beste vrienden waren hadden ze het leuk met z'n vieren. Josh was aangenaam gezelschap en zette Annabel niet onder druk, ook al was het overduidelijk dat hij een oogje op haar had. Annabel had zelf een oogje op een man die onbereikbaar voor haar was, dus bracht ze de doelloze zomerdagen maar al te graag door met de beschermende Josh aan haar zij.

Kate sprong op van het kleed. 'Kom op, wie het eerst in het water is!' zei ze tegen Shane.

'Ik heb geen zwembroek bij me,' lachte hij.

Maar Kate was al weggespurt en rende de opkomende vloed tegemoet.

In Dublin Bay was de stroming verraderlijk en meestal zwommen de vier vrienden uitsluitend met z'n allen. Het waaide nogal en de golven beukten hard op de kust. Het drietal dat achterbleef op het strand zat op het Schots geruite kleed te lachen om hun drieste vriendin. Kate dook in het water en werd algauw overspoeld door een aanrollende golf. Ze kwam weer boven en zwom de volgende golf in. Toen ze er voorbij was stak ze haar arm in de lucht en de anderen zwaaiden terug. Ze draaide zich om en de volgende golf sloeg over haar heen, waarna ze haar een poosje niet meer zagen.

Annabel zag een bezorgde blik in Shanes ogen verschijnen.

'Zou alles wel goed met haar zijn?' vroeg hij.

'Vast wel. Ze kan goed zwemmen,' verzekerde Annabel hem.

'Ze blijft wel érg lang onder water.'

'Kijk, daar zie ik haar arm. Alles is oké.'

Shane sprong op, trok vlug zijn grove witte laarzen uit en rende naar de zee, terwijl hij zijn sokken en de rest van zijn kleren nog aanhad. Zo snel hij kon waadde hij de zee in, tot hij tot aan zijn middel in het water stond, waarna hij voorover de golven in dook. Hij kwam weer boven en zwom met krachtige slagen de zee op; af en toe stopte hij even om te kijken of hij Kate zag. Voor hem uit kwam ze een paar tellen boven water, waarna ze weer verdween. Verwoed zwom Shane verder, wat met zijn kleren aan nog niet zo makkelijk was.

Als een zeemeermin dook Kate op uit het water; haar lichaam glinsterde in de zon en haar lange donkere haar plakte achter in haar nek, terwijl de waterdruppels van haar huid spatten.

'Ik wist wel dat ik je er op de een of andere manier in kon krijgen!' riep ze met een boosaardige glimlach.

Shane was zo opgelucht dat hij haar zogenaamd kwaad beetpakte en haar bikini probeerde uit te trekken, maar ze was in het water te snel voor hem en hij moest het hele eind terug naar de zandduinen, waar de anderen zaten te lachen, achter haar aan jagen.

'Je bent zeiknat! Nu moet je al je kleren uittrekken!' grijnsde Annabel.

Shane zat in zijn natte onderbroek terwijl ze Marsen aten en cola dronken – het vaste menu van die zomer.

Kate hield Shane met elke beweging die ze maakte volkomen in haar ban.

Annabel moest toegeven dat zij ook niet bestand was tegen Kates charmes. Terwijl Kate in zee was en voor consternatie zorgde, zodat iedereen nog verliefder op haar werd dan hij al was, bleef Annabel aan de zijlijn staan – en zo was het altijd gebleven.

Annabel en Kate slenterden over de bochtige weggetjes naar het stadsplein en de neogotische kerk. Ze kwamen langs een antieke carrousel, al jarenlang een grote attractie voor kinderen. In alle zij-straten wemelde het van de *pâtisseries*, bonbon-*ateliers* en boetiek-jes.

'Zullen we?' zei Kate toen de twee een groot warenhuis nader-den, de Galeries Lafayette.

Binnen wachtte hun een overvloed aan heerlijkheden. Displays met exclusieve handtassen en sjaals namen hun aandacht veel te lang in beslag.

'Als we nog langer blijven, komen we nooit boven om iets aan te passen,' zei Annabel terwijl ze haar vriendin naar de roltrap duw-de.

Maar Kate werd onderweg afgeleid. 'Wat vind je hiervan?' Ze hield een veelkleurige gestreepte omslagdoek naast haar gezicht.

'Erg bohemien- en kunstacademieachtig. Mag ik je er even aan herinneren dat je tegen de veertig loopt?'

'Je haalt me de wind weer eens uit de zeilen. Hup, naar boven!'

Kate maakte slechts een grapje, maar Annabel kromp bij haar opmerking in elkaar. Ja, zij was de behoudende van hen tweeën, en zo was het altijd geweest.

Uiteindelijk kwamen ze bij de roltrappen. Op de eerste verdie-ping wachtte hun de nieuwe collectie damesmode. Annabel begon te grasduinen in een rek met zomerse shirts en topjes. Ze gooide turquoise en diep siennakleurige kledingstukken over haar schou-der.

'Sta je al in de paskamer?' riep ze.

'Ja, mammie!' antwoordde Kate.

'Dit lijkt me een goed begin,' glimlachte Annabel, terwijl ze de kleren door de opening aan de zijkant van het gordijn aangaf.

'Ik mag hopen dat jij ook iets gaat passen?' riep Kate vanonder haar katoenen omhulsel.

'Daar is nog tijd genoeg voor als jij een keus hebt gemaakt,' zei Annabel. Ze pakte een chocoladebruine capribroek. Die zou per-fect zijn.

'Heb je van spijkerbroeken nog steeds maatje 40?' vroeg ze aan Kate.

'Je bent té wreed, Annabel Hamilton! Al eerder dit jaar moest ik overgaan op maat 42. Mensen die afvallen wanneer ze gaan scheiden kan ik niet uitstaan. Ik heb wekenlang chocola zitten schranzen.'

Het was ironisch, bedacht Annabel. Toen ze in de twintig waren, was Annabel degene geweest die moest oppassen dat de pondjes er niet aan vlogen, maar nu was zij de slankste en fitste van hen tweeën. Die extra pondjes maakten Kate op de een of andere manier echter alleen maar weelderiger dan ooit. Het was ook nooit eerlijk verdeeld in het leven!

Annabel gaf door het gordijn heen de capribroek aan.

'O, nee!' zei Kate, happend naar adem. 'Die moet ik toch niet aantrekken?'

'Vertrouw nou maar op mij,' antwoordde Annabel.

Toen Kate uit de paskamer tevoorschijn kwam, complimenteerde Annabel zichzelf in stilte met de geslaagde kleurcombinatie die ze had bedacht. Het was een van de paradoxen van hun relatie dat de kunstenares er beter uitzag wanneer ze zich liet kleden door de pragmaticus, en het bood Annabel enige troost voor het feit dat ze zo'n verleidelijke vriendin had.

'Ik moet zeggen dat hij me wel bevalt, al zou ik hem in geen honderd jaar zelf uit het rek hebben gehaald,' zei Kate. 'Weet je nog die keer in de Prisunic, op een van onze eerdere tripjes naar Frankrijk? Toen moest ik toch die gebloemde zomerjurk van je aantrekken? Die heb ik nog jaren gedragen.'

Annabel kon zich die vakantie nog goed heugen. Het was de zomer van 1990 geweest en dat tochtje naar Frankrijk was de meest indrukwekkende reis van haar leven. Hoe zou ze dat kunnen vergeten?

'Annabel, wat vind jij? Vergis ik me nou, of niet?' Met haar handen in de lucht draaide Kate rond om haar nieuwe setje te showen. Het contrast tussen de gedessineerde blouse en de bruine broek was bijzonder flatteus.

'Nee, nee, helemaal niet. Je ziet er fantastisch uit. En ik ga dit voor je kopen, als verjaardagscadeautje.'

'Nou, ga dan maar snel iets voor jezelf uitzoeken, zodat ik dat voor jou kan kopen!'

Annabel ging kijken wat het volgende rek te bieden had, terwijl ze haar best deed om bij elke kleerhanger die ze verschoof het jaar 1990 resoluut uit haar gedachten te bannen. 'Weet je, ik zie hier momenteel niets van mijn gading. We kunnen morgen wel terugkomen, of misschien vinden we ergens anders iets.'

'Weet je het zeker?' vroeg Kate.

'Heel zeker,' verzekerde Annabel haar. 'Laten we koffie of een borrel gaan drinken in een van de cafés aan de hoofdstraat waar we net langs liepen.'

Toen ze weer naar buiten stapten, bleek er op de hoofdstraat keus te over. Aan de grote weg wemelde het van de knusse chocolade-, koffie- en cocktailbars. Annabel zag een reclame voor Leffebier, een van haar favoriete drankjes wanneer ze in Frankrijk was. Kate liep achter haar aan het charmante cafeetje in en ze namen plaats aan een kleine ronde tafel met uitzicht op de straat.

'Weet je nog dat we dit in Engeland dronken?' zei Kate toen de ober het grote bolle glas schuimend bruin bier voor Annabel neerzette. 'Het is sterk spul; ik snap niet hoe je het weg krijgt.'

'Hoe zou ik dat kunnen vergeten?' zei Annabel.

'Wat hadden we het heerlijk op die tochtjes,' zei Kate met een zucht. 'Weet je nog dat we van mijn vader wodka mochten kopen bij de taxfree? Mijn moeder had een hartverzakking gekregen als ze wist wat we in ons schild voerden.'

Annabel knikte. 'Die vakanties waren heel speciaal,' beaamde ze.

'Het was fijn dat jij mee mocht. Mijn kleine broertje was zó vervelend. Het was net of ik twee keer vakantie had: eerst met mijn vader met de auto op de boot en toen later met mijn moeder in het vliegtuig met de kleine Philip erbij. Niet te geloven gewoon dat hij later zo'n toonbeeld van deugdzaamheid is geworden.'

'Zei je nou dat hij een nieuwe baan had? Dat hij gediplomeerd psycholoog is?'

'Ja, en hij werkt voor het ministerie van Volksgezondheid. Hij is nog steeds getrouwd met Gloria, een fantastisch mens.'

'Nog geen kinderen?'

'Volgens mam doen ze hard hun best – het ivf-traject. Ik heb met ze te doen.' Kate zweeg even. 'Het was zo leuk dat jij erbij was op die vakanties. Weet je, met jou was het leuker dan met welke zus ik ook maar had kunnen hebben.'

Annabel moest glimlachen om het compliment, maar zo had ze zich niet bepaald gevoeld toen ze Kate vergezeld had op de uitstapjes met haar familie.

'Ik had mazzel dat jouw ouders het goedvonden!'

'Weet je nog die nacht dat het zo stormde op de veerboot? Dat vergeet je toch nooit!' zei Kate geamuseerd.

'Nee, zeker niet!' Annabel schudde haar hoofd, maar de reden waarom ze die nacht nooit zou vergeten was een heel andere dan die van Kate.

'Ik had er geen goed gevoel over dat ik jou in je eentje in de hut achterliet, maar die Franse jongen was de leukste vakantieliefde die ik ooit heb gehad,' zei Kate met een schalkse grijns terwijl ze opstond. 'Ik moet even naar de wc. Zo terug.'

Annabel was blij dat ze even alleen was. Ze was in die hut niet lang alleen gebleven, en die bewuste nacht zou ze van haar leven niet meer vergeten.

Opeens was ze weer negentien...

De veerboot hotste en botste rond als een erwt in een pan kokend water. Het grootste deel van de passagiers lag hun maaginhoud uit te spugen in een van de vele latrines her en der op het schip, of ze deden vergeefs een poging om de slaap te vatten. Onder de stortvloed van golven die niet-aflatend tegen de patrijspoort van de cabine beukten lagen de geliefden met elkaar verstrengeld in een clandestiene omhelzing.

Eindelijk was Annabel met hem alleen. Al vanaf het eerste moment dat ze hem zag had ze geweten dat hij de ware was, maar ze had nooit durven dromen dat dit er nog eens van zou komen. De omstandigheden waren een tikje ongewoon, maar dat er een storm stond met windkracht 7 kon zij ook niet helpen. Maar ze was hier nu

en op dit moment was alles helemaal perfect. Het zou niet lang du-
ren. Waarschijnlijk was dit eens en nooit weer, al was het stukken fij-
ner dan het onschuldige gefriemel dat ze in het verleden met jongens
had meegemaakt. Nu wist ze hoe het was om écht de liefde te bedrij-
ven.

Ze streek zachtjes met haar vingers over de dunne haartjes op zijn
borst en voelde hem huiveren onder haar aanraking. Hij bracht zijn
hoofd een stukje omhoog. Ze tilde haar hoofd van zijn borst en
draaide zich om, tot haar blik de zijne ving.

'O, Annabel!' zei hij wanhopig, verdrietig en liefdevol tegelijk.
'Ik hou van je,' antwoordde ze. 'Ik heb altijd van je gehouden.'
Hij kon alleen maar diep zuchten: 'O, Annabel!'
Ze knipperde de tranen weg die haar in de ogen sprongen. Ze wist
hoe het antwoord zou luiden, maar ze moest het hem vragen...

'Waar moeten we heen wanneer er geen storm is om ons te beschermen?' De woorden rolden haar van de lippen toen ze ze
twintig jaar later zachtjes herhaalde.

'Praat je tegenwoordig tegen jezelf? Het is een beetje vroeg om
al seniel te worden, je bent amper veertig!' schertste Kate.

Annabel werd uit haar mijmerijen opgeschrikt doordat haar
vriendin was teruggekeerd. 'Sorry, ik had je niet horen aankomen.'

'Zullen we weer naar het hotel gaan?'

'Ik zou geen nee zeggen tegen een douche,' antwoordde Annabel, die maar al te graag de gedachten die weer in haar hoofd waren opgekomen weg wilde spoelen.

'Je kunt een lang, warm bad nemen. Van kinderen heb je vanavond geen last.'

'Wat een zaligheid om de hele middag zomaar wat rond te kunnen slenteren,' beaamde Annabel. 'Wat zijn verder je plannen?'

'Na het eten zouden we misschien een kijkje kunnen gaan nemen in het casino.'

Annabel wist maar al te goed dat Kate een zwak had voor fruitautomaten. Ze zouden hoe dan ook in het casino belanden.

De lobby van Hotel Windsor stond vol breedgeschouderde jonge-mannen in wetsuits die hun sleutels van de receptiebalie graaiden en met hun surfspullen de trap op denderden.

'Ik had niet gedacht dat het uitzicht binnen in het hotel zo goed zou zijn,' merkte Kate met een schalkse glimlach tegen Annabel op.

'Jij bent onverzadigbaar,' reageerde Annabel licht bestraffend. 'Loop nou maar niet te hard van stapel; je bent nog maar een paar maanden zonder man!'

'We hebben geen tijd om verstandig te zijn. Ik kan me eerlijk ge-zegd niet heugen dat ik ooit verstandig ben geweest. Daarom was ik ook altijd zo blij dat ik jou had.'

Annabel glimlachte bij het compliment, maar vroeg zich af hoe verstandig ze zelf eigenlijk was. Zenuwachtig, ja, en zonder meer behoedzaam, maar verstandig voelde ze zich allerminst. Kate was precies het tegenovergestelde. Annabel kon in elke situatie voor-spellen wat ze zou gaan doen, en negen van de tien keer was dat iets knettergeks of avontuurlijks.

Een atletische surfer van in de twintig, zijn warrige zandkleuri-ge haar uitgebleekt door het zoute water en de zon, liep vlak langs Annabel heen. Onwillekeurig keek ze zijn gespierde gestalte na. Wat zou Colin ervan zeggen als hij haar zo naar die jongen zag kij-ken?

'Wat een lekker ding! We moesten maar eens zien te achterhalen waar die gozers vanavond heen gaan; daar gebeurt het!' fluisterde Kate in haar oor.

'Wil je me zoals gewoonlijk weer van het rechte pad afbrengen?' vroeg Annabel.

'Reken maar!' verzekerde Kate haar.

3

Een paar uur later zaten de twee vrouwen met een gin-tonic en een martini met ijs voor hun neus in een bistro naast het hotel.

'Nog geen surfers te bekennen,' merkte Kate op.

'Ik mag hopen dat ze niet vroeg naar bed gaan,' antwoordde Annabel, die de smaak van hun avondje uit te pakken kreeg.

'Waarschijnlijk zijn we oud genoeg om hun moeders te kunnen zijn,' grijnsde Kate.

'Weet je, elke morgen schrik ik als ik in de spiegel kijk. Dan vraag ik me af wie die vrouw van middelbare leeftijd is,' zei Annabel mismoedig.

'Ik weet precies wat je bedoelt,' knikte Kate instemmend, 'en het kan alleen nog maar erger worden.'

'Steeds meer vrouwen in Dublin gaan onder het mes. Zou jij dat doen?'

'Tien jaar geleden zou ik hebben gezegd van niet, maar zeg nooit nooit.'

'Colin vindt het een goed idee; hij wil me zelfs wel op een botoxbeurt trakteren.'

'Hoe durft-ie! En dan loopt hij zeker als een gerimpelde buldog naast je!' zei Kate vol afgrijzen.

'Colin wordt mooi oud,' antwoordde Annabel, die in de verdediging schoot. 'Vind je niet?'

Kate kon op dit punt toch haar gelijk niet halen, dus probeerde ze het maar niet eens. 'Hij ziet er prima uit, Annabel, maar hij mag van geluk spreken dat hij zo'n prachtige vrouw als jij zijn echtgenote mag noemen; vergeet dat niet.'

'Niet kijken, maar Zandhaar zit daar op drie uur,' zei Kate terwijl ze zich zo ver over haar gin-tonic heen boog dat ze haar glas bijna omgooide.

Annabel draaide instinctief haar hoofd om en liet haar blik rusten op de smakelijke surfer, die werd vergezeld door een al niet minder aantrekkelijke donkerharige vriend. Hij leek hen te herkennen uit het hotel en zwaaide even nonchalant.

Bij wijze van antwoord schudde Kate even met haar pols en ze boog zich weer naar voren, totdat ze bijna boven op Annabel zat.

'Is dat niet een beetje te gretig?' zei Annabel, haar wenkbrauwen gefronst. 'Straks denken ze nog dat we wanhopig zijn.'

'Ik weet wat ik doe. Ze zien er goed uit nu ze gewassen en gestreken zijn, vind je niet?'

'Dat is de luxe van de jeugd,' zei Annabel met een beamend knikje.

'Ah, ja!' Kate sloeg het laatste restje van haar drankje achterover. 'Tja, ik mag het niet zeggen, maar ik verga van de honger. Zullen we opstappen?'

'Wel een beetje jammer, net nu het leuk begint te worden. Maar bijna veertig zijn heeft één voordeel: je weet waar je prioriteiten liggen.'

Ze lieten een briefje van tien euro op tafel achter en liepen naar buiten de nacht in. Het stadje was stil en slaperig; er hing niet bepaald een uitgaanssfeer. Elk restaurant waar ze langs kwamen leek nog verlatener dan het vorige.

'Misschien is het in dat vistentje dat we eerder zagen wel leuk,' stelde Kate voor.

Op weg naar de kust waren de straten uitgestorven en de twee vriendinnen waren verrast dat ze in het helder verlichte visrestaurant maar drie bezette tafels aantroffen.

'We zijn hier echt buiten het seizoen, hè?' merkte Annabel op.

Maar de zaken begonnen er beter uit te zien toen de zandblonde surfer en zijn gebruinde vriend, die blijkbaar een kortere route hadden genomen, in de deuropening van het restaurant verschenen.

'Alweer hallo!' zei de blonde surfer; hij had een sterk Brits accent.

'Hallo,' antwoordde Kate, die nu definitief haar zinnen op de surfers had gezet.

Een kleine, gezette serveerster in een gestreepte jurk en schort kwam opgetogen naar het viertal toe, want die avond had het restaurant nog niet zo'n groot gezelschap kunnen bedienen.

'*Une table pour quatre?*'

Zandhaar keek over zijn schouder naar de vrouwen en trok even zijn wenkbrauwen op.

'Hebben jullie zin om bij ons te komen zitten?' vroeg hij.

Zoals te verwachten was, gaf Kate Annabel geen kans om te antwoorden. Kate had altijd voor hen tweeën de beslissingen genomen.

'Dat lijkt me leuk, als jullie er geen bezwaar tegen hebben,' zei ze met een ondeugende grijns.

De serveerster bracht hen naar een tafeltje aan het raam, dat met een fris witkatoenen kleed was gedekt. De inrichting straalde met zijn stuurwielen van schepen en touwen die aan de muur hingen een nautische sfeer uit.

'Ik ben Brett, trouwens,' zei Zandhaar, terwijl hij Kate zijn hand toestak, om vervolgens Annabel de hand te schudden.

'En ik heet Nico,' zei zijn vriend. Hij klonk heel Engels, maar met iets van een Italiaans accent. Hij gaf de vrouwen ook een hand.

'Ik ben Kate en dit is Annabel.'

Annabel keek verstoord naar Kate, waarmee ze wilde zeggen dat ze mans genoeg was om voor zichzelf te spreken.

'Zijn jullie hier om te surfen, dames?' vroeg Brett.

'Zien we eruit alsof we surfen?' giechelde Kate.

'Eerlijk gezegd niet, nee.'

'We zijn er gewoon even tussenuit. Annabel woont in Ierland en ik in de Pyreneeën, dus zo vaak zien we elkaar niet. En jullie, zijn jullie op vakantie?'

'We zijn aan het trainen voor de Europese kampioenschappen op Fuerteventura,' antwoordde Brett.

'Dus jullie zijn profs?' vroeg Annabel, terwijl ze haar best deed om niet al te zeer onder de indruk te klinken.

'We doen wedstrijden in Europa en in de States,' zei Nico. 'In Australië komen we niet elk jaar – alleen als er belangrijke kampioenschappen zijn.'

Annabel begon zich af te vragen waarom twee van zulke lekkere jongens in godsnaam met twee vreemde vrouwen op leeftijd aan een tafeltje wilden zitten. Waren er op een doordeweekse avond in Biarritz soms geen meisjes van hun eigen leeftijd te vinden? Misschien wilden ze gewoon iets nieuws proberen en was het idee van vrijblijvende seks met een rijpe vrouw nieuw voor hen. Wat de bedoelingen ook waren, het gesprek was geanimeerd, overgoten met twee karaffen wijn en vier kommen verrukkelijke gemengde zeevruchten.

'Hebben jullie zin om ergens heen te gaan waar wat meer te beleven valt?' vroeg Kate.

'Desperados,' stelde Brett voor. 'Daar gaan alle surfers naartoe.'

'Why don't you come to your senses?' zei Kate voor de grap.

Duidelijk uit het veld geslagen keek Brett haar aan.

'Sorry,' lachte Kate. 'Jullie zijn vast te jong om je The Eagles nog te kunnen herinneren.'

'Ah, ik vat 'm!' zei Brett.

Ze schoven hun stoelen naar achteren en stonden allemaal op.

'Volgens mij zijn wíj hier de desperado's,' fluisterde Kate Annabel toe toen de jongens buiten gehoorsafstand waren.

Op hun gemak slenterden ze langs de zee, allemaal goed ingepakt tegen de koele avondwind.

Brett liep naast Kate en paste zijn tempo aan haar passen aan.

'Waar ergens uit Engeland kom je vandaan?' vroeg Kate flirterig.

'Van verschillende plekken, eerlijk gezegd, maar op het moment woont mijn vader in Poole en als ik naar huis ga ben ik bij hem. Mijn moeder woont in Gibraltar met mijn stiefvader.'

'Poole is leuk. Ik ben er een paar keer geweest – mijn eerste man was zeeman.'

Er brak een glimlach door op Bretts gezicht. 'Dat klinkt alsof je een hele rits mannen hebt afgewerkt,' zei hij met een opgetrokken wenkbrauw.

'Nee hoor, ik bedoel, misschien... Mijn eerste man is overleden en mijn tweede is binnenkort mijn ex.'

'Een vrouw met ervaring dus,' grijnsde hij.

'Nou, zo interessant ben ik niet. Het zijn gewoon de feiten.' Kate was in verlegenheid gebracht, een emotie die ze niet goed kende. 'Ben jij getrouwd?'

'God, nee, ik ben nog maar achtentwintig! Ik ben met mijn surfplank getrouwd,' lachte Brett.

'En is dat een huwelijk voor het leven?'

'Ik denk het wel. Ik bedoel, er zijn mannen van in de veertig die nog steeds wedstrijden winnen,' zei hij, ongelovig zijn hoofd schuddend.

'O ja? Wat oud,' meesmuilde Kate. 'Zijn jullie al in het casino geweest?'

'Ik gok alleen met golven.' Zijn heldere blauwe ogen twinkelden terwijl hij dat zei en een schalkse grijns brak door op zijn gezicht. Hij leek qua fysiek veel op Shane. Zijn stem had dezelfde coole toon, maar hij was hooghartiger en minder gevoelig.

Kate wierp een blik over haar schouder om te kijken waar de anderen bleven en zag dat die langzaam en diep in gesprek achter hen aan liepen. *Dit kon wel eens een gezellig kwartetje worden, net als vroeger!*

Nico en Annabel hadden rustig lopen kletsen; ze voelden zich erg op hun gemak bij elkaar.

Opeens nam hij haar linkerhand in de zijne en wreef met zijn wijsvinger over de solitaire diamant en gouden ring. 'Hoe lang ben je al getrouwd?' vroeg hij.

Elegant liet Annabel haar hand zachtjes uit zijn greep vallen en wreef met haar handpalm over haar jasje. 'Zie ik er dan zo getrouwd uit?'

'Wil je dat ik daar antwoord op geef?' vroeg Nico met een gereserveerd glimlachje.

'Anders had ik het je niet gevraagd.' Annabel wierp haar hoofd achterover en lachte. Het was lang geleden dat ze met een man had geflirt.

'Ik hoop dat je het niet erg vindt dat ik het zeg, maar je komt angstig over. Ik weet alleen niet waarvoor.'

'Misschien ben ik wel bang voor surfers,' zei Annabel met een glimlach.

'Aha!' Nico ontblootte zijn stralend witte tanden en zette grote ogen op, alsof hij een ontdekking had gedaan. 'Misschien ben je wel bang voor jezelf!'

Annabel fronste. Deze zuiderling raakte een gevoelige snaar. Hoe durfde hij? Hij kende haar nog maar een paar uur. 'Weet je zeker dat je Italiaans bent? Je Engels is beter dan het mijne.'

'Ik heb als kind een paar jaar in Oxfordshire gewoond,' grijnsde hij. 'Oké, oké, ik moet toegeven dat mijn moeder Engelse is, maar sommige woorden blijf ik graag op z'n Italiaans uitspreken.'

Op dat moment begon haar mobiel in haar zak te trillen en ze bleef staan om hem eruit te halen. Op het schermpje zag ze haar nummer van thuis flitsen.

'Neem me niet kwalijk,' zei ze tegen Nico, en ze nam het gesprek aan. Het was Colin. 'Hai, schat... Ja... Die heb ik in de bovenste la naast het fornuis gelegd... Zeker weten... Alles goed met de kinderen?'

Nico liep snel verder, want Annabel mocht niet denken dat hij haar gesprek wilde afluisteren.

De nieuwsberichten van het thuisfront gingen maar door en door.

'Nee, ik heb niets definitiefs geregeld... Ik wist het niet zeker... maar mijn moeder had gezegd dat ze wel wilde oppassen als je vanavond de deur uit wilde... Goed, dan zie ik je zaterdag. Dag!'

Colin hing op zonder gedag te zeggen. Hij vond het erg irritant om een oppas te moeten regelen voor zijn vaste donderdagavondborrel op de Golf Club. Hij negeerde het gegil van zijn kinderen vanuit de woonkamer en pakte de telefoon weer op. Als hij met zijn schoonmoeder moest praten zou hij dat doen; het kwam goed uit dat ze er was en voor hem insprong wanneer hij de deur uit moest. Een man van zijn standing en positie verdiende het om er af en toe even tussenuit te gaan, bedacht hij terwijl hij de toetsen van het toestel indrukte.

'Lily, met Colin – Annabel zei dat jij vanavond wel wilde oppassen. Ik heb een afspraak bij de Golf Club... Ja, ze heeft het naar haar zin... Goed, over een half uurtje dan? Bedankt, Lily, tot zo.'

Colin hing op en liep langs Sam, die hem vanaf de andere kant van de keukenbar had gadegeslagen.

'Ga je vanavond weg, pap?'

'Jullie oma komt zo meteen hier om op jullie te passen, goed?' zei Colin, zonder zich nog naar zijn zoon om te draaien.

Sam staarde naar zijn vader, die inmiddels druk bezig was koffie te zetten met zijn geliefde espressoapparaat. Was hij maar net als andere vaders – de vaders die op zaterdagochtend meegingen om hun zoons te zien voetballen. Zijn vader was in veel opzichten een vreemde voor hem: een lange man die kwam en ging wanneer hij wilde, terwijl zijn moeder de hele boel bij elkaar hield. Sam had al weken naar deze avond uitgekeken; hij besefte dat hij nu zijn moeder weg was een uitgelezen kans had om iets leuks met zijn vader te gaan doen. Zenuwachtig besloot hij een poging te wagen om er iets van te zeggen.

'Wil je vanavond niet thuisblijven, pap? Dan zouden we iets leuks kunnen gaan doen.'

Colin draaide zich om en keek zijn zoon recht in de ogen. 'Lieve jongen, je weet dat ik op donderdag altijd naar de club ga. Misschien dat we morgenavond wat met elkaar kunnen kletsen.'

Maar Sam wist dat er dan geen tijd was om iets met zijn vader te ondernemen. 'Op vrijdag kom je altijd laat thuis.'

'Dat klopt ja – ik moet na het werk nog naar een vergadering.' Om Colins mond verscheen een halve glimlach. 'Misschien brengt je moeder als ze zaterdag thuiskomt wel iets heel leuks voor je mee.'

Sam knikte. Waarom deed hij eigenlijk nog steeds moeite voor zijn vader? Het had allemaal toch geen enkele zin.

Ademloos en in alle staten na het telefoontje van Colin haalde Annabel Nico weer in.

'Waar is dat café?' zei ze. 'Ik moet een borrel hebben!' Ze was niet in de stemming voor discussies. Had ze het telefoontje maar niet aangenomen. Godzijdank zou ze binnenkort eindelijk een au pair krijgen! Alleen jammer dat die nog niet was gearriveerd.

'Alles goed?' informeerde de adembenemende half-Italiaan.

'Ja hoor. Kom op, laten we de anderen inhalen.'

Onder de zwarte mantel van de avond stapten ze met z'n vieren het bruine café binnen. Langs de muren waren rijen zitjes aangebracht en hier en daar zaten groepjes piepjonge klanten.

'Dit is zo te zien de enige plek met een beetje leven in de tent,' zei Kate terwijl ze haar jas uittrok.

'Zo bijzonder is het anders niet,' merkte Annabel op.

'Bedoel je dat het niet de Howth Golf Club is?' schamperde Kate.

Annabel moest op haar woorden letten. Zoals gebruikelijk reageerde Kate feller als ze een slok op had. Dit moest een ouderwets avondje van flirten en bijdehante grappen worden, zoals ze in hun jonge jaren zo veel avondjes hadden doorgebracht, en Annabel durfde te wedden dat Kate vanavond in Bretts armen zou eindigen.

Een paar uur later kreeg Annabel het welbekende knikje van Kate. En op de damestoiletten stelde Kate de vraag die al vele malen eerder aan Annabel was gesteld: 'Vind je het erg als wij de kamer een poosje gebruiken?'

'Kate Cassaux, niet te geloven dat je ons meidenweekend wilt gebruiken om eens flink te rollebollen met een jonge knul!' zei Annabel berispend.

'Alsjeblieft, alsjeblieft, Annabel! Het is zo'n lekker ding en het is tijden geleden dat ik het er eens lekker van genomen heb. Ik beloof je dat we snel zijn.'

Annabel kon alleen maar lachen om Kates verzoek. Er was in al die jaren maar weinig veranderd, behalve dan dat Annabel zich ditmaal niet wilde laten koppelen aan 'de vriend van'.

'Oké, ik dacht dat we te oud voor dit soort dingen waren, maar dan is het weer net als vroeger. Ik geef je anderhalf uur. Ik ben trouwens niet erg moe en ik kan nog wel een borrel of wat gebruiken. Ik had net een vervelend telefoongesprek met Colin,' zei Annabel met een zucht.

'Als ik jou was, zou ik die Nico een kans geven. Hij ziet er appetijtelijk uit, Annabel.'

'Ja, maar ik ben jou niet. Ik blijf beneden in de bar wel een beetje met hem kletsen, maar anderhalf uur is het absolute maximum, oké?'

'Wat ben ik toch blij dat ik een vriendin heb zoals jij,' grijnsde Kate.

Toen ze terugkwamen bij hun tafeltje pakte Brett zijn jasje en gaf nogal haastig Kate haar jas aan. Zodra ze vertrokken waren, kwam Annabel naast Nico zitten en schonk hem een oppervlakkig glimlachje om duidelijk te maken dat zij niet in was voor hetzelfde soort avontuurtjes als haar vriendin.

'Wil je nog iets drinken?' vroeg hij.

'Waarom niet? We hebben blijkbaar nog wat tijd te gaan. Bacardi-cola graag dit keer.' Als ze dan toch met deze knappe vreemdeling opgescheept zat, kon ze zich net zo goed ontspannen en ervan genieten.

Kate stond in de lobby van het hotel heen en weer te zwaaien, duizelig van de zoenen in haar nek. De receptioniste verblikte of verbloosde niet; kennelijk was ze gewend aan dergelijke taferelen op de late avond.

'*Chambre vingt-sept, s'il vous plaît,*' verzocht Kate, en er ontsnapte een onwillekeurig kreuntje aan haar lippen. Ze pakte Bretts armen vast, die hij om haar middel had geslagen, en duwde hem zachtjes van zich af. 'Wacht even,' riep ze hem tot de orde.

Dat leek zijn hartstocht echter alleen maar aan te wakkeren en hij griste de sleutel uit de hand van de receptioniste. Ze draafden naar de kleine lift, en met hun armen om elkaar heen lieten ze zich tegen de met donkerrood namaakleer beklede wand zakken. Zijn handen streelden elke centimeter van haar lichaam, maar hoewel ze van elke seconde genoot, had ze toch nog de tegenwoordigheid van geest om op de knop voor de tweede verdieping te drukken. Toen de liftdeuren opengingen lieten ze zich met elkaar verstrengeld neerzakken op het rode hoogpolige tapijt in de smalle gang.

Kate genoot van zijn kussen, die hij als stempels op haar gezicht drukte. 'We moeten opstaan,' giechelde ze, en op hun knieën kropen ze naar de slaapkamerdeur.

Trillend stak Kate de sleutel in het slot en ze zuchtte van opluchting toen hij openklikte. Ze kon niet wachten om in alle privacy met Brett het bed in te duiken. Ze knipte het licht aan en zag toen ze zich omdraaide dat hij zijn T-shirt uittrok. Kates ogen bleven rusten op zijn welgevormde bronskleurige spieren. Langzaam liep ze naar hem toe, en ze rook een mengeling van zout en zweet. Toen hij een voor een haar kleren begon uit te trekken, verlangde ze er intens naar dat hij de leiding zou nemen.

'Heb je zin om een stukje te gaan lopen?' vroeg Nico, toen hij zag dat Annabels glas leeg was en hij het gevoel had dat ze de rest van hun tijd samen misschien beter in een andere omgeving konden doorbrengen.

Annabel knikte, stond op en trok met kloppend hart haar jas aan. De twee zetten zich in stilte schrap toen ze de frisse buitenlucht in liepen. Het gebulder van de oceaan leek nog harder nu de stad stil en verlaten was.

'Laten we naar zee gaan,' zei Annabel wenkend, en Nico glimlachte instemmend.

Algauw liepen ze over het strand. In de verte wierp de hoge vuurtoren zijn licht over de kust en weer terug over de wijde gapende zwartheid van de zee. De flitsende stralen leidden hun blik van het imposante Hotel du Palais naar de rotswand. Keer op keer braken de golven krachtig op de kust in hun niet-aflatende strijd om verder het strand op te komen.

'Mooi geluid, hè?' zei Nico, die even bleef staan.

Annabel ging bij hem staan en luisterde aandachtig naar het spel van energieke geluiden dat haar oren vulde.

'Prachtig, ja,' zei ze met een knikje.

'Volgens mij, Annabel, ben jij een vrouw met vele geheimen.'

'Hoe kom je daar zo bij?' vroeg ze, want ze begreep die opmerking niet goed.

'Het lijkt wel of je iets verborgen houdt – of iemand.'

Zijn scherpzinnigheid verbaasde Annabel hogelijk. Het leek haar geen kwaad kunnen om hem over Damien te vertellen; na vanavond zag ze hem waarschijnlijk toch nooit meer.

'Misschien is er inderdaad iemand, of was, maar het heeft niet zo mogen zijn,' glimlachte ze.

'Kom op zeg, je denkt toch niet dat er maar één iemand voor je is weggelegd? Ik denk dat ik met een heleboel verschillende vrouwen gelukkig zou kunnen zijn!'

Annabel kneep haar lippen op elkaar en fronste, zodat ze op een strenge schooljuffrouw leek. 'Nico, over twee weken word ik veertig en ik kan in alle eerlijkheid zeggen, met de hand op mijn hart, dat ik maar één grote liefde in mijn leven heb gekend. Ja, ik ben gelukkig met mijn man en had ook met iemand anders gelukkig kunnen worden, maar het is maar eens in je leven écht raak.'

Nico fronste op een naïef-aantrekkelijke manier, niet helemaal zeker van wat ze bedoelde met 'maar één keer echt raak'.

Annabel keek in Nico's bruine ogen en kreeg zin om hem te zoenen. Zijn ogen leken wel een beetje op die van Damien, al waren ze een stuk jeugdiger. Ze bleven elkaar aanstaren, terwijl alleen het geluid van de zee hen eraan herinnerde dat ze op het strand stonden. Ze werd opeens overspoeld door emoties, die hun echo vonden in het geluid van de golven die braken op de kust. Er was diep vanbinnen een knop bij haar omgezet. Toen ze zo naast deze knappe jonge man stond, voelde het helemaal niet meer alsof ze moeder van drie kinderen en echtgenote van Colin was.

Ze wendde haar blik af. 'Vind je het goed om terug te gaan naar het hotel?' vroeg ze abrupt.

'Ja hoor.' In Nico's stem klonk echter diepe teleurstelling door. Hij had stiekem gehoopt dat ze door de symfonie van de golven tot andere gedachten zou worden gebracht.

Ze wandelden terug naar de boulevard en liepen die langzaam af, tot hun hotel in zicht kwam; onderweg werd de spanning tussen hen met elke stap groter.

Toen ze het hotel binnengingen, hield Nico de deur voor haar open. Eenmaal binnen pakte hij haar bij haar pols, zodat ze wel moest blijven staan. Vervolgens boog hij zich voorover en fluisterde zachtjes in haar oor: 'Ga alsjeblieft mee naar mijn kamer.'

Annabel sloot haar ogen. Ze wilde graag weer het gevoel hebben dat ze terug was in de hut op het schip. Ze wilde zich ontzettend graag bemind voelen. De seks met Colin was saai en routineus geworden, en nu Nico haar pols zo stevig en zinnelijk vasthield stroomde alle kracht uit haar weg.

'Goed,' mompelde ze zachtjes.

In de lift naar Nico's kamer stond ze stilletjes naast hem. Bedriegen zat niet in haar aard en nog voordat de lift plotseling stopte voelde ze zich al een overspelige vrouw. Toen hij de slaapkamerdeur openmaakte, kwam de geur van zoutdoordrenkte wetsuits en surfspullen haar tegemoet.

'Het is een beetje een rommel,' zei hij met een blik door de wanordelijke kamer, en hij krabde op zijn hoofd.

'Dat geeft niet,' verzekerde Annabel hem. Ze voelde het gewicht van de jaren op haar drukken terwijl hij het beddengoed rechttrok en de kleren die op de grond lagen onder het bed trapte.

'Wil je iets drinken?' vroeg hij, wijzend naar een fles Kahlua op de commode.

'Waarom niet?' zei Annabel schouderophalend.

Nico ging snel naar de badkamer, waar hij twee glazen vond, die hij omspoelde. Hij schonk ze tot de rand toe vol met Kahlua en gaf er eentje aan Annabel, die elke minuut van haar negenendertig jaar voelde. Ze nam een slokje en zette het glas op de commode neer. Weer kruisten hun blikken elkaar, net als op het strand, en Annabel besefte ditmaal dat ze hem begeerde. Het was nu te laat om van gedachten te veranderen; haar schuldgevoel werd overstemd door wellust. Niemand zou er ooit iets van hoeven te weten en ze zou vóór Kate in de lobby terug zijn. Ze pakte Nico's glas en zette het naast het hare. Ze voelde zich alsof er iemand anders in haar was gevaren: een versie van haarzelf die cooler was en meer zelfvertrouwen had, die nooit echt had bestaan.

Terwijl ze hem in de ogen keek, maakte ze langzaam een voor een de knoopjes van haar blouse los. Beelden van Colin en haar kinderen kwamen en gingen. Wilde ze hier echt mee doorgaan? Zodra ze bij het laatste knoopje was kon Nico zich niet langer bedwingen en nam haar zenuwachtig in zijn armen. Terwijl hij langzaam en zachtjes haar hals en gezicht zoende, gaf Annabel zich over aan de emoties die over haar heen spoelden. Ze deed haar uiterste best, maar toen ze Nico's tong van haar oor terug naar haar lippen voelde gaan, kon ze maar moeilijk het beeld van Damien dat plotseling voor haar geestesoog oprees van zich af zetten.

'Even dit uitdoen,' smeekte ze, en bereidwillig liet ze haar blouse en beha van zich af glijden. Nico trok zijn t-shirt uit en begon vervolgens haar tepels te zoenen, terwijl zij haar rug kromde en zich overgaf aan zinnelijk genot.

Langzaam verwijderden ze de rest van hun kleding en in de bedwelmende momenten die volgden verstrengelden hun lichamen zich met elkaar op Nico's bed. Annabel voelde een huivering langs haar ruggengraat omhoogkruipen toen hij bij haar naar binnen ging. Het was lang geleden dat ze zo opgewonden was geweest tijdens een vrijpartij. Hij paste in haar als een hand in een handschoen en zijn ritmische bewegingen sloten naadloos aan op de hare. Ze stevende op een climax af voordat hij zover was en huiverde onder de kracht ervan. Vlak na haar kwam Nico klaar en hij zakte naast haar neer op het bed.

'*Bellissimo!*' riep Nico uit.

'Nu weet ik waar de term "Italiaanse dekhengst" vandaan komt!' lachte Annabel.

Alle spanning tussen hen was als het Atlantische tij weggespoeld. Annabel voelde zich verkwikt door wat er gebeurd was. Passie had ze zichzelf veel te lang ontzegd.

Nico hief zijn hoofd op van het kussen en keek naar haar profiel.

'Je bent echt een mooie vrouw, Annabel. Waarom ben je toch zo verdrietig en onvervuld?'

Annabel zou het liefst door de grond zakken. Ze zat niet te wachten op een evaluatie of op oude koeien uit de sloot. Ze was vreemdgegaan, en niet voor de eerste keer. Het beste was nu om te doen alsof het nooit was gebeurd.

'We kunnen beter naar beneden gaan, naar de anderen,' zei ze met een zucht.

Teleurgesteld keek Nico haar aan. 'Misschien dat we nog tijd hebben voor een tweede ronde? Alsjeblieft?'

'Volgens mij kunnen we echt beter gaan,' zei ze, terwijl ze zich al begon aan te kleden.

In de kleine bar in de foyer zat een bont gezelschap van surfers en toeristen. Ademloos en uitgelaten door hun korte samenzijn liepen Kate en Brett ernaartoe.

'Dat was snel,' grijnsde Annabel naar Kate, terwijl ze zag dat de blouse van haar vriendin – het exemplaar dat ze kort daarvoor bij de Galeries Lafayette hadden gekocht – binnenstebuiten zat.

'Een biertje, vriend?' vroeg Brett aan Nico.

Nico knikte. Brett draaide zich om om de vrouwen te vragen of zij ook iets wilden drinken, maar zei niets toen hij zag dat ze zachtjes met elkaar in gesprek waren.

'Zou je het erg vinden als ik toch maar naar bed ga?' zei Annabel op gedempte toon tegen Kate. 'Ik ben best moe.' Ze wilde het liefst een douche nemen en proberen haar ontrouw van zich af te spoelen.

'Helemaal niet. Ik hou het ook voor gezien,' zei Kate, en ze draaide zich om en grijnsde Brett toe. 'Jongens, we laten jullie alleen. Het was erg leuk om jullie te ontmoeten!'

Brett en Nico knikten de twee vrouwen toe.

'Welterusten, Kate. Ik vond het ook leuk om jou te leren kennen!' Brett grijnsde ondeugend.

Nico schonk Annabel een glimlach. 'Misschien dat we jullie morgen weer zien?'

'Wie weet,' antwoordde Annabel.

De twee jonge mannen leunden met hun ellebogen op de bar en keken Kate en Annabel na toen ze langzaam naar de lift liepen.

Toen de deuren zich sloten zwaaide Kate nog een laatste keer ten afscheid.

'Vertel! Was hij de moeite waard?' vroeg Annabel schertsend, in een poging haar gedachten af te leiden van wat ze zelf zojuist had gedaan.

Annabel werd de volgende ochtend als eerste wakker. De luiken hielden het stralende zonlicht buiten.

'Hoe is jouw hoofd eraan toe?' mompelde ze tegen Kate.

'Goed wel, geloof ik,' fluisterde Kate. 'Heb ik gedroomd of had ik hier gisteravond nou echt een surfer bij me?'

'Het was geen droom. Het was op en top een avondje uit à la Annabel en Kate. Kate scoort en Annabel krijgt de vriend om haar gezelschap te houden.'

'Sorry, Annabel,' verzuchtte Kate. 'Je zou toch denken dat ik verstandiger was –'

'Ga nou niet zeggen: "op mijn leeftijd",' onderbrak Annabel haar. 'Als dit het bewijs moet zijn dat we niet over datum zijn doe ik er graag aan mee.' Ze sprong het bed uit en begon haar roze zijden pyjama uit te trekken. 'En, waar gaan we vandaag naartoe?'

Kate bracht een hand naar haar hoofd en schermde haar ogen af tegen onzichtbaar licht. 'Het lijkt mij leuk om naar Bayonne te gaan; dat is maar tien minuten met de bus.'

'Een busritje lijkt me enig,' giechelde Annabel. 'Ik kan me niet heugen wanneer ik voor het laatst in een bus heb gezeten.'

Even later hadden de twee vriendinnen zich op krappe bankjes achter in de bus geperst.

'Geweldig is dit,' merkte Annabel stralend op.

'Wacht maar tot je ziet waar we heen gaan. Het is daar prachtig,' zei Kate opgetogen.

Toen ze de stad naderden, zagen ze de dubbele torens van de kathedraal van Bayonne uitsteken boven het landschap. De ene indrukwekkend aangelegde straat na de andere voerde hen naar de oevers van de rivier de Adour. Kate drukte op de stopknop naast haar en de bus minderde vaart en hield halt.

Ze stapten uit en slenterden naar de rivier.

'Wat schitterend is het hier!' verzuchtte Annabel, uitkijkend over het voorbijstromende water van de Adour. 'Dit uitzicht bevalt me wel. Kunnen we hier niet ergens ontbijten?'

'Daar verderop – het is warm genoeg om buiten te zitten, vind je niet?' Kate wees naar een pleintje aan de rivier.

Ze namen plaats op comfortabele rieten stoelen onder de grote groene parasols van het Café du Théâtre. Een knappe ober in een formeel gilet kwam naar hen toe en noteerde hun bestelling van warme chocolademelk en croissants.

'Het is hier helemaal perfect. Vandaag heb ik zin om iets geks te doen,' zei Kate.

'Volgens mij heb je vannacht al iets geks gedaan!' antwoordde Annabel. *En ik ook!*

'Dat viel onder het hoofdstuk Onderhoud,' zei Kate. Ze had na haar samenzijn met Brett nog steeds een twinkeling in haar ogen.

'Waar wil je me dan heen slepen als we die croissants op hebben?' vroeg Annabel, zogenaamd angstig – wat ze ook wel een beetje was.

'Ik weet het nog niet precies, maar in elk geval is wel duidelijk dat er iets op ons wacht.'

Na het ontbijt dwaalden ze door de kronkelende straatjes, tot ze bij de luisterrijke kathedraal van Bayonne kwamen, die boven hun hoofden uittorende. Ze stapten er even naar binnen, want de kunstenares in Kate had zich aangewend elke gelegenheid om nieuwe inspiratie op te doen aan te grijpen. De vloertegels werden bespikkeld door druppels gekleurd licht dat door de hoge, smalle ramen viel.

'Wat is het koud hier binnen,' klaagde Annabel.

Kate besefte dat dit soort locaties haar vriendin totaal niet aansprak. 'Kom maar mee, ik weet ook wel dat jij veel liever in de Galeries Lafayette zou rondlopen,' zei ze terwijl ze haar arm door die van Annabel stak.

'Ben ik echt zo oppervlakkig?' kreunde Annabel.

'Dat woord zou ik in verband met jou nooit in de mond nemen. Het is gewoon een kwestie van smaak! En van verschillende talenten.' Terwijl ze verder liepen dacht Kate daar even over na, en toen voegde ze eraan toe, in de hoop dat haar vriendin niet beledigd zou zijn: 'Weet je, je zou die talenten van je eigenlijk eens moeten ontwikkelen. Op school kon je altijd goed leren. Je bent vast in staat om iets voor jezelf te beginnen.'

'Nu je het zegt... Ik zou heel graag weer gaan studeren. Maar zoals ik al zei: ik heb er de tijd niet voor...'

'Ik heb altijd gevonden dat je je studie had moeten afmaken, Annabel. Daar zou je niet slechter van zijn geworden. Waarschijnlijk is het het enige verstandige wat je hebt nagelaten.' Kate trok een wenkbrauw op.

'Wie weet pak ik het ooit wel weer op,' zei Annabel, waarna ze er peinzend aan toevoegde: 'Ik zou die twee jaar studie die ik heb gevolgd misschien als springplank ergens voor kunnen gebruiken.'

'Het leven begint bij veertig, Annabel!'

Ze volgden de haarspeldbocht van de weg en kwamen weer uit aan de oever van de rivier. De gebouwen waren hoog en in suikerzoete kleuren roze, lichtgeel en lichtblauw geschilderd. Kleurige luiken omlijstten de hoge, smalle ramen in vier of vijf verdiepingen boven elkaar. Het modderige water van de rivier stroomde traag voorbij en verdeelde de stad in tweeën. Langs het trottoir waren de hoge straatlantaarns opgesierd met mandjes vol hangplanten. Annabel keek haar ogen uit en schrok toen Kate plotseling een woeste kreet slaakte.

'Niet te geloven! Dit is een teken!'

'Wat is een teken?'

'Moet je kijken!' Kate wees naar een winkelpui die opzichtig rood was geverfd. De hoge etalageruit hing vol met stukken papier met de meest fantasierijke motieven erop. 'Dit is precies wat ik zocht, en ze hebben ook een afbeelding van het Derde Oog, zie ik.'

De opmerking over het Derde Oog wekte Annabels belangstelling. 'Wat is dat dan voor tent?'

'Het is een tattooshop, en voor ons het ideale adres voordat we gaan lunchen.'

'Je bent niet goed bij je hoofd, Kate!'

'Ik ben nog nooit van mijn leven zo serieus geweest.'

Een kwartier later lag Annabel op een sjofele zwartleren stoel die een groot deel van zijn leven plaats had geboden aan doodsbange tandartspatiënten. Haar rechterbeen hing over de arm van een groezelig uitziende tatoeëerder, die langzaam en zorgvuldig een af-beelding van het Derde Oog aanbracht op de binnenkant van haar enkel. Zijn dreadlocks zouden tot zijn ellebogen hebben gereikt als hij ze niet naar achteren had gebonden in een zware staart die deed denken aan de kabels op de grote vissersboten in Howth. Althans, dat was waar Annabel haar gedachten op concentreerde – alles om de naald die in haar enkel prikte maar niet te hoeven voelen. Verge-leken met een bevalling was dit niet minder pijnlijk.

'Ik weet niet wat Colin hiervan zal denken,' merkte ze op terwijl de tranen over haar wangen biggelden.

'Trek je van hem maar niets aan. Het zit op je enkel, dus nie-mand ziet het,' verzekerde Kate haar.

'Ik mag hopen dat je gelijk hebt. Jij hebt me in de loop der jaren tot heel wat rare dingen verleid, Kate, maar dit is wel het toppunt.'

Een half uur later liet Annabel zich enigszins wankel van de stoel glijden. Haar enkel stak niet langer, maar vanaf haar boven-benen voelde ze zich verdoofd en zo slap als een vaatdoek.

'Jouw beurt, Kate,' zei ze, met het kleine beetje genoegen dat ze aan deze ervaring kon ontlenen.

Kate onderging de naald alsof ze wel vaker met dit bijltje had ge-hakt en bladerde ondertussen nonchalant een catalogus door om haar aandacht van de pijn af te leiden toen de naald haar bot raak-te. Na slechts twintig minuten was haar tattoo af en sprong ze weer uit de stoel.

'Hè, hoe kan het nou dat hij met jou sneller klaar was?' vroeg Annabel klaaglijk.

'Dat komt doordat hij alleen maar hoefde te herhalen wat hij een paar minuten daarvoor had gedaan,' grijnsde Kate.

'Dus dáárom moest ik van jou eerst,' zei Annabel chagrijnig.

'Ik heb jou eerst laten gaan omdat ik bang was dat je na mij niet meer zou durven!'

Daar kon Annabel niets tegen inbrengen. Kate had wel een beetje gelijk.

'Nou, wat vind je ervan?' Kate draaide haar voet heen en weer.

'De mijne vind ik wel mooi, maar van de jouwe ben ik nog niet zo zeker!'

Kate moest lachen om de ondeugende Annabel die tegelijk met de nieuwe tattoo tevoorschijn kwam.

Ze betaalde de jonge tattookunstenaar en met hun nieuwe lichaamsversieringen vervolgden ze hun tocht door de stad langs de bijzonderste winkels.

Bij een legerdump bleven ze staan.

'Moet je zien: een kogel dwars door de bovenkant!' zei Annabel ademloos terwijl ze een Duitse helm uit de Tweede Wereldoorlog omhooghield. 'Er staan zelfs nummers en bataljons op de riemen en laarzen geschreven.'

'Het is net een kerkhof,' antwoordde Kate knikkend. 'Ik heb in Parijs een vriendin die dit spul maar wat graag in handen zou hebben. Ze maakt altijd beelden met historische stukken.'

Annabel slaakte een zucht terwijl ze naar de Duitse helm in haar handen bleef staan kijken. 'Ik moet echt weer gaan werken, Kate. Door dit reisje begin ik me te realiseren dat ik mijn leven veel te veel laat sturen door alles wat mijn kinderen doen.'

'Wat houdt je tegen?'

'Colin, om te beginnen,' zei Annabel met een zucht. 'Hij zou het vreselijk vinden als ik zou gaan studeren. Hij ziet een vrouw liefst thuis.'

'Het is jouw leven, Annabel, en misschien wordt het eens tijd om de koe bij de hoorns te vatten. Je leeft maar één keer.'

'Ik dacht dat jij in reïncarnatie geloofde?' vroeg Annabel verrast.

'Jawel, dat doe ik ook, maar je snapt wel wat ik bedoel,' mompelde Kate, en ze gaf haar vriendin weer een arm. 'Kom op, laten we gaan lunchen.'

Toen ze via een kortere route op het drukke marktplein kwamen, waren daar zo veel leuke eettentjes, waar het wemelde van de lunchgasten, dat ze keus te over hadden.

'Colin heeft gevraagd of ik wat paté voor hem mee wilde nemen. Volgens hem houden de Fransen de beste voor zichzelf en exporteren ze alleen rommel.'

'Ik zeg het niet graag, maar daar moet ik hem gelijk in geven,' zei Kate met een knikje. 'Met wijn gaat het al net zo.'

Kate had Colin nooit gemogen. Dat was waarschijnlijk het enige obstakel in haar relatie met Annabel. Wat jammer toch dat Annabel nooit was afgestudeerd! Dan zou ze hem nooit hebben ontmoet...

Annabels vader was overleden terwijl ze in haar tweede studiejaar zat, en aangezien zij nog als enige thuis woonde, was haar moeder sterk van haar afhankelijk. Ze kon haar moeder niet de rest van haar opleiding laten betalen, en haar zussen hadden voordat ze waren geëmigreerd naar de vier windstreken van de wereld nog een studieschuld achtergelaten. Dus deed Annabel wat haar te doen stond, stopte met haar kunstopleiding aan het University College Dublin en zocht een baan. Niet veel later ontstonden er een paar vacatures bij de Bank of Ireland en ze greep de gelegenheid aan om een vast salaris te verdienen. Ze kreeg er een paar goede vrienden bij, maar eens in de zo veel tijd kneep ze ertussenuit om naar Thomas Street te gaan, naar de hippe undergroundparty's die Kate, die op de kunstacademie zat, bezocht.

Een paar dagen nadat ze de hoogste universitaire graad had behaald in de schone kunsten vloog Kate met een Boeing 747 naar New York. De spontane kunstenares had een baantje voor zichzelf geregeld bij een chique galerie in het centrum en vertrok om de wereld te gaan veroveren, zodat Annabel achterbleef met een Katevormig gat in haar leven.

Annabel sjouwde vijf dagen per week in haar Bank of Ireland-uniform rond op Nassau Street, maar keek zoals alle jonge vrouwen die bij de bank werkten altijd uit naar de vrijdag. Meestal gingen ze naar O'Neill's Pub. Maar op een keer werd ze door twee van de meisjes meegetroond naar de Horseshoe Bar in het Shelbourne Hotel. Dat was het soort plek waar alleen de hotshots uit de financiële wereld kwamen, maar omdat de meiden zo aandrongen, en onder invloed van drie flessen Stag, ging ze overstag.

Annabel zag er fantastisch uit in de kokerrokjes en zakelijke jasjes met brede schouders die in die tijd zo in de mode waren, en die avond in de bar had ze veel bekijks. Haar blonde haar zat keurig in een knot en haar heupen wiegden toen ze zich op haar spitse pumps behoedzaam een weg zocht.

Colin stond bij de open haard met een sigaar en een glas Smithwicks in zijn hand, en hij zag er minstens tien jaar ouder uit dan hij in werkelijkheid was. Zijn haargrens was een heel eind naar achteren geweken, maar Annabel was altijd al op rijpere types gevallen. Zodra ze het vertrek binnenkwam, had ze zijn aandacht en hij liep recht op haar af.

'Ik zal iets te drinken voor je halen,' zei hij, en aan zo veel arrogantie en voortvarendheid kon Annabel zich alleen maar overgeven.

Twee uur lang hoorde ze zijn verhalen aan over hoeveel geld hij had verdiend, dat hij een fantastische baan had bij KPBM en dat hij op het punt stond om daar de jongste partner aller tijden te worden. Het was bepaald geen liefde op het eerste gezicht, maar hij maakte zo veel werk van haar dat ze uiteindelijk voor hem bezweek. Ze hadden twee jaar een relatie toen hij, zoals hij al had voorspeld, inderdaad de jongste partner van het kantoor werd. Het was in Ierland de tijd die voorafging aan de economische opbloei, en rijke mannen als hij waren met een lantaarntje te zoeken. Annabels eerste huis met haar nieuwe echtgenoot was een groot vrijstaand pand met vier slaapkamers en een spectaculair uitzicht op Dublin Bay, en er waren niet veel vrouwen die zich konden beroemen op zo veel vastigheid en luxe. Het enige wat ze ervoor terug hoefde te doen was zich aan Colins spelregels houden, en bij wijze van compensatie kreeg ze haar kinderen. Ze had het gevoel dat ze het allemaal op de juiste manier aanpakte. En nu haar oudere zussen in het buitenland woonden, maar hun schulden waren achtergebleven in Dublin, was haar moeder blij met de verbintenis. Iedereen was daar blij mee, behalve Kate.

'Zou Colin deze lekker vinden?' vroeg Kate terwijl ze een pot Landes Foie Gras omhooghield.

Die zag er in elk geval leuk uit en de crèmekleurige aardewerken pot was herbruikbaar en zou mooi staan in Annabels keuken.

Ze slenterden over de smetteloze terracotta tegels en ademden de scherpe aroma's in van de keur aan kazen en gedroogde vleessoorten. De kraampjes waren ondergebracht in een rechthoekige hoge hal met een houten dak. Rijen en rijen rijpe kleurige groenten en bloemenarrangementen maakten het winkeltochtje tot een lust voor het oog.

'Wil je niet in Frankrijk blijven? De manier van leven hier lijkt wel bij je te passen,' zei Annabel terwijl ze langs de marktstalletjes dwaalden.

'Ja, zeker. Maar ik wil graag over niet al te lange tijd weer in Ierland gaan wonen. Het enige wat me tegenhoudt zijn oma en opa Macken, de grootouders van de jongens. Het is al moeilijk genoeg om ze hier elk jaar een keer op bezoek te krijgen. Ik zou zweren dat ze het me nog steeds niet hebben vergeven dat ik na Harry's dood ben hertrouwd.'

'Dat heb ik nooit begrepen. Je werd op je achtentwintigste weduwe; ze konden toch niet verwachten dat je de rest van je leven alleen bleef?'

'Harry en ik hadden op z'n best gezegd een stormachtige relatie. Soms vraag ik me af of we elkaar niet de hersens hadden ingeslagen als we nog samen waren geweest. De ene keer was het een en al liefde en verlangen, en op andere momenten kon ik hem wel aan de hoogste boom opknopen.'

'Jouw ouders en de zijne vonden het maar niks dat jullie ervandoor gingen naar de Cariben.' Ook Annabel voelde zich destijds in de steek gelaten toen ze een telefoontje uit Jamaica kreeg om haar te laten weten dat haar beste vriendin nu als mevrouw Macken door het leven ging. Kate had de belofte uit hun jeugd vergeten dat ze elkaars bruidsmeisje zouden zijn, maar niet veel later kreeg Kate alsnog de kans om tenminste wel háár bruidsmeisje te worden.

'Harry is altijd een zeilfanaat geweest, die van het ene naar het andere jacht hopte. In die tijd had ik dat helemaal niet in de gaten.' Kates mond vertrok zich tot een streep.

'Maar moet je zien wat je huwelijk je heeft opgeleverd: je twee prachtige zonen,' zei Annabel ter geruststelling.

'Ik heb je geloof ik nooit verteld dat we die dag ruzie hadden, voordat hij vertrok om mee te gaan doen aan de Fastnet-wedstrijd. Ik had net ontdekt dat ik zwanger was en hij was woedend. Hij zei dat hij geen vader wilde zijn.'

'Kate!' Annabel was ontzet. 'Daar heb je nooit iets over gezegd!'

'Wat had dat ook voor zin gehad? Iedereen was in de rouw na- dat hij overboord was geslagen. Het leek me beter om te zeggen dat hij net als ik graag een gezin had gewild.'

'Als hij de jongens nu zag, zou hij heel trots op ze zijn,' troostte Annabel haar verdrietige vriendin.

'Ja, dat denk ik ook!' antwoordde Kate, en ze voelde zich al wat beter nu ze haar hart had gelucht. 'Zo, en nu houden we op met dat serieuze gedoe! Laten we gaan kijken of we wat wijn kunnen sco- ren.'

Nadat ze de markt hadden verlaten keerden ze terug naar een zijstraatje, waar de gezelligheid en de geuren van verrukkelijke Baskische gerechten hen het Café Bayonne in lokten.

Een serveerster met een klein postuur, zwart haar en dichte wenkbrauwen heette hen welkom en leidde hen naar het enige ta- feltje voor twee, in een hoek bij het raam. Aan de kale stenen mu- ren hingen schilderijen van stierenvechters. De vriendinnen na- men plaats op de houten stoelen en vonden de zittingen van gevlochten touw verrassend comfortabel.

'*Une carafe de vin rosé, s'il vous plaît,*' bestelde Kate.

'Valt het jou ook op dat iedereen hier inktzwart haar heeft?' fluisterde Annabel toen de serveerster buiten gehoorsafstand was.

'Dit is de hoofdstad van Frans-Baskenland. De mensen uit deze streek zien er heel anders uit dan in de rest van Frankrijk. Is dat rood-wit overal je niet opgevallen?'

'Ja, nu je het zegt.' Het verbaasde Annabel dat ze nu pas de link legde. Er hing een rood-witte banier bij de kapstok achter in het restaurant en boven de houten bar was een Baskische vlag gedrapeerd.

'Die eendenconfit ziet er goed uit,' zei Kate, die haar lippen aflikte.

'Ik neem denk ik maar een salade,' zei Annabel met een blik op het menu.

'Dat is dus de reden waarom jij maatje 38 en ik maat 42 heb.'

'Wat doet dat ertoe?' glimlachte Annabel, maar stiekem was ze blij om die opmerking.

'Moet je veel doen om in vorm te blijven? Ik heb het opgegeven!'

'Ik ga minstens drie keer per week fitnessen, als de kinderen op school zijn, en ik tennis om de andere ochtend, dus ik ben denk ik wel vrij fit. Maar van mijn glaasje wijn bij het avondeten heb ik moeten afzien; die calorieën tikten hard aan.'

'Ik zou nog liever doodgaan dan 's avonds mijn wijntje laten staan,' grijnsde Kate.

'Maar jij bent kunstenaar; het helpt je waarschijnlijk bij het schilderen,' zei Annabel met een knikje.

''s Ochtends verzet ik het meeste werk; dan is het licht beter. En nu graag een wat interessanter gespreksonderwerp. Heb je nog smakelijke roddels uit het oude vaderland?'

Daar moest Annabel even over nadenken. 'Nou, sinds onze laatste schoolreünie zijn er een stuk of drie echtscheidingen geweest en zelfs een complete partnerruil.'

'Dat meen je niet!' Kate was zo geschokt dat ze de gedrongen serveerster amper opmerkte toen die een karaf rosé en twee glazen op tafel zette.

'Wilt u bestellen?' onderbrak ze hen met haar handen stevig op haar heupen.

'Eh... ja,' zei Annabel.

'Kom op, doe eens gek!' zei Kate. 'Neem nou de eendenconfit!'

'Goed dan – de eendenconfit en een salade van het huis, *s'il vous plaît*,' zei Annabel tegen de serveerster.

'*Même, s'il vous plaît*,' zei Kate, waarna ze haar aandacht snel weer op Annabel richtte. 'Zo te horen gaat het er tegenwoordig in Ierland heel anders toe dan ik gewend was.'

'Je kent het niet meer terug!'

'Nu weet ik weer waarom ik mijn vader en moeder altijd naar Frankrijk liet overkomen! Alhoewel, de afgelopen tijd is mam alleen gekomen; pap houdt zoals je weet niet zo van vliegen.'

Annabel voelde een blos omhoogkruipen over haar wangen.

'Zou jij nooit in het buitenland willen wonen?' vroeg Kate. 'Al zal het er in dit stadium niet snel van komen om het nog te proberen.'

'Ach, ik ben een echte huismus. Toen mijn vader was overleden had ik altijd het gevoel dat ik voor mijn moeder moest zorgen. Ik bedoel, Vicky en Lucy zullen vanuit Washington en Nieuw-Zeeland niet snel iets voor haar doen.'

'Tja, zo gaat het als je de trouwe hond van de familie bent,' zei Kate joviaal.

'Ik vind het niet erg. Het heeft zo zijn voordelen; mijn moeder woont om de hoek en het is fijn dat ze kan komen oppassen.'

'Hoe vindt Colin het om zijn schoonmoeder zo dicht in de buurt te hebben?'

'Het komt hem goed uit, want meestal is hij niet voor achten thuis en 's zaterdags is hij altijd de hele dag aan het golfen. We spreken elkaar eigenlijk alleen op zaterdagavond, en in het weekend hebben we meestal gasten of gaan we bij iemand eten. Op zondag wordt er altijd geluncht bij de Golf Club, en daarna leest Colin de zondagskranten en breng ik de kinderen weg om te gaan zwemmen.' Annabel klonk lusteloos. Voordat ze een slokje nam streek ze met haar vinger over de rand van haar wijnglas. 'Zo is het schema.'

'Ik weet dat je een comfortabel leven voor jezelf hebt geregeld, Annabel, maar verveel je je niet een beetje?' Kate boog zich over tafel en keek haar vriendin scherp aan.

'Niet iedereen heeft er zin in om op allerlei verschillende plekken te wonen met echtgenoten op contractbasis,' kaatste Annabel terug. Kates opmerking had haar echt pijn gedaan, en hoewel ze zelf haar antwoord nogal bits vond, zat ze er niet op te wachten dat haar vriendin met een bohemienleven een oordeel over haar velde.

'Zo bedoelde ik het niet, Annabel. Kom op, je kent me inmiddels goed genoeg!'

'Ja, sorry,' zei Annabel hoofdschuddend. 'Misschien heb je wel een gevoelige snaar geraakt.'

De serveerster kwam aanlopen met een mandje brood in de kromming van haar elleboog en in elke hand een gerecht. De wijnkaraf werd nog een keer gevuld en tegen de tijd dat ze hun eetlust hadden bevredigd met het voorgerecht zag de wereld er een stuk vrolijker uit.

'Hoe gaat het met jouw tattoo?' vroeg Kate. 'Doet het nog pijn?'

'Een beetje.' Annabel schoof haar stoel naar achteren en wierp een snelle blik op haar pas geïnkte enkel. 'Volgens mij is de mijne groter dan die van jou, Kate.'

'Gezichtsbedrog,' antwoordde Kate met een glimlach, terwijl ze haar been onder de tafel uitstak en het naast dat van Annabel hield. 'Jouw enkels zijn gewoon slanker.'

De twee vriendinnen lachten, blij dat ze deze kostbare dag samen door konden brengen.

'Niet te geloven dat ik op een vrijdagmiddag om drie uur hier ben. Taylor moet normaal gesproken rond deze tijd worden opgehaald van pianoles,' grijnsde Annabel.

'Dat klinkt alsof je het wel verdient om er even tussenuit te zijn,' antwoordde Kate met een glimlach. Ze nam een slokje van haar wijn en draaide net haar hoofd opzij om uit het raam te kijken toen er een bekende gestalte in zicht kwam. Tot genoegen van Annabel begon ze verwoed te zwaaien.

Toen kreeg de lange figuur aan de andere kant van de ruit duidelijke trekken. Kate wenkte hem naar hun tafeltje.

Nico leek een beetje mank te lopen toen hij naar het tafeltje van de vrouwen toe kwam. Hij pakte er een stoel bij van een onbezet tafeltje.

'Wat leuk om je weer te zien,' zei Kate grijnzend. 'We hebben net een lunch besteld – wil jij ook iets eten?'

Met een glimlach keek Nico Annabel aan. Bij daglicht zag hij er nog aantrekkelijker uit.

'Nee, bedankt, maar ik wil wel iets met jullie drinken, als ik tenminste niet stoor.'

'Helemaal niet,' zei Kate stralend. 'Toch, Annabel?'

'Leuk om je weer te zien.' Annabel glimlachte zedig. Ze schoof zenuwachtig heen en weer op haar stoel toen ze werd bekropen door een mengeling van wellust en schuldgevoel.

'En, wat brengt jullie naar Bayonne?' Kate wilde graag weten of Brett bij hem was.

'Ik ben naar een dokter geweest voor mijn knie. Vanochtend heb ik een knieband verrekt. Nu kan ik de rest van de week niet meer surfen,' antwoordde Nico met een zucht.

'Wat zonde nou,' zei Annabel, en ze nam een slokje wijn.

'Drink je rosé?' vroeg Kate, terwijl ze al een leeg glas dat op tafel stond volschonk.

'Ja, graag,' zei Nico; hij pakte het glas van haar aan en hief het met een waarderende blik op.

'Is Brett nu de golven aan het temmen?' vroeg Kate.

'Hij is al vanaf negen uur vanochtend aan het surfen,' antwoordde Nico. 'Hij is een van de fitste gozers die ik ken.'

Daar kan ik over meepraten, dacht Kate bij zichzelf. 'En, Nico, hebben jullie nog plannen voor later op de dag?'

'Nog niet, nee.'

'Hebben jullie zin om vanavond weer af te spreken? Misschien kunnen we dan dit keer naar het casino gaan,' giechelde Kate.

'Goed, leuk!' Nico keek glimlachend naar Annabel, die zich heel stil hield. 'We gaan na het eten eerst nog met iemand ergens wat drinken – om een uur of half tien dan maar?'

'Goed plan,' glimlachte Kate. 'Zullen we elkaar weer treffen bij Desperados?'

'Prima,' zei Nico, met een zorgelijke blik op Annabel. 'Tot later dan maar.'

Annabel knikte toen hij de deur uit liep.

'Wat een heerlijk toeval, vind je niet?' grinnikte Kate. 'Volgens mij ziet hij jou wel zitten, Annabel!'

'Ach, kom op, zeg! Zit me nou niet te stangen!' protesteerde Annabel, die zich heel ongemakkelijk voelde.

Na het eten bestelde Kate koffie voor hen en bleven ze nog wat zitten kletsen.

'Wil je terug naar Biarritz of zullen we hier blijven?' vroeg Annabel.

'Ik vind het prima om terug te gaan, als je alles hebt wat je hebben wilde,' zei Kate.

Compleet met hun tatoeages en een pot foie gras als bewijs dat ze een uitstapje hadden gemaakt zaten de twee vrouwen zwijgend in de bus. Praten was niet nodig. In elkaars gezelschap voelden ze zich volkomen op hun gemak.

Deze korte vakantie was een zaligheid. Annabel zat enigszins in haar maag met Nico, maar besloot haar kostbare tijd met Kate daardoor niet te laten bederven; met Nico zou ze die avond wel dealen, als het zover was. Voorlopig verheugde ze zich er alleen maar op in het hotel met haar vermoeide voeten omhoog te gaan liggen – die tattoo deed nog best zeer! – een lang en luxe bad te nemen, misschien een wandelingetje te maken over de boulevard en iets te drinken in een chic café, voordat ze weer een relaxed en intiem etentje zou hebben met haar dierbaarste vriendin.

Voor haar gemoedsrust was het maar beter ook dat ze nog geen flauw idee had van de ramp die hun vriendschap in de nasleep van dat avondmaal zou treffen, of van het feit dat de knappe jonge surfer en haar met schuld beladen moment van hartstocht straks wel het laatste zouden zijn waar ze zich zorgen om maakte.

4

Kate kon zich niet op haar boek concentreren. Onderweg naar Biarritz was het heerlijk geweest om het te lezen, maar op de terugreis kwam het haar saai voor. Alles leek anders, ook de manier waarop ze tegen haar relatie met haar vader aankeek en haar gevoelens over de relatie van haar ouders. Ze was gekwetst door wat haar vader had gedaan. Maar ze was nog dieper gekwetst door haar beste vriendin. Dat het ruim twintig jaar geleden was dat zij haar had verraden en er nooit een woord over had gezegd wreef nog eens extra zout in de wonde. Ze moest haar al die tijd stiekem hebben uitgelachen.

Dwars door het ritmische geraas van de treinwielen heen hoorde Kate zwakjes haar mobieltje overgaan. Ze haalde het uit haar zak en was blij dat er nummerherkenning bestond. Toen ze Annabels nummer herkende, zette ze het toestel onmiddellijk uit. Hoe kon ze ooit nog met haar praten?

Het viel nog niet mee om zich de veerboottocht over St. George's Channel te herinneren; twintig jaar was lang geleden. Was ze er die nacht maar niet vandoor gegaan met die Franse jongen...

Annabel stond in de kleine douchecabine toen Kate de volgende ochtend de deurknop van hun hut omdraaide.

'Sorry dat ik de hele nacht niet ben komen opdagen,' zei ze schaapachtig door de deur van het badkamertje heen.

'Geeft niks, hoor!' riep Annabel. 'Ik heb heerlijk geslapen.'

'Annabel, ik geloof dat ik verliefd ben – die jongen is het verrukke-lijkste schepsel dat God heeft geschapen!'

Druipend kwam Annabel de badkamer uit, terwijl ze met een crèmekleurige handdoek haar haar droogde.

'En die arme Shane dan?' vroeg ze.

'Ach, wat niet weet, wat niet deert. Trouwens, ik heb je al zo vaak gezegd dat we een relatie hebben waarin jaloezie geen rol speelt.'

'Je bedoelt dat hij zo gek op je is dat hij al je stomme streken al bij voorbaat vergeeft?'

'Annabel, je doet net of ik een slet ben!' zei Kate verontwaardigd.

Wat een lef, bedacht Kate nu. Terwijl Annabel al die tijd degene was die zich als een slet gedroeg! Ze wilde naar Annabel toe gaan, haar uitfoeteren en de huid vol schelden, maar besloot dat het op dit moment het beste was om het stof te laten neerdalen, totdat ze had bedacht wat ze zou gaan doen.

In Biarritz gaf Annabel haar sleutel langzaam aan de receptioniste. Haar hoofd bonsde en haar buik deed pijn, en ze realiseerde zich dat ze zich niet alleen door haar kater zo voelde. Vervolgens over-handigde ze de tachtig euro voor haar helft van de rekening.

'Ik hoop dat uw verblijf is bevallen?' vroeg de receptioniste stra-lend.

'Heel goed, dank u.' Bij wijze van antwoord schonk Annabel haar een wrange glimlach. 'Zou u alstublieft een taxi voor me kun-nen bellen om me naar het vliegveld te brengen?'

'Natuurlijk.'

Annabel bleef wachten in de kleine lobby, waar ze nog maar twee avonden geleden met haar beste vriendin en de twee surfers had gestaan. Kon ze de tijd maar terugdraaien. Vagelijk herinnerde ze zich dat Nico haar de vorige avond naar bed had gebracht, maar om hem maakte ze zich niet druk. Ze zat niet meer met eventuele schuldgevoelens die ze na haar onbezonnen daad mee naar huis zou nemen. De enige die haar nu iets kon schelen was Kate; ze wil-de de kans krijgen om het allemaal uit te leggen, zonder invloed van alcohol. Als Kate zou beseffen hoezeer Annabel haar vader aanbad, zou ze er misschien anders tegenaan kijken. Hun liefdesrelatie had niets verachtelijks gehad en ze hadden allebei uiteindelijk gedaan wat voor hun dierbaren het beste was. Kate moest hun standpunt toch wel kunnen begrijpen?

Er kwam een taxichauffeur de lobby in, die door de receptioniste in Annabels richting werd gewezen.

'*Bonjour*,' zei hij met een knikje, en met een hoffelijk gebaar ontfermde hij zich over haar bagage.

Tijdens de hele rit naar het vliegveld zat Annabel zwijgend achter in de Mercedes-Benz. Ze was eraan gewend in Mercs te reizen; Colin had er ook een voor zijn werk. Maar alles leek nu anders. Ze had de afgelopen nacht met Nico even mogen proeven van wat ze al die jaren had gemist. Passie was er in haar relatie met Colin nooit geweest – en ze werd helemaal beroerd bij het vooruitzicht ooit weer seks met hem te moeten hebben. Had ze maar het lef om er iets aan te doen, maar dat zou betekenen dat ze een heleboel moest opgeven: zekerheid, status, comfort. Al leken die dingen op dit moment geen van alle erg belangrijk. Het enige wat er echt toe deed was Kate en dat het tussen hen weer goed zou komen.

De taxi stopte voor de vertrekhal en Annabel rekende af met de chauffeur. Het vliegveld was zo klein en gerieflijk dat ze na het inchecken van haar bagage al binnen een paar minuten rondwandelde door het taxfreewinkeltje.

'*Mesdames et messieurs, votre vol à destination Dublin est prêt à l'embarquement*,' riep een stem door de intercom.

Annabel sloot aan bij de korte rij. De meeste mensen om haar heen waren zakenlui met koffertjes in de hand. In deze tijd van het jaar waren er niet veel vakantiegangers.

In het vliegtuig wees het cabinepersoneel de passagiers hun plaatsen. Annabel bleef naast de deur van de cockpit staan wachten. Ze had geen haast om te gaan zitten – ook niet om terug te vliegen naar Dublin, trouwens.

Precies op dat moment wurmde de gezagvoerder zich door de

cockpitdeur heen om voordat ze zouden opstijgen de laatste dingen te regelen met het grondpersoneel.

'Annabel!'

Ze draaide haar hoofd om en zag Shane Gleason voor haar neus staan, die er keurig uitzag in zijn zwarte uniform met vier gouden strepen op zijn manchetten.

'Niet te geloven!' zei ze terwijl ze haar armen om zijn nek sloeg en ze elkaar hartelijk omhelsden.

'Nou, Annabel, je bent een lust voor het oog. Wat zie je er fantastisch uit!'

'Zo voel ik me vanmorgen anders helemaal niet. Maar zelf mag je er ook zijn, meneer Gleason,' grijnsde ze. 'Wie zou al die jaren geleden op het strand van Dollymount hebben gedacht dat we elkaar nog eens op deze manier tegen zouden komen... en hé, ik was net nog bij Kate! Die woont nu in Frankrijk.'

Zodra ze Kates naam noemde, lichtten zijn ogen op. 'Ik heb haar een paar jaar geleden nog eens ontmoet. Ze is zeker druk met haar man en zonen?' Bij die woorden knikte hij ernstig.

'Om eerlijk te zijn zijn Stefan en zij nog niet zo lang geleden uit elkaar gegaan,' zei Annabel.

'O ja?' Dat nieuws leek hem te verheugen. 'Ik bedoel: wat erg!' Hij schudde zijn hoofd. 'God, Annabel, ik zou heel graag van alles met je willen bepraten! Vóór 9/11 had je bij me in de cockpit mogen zitten en hadden we weer eens ouderwets kunnen kletsen, maar tegenwoordig moeten we ons strikt aan de veiligheidsvoorschriften houden.'

'Het geeft niet,' zei Annabel met een glimlach.

'Ik moet gaan. Spreken we elkaar later nog?'

'Goed.'

Shane pakte zijn papieren aan van de man van het grondpersoneel, die graag de passagiers de lucht in wilde hebben en vertraging wilde voorkomen, en keerde terug naar zijn celachtige cockpit.

Annabel ging op haar plaats bij het raampje zitten en begon in het laatste nummer van het tijdschrift *Hello* te lezen. Maar toen ze

Shanes stem over de intercom hoorde kon ze zich niet langer op wat dan ook concentreren.

Shane en Kate. Misschien kon ze hen weer met elkaar in contact brengen. Hij leek erg geïnteresseerd toen ze hem vertelde dat er een einde was gekomen aan Kates relatie met Stefan. Shane was een godsgeschenk. En zij moest een manier hebben om weer het leven van haar vriendin binnen te komen.

De Airbus ging op 38.000 voet over op kruissnelheid en Annabel bestelde een cognac en een gemberbier. Wat maakte het uit dat het pas half twaalf in de ochtend was? Ze had de avond tevoren iets nog veel decadenters gedaan. Ze associeerde vliegen altijd met cognac en vandaag had ze daar meer behoefte aan dan ooit. Ze wist niet zeker of de drank zou helpen tegen haar kater, maar beroerder dan dit kon ze zich niet voelen.

Ze sloeg haar benen over elkaar en haar blik viel op de tatoeage op haar enkel. Die was de enige lichamelijke link tussen haarzelf en Kate, en ze was nu heel blij dat Kate haar had aangespoord om door te zetten. Ze zouden vriendinnen voor het leven blijven en de versiering op haar enkel bewees dat. Ze reikte omlaag en streek er met haar vinger overheen. Het Derde Oog betekende voor hen allebei veel, al sinds het begin van hun relatie.

'Zit hier iemand?' vroeg Annabel, die met haar muizige blonde krullen en gestreken schooluniform voor een tafeltje voor twee stond waaraan maar één meisje zat.

Het meisje keek op vanonder haar dichte zwarte haardos om te kijken aan wie die stem toebehoorde.

Ze wilde duidelijk een tafeltje voor zichzelf hebben, zodat ze haar boeken en tas breeduit kon neerleggen, maar het lokaal liep vol en ze zou haar tafel moeten delen. Zonder antwoord te geven haalde ze haar tas van de stoel en stak haar neus weer in haar boek.

Annabel wist het toen nog niet, maar Kate was nog steeds kwaad op haar ouders omdat ze uit hun heerlijke huis aan de andere kant van de stad waren vertrokken. Dertien was een verschrikkelijke leeftijd om weer helemaal opnieuw te beginnen en nieuwe vrienden te maken.

'Hoi, ik ben Annabel. Ik ben nieuw in Howth – alle andere meisjes kennen elkaar blijkbaar, of niet?' Ze gebaarde door het lokaal naar de meisjes die op de rand van hun bureautjes zaten en bij elkaar kropen om elkaar verhalen over de zomervakantie te vertellen.

Het meisje keek weer naar Annabel op en bromde iets. 'Ik ben Kate,' zei ze.

'Wat een leuke tekening op je tas – moet die de zon voorstellen?' vroeg Annabel. Ze was blij dat ze iemand had om mee te praten, al ging dat dan met tegenzin.

Kate klakte geïrriteerd met haar tong. 'Het is het Derde Oog,' zei ze op vlakke toon.

Annabel had geen zin om te vragen wat het Derde Oog was, maar daar zou ze wel achter komen als ze die avond weer thuis was.

'Wat is jouw geboortedatum?' vroeg ze in plaats daarvan. 'Ik ben een Ram – 24 maart.'

Kate zag er treurig uit en Annabel vroeg zich af waarom. Ze wist niet dat dit helemaal niet in Kates plannen paste. Die wilde graag het interessante meisje achter in de klas zijn met wie niemand wilde praten omdat iedereen bang voor haar was – maar dit muizige kind leek zich vast te hebben voorgenomen daar verandering in te brengen. Zou dit opgewekte grietje de hint snappen of niet? Om de zaken er nog erger op te maken hadden ze ook nog iets gemeen: Kate was ook een Ram.

'Cabin crew, take your seats for landing, please,' klonk Shanes stem over de intercom.

Vlak voordat de hoge ESB-torens aan Dublin Bay in zicht kwamen, haastte een stewardess zich naar Annabel toe.

'De gezagvoerder wil graag weten of u tijd hebt om koffie met hem te drinken als we op het vliegveld van Dublin zijn geland,' zei ze, en ze knipperde met haar lange, gekrulde wimpers en tuitte haar roze gestifte lippen.

'Zeg maar tegen hem dat ik dat heel leuk zou vinden,' antwoordde Annabel.

5

Het smeedijzeren hek leek zwaarder open te gaan dan ooit. Het grind van het pad knerpte onder haar voeten toen ze naar de turquoise voordeur toe liep. God, wat is dit toch een heerlijke plek, bedacht ze. De bergen hingen als een fluwelen gordijn achter haar charmante *gîte*, en ze slaakte een zucht van opluchting nu ze eindelijk thuis was. De leeuweriken zongen in de cipressen een lofzang op haar thuiskomst.

'Ik zal je even helpen,' zei Fabian, terwijl hij de sleutel uit haar hand pakte en hem voor haar in het slot stak.

'Bedankt,' antwoordde Kate. 'Fijn dat ik je zag op het station.'

'Serendipiteit, *ma chérie*,' grijnsde Fabian. 'En daar zijn we ruimschoots mee gezegend hier op deze prachtige plek. Ben je niet doodmoe van je reis naar de kust?'

'Vergeet niet dat ik aan zee ben opgegroeid.'

'*Mon dieu*, natuurlijk. Kom op, vertel me alles,' zei Fabian, terwijl hij met een polsbeweging de lok op zijn voorhoofd naar achteren streek. 'Hoe was het met je vriendin?'

'Ik moet eerst koffie en een sigaret hebben,' zei Kate hoofdschuddend.

'Maar Kate, je rookt niet meer!'

'Ik begin opnieuw, Fabian,' antwoordde Kate raadselachtig. 'Ik zou toch zweren... Je denkt dat je iemand kent en dan...'

'Zeg maar niets meer, tot we rustig zitten en je me het hele verhaal kunt vertellen.' Fabian liep met veerkrachtige tred het knusse huis binnen, met zijn dieprood getinte muren en glanzende zwarte tegels op de vloer.

De langbenige Fransman opende de zware grenenhouten deur die naar de keuken leidde. Kate kwam bereidwillig achter hem aan, omdat ze zo snel mogelijk de percolator wilde opzetten, zodat ze haar verhaal kon doen.

'En, ziet Annabel er nog steeds zo verrukkelijk uit als op de foto die je me liet zien?' vroeg Fabian, die weer zijn lange zwarte lok met zijn vingers naar achteren duwde, waardoor zijn neus nog prominenter uitkwam.

'Doe nou niet of je een oogje op haar hebt, Fabian!' zei Kate schamper. 'Je hebt het wél tegen mij, hoor! En misschien wordt het eens tijd om de rest van je vrienden te vertellen dat je homo bent – de meesten hebben trouwens al zo'n vermoeden.'

Fabian schrok van Kates scherpe toon. '*Chérie*,' zei hij hoofdschuddend, 'ik weet een vrouw die er goed uitziet heus nog wel te waarderen.'

Kate streek met haar hand over haar voorhoofd en haar rechteroog. Dat was al van kinds af aan een gewoonte van haar. Haar broer Philip had ooit een steen op haar af geschoten met zijn katapult, waarbij hij haar rechteroog op een paar millimeter na miste, maar wel de huid onder haar wenkbrauw beschadigde; als ze gestrest was, wreef ze altijd over die plek.

'Fabian, het spijt me. Ik wilde je niet beledigen. Je bent echt een van mijn beste vrienden, en op dit moment misschien wel de allerbeste!'

'Wat is er gebeurd dat je er zo aan toe bent? Vertel het Fabian maar!' Nadat hij op een van de stevige grenenhouten stoelen was gaan zitten trommelde hij met zijn vingernagels op tafel.

Kate keek hem onder het koffiezetten ernstig aan. 'Ken je dat, dat je denkt iemand te kennen, maar dat diegene dan ineens iets doet wat helemaal niet bij hem of haar past?'

'Dat gebeurt zo vaak,' zei Fabian spijtig, en hij zoog zijn magere wangen nog meer naar binnen.

'Precies, maar niet als het om iemand gaat die je al bijna je hele leven kent!'

'O, dan juist,' zei Fabian met een zucht. 'Mijn eigen ouders haal-

73

den het in hun hoofd om een wereldreis te gaan maken en lieten mij achter bij mijn oma, terwijl ik nog maar elf was.'

Kate bleef even verbijsterd staan. 'Dat heb je me nooit verteld! Ik dacht altijd dat je moeder ziek was en dat je daarom door je oma werd opgevoed!'

'*Chérie*, ik ben niet iemand die zwelgt in zelfmedelijden,' zei hij schokschouderend. 'Vertel alsjeblieft verder.'

'Nou, we hadden allebei een avontuurtje beleefd met die twee surfjongens –'

'Een beetje mijn types?' vroeg Fabian schalks.

'Zeker weten! Ik wond er geen doekjes om dat ik Brett wel zag zitten –'

'Leuke naam,' onderbrak Fabian haar weer.

'Alsjeblieft, Fabian,' zei ze, maar ze kon een glimlach niet onderdrukken. 'Het bleek dat, terwijl Brett en ik "dansten in de maneschijn", Annabel en zijn vriend bezig waren in zijn kamer.'

'En wat is daar mis mee?' vroeg Fabian met een glimlach.

'Helemaal niets – behalve dan dat ze het mij niet vertelde! We kwamen die vent van haar de volgende dag tegen in Bayonne en pas later die avond, toen ze een slok op had, kwam ze ineens met de mededeling...' Kate moest zichzelf tot bedaren brengen voor ze met haar onthullingen verder kon gaan. 'En toen...'

'Ja?'

'En toen... toen zei ze dat ze jaren geleden met mijn vader het bed in gedoken was... en had ze ook nog het gore lef om te zeggen dat ze van hem hield!'

Fabian gaf nog steeds geen krimp. 'Ik ben ook met de vader van mijn vriend naar bed geweest, toen ik nog maar zeventien was,' zei hij, zonder echt door te hebben hoe Kate tegen de situatie aankeek.

Op deze informatie zat zij bepaald niet te wachten. Ze bracht allebei haar handen omhoog en krabde stevig op haar hoofd.

'*Snap je dan niet wat ik bedoel?*' schreeuwde ze bijna uit. Ze liet zich op een van de grenenhouten stoelen neerzakken en de tranen sprongen haar in de ogen.

'Natuurlijk wel,' zei Fabian op serieuzere toon. 'Maar het is lang geleden gebeurd, en is het het echt waard om een vriendin kwijt te raken vanwege een kleine... hoe zeg je dat... discrepantie?'

'Ja,' zei Kate met een zucht, 'dat is het juiste woord. Ik weet niet zeker hoe lang het heeft geduurd of wat voor relatie ze precies hadden. En, ik bedoel... of zij hem verleidde of hij haar.'

'Wil je zeggen dat je uit Biarritz bent vertrokken zonder erover te praten?' vroeg Fabian verbaasd.

Kate knikte.

'Misschien moet je het er eens uitgebreid met Annabel over hebben als je het zo erg vindt,' zei Fabian, terwijl hij troostend een hand op de arm van zijn vriendin legde. 'Nou, waar blijft die koffie van je?'

Kate schonk hem een flauw glimlachje, stond weer op en liep naar haar granieten aanrecht. Het kon best zijn dat ze overdreven reageerde, maar haar ware gevoelens kon ze niet verbergen. Haar wereld, alles wat ze voor heilig had gehouden, schudde op zijn grondvesten en ze had geen idee wat ze ermee aan moest.

Shane zwaaide naar Annabel vanuit de cockpit toen ze op het voetpad achter de stewardess aan liep.

'De personeelskantine is hier op de eerste verdieping,' liet het in fraai uniform gestoken meisje Annabel weten.

Zwijgend liepen ze verder naar de kleine eetzaal.

'Thee of koffie?' vroeg de stewardess toen ze de kantine binnenstapten.

Ze zal er wel genoeg van krijgen om dat steeds maar te moeten vragen, bedacht Annabel bij zichzelf. 'Koffie, graag,' antwoordde ze.

De stewardess liep met tikkende hakken weg naar de Burca-kan en vulde een piepschuimen bekertje met water en een lepeltje oploskoffie. Ze zette het op tafel voor Annabel neer.

'De gezagvoerder komt zo bij u,' zei ze, en ze glipte zo snel weg als haar hoge hakken toelieten.

De gezagvoerder – het zou wat, bedacht Annabel. Ook al had ze met eigen ogen Shane in zijn uniform gezien, ze kon zich hem nog steeds moeilijk voorstellen als een gezagvoerder van een vliegtuig. Misschien van de Star Ship Enterprise, maar niet van een echt vliegtuig.

Annabel had haar tijdschrift nog niet opengeslagen, of Shane stapte door de klapdeuren. Hij kwam snel naar Annabel toe, kuste haar op de wang en ging naast haar zitten.

'Sorry dat ik je mee hiernaartoe sleep, maar ik heb niet veel tijd; over een half uur moet ik naar Birmingham.'

'Ach ja, het pilotenleven!' plaagde Annabel hem.

'Zo'n glamoureuze baan is het niet meer; daar heeft Airjet wel voor gezorgd,' bromde Shane. 'Maar het brengt genoeg geld in het laatje. Maar vertel eens: hoe is het met Kate?'

'Ze ziet er fantastisch uit en haar schilderijen vliegen – excusez le mot – bij alle topgalerieën in Parijs over de toonbank.'

Shane schoof ongedurig heen en weer op zijn stoel, met alweer een volgende vraag die brandde op zijn lippen. 'En wat zei je nou over haar huwelijk?'

'Stefan heeft een jonger model aan de haak geslagen, zijn PA om precies te zijn, en Kate en hij zijn min of meer als vrienden uit elkaar gegaan. Ze vindt het fijn om op zichzelf te zijn. Maar ze heeft het wel over jou gehad.'

'Jullie hebben zeker herinneringen zitten ophalen aan die goeie ouwe tijd op het strand van Dollymount?' vroeg hij met een grijns.

'Ze denkt nog steeds met warme gevoelens aan je terug en vond het jammer toen het contact na jullie ontmoeting in Toulouse verwaterde.'

'Dat lag helemaal aan mij,' zei hij terwijl hij ernstig over zijn voorhoofd wreef. 'Haar nummer stond in mijn oude telefoon en ik heb het nooit overgezet. Om eerlijk te zijn had ik het van haar ouders zó kunnen krijgen, maar...'

'Waarom heb je haar dan niet meer gebeld?' Annabel wist wel wat hij zou antwoorden, maar ze wilde het uit zijn mond horen.

'Wil je het echt weten? Ik was toen ik haar die keer tegenkwam nog maar net getrouwd en ik kon haar niet uit mijn hoofd zetten.' Zijn gefronste voorhoofd verried dat het hem moeite kostte om zijn ware gevoelens te laten spreken. 'De paar keer dat we elkaar daarna nog hebben gesproken liep ik naderhand dagen, weken over haar te dagdromen!'

'Dat is niet zo handig voor iemand die net getrouwd is,' moest Annabel toegeven. 'Als het een troost voor je is: zij was er ook niet best aan toe. Ze heeft gezegd dat ze nadat ze jou was tegengekomen een half jaar niet meer heeft kunnen schilderen.'

Verrast wierp Shane zijn hoofd achterover. 'Zei ze dat?'

'Wat is dat toch met jullie tweeën?' verzuchtte Annabel. 'Het leek er altijd op dat jullie elkaar wel zouden vinden. Waar ging het mis?'

'Ik geloof dat ik haar onder druk heb gezet, Annabel.' Shane boog zijn hoofd. 'Ze was een losbol, zoals we allebei weten. Ik stoorde me nooit zo aan haar flirts of bevliegingen, maar toen ze na haar studie naar Amerika ging vroeg ze me niet eens mee.'

'Volgens haar wilde je helemaal niet weg!' Annabel keek op van zijn bekentenis.

'We waren al een hele tijd bij elkaar en ze wilde haar eigen weg gaan.' Shane draaide zijn hoofd weg en keek door het enige raam in de kantine naar buiten. 'Het heeft jaren geduurd voor ik daaroverheen was.'

'Dat moet wel zwaar geweest zijn,' antwoordde Annabel meelevend.

'Ik zal nooit het moment vergeten waarop ik hoorde dat ze voor de eerste keer was getrouwd.' Shane draaide zijn hoofd terug, tot hij Annabel weer recht aankeek. 'Wat was ik kwaad op haar! Kate is iemand die niet denkt, maar doet!'

'Ik weet wat je bedoelt,' zei Annabel met een knikje. Ze reikte in haar tas en haalde haar mobiele telefoon eruit. 'Nou, zal ik je nu haar nummer geven? Ik weet zeker dat ze het geweldig zou vinden om iets van je te horen.'

'De komende maand ben ik in Toulouse voor een opfriscursus,' zei hij peinzend.

'Waarom bel je haar dan niet?' drong Annabel zachtjes aan.

Shane stak zijn hand in de zak van zijn jasje en haalde zijn Nokia tevoorschijn. 'Geef het nummer maar?' grijnsde hij, klaar om Kates cijfers in te tikken op zijn mobieltje.

Een paar minuten later moest Shane er alweer vandoor. Annabel nam nog een slok van haar inmiddels koude koffie. Ze hoopte maar dat hij Kate zou bellen, maar ze kon alleen maar afwachten.

Ze slaakte een zucht. De gedachte om terug te gaan naar Howth sprak haar niet bijster aan. Ze miste haar kinderen, maar kon als ze eerlijk was niet zeggen dat ze ernaar uitkeek om Colin weer te zien.

Het duurde langer om door de aankomsthal heen te komen en het voelde eenzamer dan anders. Ze nam de Toyota Avensis vooraan in de rij met taxi's, en ze zat met een zwaar gevoel op de achterbank terwijl hij door de buitenwijken van Dublin reed. Het was een fijne verrassing geweest om Shane op deze manier tegen te komen, maar elke keer dat ze aan Kate dacht kreeg ze een akelig gevoel. Misschien moest ze haar wat ruimte geven en pas over een paar dagen bellen.

De taxi reed de lange weg op aan de zonkant van Howth Hill, tot Annabel haar edwardiaanse herenhuis in zicht kreeg. De erkerramen, met de bakken met bloeiende viooltjes en petunia's die over de vensterbanken omlaag stroomden ervoor, vond ze een van de mooiste dingen aan haar huis. Ze verlangde naar een lang bad in haar luxe slaapkamer met badkamer, maar besefte dat de plicht haar zou roepen zodra ze de haldeur open zou doen. Colins auto was nergens te zien, en omdat het een perfecte dag was om een partijtje te gaan golfen, hoefde ze geen Miss Marple te zijn om te weten waar hij uithing. De Polo van haar moeder die naast haar Jeep voor de grote dubbele garage geparkeerd stond sprak boekdelen.

'Bedankt,' zei ze tegen de chauffeur toen hij het achterportier voor haar openmaakte. 'Hoeveel krijgt u van me?'

'Twintig euro,' antwoordde de chauffeur, en hij knikte goedkeurend toen ze hem vijfentwintig euro gaf en zei dat het goed was zo.

De voordeur ging open en haar twee jongste kinderen kwamen naar buiten gerend om haar te begroeten. Rebecca had haar tutu van balletles nog aan en Taylor was netjes aangekleed voor een verjaardagspartijtje.

Een vrouw met een vriendelijk gezicht en met zilverkleurige en blonde strepen in haar haar kwam de deur door en zwaaide naar Annabel.

'Hallo mam!' riep Annabel, nog steeds met haar armen stevig om haar dochtertjes heen.

Lily kwam de bordestreetjes af en gaf haar dochter een kus op haar wang. 'Heb je het fijn gehad, schat?'

'Heel fijn, dank je!' Annabel zou haar moeder nooit de waarheid kunnen vertellen.

'En hoe gaat het met Kate, nu haar huwelijk zo vreselijk is geëindigd?' vroeg Lily ernstig.

'Het gaat uitstekend met haar,' verzekerde Annabel haar moeder.

'Je mag van geluk spreken dat jij zo'n fijn leventje hebt, Annabel,' zei Lily hoofdschuddend, 'met die goede en betrouwbare man van je.'

'Nou en of!' Annabel probeerde overtuigend te klinken. Even zag ze de hotelkamer in Biarritz weer voor zich, en Nico's gespierde lichaam.

Hoe moest ze zich er in vredesnaam doorheen slaan nu ze weer terug was?

6

De frisse berglucht waaide door het bovenraampje van Kates slaapkamer zachtjes naar binnen. Toen het zonlicht de kamer in viel, schoof ze het dekbed van zich af. Ze was blij dat ze voor de verandering de luiken eens had opengelaten. Het was een fijn gevoel om in haar eigen vertrouwde kamer wakker te worden. De rozen op het behang en op de dekbedhoes waren als oude vrienden, en een stuk beter houdbaar dan de vriendin die ze een paar weken geleden in Biarritz had achtergelaten. Ze kon vandaag een aantal dingen doen. Een belletje naar haar advocaat om te vragen hoe het er met de scheiding voor stond, en eventueel een lunch met haar buren Joy en Simon – dat was een leuke manier om de tijd door te brengen.

Hoe meer Kate haar best deed om het gedoe met Annabel te vergeten, hoe vaker het beeld van haar vader en haar vriendin als stel door haar hoofd speelde. Ze kon er niet aan ontkomen, en vroeg of laat moest ze het er toch een keer met hen over hebben. Op dit moment was er geen sprake van dat ze zou kunnen schilderen.

Nadat ze op haar gemak had gedoucht, wikkelde ze zich in haar behaaglijke badjas en ging de trap af. Op weg naar de keuken deed ze de voordeur even open en vond op de drempel een verse baguette. Ze moest meteen aan Fabian denken en glimlachte. Hij legde vaak een stokbrood voor haar neer voordat hij naar zijn werk ging. Ze bofte toch maar met haar leventje.

Terwijl ze de gesneden baguette rijkelijk besmeerde met zelfgemaakte aardbeienjam, voelde ze zich weer kalm en ontspannen worden. Het leven was goed in de Pyreneeën en ze had een heleboel fijne vrienden.

Haar gemijmer werd onderbroken door het luide gerinkel van de telefoon. Ze nam nog snel een hapje van haar brood voordat ze opnam en 'Bonjour' mompelde tegen degene aan de andere kant van de lijn.

'Kate?'

'Mam!' Kate slikte snel het brood door en deed haar best op adem te komen.

'Hoe gaat het met je? Heb je het leuk gehad in Biarritz?'

Kate aarzelde; ze kon haar moeder maar één antwoord geven. 'Ja, ik heb het fantastisch gehad met Annabel – en hoe gaat het bij jou?'

'Nou, ik heb nogal slecht nieuws gehad.'

Kates moeder had nog nooit zo oud of angstig geklonken. 'Mam, wat is er aan de hand?'

Betty wist niet goed hoe ze het haar dochter moest vertellen. Een gemakkelijke manier was er toch niet, dus kon ze misschien maar het best gewoon met de deur in huis vallen.

'Er is een tumor bij me gevonden, lieverd.'

'Wát zeg je?'

'Ik heb een tumor,' zei Betty nog een keer.

'Wat voor soort tumor? Waar?' Kate was lamgeslagen. Ongelovig staarde ze naar de vloer.

'In mijn linkerborst. Komende dinsdag word ik geopereerd. Maar ik wil niet dat je je zorgen maakt.'

'Mam, hoe kun je dat nou zeggen?' Zo'n opmerking was echt iets voor haar moeder, en Kate kon haar wel door elkaar rammelen omdat ze helemaal niet aan zichzelf dacht. 'Het is kwaadaardig, hè? Ik kom meteen naar je toe.'

'Ze hebben wel wat kankercellen gevonden, maar je hoeft je echt niet druk te maken, lieverd. Het komt tiptop in orde.' Betty was al bang geweest dat haar dochter zo zou reageren, maar ze moest haar wel voor de operatie op de hoogte stellen. Kate zou het haar nooit vergeven als ze het pas achteraf zou horen.

'Jezus christus, mam, ik wil er voor je zijn!'

Betty zuchtte. 'Tja, als je per se wilt, lieverd... Maar het komt echt wel goed met me. Mijn... Mijn borst moet wel worden afgezet, maar de dokter zei dat er aan een tumor op die plek best iets gedaan kan worden. Mevrouw Kelly hier uit de straat is weer helemaal beter en zij moest worden bestraald en zo.'

Kate wist dat een biopsie belangrijke informatie gaf. Dat er nu al zo snel geopereerd moest worden klonk helemaal niet best.

'Hoor eens, mam, ik ben morgen bij je. Misschien haal ik de jongens wel van kostschool.'

'Maar je hoeft je helemaal niet zo druk te maken, Kate! Het komt helemaal goed met me.'

Kate kon haar moeder wel toeschreeuwen: 'Ik máák me niet druk, mam! Ik wil er gewoon voor je zijn.'

'Als je zeker weet dat het niet te veel moeite is, zou het heel fijn zijn als er iemand voor je vader kan zorgen.'

Laat die zakkenwasser maar voor zichzelf zorgen, dacht Kate. 'Ik bel je later, mam, als ik een vlucht heb geregeld.'

'Goed hoor, lieverd. Maar beloof me dat je je niet te veel zorgen maakt.'

'Dan zie ik je morgen. Tot later,' zei Kate, en ze hing op.

Niets had haar hierop kunnen voorbereiden. Ze had het bij een heleboel andere mensen zien gebeuren, maar tot dusver was kanker haar naaste familie bespaard gebleven. Nu was het dan toch zover, en nu moest ze bij haar moeder zijn. Met een ongemakkelijk gevoel dacht ze aan haar vader. Hoe zou ze zich voelen als ze in Dublin tegenover hem zou staan? Voorlopig moest ze hem maar niet confronteren met wat ze inmiddels wist. Haar moeder was nu het belangrijkste en de voornaamste reden waarom ze naar Dublin ging. De timing had niet slechter gekund, maar zoiets verschrikkelijks als kanker komt natuurlijk nooit goed uit. Het leek of iemand een emmer koud water over Kates hoofd had leeggegoten. Haar lieve moedertje, die haar leven lang zo geweldig goed voor haar had gezorgd, stond op het punt iets heel akeligs te ondergaan – Kate vroeg zich af of ze dit aankon, en alles wat er verder om haar heen gebeurde. Tot overmaat van ramp moest ze ook nog eens aan haar nieuwe tentoonstelling werken, terwijl schilderen wel het laatste was waar ze zich toe kon zetten.

Annabel keek op haar horloge. Bijna tijd om de au pair op te halen! Als ze hulp had, had ze eindelijk de tijd om het cursusaanbod van de Open Universiteit te bekijken. Colin was er in het begin niet zo voor geweest om een au pair te nemen, maar ze had hem ervan weten te overtuigen dat alle huismoeders hulp nodig hadden, zeker gezien het feit dat ze zo vaak chauffeur voor hun kinderen moesten spelen.

'Ik ga de au pair ophalen zodra ik de kinderen naar school heb gebracht,' liet ze hem weten.

'Ze komt toch nog lang niet?' zei hij, opkijkend van zijn ochtendkrant.

'Ik heb het je maanden geleden al gezegd, en nog een keer toen ik terugkwam uit Biarritz.'

Annabel vond het heel vervelend dat Colin continu dingen vergat die ze met hem had besproken. Ze vroeg zich af of hij dat expres deed of dat het kwam doordat hij gewoon niet geïnteresseerd was in wat zij zei. Gezien de rimpels in zijn voorhoofd moest het wel het laatste zijn.

Het leek Annabel het best om geen antwoord te geven. In de loop der jaren had ze geleerd dat zwijgen de beste manier was om met haar man om te gaan als hij zo deed – en zo deed hij het grootste deel van de tijd. De volledige zorg voor het huishouden en het gezin kwam op Annabel neer. Colin had geen flauw idee van al het werk dat zij dag in dag uit verzette. Zelfs dat ze twee dagen niet thuis was geweest omdat ze in Biarritz was, leek niet goed tot hem door te dringen. Hij vond het doodnormaal om zijn schoonmoeder de klusjes te laten opknappen die hij zelf had moeten doen.

Annabel pakte haar tas, stapte naar buiten en sloeg de voordeur achter zich dicht. Vervolgens maakte ze de autogordels van Taylor en Rebecca vast, waarbij ze een vingernagel brak. Sam was even tevoren al op zijn fiets naar school gegaan. Hij was nu op de leeftijd dat hij graag wilde laten zien dat hij alles al zelf kon.

Haar BMW Jeep zwenkte naar de andere rijbaan voor de afslag naar de High Grove Primary School. Het was de enige basisschool in de buurt die ermee door kon.

Met een kus nam ze afscheid van haar dochters toen ze hen voor het schoolhek toevertrouwde aan klaar-over Jean. Van daaraf konden ze de weg naar het lokaal zelf wel vinden.

Het tochtje naar het vliegveld ging vlotter dan ze voor een maandagochtend had verwacht. Ze toeterde nooit voor andere weggebruikers, maar kwam toch sterk in de verleiding toen ze werd gesneden door een Hiace, zodat ze moest uitwijken naar de andere rijbaan. Ze had geen idee waarom ze zich zo gespannen voelde nu het moment daar was en ze eindelijk een au pair kreeg, en de zo broodnodige hulp in de huishouding binnen bereik was. Een ongemakkelijk gevoel kwam op in haar maag en ze moest zichzelf voorhouden dat ze zich niet zo veel zorgen moest maken. Ze kreeg tenslotte wat ze wilde!

Het kostte bijna een kwartier om op de overvolle parkeerplaats een plekje te bemachtigen, waarna ze haastig koers zette naar de aankomsthal.

'Damien, het is bijna kwart over negen!' riep Betty van boven aan de trap. 'Zo meteen landt Kates vliegtuig!'

'Ik weet het, schat,' zei Damien met een zucht. Langzaam wreef hij over zijn stoppelige kin en hij overwoog zich nog snel even te scheren.

'Niet te laat komen, hoor!' riep Betty weer.

'Nee!' zuchtte Damien weer.

Er was nu geen kans meer dat hij naar boven kon gaan om iets aan zijn stoppelbaard te doen. Betty was de koppigste vrouw van de wereld, en nu Kates vliegtuig over een klein uur zou landen, mocht ze hem niet zien treuzelen. Het grootste deel van zijn getrouwde leven had hij zich niets van haar koppigheid aangetrokken en was hij, tot haar grote verdriet, onverstoorbaar zijn eigen gang blijven gaan. Maar nu er een tumor bij haar was gevonden, had hij het gevoel dat hij haar haar zin moest geven. Diep vanbinnen, op een plek waar hij zichzelf zelden toegang toe gaf, vroeg hij zich af of dit een soort straf was. Het schuldgevoel vanwege zijn buitenechtelijke escapades en de dingen die hij zijn vrouw de afgelopen jaren op de mouw had gespeld kwam weer levensgroot terug.

Hij pakte zijn geelbruine pigskin jasje uit de garderobekast onder de trap en trok het aan. Zijn autosleutels lagen op de haltafel, waar hij ze altijd neerlegde. Hij gooide ze even in de lucht toen hij naar zijn Saab draafde. Pas toen hij zijn Ray-Ban had opgezet en zijn riem had vastgeklikt was hij er klaar voor.

'Godzijdank dat Kate naar huis komt,' verzuchtte hij bij zichzelf. Niemand hoorde het.

Annabel moest bijna op haar tenen staan om over de zee van mensen heen te kijken die in de aankomsthal op passagiers wachtten. Aan de hand van een foto die ze van haar had wist Annabel dat het meisje zwarte krullen en grote bruine ogen had, maar ze had zo'n gevoel dat er een heleboel jonge vrouwen uit het vliegtuig vanuit Madrid zouden stappen die aan die beschrijving voldeden. Na een korte onderbreking in de gestage stroom die door de glazen deuren kwam, verscheen dan uiteindelijk toch Rosa Gonzalez. Ze droeg een rode regenjas (Annabel had haar gewaarschuwd voor het Ierse klimaat), met daaronder een skinny jeans en kniehoge laarzen. Ze had een engelachtig gezicht – het gezicht van een klassieke Spaanse engel met doordringende donkerbruine ogen en gitzwart haar. Annabel wist meteen dat ze goed met deze jonge vrouw overweg zou kunnen.

'Annabel?' zei Rosa vanachter haar bagagewagentje, waar vier koffers op gestapeld waren.

'Rosa!' Annabel glimlachte en omhelsde haar nieuwe huisgenote om haar welkom te heten. 'Heb je een goede reis gehad?'

'*Sí*, ik bedoel ja, *gracias!*' Rosa bloosde onder haar olijfkleurige huid.

'Het is maar een paar minuten rijden naar Howth,' zei Annabel. 'Ik zal je even helpen met dat karretje.'

Met z'n tweeën liepen ze door de menigte naar buiten en staken het zebrapad naar de parkeerplaats over. Het rode mannetje op de voetgangerslichten knipperde, maar het groene mannetje zou over tien tellen weer tevoorschijn komen.

Damien moest parkeren in parkeergarage C, aan de andere kant van het vliegveld, en hij hoopte maar dat zijn dochter niet al op hem stond te wachten. Toen hij de parkeergarages B en A door was gelopen ging hij een paar treetjes op, tot hij op de weg buiten de aankomsthal stond.

In de verte ontwaarde hij een bekende gestalte, in gezelschap van een buitenlands uitziend meisje. Eerst wist hij het niet zeker, maar toen ze haar hoofd een stukje draaide en haar lange blonde krullen over haar schouders dansten, twijfelde hij niet langer. Hij had haar een hele poos niet gezien, maar ze was nog net zo mooi als altijd. Met Kerstmis een paar jaar geleden had ze ineens bij zijn huis in Greenfield Close op de stoep gestaan omdat ze Kate wilde zien, met een baby'tje op haar arm en twee kleine kinderen aan haar voeten. Betty was die dag het middelpunt van de aandacht, want ze ging volledig op in de vriendin van haar dochter en haar kleintjes, tot grote opluchting van Damien. Zelfs toen had hij zijn ogen niet van Annabel af kunnen houden. Ze was nog even charmant en natuurlijk als vroeger en toonde evenveel belangstelling voor ieder familielid van Kate dat in de kamer aanwezig was. Als ze die avond weer naar huis ging, zou ze zich vast afvragen hoe ze zich ooit had kunnen geven aan zo'n ouwe kerel als hij!

Nu was ze dichtbij – heel dichtbij, en toch zo ver weg! Hij wilde het liefst op haar afstappen en een praatje met haar maken, maar wat moest hij zeggen? Er hing altijd iets van spanning tussen hen en hij had geleerd zich daarbij neer te leggen. In plaats van naar haar toe te gaan besloot hij stil te blijven staan en toe te kijken hoe ze haar parkeerkaartje betaalde en wegliep naar een van de vele verdiepingen van de parkeergarage.

Damien woelde met zijn grote, sterke handen door zijn haar, inmiddels meer grijs dan zandkleurig. Hij had zijn haar altijd langer gedragen dan de meeste mannen in de bouwsector, maar het was dan ook lang geleden dat hij met beton onder zijn vingernagels was thuisgekomen. Tijdens de economische hoogtijdagen was het hem voor de wind gegaan en nu had hij ruim honderd man in dienst, nog afgezien van alle buitenlanders die hij onder contract had. Zijn nieuwgevonden rijkdom had hem echter niet veranderd en hij vond het nog steeds leuk om een bouwhelm op te zetten en met zijn medewerkers rond te stappen op een van de vele bouwlocaties in de stad.

Toen hij zeker wist dat Annabel uit het zicht was, stapte hij de aankomsthal binnen. Hij torende boven de meeste mensen uit. Dat was een groot voordeel; hij zag Kate meteen zodra ze met ferme passen naar buiten kwam lopen, haar koffer achter zich aan trekkend.

Hij zwaaide en grijnsde, maar ze reageerde niet, hoewel ze recht zijn kant op keek. Toen ze dichterbij kwam, spreidde hij zijn armen om haar te omhelzen, maar tot zijn verbazing drukte ze hem in plaats daarvan haar tas in de hand.

'Wat fijn dat je naar huis komt, lieverd,' zei hij, terwijl hij een kus op haar wang drukte.

'Alleen jammer dat de omstandigheden niet beter zijn,' antwoordde Kate stuurs.

Ze beet op haar lip toen Damien haar onderzoekend aankeek. Ze moest oppassen dat ze haar gespannenheid de komende paar dagen niet op haar vader zou afreageren. Zijn verhouding met Annabel moest vroeg of laat ter sprake komen, maar niet nu, zo vlak voor haar moeders belangrijke operatie.

Rosa had nog nooit eerder zo veel mooie huizen bij elkaar gezien. In Madrid waren ook wel chique wijken, maar doordat Howth werd omgeven door de zee leken ze hier allemaal een stuk indrukwekkender.

'Ik hoop dat het je hier zal bevallen,' zei Annabel tegen het jonge meisje, dat het grootste deel van de rit zwijgend in de auto had gezeten.

'Het is hier heel mooi, Annabel,' zei Rosa met een glimlach.

'Ik zal je binnen een rondleiding geven, en daarna moeten we Rebecca van school gaan halen. Ze is om half twee klaar, dus we hebben ruim de tijd.'

Zodra ze thuis waren liet Annabel Rosa haar kamer zien en gaf haar de gelegenheid om uit te pakken. Daarna ging ze naar de keuken om thee te zetten en de rest van haar dag te plannen. Ze wilde weer een poging wagen Kate te bellen. Kon ze maar met haar praten! Ze vroeg zich af wat Kate ver weg in de Pyreneeën van haar zou denken. En wat te doen met haar verjaardag, in het weekend? Als er iemand was die ze op die dag wilde spreken, was het Kate wel. En Kate zelf was op zondag jarig.

Haar gepeins werd onderbroken door het gerinkel van de telefoon.

'Hallo... O, Melissa, hai... Nee... Ja, ik heb haar net opgehaald. Ze is een schatje...' Annabel trommelde met haar nagels op het keukenblad, terwijl ze luisterde naar Melissa's schrille stem, die maar door- en doorratelde. In gedachten zag ze Melissa's ogen voor zich met veel oogschaduw en dikke lagen mascara. Melissa's haar was platinablond en zelfs 's avonds droeg ze een merkzonnebril op haar hoofd. 'Zeg, waarom kom je als je de kinderen van school hebt gehaald niet even langs... dit weekend?' Ze zuchtte in stilte bij de gedachte aan haar verjaardag. 'Vrijdagavond wilde ik met Colin gaan eten... O, ik had me niet gerealiseerd dat dat dan was... Simon vertelt jou tenminste wel over zijn golfweekendjes... Oké, we kunnen bij Ella's gaan eten, dat zou leuk zijn... Tot later!'

Annabel hing op. Ze was diep teleurgesteld dat ze van haar vriendin moest horen, in plaats van van Colin zelf, dat hij een golfuitje had gepland, temeer daar dat samenviel met haar veertigste verjaardag. Colin had twee weken de tijd gehad om haar op de hoogte te stellen, maar het zat hem blijkbaar nog steeds niet lekker dat ze op reis was geweest met Kate.

Het geluid van voetstappen door de betegelde gang herinnerde haar eraan dat Rosa in huis was.

'Heb je zin in een kopje thee?' vroeg Annabel. 'Ik wilde net voor mezelf inschenken.'

'Nee, dank je, maar zou ik een kop koffie mogen?'

'Natuurlijk, wat je maar wilt.'

'Wil je me alsjeblieft laten zien waar alles staat? Dat is handig om te weten,' glimlachte Rosa.

Annabel was erg blij dat het meisje initiatief toonde, want het laatste waar ze op zat te wachten was nóg een kind in huis. Alle irrationele angsten die ze onderweg naar het vliegveld had gevoeld waren vervlogen. Aan Rosa zou ze een goeie hebben.

De rit naar Greenfield Close, Clontarf, was voor het grootste gedeelte in stilzwijgen verlopen. Kate rilde toen ze het grote roodbakstenen huis op de hoek van het doodlopende straatje naderden. Ze wilde haar moeder heel graag zien, maar was diep in haar hart ook bang.

Binnen droeg haar vader haar koffer naar boven, zodat zij in de hal alleen achterbleef. Kate schrok van het magere, frêle silhouet dat ze door de glazen deur van de keuken naderbij zag komen – zou haar moeder al zo veel afgevallen zijn?

De deur ging open en Betty kwam de gang in om haar te begroeten; haar glimlach deed haar holle wangen een beetje opbollen.

'Wat fijn dat je wilde komen, Kate,' zei haar moeder, en haar asgrauwe gezicht lichtte helemaal op.

'Mam!' riep Kate uit, die niet precies wist wat ze moest zeggen. Ze was geschrokken van de verandering die haar moeder had ondergaan sinds ze haar met kerst voor het laatst had gezien.

'Ik heb net de ketel aangezet,' zei Betty, die haar best deed alles zo normaal mogelijk te laten lijken.

Kate liep achter haar moeder aan de keuken in, die altijd het zenuwcentrum van het huishouden van de Carltons was geweest. Hier had Betty zo lang Kate zich kon heugen het grootste deel van haar leven als huisvrouw doorgebracht. Ze was er altijd voor haar kinderen geweest en zelfs nu die allebei het huis uit waren, zat ze hier te wachten tot zij of Damien naar huis zouden komen. Kate had opeens te doen met haar moeder, die zo goed voor haar gezin had gezorgd, terwijl haar vader zich had afgegeven met een meisje dat half zo oud was als hij.

'Hoe voel je je?'

'Ik voel me prima,' zei Betty, waarmee ze de onuitgesproken kwestie van tafel veegde. 'Hoe was je reis?'

'Zoals je van Airjet kunt verwachten. Net zoiets als lijn 42 nemen naar Abbey Street!'

'O, Kate!' giechelde haar moeder. 'Ik heb jouw gevoel voor humor toch zó gemist!'

Kate kon op dit moment met moeite ook maar ergens de humor van inzien. Ze probeerde helemaal niet grappig te zijn. 'Je hebt me nog niet verteld wanneer je die knobbel precies hebt ontdekt, mam.'

'O, dat was een hele tijd geleden, maar het deed geen pijn of zo,' zei Betty op haar gebruikelijke afwerende toon. 'Met kerst was hij zo groot als een erwt, maar daarna is hij gegroeid.'

Kates moeder was van een andere generatie en het was uitgesloten dat ze meer details zou prijsgeven. Tot de operatie achter de rug was zou er geen vuiltje aan de lucht zijn.

'Kan ik op de een of andere manier helpen?' vroeg Kate. 'Nu ik er toch ben, kan ik mezelf net zo goed nuttig maken.'

Betty's wenkbrauwen gingen omhoog. 'Zou je een paar dingetjes voor me kunnen halen bij de SuperValu?'

'Geen probleem, mam.' Kate was blij om een taak te hebben.

Betty krabbelde wat op haar notitieblokje bij het aanrecht en gaf het lijstje met een biljet van vijftig euro erbij aan Kate.

'Je kunt mijn auto nemen,' zei ze met een knikje.

'Wil je dat ik nu ga?' vroeg Kate verrast; ze had nog niet eens de kop thee gekregen die haar moeder haar had aangeboden.

'Ik wil hier graag een beetje opruimen,' zei Betty afwezig. Ze vond het altijd makkelijker zich op huishoudelijke taken te concentreren als ze gespannen was, en dat was ze meestal.

Het leek Kate maar het best om aan haar moeders wensen gehoor te geven, hoe die ook luidden. Elke stap die haar moeder zette was ondanks haar pogingen om gewoon te doen moeizaam en pijnlijk. Toen ze haar vaalgele vest uittrok, zag Kate een zwelling rond haar linkerborst. Ze schrok ervan: de knobbel was zo groot als een tennisbal.

'Je koffers staan boven in je kamer,' zei Damien.

'Bedankt,' zei Kate. 'Ik ga nu de deur uit – mam wil dat ik wat boodschappen doe – maar als het goed is duurt het niet langer dan een uurtje.'

'O, oké!' Aan Damiens stem was duidelijk te horen dat hij teleurgesteld was. 'Trouwens, ik zag Annabel nog op het vliegveld, met een buitenlands uitziend meisje. Weet zij dat je thuis bent?'

Kate kromp ineen bij het horen van Annabels naam. Snel herstelde ze zich, voordat haar vader de kans kreeg haar reactie te registreren.

'Ik heb nog geen tijd gehad om haar te bellen,' zei ze. Dat was makkelijker dan uitleggen waarom ze geen contact had opgenomen.

'Die Annabel is toch zo'n fijne meid!' dweepte Betty.

Kate dacht dat ze niet goed werd.

'Ik ben zo terug!' riep ze, en ze pakte de autosleutels van tafel en liep vlug het huis uit.

De SuperValu was maar weinig veranderd sinds haar laatste bezoekje aan Dublin. Ze stopte een munt van één euro in het boodschappenwagentje en stroopte de gangpaden af. Maar ze was het eerste gedeelte, de broodafdeling, nog niet uit, of ze hoorde iemand haar naam roepen.

'Kate? Ben jij dat, Kate Carlton?'

Ze draaide zich om en zag Maeve Jenkins, die een boodschappenwagentje duwde met een klein kind in een zitje voorop.

'Hallo, Maeve. Ik heet nu Cassaux,' zei Kate, met een glimlach die voor het eerst die dag oprecht was. 'Wat zie je er goed uit! Hoe is het met je?'

'Heel goed, dank je,' grijnsde Maeve, en ze knikte omlaag naar het kind op het wagentje. 'Nou ja, eerlijk gezegd ben ik gebroken. Wat zijn kinderen toch vermoeiend! Nu snap ik waarom al die meiden van zeventien zonder problemen hun kroost uitpoepten, terwijl wij moeders van achter in de dertig in het kraambed helemaal in de kreukels liggen.'

Kate lachte. 'Maar je hebt dan als ouder wel een hoop levenservaring!'

'Wie zit daarop te wachten?' zei Maeve. 'Ik zou er goud geld voor overhebben om eens een nacht behoorlijk te slapen. Ik snap niet hoe jij dat met je tweeling hebt gered.'

'Vergeet niet dat ik toen nog maar in de twintig was,' zei Kate. 'Al was ik desondanks gesloopt!'

'En, hoe is het met die lekkere Franse echtgenoot van je? Sorry dat ik je Carlton noemde – oude gewoontes en zo!'

'Die staat op het punt mijn ex-echtgenoot te worden, maar lekker is hij nog steeds!'

Maeve trok een grimas. 'God, Kate, wat akelig om te horen.'

'Het is niet erg,' zei Kate met een glimlach – ze vond het stiekem wel fijn om mensen te choqueren.

'Ik moet rennen, Kate,' zei Maeve snel. 'Zie ik je vrijdag, op Annabels feestje?'

Kate deed haar best om niet te laten merken dat dat haar verraste. 'Ja, tuurlijk.'

'Goed van je dat je daarvoor bent overgekomen, maar ja, jullie zijn altijd al beste vriendinnen geweest.' Maeve glimlachte. 'Te gek dat Melissa je erover verteld heeft; ik wist niet dat ze jou kende.'

'Daar kon je je nog wel eens in vergissen,' zei Kate, en afwezig voegde ze eraan toe: 'Die goeie ouwe Melissa.'

Toen Maeve uit het zicht verdween, liepen de rillingen Kate over de rug, die eindigden in rode vlekken. Ze had geen flauw idee over welk feestje Maeve het had, en ze wilde het niet weten ook. Kate hoopte maar dat Maeve Annabel niet zou vertellen dat ze in de stad was, maar die kans was erg klein.

Ze racete door de gangpaden, gooide blikjes in het karretje en bleef op haar hoede voor eventuele bekenden. Ze had met de operatie van haar moeder al genoeg aan haar hoofd en zat er niet op te wachten Annabel ook nog eens tegen te komen.

De dag daarop brachten Kate en Damien Betty naar het Cornhill-ziekenhuis. Dat stond bekend als een kliniek waar veel kankerpatiënten succesvol werden behandeld, maar dat bood de drie leden van het gezin Carlton weinig troost toen ze zwijgend de lange met gravel bedekte oprit naar de opnameafdeling insloegen.

'Denk je eraan dat op donderdag de vuilnisbakken worden geleegd? En zorg je ervoor dat er genoeg wc-papier is voor de komende weken?' vroeg Betty aan Damien toen de auto naar het gebouw toe reed.

'Ja, schat,' zei Damien met een zucht. 'Ik zet de vuilnis op tijd buiten en Kate heeft gisteren nog vier pakken wc-papier gehaald, weet je nog?'

'Als je er even tussenuit moet is er altijd zo veel te regelen!' voegde Betty er bruusk aan toe.

'Het is oké, mam,' onderbrak Kate haar. 'Ik zorg wel dat het tot jij terug bent thuis precies zo reilt en zeilt als jij het wilt.'

'Ik ben zo blij dat je hier bent,' zei Betty met een zucht. 'Dank je wel, lieverd.'

'Je hoeft me niet te bedanken,' zei Kate op zakelijke toon. 'Zorg jij nou maar dat je weer beter wordt, oké?'

Betty knikte. Aan haar blik was af te lezen met hoeveel spanning ze al maandenlang had rondgelopen. Haar uitgroei was de vorige dag bijgewerkt en zoals altijd was ze opgemaakt, maar op de een of andere manier kon je toch aan haar gezicht zien dat ze ziek was.

Damien opende de kofferbak en pakte de kleine koffer van zijn vrouw eruit. Kate droeg een tas met fruit en flessen water, die ze achterliet bij de receptiebalie. Gedrieën wachtten ze tot Betty was ingeschreven.

'Mooi is het hier,' zei Betty, die haar best deed haar situatie positief tegemoet te treden. 'Ik heb altijd al gezegd dat ik als ik iets mankeerde voor dit ziekenhuis zou kiezen.'

Ze mochten van geluk spreken dat de privékliniek haar zo snel had willen opnemen, maar Betty had per se niet naar een groot openbaar ziekenhuis zoals het Beaumont gewild. Kate keek toe terwijl haar moeder met de nauwkeurigheid en de zorg die ze aan alles besteedde wat ze deed de benodigde formulieren invulde.

'Ziezo, ik ben er klaar voor!' zei ze.

Er gingen tal van emoties door Kate heen toen ze Betty omhelsde en haar vervolgens met een verpleegster zag weglopen.

'Ga je niet met haar mee?' vroeg ze aan haar vader.

'Nee,' zei hij stilletjes. 'Ze zei dat ze alleen wilde gaan.'

'Dat bespaart jou dan mooi een hoop ellende,' antwoordde Kate schamper.

'Kate! Dat is niet eerlijk!' Die opmerking van zijn dochter raakte hem diep.

'Breng me nou maar naar huis, oké?' zei ze kortaf.

De terugrit naar Greenfield Close verliep in nog diepere stilte dan de heenweg. Kate vroeg zich af hoe lang ze haar geheim nog voor haar vader verborgen kon houden. Inwendig kookte ze van woede bij de beelden die ze telkens voor zich zag van hem en Annabel samen. Nu haar moeder er zo slecht aan toe was, moest ze hem een beetje ontzien, terwijl ze hem het liefst door elkaar zou rammelen. Ze wist dat er op een gegeven moment wel een gelegenheid zou komen om hem te vertellen hoe ze echt over hem dacht, maar het zou moeten wachten. Alles in haar leven zou moeten wachten tot haar moeder beter was. Maar wat nou als ze helemaal niet meer beter werd?

7

Annabel hing op. Op Kates vaste telefoon in Frankrijk kreeg ze telkens geen gehoor en ze kon Kate op haar mobiel ook al niet bereiken. Ze pakte het toestel weer en toetste een ander nummer in. Ze had om twee uur een afspraak met Daniel. Hij zou haar weer genoeg leven inblazen om haar door de eerste dag van haar veertigste levensjaar heen te helpen.

'Moet ik vanochtend nog iets voor je doen?' onderbrak Rosa Annabels gepeins.

'Nee, dank je, Rosa,' antwoordde ze afwezig. 'Zeg, waarom neem je vanmiddag niet vrij? Je hebt me enorm goed geholpen.'

'*Gracias*, Annabel.'

De telefoon ging en Annabel nam meteen op. 'Mam, hallo... Dank je... Ik hoef vandaag de kinderen niet op te halen. Ze gaan naar vriendjes... Dat zou ik enig vinden... Zullen we dan om één uur op de Golf Club afspreken? Ja... Ik heb haar vanmiddag vrij gegeven... Oké, dag!' Ze legde de telefoon neer en besloot iets positiefs te gaan doen in het uur dat haar nog restte tot de afspraak met haar moeder.

Het was een prachtige maartse dag en Annabel kon goed voelen dat sinds de klok een uur vooruit was gezet het optimisme van de zomer in de lucht hing. Een wandeling langs de pier van Howth was precies wat ze nodig had. Ze trok haar sportschoenen aan en ging op weg door het kleurrijke dorp, dat op dit moment van de dag gonsde van bedrijvigheid, met alle restaurants en cadeauwinkels om de toeristen te lokken. Ze liep de pier af en de Ierse Zee kabbelde zachtjes tegen het betonnen wandelpad. Buiten de havenmond glinsterde Lambay Island als een edelsteen in mooie paars- en groentinten. De zon was verrassend helder voor dit vroege jaargetijde en Annabel zette haar zonnebril op. De golven maakten zachte kolkende geluidjes die haar aan Biarritz en Nico deden denken – en zijn Adonis-achtige lichaam. De herinnering aan hun hartstochtelijke samenzijn stond zo ver van haar leven in Howth af dat ze maar moeilijk kon geloven dat het echt was gebeurd. Ze dacht aan Damien. De herinnering aan hem hielp haar de dag door te komen op momenten dat ze zich afvroeg waarom ze eigenlijk haar leven sleet aan de zijde van een windbuil als Colin. Dat ze veertig werd zei haar nu weinig, vooral omdat een etentje met Melissa Bond bij Ella's het enige was waar ze zich op kon verheugen.

In de verte zag ze een bekende gestalte haar kant op komen. Hij zag er aanzienlijk ouder uit dan de vorige keer dat ze hem had gezien, minstens vijf jaar geleden. Naast hem liep een lange, magere vrouw met peroxideblond haar. Het was Philip.

Annabel versnelde haar pas. 'Philip, Philip Carlton!' riep ze al zwaaiend.

Toen ze dichterbij kwam, spreidde hij in een hartelijk gebaar zijn armen. Zijn haar was onherkenbaar uitgedund en hij was zwaarder geworden, maar zijn ogen waren nog precies hetzelfde.

'Wat leuk om je te zien!' zei Annabel enthousiast, terwijl ze Kates broer stevig omhelsde. Toen richtte ze zich tot de vrouw die hem vergezelde en stak haar haar rechterhand toe. 'Hallo, Gloria, ik ben Annabel – we hebben elkaar een paar jaar geleden met Kerstmis ontmoet bij de Carltons.'

'Ja, dat herinner ik me nog, Annabel,' antwoordde Gloria met een onmiskenbaar Amerikaanse tongval. 'Hoe gaat het met je?'

'Goed, dank je. Zijn jullie hier met vakantie? Ik ben een paar weken geleden met Kate weg geweest, maar ze heeft er toen helemaal niets over gezegd dat jullie op bezoek zouden komen.'

'Mijn moeder is ziek. Heeft Kate je dat niet verteld?' vroeg Philip verrast.

Annabel schudde haar hoofd. 'Nee. O mijn god, wat heeft ze?'

'Ze heeft borstkanker,' zei Philip bedrukt. 'Wat gek dat Kate niks heeft gezegd. Afgelopen dinsdag is ze geopereerd.'

Annabel schudde haar hoofd. 'Waar is Kate nu?'

'Ze is hier,' antwoordde Philip. 'Ze is maandag aangekomen.'

Annabel realiseerde zich dat Kate blijkbaar niet van plan was haar te bellen. Nu begreep ze waarom de telefoon in de Pyreneeën niet werd opgenomen.

'Daar wist ik niets van. Het is zeker allemaal heel plotseling?'

'Ja, onze moeder moest vorige week op controle en de dokters drongen aan op een snelle operatie.'

'En, is de operatie geslaagd?' Annabel kon niet geloven dat ze deze vragen stelde.

'Jammer genoeg moeten ze eerst wat meer onderzoeken doen,' zei Philip somber. 'Ze zijn bang voor uitzaaiingen.'

'Die arme Betty!' zei Annabel, en ze sloeg haar hand voor haar mond.

'Kate zal je vast ergens in de komende dagen nog wel bellen,' verzekerde Philip haar. 'Sinds ik thuis ben is het in Clontarf nogal een gekkenhuis. Kate gaat voorlopig nog niet naar Frankrijk terug.'

'Ik heb er geen woorden voor hoe erg ik het allemaal vind, Philip.'

'Dank je, Annabel. Ik zal Kate zeggen dat ik je ben tegengekomen.'

Annabel boog zich naar voren en omhelsde hem hartelijk. 'Dag, Gloria,' zei ze verdrietig, en ze drukte ook haar even tegen zich aan. 'Dag, Philip.'

Het stel liep verder en Annabel keerde terug naar huis om haar auto op te halen. Op de terugweg had ze geen aandacht voor de geluiden van de zee en de zilte lucht, want haar gedachten waren bij Kate.

Langzaam en afwezig reed ze naar de Golf Club van Howth.

Haar moeder was daar eerder aangekomen dan zij en had al een clubsandwich en een caesarsalade besteld.

'Die arme Betty. Niet te geloven,' zei haar moeder hoofdschuddend toen ze het nieuws hoorde.

'Ik kan het ook haast niet geloven.'

'Wat gek dat Kate je niet heeft gebeld, vind je niet?'

'Ja, best wel, maar ze zal wel veel aan haar hoofd hebben.' Annabel had hoe dan ook niet de moed om haar moeder bij te praten over de finesses van haar ruzie met Kate.

Lily was diep geraakt door het nieuws van Betty. Betty en zij waren vrijwel even oud en ook qua karakter hadden ze wel iets van elkaar weg.

'Denken de dokters dat het te genezen is?'

'Philip deed nogal vaag en ik wilde niet te veel doorvragen.'

'Ik zou haar wel willen bellen, maar ik zou niet weten wat ik dan moet zeggen,' zei Lily triest. 'Wil jij uitzoeken waar ze precies ligt? Dan kan ik haar bloemen sturen.'

Annabel slikte moeizaam. Hoe moest ze daarachter zien te komen zonder naar het huis van de Carltons te bellen?

'Waarom stuur je die niet naar Greenfield Close? Dan vindt ze ze daar als ze uit het ziekenhuis komt.'

Lily knikte vaag en leek met dat voorstel in te stemmen.

'Ik kan maar beter een lunch bestellen, mam.' Annabel wilde graag over iets anders praten toen ze zag welke uitwerking het nieuws over Betty op haar moeder had.

Betty wilde het liefst dat het huis tiptop in orde werd gehouden zolang zij in het ziekenhuis lag, en tegemoetkomen aan haar wensen was het enige wat Kates gedachten kon afleiden van de ernst van haar moeders toestand.

Kates telefoon ging. Ze was eraan gewend geraakt om als haar mobiele telefoon ging inwendig in elkaar te krimpen voor het geval het Annabel was, maar ze moest nu ze het land uit was wel bereikbaar blijven voor de galeries in Parijs, dus wierp ze een snelle blik op het schermpje. Het nummer kwam haar niet bekend voor en ze nam op voordat de voicemail werd ingeschakeld.

'Hallo!'

'Hallo, Kate?' zei Shane zenuwachtig. Het had hem een paar weken gekost om de moed te verzamelen om haar nummer in te toetsen.

'Ja?' Ze herkende zijn stem meteen, maar kon niet zomaar geloven dat hij het echt was.

'Kate, met Shane!'

'Wat een verrassing! Hoe gaat het met je, vreemdeling?' Haar stem ging een octaaf omhoog. Een telefoontje van Shane Gleason was wel het laatste wat ze had verwacht.

'Een paar weken geleden kwam ik Annabel tegen in het vliegtuig. Ze zei dat ze met jou in Biarritz was geweest en gaf me je nummer, dus ik dacht: laat ik je eens bellen.'

Kate deed haar best niet om te vallen. Langs de achterkant van haar benen kroop een huivering omhoog en ze ging zitten om op adem te komen van deze aangename verrassing.

'Wat goed om iets van je te horen,' zei ze. 'God, wat is dat lang geleden.'

'Té lang. Het spijt me dat ik geen contact meer heb opgenomen na de laatste keer dat we elkaar zagen,' vervolgde hij verontschuldigend. 'De tijd gaat ook zo snel!'

'Het geeft niet,' zei Kate met een zucht. 'Maar om eerlijk te zijn heb ik nogal een hectische week. Mijn moeder ligt in het ziekenhuis; ze heeft kanker.'

'O, nee, Kate!' Shane klonk oprecht geschrokken. 'Wat verschrikkelijk!'

'Ze is geopereerd, maar we weten nog niet of er uitzaaiingen zijn.'

'Kan ik iets doen?'

'Momenteel kun je niets doen, vrees ik.'

Ze vond het alleen al vertroostend om na alle ellende van de afgelopen dagen zijn stem te horen.

'Kwam het plotseling?' Shane was geschokt en zou Kate wel door de telefoon heen willen vasthouden.

'Ja, behoorlijk. Ze ging vorige week voor controle naar de dokter en deze week ligt ze met een afgezette borst in het Cornhill.'

'Ga je naar huis?' vroeg hij.

'Ik bén al thuis. Op dit moment ben ik in Clontarf. Ik probeer mezelf af te leiden met wat huishoudelijke werkjes.'

'Jij en huishoudelijk werk?' zei hij verrast.

'Ik weet het! Ik word gek, Shane,' zei Kate met een zucht.

'Zal ik bij je langskomen?' stelde hij voor, in de hoop dat dat niet al te ongepast klonk. 'Ik wil echt graag helpen.'

'Je kunt toch niets doen.' Kate zweeg even. Had ze écht Shane aan de lijn? Op de een of andere manier kwam het hele gesprek haar ineens als een soort droom voor. 'Maar ik zou je wel graag willen zien.'

Bij dat vooruitzicht werd Shane zowel zenuwachtig als opgewonden. Hij moest Kate duidelijk maken dat ze nog steeds in zijn gedachten was, en ondanks het risico dat het sentimenteel zou klinken, hield hij zich toch niet in: 'Zondag ben je jarig, toch?'

'Dat je dat nog weet!' zei ze glimlachend.

'Jouw verjaardag is waarschijnlijk de enige die ik me nog kan herinneren. Ik weet niet eens meer wanneer mijn eigen vrouw jarig is.'

'Hoe is het met haar?' vroeg Kate benieuwd.

'Goed hoor,' zei hij kortaf, want hij stond er liever niet te lang bij stil dat hij een vrouw hád. 'Wat zou een goede tijd zijn om langs te komen? Ik ben nu aan de andere kant van de stad.'

Kate kreeg een brok in haar keel. Ze kon wel wat afleiding gebruiken.

'Voordat je de Liffey oversteekt moet je eerst je visum in orde maken,' plaagde ze hem. Het was heel onwerkelijk om met Shane te praten, maar ze wilde niet dat er een einde aan het gesprek kwam.

'Dat is in orde; ik heb een dubbel paspoort. Wat dacht je van morgen?'

'Morgen zou heel goed uitkomen. Philip en zijn vrouw zijn hier tot zondag, en daardoor heb ik wat meer mijn handen vrij.'

Wat zou een goede plek zijn om het ijs te breken, vroeg hij zich af. 'Zal ik naar de Close komen?' stelde hij voor.

'Goed. Kun je je het huis nog herinneren?'

Dat was een gewetensvraag, en een antwoord hoefde hij niet te geven. Bij hen allebei kwamen herinneringen naar boven aan al die middagen dat ze in Kates slaapkamer als echte pubers vol vuur met elkaar hadden gevreeën.

'Ik geloof niet dat ik jouw huis ooit zal vergeten, Kate!'

'Is elf uur te vroeg?' vroeg Kate aarzelend, opgetogen bij het vooruitzicht hem weer te zien. Het was heel onverwacht, maar precies wat ze nodig had.

'Prima, dan zie ik je om elf uur.'

'En, Shane...'

'Ja, Kate?' Zijn stem klonk als chocola in stereo.

'Ik ben heel blij dat je gebeld hebt.'

'Ik ook,' zei hij naar waarheid, en hij hing op.

Kate staarde naar de telefoon. Ze voelde een mengeling van ontzetting en opwinding bij het vooruitzicht hem weer te zien. Het was goed dat Annabel hem haar nummer had gegeven, maar aan de andere kant zou ze hem terugzien als een getrouwd man, en dat kon pijnlijk zijn, zeker nu ze zelf zo kortgeleden gescheiden was. Waarom was haar leven zoals het was? Een ongeluk komt zelden alleen, dacht ze, en iets in haar zei haar dat haar leven nog veel ingewikkelder zou worden dan het al was.

'Fijne avond nog,' zei Colin met zijn armen vol golfclubs. 'Simon en ik zijn zondag terug.'

Annabel knikte haar man toe vanuit de gang, waar ze stond te kijken hoe hij zijn Mercedes vol pakte met tassen voor het weekend. Zijn gele Pringle-trui en pretentieuze witte broek schreeuwden haar toe dat hij een doodsaaie golfer was. Hij kon met gemak voor tien jaar ouder doorgaan.

'Jammer dat je niet blijft voor mijn verjaardag.' Annabel zei het voor de vorm, al was ze ergens wel blij dat hij wegging.

'Voor jou is het een stuk leuker om het met de meiden te vieren!'

'Ik ga alleen maar met Melissa uit eten!' zei ze een beetje verbitterd.

'O ja, natuurlijk,' antwoordde hij terwijl hij de hal weer in stapte. Hij streek de lange lokken van zijn dunner wordende haar over zijn vrijwel kale schedel en boog zich toen naar voren om Annabel een onhandige, vluchtige zoen op haar wang te geven. 'Van harte gefeliciteerd!' zei hij, en hij haalde een klein pakje uit zijn zak en gaf het aan haar. 'Ik hoop dat je ze mooi vindt.'

Annabel dacht eigenlijk dat hij was vergeten een cadeautje voor haar te kopen en pakte het verrast en opgelucht aan. Ze maakte het zakje van de juwelier open, waar een met rood fluweel bekleed doosje in zat. Ze klapte het deksel open en streek met haar vinger over de diamanten knopjes die op het kussentje lagen. 'Dank je wel, Colin, ze zijn heel mooi!'

'Dat is één karaat per oor, dus verlies ze niet!' zei hij met een bulderende lach.

Annabel kon de oorknopjes wel in zijn gezicht smijten, maar besefte dat het beter was om niets te zeggen. Hij bedierf zijn cadeautjes altijd door op de prijs te zinspelen. Toen hij Taylor die schoenen met wieltjes eronder had gegeven, had hij gezegd dat ze de sticker met het logo aan de buitenkant moest dragen, zodat iedereen zou zien dat ze niet nep waren. Hij was soms nog erger dan een puber, en het ergste was nog wel dat hij dat zelf totaal niet in de gaten had.

'Dag dan maar, en braaf zijn, hoor!' riep hij, en hij keek haar door het getinte glas van de auto heen stralend aan.

Annabel leunde tegen de deurpost van de voordeur en keek hem na met een mengeling van afkeer en opluchting.

'Zal ik de meisjes in bad doen?' klonk een stem achter haar.

Annabel draaide zich om. 'Ja, graag, Rosa,' zei ze met een knikje. 'Over een paar uur ga ik de deur uit.'

Ze had ruim de tijd om te douchen en zich op te maken; ze wilde er op haar paasbest uitzien. Ella's was een hippe bistro midden in het dorp, en meestal kwam de incrowd van Howth daar op vrijdagavond bijeen.

Even later renden Taylor en Rebecca frisgewassen en in hun pyjama's haar slaapkamer in.

'Ga je uit?' vroeg Taylor.

'Ja, lieverd, maar ik maak het niet laat.'

'Waarom hebben we eigenlijk geen "Lang zal ze leven" voor je gezongen en kaarsjes uitgeblazen?' vroeg Rebecca onschuldig.

'Dat kunnen we morgenavond doen als je wilt.' Annabel hurkte neer om haar jongste kind in de ogen te kunnen kijken. 'We kunnen met oma naar Casa Pasta gaan – daar vind je het toch zo leuk?'

'Jammie, mammie!' Rebecca sloeg haar armen om haar moeder heen.

Grappig, dacht Annabel bij zichzelf. Ze voelde zich vanavond helemaal geen 'jammie mammie'. In plaats daarvan voelde ze elke minuut van haar veertig jaren.

Rosa kwam gewapend met boeken de slaapkamer in. 'Willen jullie een verhaaltje horen?' vroeg ze de meisjes. Die lieten zich dat geen twee keer zeggen en ze liepen achter haar aan de kamer uit.

Annabel ging naar de slaapkamer van haar zoon om hem welterusten te zeggen, maar hij zat met zijn PlayStation aan de tv geplakt.

'Slaap lekker, Sam!' riep ze.

'Dag, mam,' antwoordde de jongen, zonder van zijn spelletje op te kijken. 'Van harte gefeliciteerd!'

'Bedankt, Sam.' Annabel zag haar zoontje pal voor haar ogen in een puber veranderen.

Ze griste haar jas en huissleutels mee en ging in de koele avondlucht op weg.

Het was een treurige dag geweest en ze had zin om een fles cabernet sauvignon achterover te slaan om de avond door te komen – en de afschuwelijke nacht in Biarritz te vergeten, toen ze zichzelf voor schut had gezet en haar beste vriendin was kwijtgeraakt.

Ze wandelde de heuvel af naar het knusse restaurant. Bij aankomst zag ze door de beslagen ramen dat er meer mensen zaten dan anders. Ze moest hard tegen de zware deur met rookglas duwen om hem open te krijgen. Toen ze naar binnen stapte ging tot haar schrik het licht uit.

'Verrassing!' riep een koor van stemmen.

De lampen gingen weer aan en verlichtten de vrolijk geverfde bistro totdat alle gezichten in het restaurant zichtbaar waren. Er waren alleen maar vrouwen aanwezig en allemaal hadden ze op de een of andere manier iets met Annabel te maken.

Melissa kwam naar haar toe en omhelsde haar uitbundig. 'Van harte gefeliciteerd! Het is me gelukt om iedereen vanavond hiernaartoe te krijgen!'

Annabel was volkomen verbijsterd. 'Ik weet niet wat ik moet zeggen, Melissa!'

'Zeg maar niets,' grijnsde Melissa, die haar een glas rode wijn aangaf.

Annabel keek het vertrek rond en zwaaide naar de diverse vrouwen aan de lange U-vormige tafel die speciaal voor haar verjaardagsdiner was gedekt. Heel even meende ze Kate in de hoek te zien zitten, maar toen realiseerde ze zich dat het alleen Maeve Jenkins maar was. Een voor een kwamen de gasten naar haar toe met cadeautjes die op een chique manier met veel versiersels waren ingepakt. De ene gemanicuurde en verwende vrouw was nog mooier dan de andere. Het viel Annabel op dat een paar meiden met wie ze bevriend was ontbraken: dit groepje was door Melissa samengesteld en was eerder een afspiegeling van de betere kringen van Howth dan de vriendenkring van Annabel. Toen ze rechts van Melissa ging zitten met Leslie Godkin (ook een moeder die actief was aan de High Grove School) aan haar andere kant, besefte ze ineens dat ze weinig met deze vrouwen op had. Misschien zag ze er wel net zo uit als zij en kleedde ze zich hetzelfde, en waarschijnlijk deed ze in het dagelijks leven zo'n beetje dezelfde dingen als zij, maar daar hielden de overeenkomsten dan ook mee op. Annabel kon niet met de hand op haar hart zeggen dat deze vrouwen haar vrienden waren – niemand van hen leek op Kate.

Annabel at wat van elke gang die haar voorgeschoteld werd en dronk flink van de rode wijn.

Tegen het einde van de avond kwam Maeve Jenkins naast haar zitten.

'Maeve, wat fijn dat je gekomen bent,' zei Annabel, die klonk als een plaat waar een barst in zat.

'Dit had ik voor geen goud willen missen,' grijnsde Maeve. 'Melissa is tijden bezig geweest om deze avond voor te bereiden.'

'Ze is te goed voor me,' beaamde Annabel gespannen. Een sur-priseparty was niet bepaald de manier waarop ze haar verjaardag had willen vieren, maar ze voelde zich verplicht om dankbaar te zijn voor alle moeite die Melissa had gedaan om dit te organiseren.

'Ik vroeg me af wanneer Kate komt opdagen.'

'Kate?' vroeg Annabel, met een glimpje hoop dat het op de een of andere manier toch nog een speciale avond zou worden.

'Ja, ik kwam haar tegen bij de SuperValu.'

'Wanneer?' Annabel wilde er alles over horen.

'Als ik me niet vergis was het maandag,' antwoordde Maeve peinzend. 'Ja, maandag – ik ging de meisjes ophalen van ballet.'

'Heb jij haar over dit avondje verteld?' vroeg Annabel benauwd.

'Ja,' antwoordde Maeve, 'maar ik ging ervan uit dat ze al op de hoogte was. Ik dacht dat dat juist de reden was dat ze naar huis was gekomen!'

'Haar moeder heeft kanker,' liet Annabel de verraste Maeve we-ten. 'Misschien kon ze het niet opbrengen om te komen.' Ze hoop-te dat dit Kates afwezigheid verklaarde, maar diep vanbinnen rea-liseerde ze zich dat Melissa haar waarschijnlijk niet van het feest op de hoogte had gebracht en dat Kate sowieso niet was gekomen als het haar was verteld.

'Dat meen je niet!' zei Maeve ontzet. 'Tegen mij heeft ze hele-maal niks over haar moeder gezegd! Ze zei wel dat ze in scheiding lag. God, wat moet zij het zwaar hebben!'

'Het is inderdaad een moeilijke periode voor haar,' beaamde Annabel. Het liefst zou ze ter plekke door de grond zakken en ver-dwijnen.

'Als je dat soort dingen hoort, besef je maar weer eens hoe wij het getroffen hebben, vind je niet?'

Annabel knikte. 'Ik kan maar beter even met iedereen een praatje gaan maken en me als een echte jarige gedragen!'

'Natuurlijk, ga je gang.'

Annabel wist dat de avond niet compleet zou zijn zonder cham-pagne, en toen ze om zich heen keek zag ze Melissa dan ook – volgens het boekje – de flessen ontkurken. Stralend keek ze Annabel aan op het moment dat er vanachter de keukendeuren een grote roze verjaardagstaart met sterretjes en kaarsen naar binnen werd gerold. Annabel plakte een gemaakte glimlach op haar gezicht toen 'Er is er een jarig!' werd aangeheven en hoopte maar dat ze het nog een paar uur volhield voordat ze kon vluchten naar haar veilige bedje.

Kate had vlinders in haar buik toen ze de volgende ochtend wakker werd. Ze grijnsde toen ze zich Shanes gezicht voor de geest haalde. Ze sprong het bed uit en stapte snel onder de douche. Het warme water verfriste en streelde haar lichaam. Ze droogde zich af en trok een spijkerbroek aan, met het topje dat Annabel in Biarritz voor haar had gekocht. Ze wist dat het haar goed stond, en hoewel ze stevig baalde van haar vriendin, gold dat niet voor diens talent om goede kleurcombinaties te vinden. Ze ging op het bed zitten en pakte de telefoon om voor het eerst die dag haar moeder te bellen.

'Hallo,' zei een montere stem aan de andere kant van de lijn.

'Ha, mam,' zei Kate opgewekt. 'Hoe voel je je vandaag?'

'Vrij goed. Ik heb geen centje pijn. Ze zijn echt geweldig hier in het ziekenhuis. Binnen een mum van tijd sta ik weer buiten.'

'Ja, mam.' Haar moeder kreeg pijnstillers, dus geen wonder dat ze zich zo goed voelde. 'Ik kom pas later op de avond langs. Ik heb eerst een afspraak met Shane Gleason. Ongelofelijk, hè?'

'Ach, Shane, die lieve schat. Wat was dat toch een leuke jongen!' zei Betty met een zucht. 'Eeuwig zonde dat jij het toen uitmaakte. Hij was de leukste knul die je ooit mee naar huis hebt genomen.'

'Dat kan ik alleen maar beamen, mam.'

'Mooi zo,' zei Betty. 'En, redt je vader het een beetje?'

Kate kromp in elkaar. Ze vond het steeds moeilijker om normaal tegen hem te blijven doen en ze moest proberen zich niet blind te staren op haar vaders verhouding met Annabel en het allemaal in een ruimer kader te plaatsen.

'Pap is op het bouwterrein in Lusk – hij komt je vanmiddag opzoeken en Philip komt vanochtend langs.'

'Jullie hoeven niet steeds maar op bezoek te komen; ik kom toch snel weer thuis,' antwoordde Betty.

'We missen je, dat is alles,' zei Kate, en ze voelde dat haar keel werd dichtgeknepen.

'Maak er maar een fijne dag van, en zit er niet over in als het je niet meer lukt om langs te komen,' zei Betty met klem.

'Goed, mam. Dag!'

'Dag, schat!' Betty glimlachte bij zichzelf toen ze de telefoon neerlegde. Bijna niets kon haar gelukkiger maken dan haar dochter aan de zijde van Shane Gleason te zien. Achteraf gezien was het volkomen duidelijk: die twee waren voor elkaar gemaakt, en het was jammer dat haar dochter dat al die jaren geleden niet had beseft.

Kate ging naar beneden, naar de keuken, en maakte wat toast en een kop koffie voor zichzelf klaar. Haar vader had een exemplaar van de *Irish Times* op de keukentafel voor haar neergelegd. Hij wilde attent zijn, maar dat hielp niet.

Ze keek op haar horloge en zag dat het even over tienen was. Zo meteen stond Shane al op de stoep!

Annabel werd wakker met een fikse hoofdpijn. De anderhalve fles rode wijn, met daarachteraan diverse glazen champagne, hadden haar weliswaar geholpen de avond door te komen, maar nu de dag was aangebroken moest ze de consequenties aanvaarden. De gedachte aan het gezelschap van de vorige avond gaf haar een katterig gevoel. Ze had jarenlang in een cocon geleefd, en er waren twee dagen in Biarritz met Kate voor nodig geweest om duidelijk te maken welke deuren verder geopend moesten worden. Voor een buitenstaander leidde ze een bevredigend en volmaakt leventje, maar diep vanbinnen wist ze dat ze zichzelf al jarenlang voor de gek hield. Ze had veel meer in haar mars.

Ze sprong het bed uit en sloeg haar roze zijden ochtendjas om zich heen.

'Rosa!' riep ze.

'*Sí!*' antwoordde Rosa. Ze was al beneden in de keuken om met Rebecca te ontbijten.

'Ik moet vanochtend iets uitzoeken op internet – zou jij het erg vinden om een paar extra uurtjes op de kinderen te letten?'

'Natuurlijk niet!' riep Rosa, die de keuken uit kwam.

Annabel trok een crèmekleurig nauwsluitend truitje over haar hoofd en schoot in haar skinny jeans. Ze ritste haar kniehoge laarzen dicht en ging regelrecht naar de werkkamer. Net toen Rosa binnenkwam met een kop thee had ze Google aangeklikt.

'Heb jij werk, Annabel?' vroeg Rosa.

'Wel als ik mijn opleiding heb afgerond, Rosa,' antwoordde Annabel.

Terwijl ze het kopje op het bureau zette, nam de jonge Spaanse vrouw haar nieuwsgierig op.

'Dank je, Rosa,' zei Annabel met een glimlach.

Voor het eerst sinds ze uit Biarritz was vertrokken voelde ze zich weer eens echt goed.

8

Kate wierp een blik op de klok. Tien over elf. Ze voelde zich ruste-
loos. Toen de deurbel ging, sprong ze op en wreef met haar hand-
palmen over haar bovenbenen. Ze rechtte haar rug en liep vol verwachting naar de voordeur, die ze met een snelle beweging
opentrok.

'Hallo, Kate,' zei Shane zenuwachtig.

Hij zag er geweldig uit.

'Hallo, Shane, kom verder.' Kate stapte achteruit de gang in.

Hij bleef even dralen, niet zeker of hij haar nu moest kussen of
niet. Kate hakte de knoop voor hem door en spreidde haar armen
voor een omhelzing. Ze sloegen hun armen om elkaar heen en
Shane kuste haar zachtjes op de wang. Ze snoof zijn lekkere geur
op en ademde die diep in.

'Wil je een kopje thee of wil je liever ergens naartoe?' vroeg
Kate.

'Laten we de stad in gaan. Heb je zin in Bewleys, net als vroeger?'

Er verschenen roze blosjes op Kates wangen. Bewleys had ze altijd als hun vaste stek beschouwd. In de jaren tachtig was dat de
enige plek waar je een behoorlijke kop koffie kon krijgen.

'Goed idee,' zei ze met een grijns. 'Even mijn jas pakken.'

Shane bleef staan wachten in de gang en bestudeerde het nieuwe
behang en de keurig geboende houten vloer.

'Betty onderhoudt het hier goed,' zei hij toen Kate terugkwam.
'Is ze nog altijd net zo trots op haar huis als vroeger?'

'Jazeker,' antwoordde Kate met een zucht. 'Maar in al die jaren heeft ze nooit willen verhuizen, al heeft pap het nog zo vaak geprobeerd. Hij heeft dat prachtige nieuwe complex gebouwd met uitzicht op het strand van Claremont –'

'The Oaks?'

'Ja, dat,' zei Kate met een knikje. 'Maar Betty wilde er niet heen. Ze is erg aan dit huis gehecht.'

'Dat snap ik wel,' grinnikte Shane. 'Ik ben er zelf ook aan gehecht.'

Kate schonk hem alleen een veelbetekenende blik. Ze stonden precies op de plek waar hij haar voor talloze afspraakjes en feestjes was komen ophalen, van haar debutantenbal tot aan de wandelingetjes door het park.

Kate pakte haar sleutels. 'Ik ben zover,' zei ze.

Ze stapten naar buiten en liepen naar een sportieve zwarte B M W convertible die op de oprit stond.

'Mooie wagen,' zei Kate.

'Ik ben er helemaal weg van, als ik eerlijk ben.'

'Kunnen we het dak omlaag doen?' Kate leek wel een kind dat een nieuw stuk speelgoed krijgt.

'Jazeker. Het weer is er mooi genoeg voor,' zei Shane terwijl hij het portier voor haar openhield.

Ze suisden langs de hoog oprijzende schoorstenen die rook uitbraakten over Dublin Bay. Het water was diepblauw en sloeg in hoge golven tegen de boulevard, waar mensen jogden en wandelden in de lentezon.

Kate keek even opzij naar Shanes krachtige profiel. Het briesje streek over zijn blonde haar, dat nu doorschoten was met grijs, en bracht het in de war. Hij was in twintig jaar maar weinig veranderd. Hij schonk haar een snelle blik om aan te geven dat hij wist dat ze aan vroeger dacht.

'Kun je bij Grafton Street nog een beetje parkeren?' vroeg ze.

'We vinden bij BT wel een plekje. Daar is het zo godvergeten duur dat niemand er lang blijft staan.'

Kate was wel eens eerder in de parkeergarage geweest toen ze een paar jaar geleden voor korte tijd naar huis was gevlogen. Shane parkeerde de auto en ging haar voor naar de glanzende aluminium lift. Toen de deuren dichtgingen, wipten ze allebei zenuwachtig heen en weer, gespitst op en in afwachting van wat er komen ging.

'Krijg jij het nooit benauwd in liften?' vroeg Kate om de stilte te doorbreken.

'In mijn werk is voor claustrofobie geen plaats,' grijnsde hij.

'Ach, natuurlijk! Wat dom van me!' grijnsde ze terug.

'Maar ik zou er geen bezwaar tegen hebben om nu in een lift vast te komen zitten.' Hij trok zijn linkerwenkbrauw op, zoals hij altijd deed na een gewaagde opmerking.

'Mag ik je er even aan helpen herinneren dat je een getrouwd man bent?' riep Kate hem tot de orde.

De deuren gingen open en op hun gemak slenterden ze door Wicklow Street, waarna ze rechts afsloegen Grafton Street in. Straathandelaren hadden het trottoir bedekt met handgemaakte sieraden en gsm-hoesjes.

'Het gaat goed met de stad, hè?' merkte Kate op. 'Het ziet er heel anders uit dan toen ik hier in de jaren tachtig vertrok.'

'Het is zeker veranderd, maar niet altijd ten goede,' zei Shane raadselachtig.

'Hoe bedoel je?'

'Ik bedoel dat de mensen stukken materialistischer zijn geworden, en veel gehaaster. En wat de gastvrijheid tegenover buitenlanders betreft...'

Kate knikte. 'Ik lees de *Irish Times* online – ik weet wat je bedoelt.'

'Heb je er ooit spijt van dat je uit Ierland bent weggegaan?' vroeg hij, weer met een opgetrokken wenkbrauw. Het was een vraag die een heleboel impliceerde en Kate deed alsof ze niet begreep wat hij bedoelde.

'Zou jíj nooit willen dat je was vertrokken?'

'Ik vroeg het eerst!'

'*Touché!* Nee, ik geloof het niet, eigenlijk. Ik heb in de loop der jaren een heleboel interessante mensen leren kennen en ik geniet van de Franse manier van leven, maar aan de andere kant...'

'Ja?' Shane voelde dat er een bekentenis aan zat te komen.

'Op dit moment vind ik het fijn om dingen om me heen te hebben die me vertrouwd zijn. Het verleden is belangrijker, relevanter in zekere zin, als ik naga wat mijn volgende stap moet worden, en zeker bij het vooruitzicht dat ik mijn moeder kan verliezen.' Kate zuchtte na die verreikende woorden. 'Kun je dat een beetje volgen?'

'Jawel. Kijk, we zijn er. En dat is maar goed ook, want ik snak naar een kop koffie. Let maar eens op wat ze met het interieur hebben gedaan; dat ziet er fantastisch uit.'

Ze werden begroet door een slank blonde jonge vrouw – misschien was ze Pools, maar in elk geval Oost-Europees – die hun voorging naar een rustig tafeltje in de hoek, onder het pas opgeknapte glas-in-loodraam.

'Mooi, hoor!' Kate knikte goedkeurend terwijl ze plaatsnam op een met pluche beklede stoel.

'Waar heb je trek in?' vroeg Shane, die de menukaart bekeek.

'Een latte en een koffiebroodje, al zou ik dat misschien beter niet kunnen doen.'

'Wat is dat toch met vrouwen? Waarom zou je in vredesnaam niet iets lekkers bij de koffie nemen?'

'Omdat alles wat lekker is meteen naar je heupen zakt,' grijnsde Kate, en ze klakte met haar tong.

'Mannen komen anders ook aan,' merkte Shane op. 'Je had me eens moeten zien joggen, alsof mijn leven ervan afhing, een paar weken voor mijn medische keuring.' De sfeer was opperbest en Shane wilde die niet bederven, maar hij zag zich toch genoodzaakt de vraag te stellen die als een dikke zeemist boven hun hoofden hing. 'Hoe gaat het vandaag met Betty?'

'Best goed,' antwoordde Kate met een knikje. 'Ze is erg opgewekt. Dat is vast niet makkelijk nu ze door haar ziekte een borst is kwijtgeraakt. Natuurlijk wordt ze helemaal platgespoten met morfine, dus dat draagt er wel aan bij.'

'Kan ik iets voor haar doen?'

Kate boog haar hoofd en beet op haar lip.

'Mijn vader gaat vanmiddag met de dokter praten. Vandaag komen de uitslagen binnen van alle onderzoeken.'

Vol verlangen keek Shane in Kates chocoladebruine ogen. Wat zou hij er graag in duiken en haar ziel beroeren, de pijnlijke plekken masseren en verdriet dat ze diep vanbinnen verborgen hield wegnemen.

'Hoe lang blijf je hier?' vroeg hij, deels in verband met haar moeders ziekte en deels uit eigenbelang.

'Misschien vlieg ik volgende week even heen en weer naar Frankrijk om wat spullen en papieren op te halen, al betwijfel ik of er de komende weken veel uit mijn handen zal komen. Ik ben van plan hier te blijven zolang mijn moeder ziek is. Ik heb het er met mijn vader over gehad en hij wil haar naar huis halen.'

'Ik denk dat Damien wel wat hulp kan gebruiken,' beaamde Shane. 'Hij mag dan een wolkenkrabber kunnen bouwen, maar hij weet vast niet hoe hij een bed moet verschonen.'

Kate voelde een steek van spijt – waarom had ze deze geweldige man uit haar leven laten wegglippen, terwijl hij haar beter kende dan wie ook? Het was zo prettig om geen uitleg te hoeven geven over haar familie en hoe ze zelf precies in elkaar zat.

'Precies. Het wordt vast niet makkelijk, maar ik kan mijn tentoonstelling altijd nog een paar maanden uitstellen.'

'Het lijkt me leuk om te zien wat voor werk je tegenwoordig maakt.'

'Sinds de laatste keer dat je er iets van hebt gezien is het sterk veranderd.'

'Die lelieserie vond ik heel mooi.'

'Hè? Wanneer en hoe heb je die dan gezien?' vroeg Kate verrast.

Shane tikte met zijn wijsvinger geheimzinnig tegen de zijkant van zijn neus.

Kate fronste. Ze vond het vreselijk als hij haar plaagde – soms.

'Toen we elkaar in Toulouse ontmoetten, ben ik naar die galerie in de Bastille gegaan waar je me toen over vertelde,' bekende hij. 'Sensationeel was dat. Ik wilde alles wel kopen!'

Kate voelde zich gevleid.

'Ik heb de catalogus nog steeds.' Hij grijnsde als een schooljongen die doordraafde en zich opgelaten voelde over zijn eigen obsessie.

'Dat verrast me,' zei Kate stralend. 'Kunst was toch nooit zo jouw ding?'

'Maar talent kan ik heel goed herkennen,' zei hij met een knipoog.

'Zo ken ik je weer, Shane Gleason,' reageerde Kate gevat.

Misschien dacht hij wel vaker aan haar dan hij liet blijken. Zij had in elk geval al die tijd dat ze elkaar niet zagen elke dag wel even aan hem moeten denken.

Annabel stopte even met haar zoektocht op het web om iets te eten. Nadat ze in de keuken een broodje had gesmeerd probeerde ze Kates mobiele telefoon weer, maar die stond uit. Ze zou het liefst naar het huis van haar ouders in Clontarf bellen, maar wilde de zaken niet op de spits drijven door met Damien te praten. Kate zou woest zijn als ze vermoedde dat zij elkaar gesproken hadden.

Bovendien, het surfen op internet frustreerde haar. Ze had de hele morgen al talloze opleidingen bekeken, maar niets sprak haar echt aan. Ze begon eraan te twijfelen óf ze eigenlijk wel weer wilde gaan studeren. Maar er tekende zich wel een patroon af: telkens als ze een website vond die haar interesseerde, had die iets met voedsel te maken. Uiteindelijk besefte ze, al surfend, dat ze helemaal niet op zoek was naar colleges en universiteiten, maar naar restaurants. Door die weekend-kookcursussen in Ballyasgor van de afgelopen jaren had ze in elk een hoop kennis van koken opgedaan.

Met haar broodje in de hand wierp ze een blik op de boeken van Jamie en Nigella en al die andere keukenprinsen en -prinsessen die rijendik op haar keukenplank stonden. Ze haalde de koriander-citroenhummus die ze een dag eerder had gemaakt uit de koelkast en smeerde een dikke laag op het broodje.

Op dat moment trof het haar als een donderslag bij heldere hemel. Waarom zou ze weer in de schoolbanken gaan zitten als ze een bedrijfje zou kunnen opzetten in iets wat ze echt graag deed?

Terwijl ze in de koelkast haar blik liet gaan over de quiche die ze een paar dagen eerder had gemaakt, en de knapperige salades die ze keurig had verpakt en op de planken had gezet, dacht ze razendsnel na. Het had al tijdenlang zó voor de hand gelegen. Ze voelde een golf van opwinding door zich heen slaan. En ze zou ook niet ver hoeven te zoeken om haar waren af te zetten: de Farmer's and Fishermen's Market in Howth was het ideale verkooppunt voor haar zelfgemaakte producten!

Ze pakte snel haar tas en toog naar de SuperValu. Ze moest prijzen checken. Voor het eerst in jaren was ze echt enthousiast over iets wat ze voor zichzelf deed. Misschien begon het leven echt wel bij veertig!

Damien stopte voor de ingang van het Cornhill-ziekenhuis. Hij stapte uit, gooide het portier van zijn Saab dicht en beende door de glazen deuren van de kliniek naar binnen om te horen hoe het ervoor stond met zijn vrouw.

Dokter Harrold opende de deur van zijn kantoor alvast toen hij Damiens laarzen zwaar over het linoleum in de gang hoorde stappen.

'Kom binnen – neem plaats,' zei hij, gebarend naar de stoel voor zijn bureau. Hij ging zitten en schraapte zijn keel, zoals hij altijd deed wanneer hij slecht nieuws moest brengen. 'Ik vrees dat uw vrouw pas in een erg laat stadium van haar ziekte naar ons toe is gekomen,' begon hij. 'De kanker is uitgezaaid naar haar lever. We zouden meer hebben kunnen doen als –'

'Ik weet wat u wilt gaan zeggen,' onderbrak Damien hem. Wat hem betrof kon de dokter maar beter meteen zeggen waar het op stond; hij wist dat leverkanker in een vergevorderd stadium heel ernstig was. 'Hoe lang heeft ze, realistisch gezien, nog te gaan nu u de zaak beter hebt kunnen onderzoeken?'

'Het enige wat misschien nog tot de mogelijkheden had behoord was een levertransplantatie geweest, maar helaas is de kanker nu ook verder uitgezaaid naar andere organen.'

'Ik geloof niet dat Betty nog een keer geopereerd wil worden,' zei Damien hoofdschuddend. 'Zeker niet als er geen garantie is dat het helpt.'

'Uw vrouw is erg ziek, maar ik hoop dat we haar tot juli of augustus bij ons kunnen houden,' zei dokter Harrold met een plechtig knikje.

'En minimaal tot...?'

'Ze heeft veel pijn; daarom krijgt ze om de vier uur pijnstillers.' Hij aarzelde, omdat hij het worstcasescenario niet wilde benoemen. 'Het zou aanzienlijk korter kunnen zijn als haar lichaam niet goed op die medicatie reageert.'

'Ik wil haar mee naar huis nemen,' zei Damien resoluut.

'Natuurlijk,' stemde dokter Harrold in. 'Maar dan zult u wel hulp nodig hebben.'

'Ik heb hier al met mijn kinderen over gesproken en we willen een verpleegster laten komen.'

'Dat is een goed idee,' zei de dokter met een knikje. 'Ik raad u sterk aan om uw vrouw onmiddellijk te vertellen wat ik u nu net heb verteld; ze weet dat ik u zou spreken en wilde graag dat we eerst met u zouden praten. Meestal brengen we het liefst de patiënt zelf direct van de prognose op de hoogte, maar als u het nieuws liever zelf doorgeeft...'

Damien knikte. 'Ja, dat doe ik liever zelf.' Hij kon het nu niet langer voor haar stilhouden en het was iets wat hij alleen moest doen. 'Wanneer kan ik haar mee naar huis nemen?'

'Morgen?' opperde de dokter.

'Kunt u thuiszorg voor me regelen?' vroeg Damien, wiens stem nu trilde.

'Mijn secretaresse kan u als u straks weggaat het nummer van de betreffende instantie geven; dat is waarschijnlijk het best.'

Dokter Harrold liep met Damien naar de deur en boog zijn hoofd voordat hij hem de hand schudde.

'Dank u,' zei Damien ernstig, en hij liep naar zaal 3C een stukje verderop.

Betty zat rechtop in bed een recent nummer van *Woman's Way* te lezen. Haar poederblauwe bedjasje was losjes om haar schouders geslagen en daaronder droeg ze een satijnen nachthemd dat was bezaaid met roosjes. Als ze niet zo geel had gezien, zou ze met haar tweeënzestig jaar een serene en knappe vrouw zijn. Haar gezicht klaarde op toen Damien de kleine ziekenzaal binnenkwam. Ze legde haar tijdschrift neer en klopte op het bed.

'Hallo, schat,' zei ze met een glimlach, en ze stak haar armen naar hem uit toen hij zich vooroverboog om haar zachtjes op de wang te kussen.

Damien nam plaats op de rand van het bed, waarbij hij erop lette niet op de benen van zijn vrouw te gaan zitten.

'En, wanneer mag ik naar huis?' Voor het eerst in maanden straalde Betty's gezicht.

'Morgen misschien.' Damien probeerde te glimlachen.

Toen Betty dat nieuws hoorde, ging ze hoger tegen de kussens zitten. 'O, wat heerlijk!' zei ze, en blij sloeg ze haar handen in elkaar. 'De mensen hier zijn heel aardig, maar het zou me zo goeddoen om thuis in mijn eigen bed te kunnen liggen.'

Damien glimlachte vluchtig. 'Je bent nog steeds erg ziek, Betty.'

'Doe nou niet alsof er ik weet niet wat aan de hand is,' mopperde ze. 'Het komt allemaal prima in orde zodra ik weer thuis ben.'

Damien keek aandachtig in haar diepliggende ogen, omringd door een ziekelijk gele huid. Als Betty zich eenmaal iets in het hoofd had gezet, kon je praten als Brugman, maar dat haalde niets uit. Ze had zich krachtig door het leven heen geslagen, maar nu zou ze ten onder gaan aan een van de wreedste ziektes.

'Natuurlijk,' stemde hij in. 'Maar Betty,' ging hij met moeite verder, 'ik heb net dokter Harrold gesproken, en het ziet ernaar uit dat de kanker is uitgezaaid naar je lever en' – hij moest even stoppen; hij kon maar niet geloven dat hij dit tegen zijn vrouw moest zeggen – 'misschien zijn er nog meer organen aangetast.'

Betty's mond zakte een stukje open en haar onderlip trilde. 'Het komt helemaal goed met me zodra ik weer thuis ben,' antwoordde ze fel.

'Er is een kans dat ze met meer operaties –'

Betty drukte haar wijsvinger tegen zijn lippen. 'Het is dus uitgezaaid. Dat is het enige wat ik hoef te weten.'

Damien slikte moeizaam. 'We willen allemaal graag dat je naar huis komt, maar je moet wel nadenken over de kansen die je laat liggen als je je niet opnieuw laat opereren.'

'Jakkes!' Betty streek de beddensprei glad. 'Ik wil geen operaties meer. Ze hebben me mijn borst al afgenomen – als ik hier nog langer blijf, is er straks niets meer van me over!'

Damien had geen energie meer over om met haar in discussie te gaan. De komende paar weken zouden al moeilijk genoeg worden. Hij nam haar magere hand in de zijne. Met zijn andere hand erbovenop kneep hij hem stijf vast. 'We komen hier wel doorheen,' zei hij met een zucht.

Opeens voelde Betty zich niet meer zo opstandig. De tranen biggelden over haar wangen – eerst uit haar rechteroog en toen uit het linker.

'Ik wil niet dood,' fluisterde ze.

Damien zag een blik in haar ogen die hij al heel lang niet had gezien: een mengeling van verzet en angst.

Ze had met die ogen naar hem geknipperd op de dag dat hij haar ten huwelijk had gevraagd en sinds die tijd had hij zich altijd opgesteld als een plichtsgetrouwe echtgenoot. Nu hij naar haar keek, voelde hij meer dan medelijden. Misschien was zij ook wel het grootste deel van hun getrouwde leven ongelukkig geweest.

Shane wenkte het Poolse meisje om de rekening.

'Bedankt,' zei Kate met een glimlach. 'Dat was echt leuk.'

'Zin in een wandelingetje om de Green?' Hij hield zijn hoofd een stukje schuin, in de hoop dat ze ja zou zeggen op zijn voorstel samen de middag door te brengen.

'Ja, goed idee!'

Kate was dol op St. Stephen's Green. Daar hadden ze tijdens schoolvakanties vaak lome middagen doorgebracht om de eendjes te voeren en over het leven te filosoferen. Ze waren zoals de meeste pubers en hadden het idee dat ze overal over konden meepraten. Stephen's Green was de plek waar Shane voor het eerst tegen haar had gezegd dat hij van haar hield, terwijl ze met haar hoofd op zijn spijkerjasje op het pasgemaaide gras lag, en hij zich, leunend op zijn linkerarm, iets over haar heen boog... met die blik, die doordringende blauwe ogen die haar nu over de tafel heen aankeken...

'Kate? Kate, alles goed?' Hij trok een zorgelijk gezicht.

Met een glimlach ontwaakte ze uit haar gemijmer. 'Ja hoor, prima. Laten we gaan.'

Hij liet haar voorgaan toen ze naar buiten liepen. Ze streek even langs zijn arm – een lichte aanraking – en voelde een schok door haar lichaam trekken. Al die gezichten die langs hen heen schoten in het café en op straat leken in een ander tijdperk thuis te horen. Ze besefte dat ze elkaar niet openlijk konden aanraken; dit was immers de stad waar hij woonde, en hij had een vrouw en vrienden die elk moment voor hun neus konden staan. Maar ze verlangde ernaar zijn vingers aan te raken, zijn gezicht. In Bewleys hadden ze nu wel genoeg gepraat. Zwijgend naderden ze de boogingang van de Green. Shane legde zijn arm om haar onderrug toen ze door het hek liepen en ze voelde een huivering langs haar ruggengraat lopen.

'Wat een tijd geleden dat we hier waren,' merkte ze op.

Hij boog zich omlaag en fluisterde in haar oor: 'Achttien jaar, zo om en nabij.'

De struiken stonden vol in blad en elk hoekje van de Green toonde de belofte van nieuw leven en de aankomende zomer. De eenden kwamen het pad op waggelen en bedelden kwakend om brood.

Na een paar minuten stilte nam Shane hun gesprek weer op. 'Ben jij wel gelukkig, Kate?'

'Grappige vraag, maar over het algemeen denk ik van wel. Mijn arme moedertje is weliswaar ziek en ik moet nog steeds wat losse eindjes van mijn huwelijk wegwerken, maar ik voel me goed. Ik zit er ook helemaal niet mee dat ik morgen veertig word!' Ze kon niets zeggen over Annabel en Damien, maar die waren uiteraard een bron van diepe onvrede.

'Je bent altijd al een optimist geweest.'

'En jij, Shane, ben jij gelukkig?' Kate keek hem recht aan.

Hij keek terug en wilde eerst geen antwoord geven. Toen draaide hij zijn hoofd weg en gebaarde naar een leeg parkbankje. Kate snapte de hint en ging op de houten zitting zitten.

'Nou?' vroeg ze nog eens, toen ze lekker dicht naast elkaar zaten.

'Ik geloof niet dat ik gelukkig ben.' Hij klonk melancholiek.

'Jezus, Shane, je hebt een geweldige baan, iedereen weet dat je goud geld verdient, je hebt een aantrekkelijke vrouw...' Ze zweeg, omdat ze zijn reactie wilde peilen. Hij vertrok geen spier. 'Je bent toch gelukkig met Natasha, of niet soms?'

'Ja, ze is een fantastische vrouw,' antwoordde hij met een knikje.

Stiekem was Kate teleurgesteld. 'Waarom ben je dan niet gelukkig?'

'Geen idee.' Hij schudde zijn hoofd. 'Om de een of andere reden heb ik het gevoel dat een gewicht me omlaag drukt en ik helemaal in mezelf vast kom te zitten.'

Kate snapte wat hij bedoelde. Ze had het uit haar gedachten verdrongen, maar nu hij erover begon herinnerde ze het zich weer; het was een van de redenen waarom ze hem na haar opleiding niet had gevraagd mee te gaan naar Amerika.

'Waar denk je dat dat door komt?' vroeg Kate. 'Een of ander verborgen trauma uit een vorig leven?'

'Ik ben bang om dingen kwijt te raken die belangrijk voor me zijn.' Hij spoog de woorden uit alsof ze bitter smaakten. 'Ik weet het niet zeker, maar ik denk dat het ermee te maken heeft dat ik mijn vader al heb verloren toen ik nog zo jong was.'

'Dat was vast niet makkelijk.' Ze legde haar hand op de zijne en probeerde zijn pijn weg te vegen door die zachtjes te strelen.

'Maar moet je jou nou eens zien, Kate. Hoe doe je dat toch?' Shane hield zijn hoofd bewonderend schuin. 'Jij hebt in de loop der jaren ook wel het een en ander te verstouwen gekregen, maar daar heb je je prima doorheen geslagen en je bent je optimisme niet kwijtgeraakt.'

'Zo zit ik nou eenmaal in elkaar, denk ik.' Ze wist niet goed wat ze precies moest antwoorden.

'Het is een van de dingen die ik zo leuk aan je vind.'

Ze bleven allebei een poosje zwijgend zitten. Hij had niet in de verleden tijd gesproken. Kate wilde daar niet te veel achter zoeken, maar ze voelde dat hij naar haar keek zoals hij vroeger altijd naar haar keek, en ze verstrakte.

'Misschien moeten we teruggaan,' stamelde ze zachtjes, maar hard genoeg dat hij het kon verstaan.

Het gesprek ging een kant op waar ze niet op voorbereid was. Ze moest eerst haar eigen gevoelens eens grondig onder de loep nemen voordat ze er met Shane al te diep in zou duiken.

Hij leek teleurgesteld dat hun dagje samen zo snel voorbij was, maar reageerde toch met een knikje op haar voorstel.

Het dak van de auto bleef dicht toen ze terugreden naar Greenfield Close. Damiens Saab stond op de oprit geparkeerd en Kate bleef dralen op de voorstoel van Shanes auto, terwijl ze af en toe een blik op de voordeur wierp.

Shane wachtte niet tot hij mee naar binnen werd gevraagd; hij zag wel aan haar dat ze graag met haar vader wilde praten.

'Het was heel fijn om je te zien, Kate.' Zijn mond verbreedde zich toen hij haar nog één keer in de ogen keek.

'Bedankt voor een heerlijke dag, Shane.' Kate hield van zijn fijngevoeligheid en raakte even licht zijn wang aan voordat ze uitstapte.

'Mag ik je nog eens bellen zolang je hier bent – en vragen hoe het met Betty gaat?'

'Natuurlijk. Het is altijd goed om je te zien.'

Ze stapte uit en sloeg het portier dicht. Hij zwaaide even, keerde om en reed snel de weg af.

Kate aarzelde even toen ze de oprit op liep. Ze wist dat haar vader na het bezoek aan de arts van allerlei feiten op de hoogte zou zijn, en iets in haar wilde de definitieve uitslag van haar moeders operatie helemaal niet horen.

Het silhouet van haar vader, die aan tafel zat, tekende zich duidelijk door het glas van de keukendeur heen af. 'Hoe ging het bij de dokter?'

'De uitslagen waren zoals we al hadden verwacht,' zei hij hoofdschuddend. 'Er zijn uitzaaiingen naar haar lever en andere organen. Ik kan het niet geloven, Kate.' Er welden tranen op in zijn ogen.

Ze was ontzet, maar de gedachte dat hij haar moeder had verraden met haar beste vriendin hielp haar haar tranen terug te dringen. Ze wilde haar vader niet vastpakken. Een paar weken geleden zou ze hem zonder nadenken tegen zich aan hebben gedrukt, maar nu wilde ze niet dat hij haar aanraakte.

'Wanneer komt ze naar huis?' vroeg ze.

'Morgen.'

'Ik maak haar kamer wel in orde,' zei ze koel. 'Daarna ga ik even een stukje lopen.'

Damien schrok van het gebrek aan warmte bij zijn dochter. Dit was helemaal niets voor haar. Was ze om de een of andere reden kwaad op hem, of was dit haar manier om met het dreigende verlies van haar moeder om te gaan? Toen kwam er een duisterder gedachte in hem op terwijl hij voor zich uit staarde: zou Betty haar uiteindelijk dan toch het geheim hebben verteld dat ze al die jaren voor haar hadden verzwegen? Was ze daarom kwaad? Hij had zijn dochter graag de waarheid willen vertellen toen ze achttien werd, maar Betty verzekerde hem er keer op keer van dat ze het niet hoefde te weten. Was ze nu van gedachten veranderd? Durfde hij het onderwerp aan te snijden en Betty ernaar te vragen? Maar als ze er helemaal niet mee bezig was om Kate de waarheid te vertellen, zou ze erg van streek raken als hij erover begon. Misschien kon hij toch beter zijn mond houden en maar afwachten hoe het zou lopen.

9

Annabel likte haar vingers af. De zongedroogde tomaten waren zonder meer een prima toevoeging aan het recept.

'Annabel, je hebt de hele dag in de keuken gestaan!' riep Rosa verbijsterd uit.

'En ik vond het heerlijk,' zei ze terwijl ze de lepel aan Rosa gaf om haar te laten proeven. 'Wat vind jij?'

Rosa knikte goedkeurend en likte de achterkant van de lepel af. 'Heel goed.'

'Ik ga hummus maken om op de zondagsmarkt te verkopen.'

'Wat een goed idee,' zei Rosa, die het grappig vond dat een vrouw in Annabels riante positie eten zou willen klaarmaken voor anderen. 'Ik ga even naar de kinderen kijken.'

Annabel ging verder met het verpakken van haar delicatessen in plastic bakjes. Ze grinnikte bij zichzelf toen ze Melissa's gezicht voor zich zag als ze over haar nieuwe onderneming zou horen. Zij en alle andere vrouwen uit haar omgeving zouden het verschrikkelijk vinden. Overmorgen zou het markt zijn, en ondertussen zou ze eens nagaan hoe ze een kraampje kon bemachtigen. Ze was zo opgetogen over deze nieuwe plannen dat ze het bloed door haar aderen voelde razen. Maar nog beter dan de gedachte aan de ontzette blik op Melissa's gezicht was die aan hoe Colin zou kijken als hij van het nieuws op de hoogte raakte!

Haar dagdromen werden onderbroken door het welbekende gerinkel van de vaste telefoon.

'Hallo?'

Het was Damien.

Toen ze zijn stem hoorde verstijfde ze even. 'Damien, hai! Nee, dit is een prima moment. Hoe is het met je?' Het schoot haar meteen weer te binnen dat Betty ziek was. 'Hoe is het met Betty? Aha, ik begrijp het.' Die arme Damien! 'Kate? Nee... nee...' Ze aarzelde even. Ze moest iets tegen hem zeggen als verklaring waarom ze geen contact met Kate had. 'Kate heeft niets van zich laten horen,' zei ze op kalme toon. 'Ik heb geprobeerd haar te bellen, maar in Biarritz hebben we ruzie gehad, en sindsdien...'

'Waarover?' onderbrak Damien haar scherp.

'Ach, niets bijzonders,' zei ze gehaast. 'Het was niet belangrijk... Ik bel haar wel weer opnieuw. Wanneer komt Betty naar huis?' Ze hoopte maar dat hij het onderwerp zou laten rusten en dat ze hem niets hoefde te vertellen over haar dwaze bekentenis aan zijn dochter, maar pijlsnel kwam hij weer op de kwestie-Kate terug. 'Ik beloof je dat ik haar blijf bellen,' zei ze met een zucht. 'Wil je Betty namens mij het beste wensen? Dag, Damien.'

Nadat ze had opgehangen, bleef ze naar de telefoon staren. Wat was er aan de hand met Kate? Deed zij er alles aan om haar uit de weg te gaan? De kans was groot dat ze in de put zat vanwege haar moeders ziekte, en in dat licht stelde de verhouding die haar vader had gehad toch maar weinig voor? Maar hoe ze ook haar best deed, het lukte haar niet haar schuldgevoel van zich af te zetten.

Damien stond te trillen toen hij de telefoon neerlegde. Hij had een poging willen doen om uit te zoeken wat zijn dochter nu echt dwarszat, maar het gesprek met Annabel had hem alleen maar nog meer in de war gebracht. Waar konden die twee in vredesnaam ruzie over hebben gehad? In al die jaren dat hij Annabel nu kende, was ze de beste en betrouwbaarste vriendin geweest die Kate had. Hij had de meisjes nooit zien ruziën. Het moest wel vrij ernstig zijn als ze helemaal geen contact meer met elkaar hadden. Er kwam een gedachte bij hem op en hij probeerde bij zichzelf na te gaan hoe groot de kans was dat Kate erachter was gekomen dat hij iets met Annabel had gehad. Dat kon het vast niet zijn. Buiten Annabel zelf wist niemand daarvan, en die zou Kate er nooit zonder zijn toestemming over verteld hebben. Trouwens, als ze het al wilde vertellen, zou ze het Kate al jaren geleden hebben opgebiecht. Maar het zou nu wel verklaren waarom Kate zo kwaad op hen allebei leek...

Zijn gepeins werd onderbroken door Philip en Gloria die de keuken binnenkwamen.

'Pap,' zei Philip met een knikje, 'wat heb je voor nieuws?'

'Hai Damien,' zei Gloria op vlakke toon.

'Kate is een eindje gaan lopen; haar heb ik het al verteld.' Hij slikte moeizaam. Het was heel verschrikkelijk om het slechte nieuws aan zijn zoon door te geven. 'De berichten zijn niet best... Er zijn uitzaaiingen naar haar lever vastgesteld en waarschijnlijk ook naar andere organen.'

'Shit!' riep Philip luidkeels. Hij sloeg zijn hand voor zijn mond en deed zijn best zichzelf weer in de hand te krijgen. 'Komt ze naar huis?'

'Morgen,' zei Damien met een knikje.

'Ik zal even koffie zetten,' zei Gloria, die er wat verloren bij stond.

'Waar is Kate naartoe?' vroeg Philip.

'Het strand van Dollymount.'

'Hoe reageerde ze?'

'Niet goed. Philip... is jou sinds je hier bent niet iets vreemds aan haar opgevallen?'

'Ze ligt in scheiding, pap, en mama zou wel eens stervende kunnen zijn,' zei Philip hoofdschuddend. 'Geen wonder dat ze een beetje vreemd doet.'

'Maar jij bent niet degene op wie ze zich afreageert!' zei Damien.

Philip leunde met een mengeling van tegenzin en woede achterover tegen de deurpost. 'En op jou reageert ze het ook niet af. Dit gáát niet over jou, in geen enkel opzicht!'

De scherpte van Philips woorden daalde als een zweepslag op Damien neer – misschien was hij wel in shock.

Gloria liep snel naar haar man toe en kamde met haar vingers zachtjes door zijn haar. 'Je bent van streek. Hou je mond nu maar,' fluisterde ze in zijn oor.

Damien keek naar zijn zoon en diens vrouw en zou willen dat hij met iemand een fractie van hun intimiteit zou kunnen bereiken. Hij kon niet in alle eerlijkheid zeggen dat zijn vrouw en hij in de vele jaren van hun huwelijk ooit echt samen waren geweest. Zo gek was het niet dat hij die kloof met talloze verhoudingen had geprobeerd te dichten.

Het was een heerlijke, maar ook afschuwelijke dag geweest. Kate lag met een knoop in haar maag in haar bed te woelen. Het schijnsel van de maan viel af en toe door een kier tussen de slaapkamergordijnen naar binnen. In de eenzame nachten waarin Stefan steeds later en later was thuisgekomen, had ze ervan gedroomd zo'n dag met Shane te beleven als ze vandaag had meegemaakt. Ze was meestal tot middernacht in haar atelier aan het werk, waarna ze met een boek in bed kroop en haar gedachten zijn kant op dwaalden. Maar die denkbeeldige dagen waren anders dan de dag die ze vandaag had doorgebracht. Shane was in heel veel opzichten nog dezelfde als vroeger, maar ze was zich er de hele tijd scherp van bewust dat hij een vrouw had die thuis op hem wachtte. Zou hun ontmoeting anders zijn verlopen als ze allebei vrijgezel waren geweest?

Door haar gemijmer heen schemerden telkens beelden van Betty in het Cornhill-ziekenhuis. Hoe zou zij zich vanavond voelen? Kate voelde zich machteloos en zou willen dat ze iets kon doen wat haar moeder echt hielp. Haar maag keerde zich langzaam om en ze kreeg een zure smaak in haar mond. Dat haar vader kortgeleden een badkamer naast de slaapkamer had aangelegd kwam nu goed van pas. Toen ze bij de witporseleinen pot was, spoog ze de inhoud van haar maag naar buiten, waarbij ze op een paar centimeter na de tegelvloer wist te ontwijken. Ze knielde neer en drukte een hand tegen haar voorhoofd. Het was niet zo gek dat haar dag op deze manier eindigde. Ze wierp een blik op haar horloge en zag dat het al bijna een uur na middernacht was. Ze was veertig!

Shane liep op zijn tenen zachtjes zijn slaapkamer in. Natasha lag opgerold als een kat onder het dekbed. Ze maakte geen enkel geluid en Shane deed zijn best om haar bij het uitkleden niet wakker te maken. Hij glipte onder de dekens en knipte de lamp op het nachtkastje uit. Door de gordijnen scheen de sikkelvormige maan naar binnen en hij slaakte een zucht. Hij wist niet goed wat hij gedacht had te bereiken door vandaag met Kate af te spreken. Hij moest erachter zien te komen wat hij nou precies voor haar voelde, maar nu was hij daar nog onzekerder over dan eerst. Hij hield van Natasha. Hij keek even naar haar, zoals haar lichaam bij elke ademhaling rees en daalde. Maar er was geen passie in hun relatie. Zij keek niet naar hem zoals Kate deed. Zij kon hem niet zo betoveren als Kate. Kate was enig in haar soort.

Shane trok het dekbed over zijn schouders en draaide zijn rug naar zijn vrouw. Hij wilde zich niet zo voelen als de laatste keer dat hij Kate had gezien en telkens weer de kous op de kop krijgen. Toen hij desondanks aan Kate bleef denken, besefte hij dat hij weer terug was bij af – misschien was hij er nog wel erger aan toe dan eerst.

In het grote, lege bed rolde Annabel zich op tot een balletje. Godzijdank is Colin weg, dacht ze. Sinds Damien had gebeld, had ze de bibbers gehad. Ze zag nog zó voor zich hoe Rosa had gekeken toen ze de keuken binnenkwam. *Die meid zal wel denken dat ik gek ben.*

Hij was wel de laatste van wie Annabel verwacht had iets te horen, en pas toen ze de hoorn neerlegde realiseerde ze zich dat ze hem een heleboel vragen zou willen stellen. Hij deed aardig, maar zakelijk. Dacht hij ooit nog wel eens aan hun tijd samen op de manier waarop zij daaraan dacht?

Ze draaide zich om, rustelozer dan ze sinds het fiasco in Biarritz tot nu toe 's nachts was geweest. Ze kon altijd proberen hem terug te bellen! Maar Betty zou morgen thuiskomen, en het was eigenlijk nu al morgen. Het was Kates verjaardag.

Het trof Damien als een mokerslag: hij was haar verjaardag helemaal vergeten. Vervolgens slaakte hij een diepe zucht. Het leek hem onwaarschijnlijk dat dat de reden was waarom Kate zo vreemd tegen hem deed, maar hij kon niets anders bedenken. Kate had nooit veel om haar verjaardag gegeven en hij kon de datum nooit onthouden. Hij had er altijd op vertrouwd dat Betty wel een kaart voor hun dochter zou kopen. Die ondertekende ze dan ook namens hem. Dat was niet het enige wat hij van Betty zou missen. Ze waren de jaren toch aardig doorgekomen samen, gezien het gebrek aan vuur van beide kanten. Ze zouden beslist nooit getrouwd zijn als Betty niet al drie maanden zwanger was geweest.

Maar als ze Kate niet hadden gehad, zou hij Annabel nooit hebben leren kennen. Zij was als een vlam die in zijn leven kort oplichtte. Er waren ook andere vrouwen geweest op wie hij zijn oog had laten vallen, maar geen van hen kon tippen aan Annabel. Toch moest hij haar loslaten – dat was het enige juiste. Net als trouwen met Betty destijds het enige juiste was geweest.

10

Kates maag rommelde en ze kon voor de derde ochtend achter elkaar bij het ontbijt geen hap door haar keel krijgen. Ze moest twee keer haar tanden poetsen om de vieze metaalsmaak in haar mond kwijt te raken.

Ze streek met haar handen over de overtrekken van de zachte kussens en trok het beddengoed op het bed van haar ouders recht. Haar vader had het grootste deel van zijn kleren naar de logeerkamer overgebracht. Dat leek Kate ook maar het beste. Haar moeder zou na de operatie niet veel kunnen verdragen en had alle ruimte nodig om zich lekker te kunnen bewegen. Wie had ooit kunnen denken dat ze op de ochtend van haar veertigste verjaardag hiermee bezig zou kunnen zijn? Ergens ver weg ging de telefoon, maar ze schonk er geen aandacht aan. Dit was immers haar eigen huis niet.

'Kate!' riep Damien van onder aan de trap.

'Ja!' antwoordde ze.

'Het zijn de jongens!'

Kate haastte zich naar het kleine witte bewerkte telefoontoestel dat op het nachtkastje stond.

'Hallo!' antwoordde ze ongeduldig. 'Ciarán, David, wat fijn om iets van jullie te horen!'

Ze luisterde naar hun 'Lang zal ze leven'.

'Wat lief dat jullie eraan hebben gedacht.'

Ze vertelden haar dat haar cadeautje onderweg was met de post; ze hadden het moeten laten doorsturen naar Dublin.

'Dank jullie wel, jongens. Hoe gaat het op school?'

Ze luisterde naar hun verhalen over hoe goed het ging met voetballen en dat ze bij wiskunde allebei bij de besten van de klas hoorden. 'En hoe staat het met jullie Engels?' vroeg ze. Aan de andere kant van de lijn begonnen de onstuimige twaalfjarigen te ginnegappen; ze werkten zich altijd in de nesten doordat ze niet netjes genoeg praatten.

'Jullie oma is heel ziek en ik moet een beetje langer dan verwacht in Dublin blijven, dus misschien moeten jullie met de paasvakantie wel hierheen komen.'

De jongens leken ernaar uit te kijken om naar Dublin te gaan. Ze wilde hun niet vertellen hoe ziek hun grootmoeder in werkelijkheid was – nog niet.

'Oké, doe nou maar rustig aan, en dan zie ik jullie gauw. Jullie klassenleraar geeft jullie je tickets wel. Dag, jongens, en bedankt dat jullie mijn verjaardag niet zijn vergeten!' Zij wist ook wel dat de kostschoolbeheerster ervoor gezorgd had dat ze haar zouden bellen, maar toch was het fijn om de vrolijke stemmetjes van haar zoons te horen. Ze verlangde ernaar hen te zien en vast te houden. Soms vroeg ze zich af of ze er wel goed aan had gedaan om hen naar kostschool te sturen. Het was maar goed dat ze een tweeling waren; dan hadden ze altijd elkaar nog.

'Ik ga naar je moeder!' riep Damien naar boven.

'Ik kom eraan!' riep ze terug.

Voor de hele dag hadden ze plannen gemaakt. Kate zou een ouderwets braadstuk klaarmaken en ze zouden tussen de middag een echte familielunch houden. Het was meteen een soort laatste avondmaal, want Philip zou 's avonds teruggaan naar Engeland. Het greep Kate aan dat dit allemaal op haar veertigste verjaardag gebeurde. Philip zou Gloria naast zich aan tafel hebben en zij zou alleen zitten. Ze voelde een steek van jaloezie en wenste dat Shane een vrij man was. Was het nog maar gisteren, toen hij naast haar had gezeten en haar ego had gestreeld. Maar ze moest deze dag op eigen kracht zien door te komen. Ze vroeg zich af hoe het met Annabel zou zijn. Die moest de hint nu inmiddels toch wel begrepen hebben, zeker gezien het feit dat ze voor háár verjaardag afgelopen vrijdag geen vrede gesloten hadden.

Ze streek nog een keer over het beddengoed en liep daarna haar moeders slaapkamer uit.

Toen Betty de hal in kwam, zag ze er beter uit dan voor de operatie, maar Kate vermoedde dat dat door de medicijnen kwam. 'Wat heerlijk om thuis te zijn!' Ze keerde zich naar Damien. 'Zet mijn tas maar in mijn kamer,' gebood ze, en zonder een woord te zeggen liep hij de trap op. 'Ging het een beetje met jullie samen?' vroeg ze met een glimlach aan Kate.

Kate omhelsde haar moeder voorzichtig, waarbij ze haar gevoelige bovenlijf ontzag. 'Wat heerlijk om je weer thuis te hebben.'

Philip en Gloria kwamen de keuken uit lopen en heetten Betty hartelijk welkom.

'Eerst een kopje thee voordat ik even ga rusten,' zei ze stralend.

Kate besefte dat de komende paar maanden ondraaglijk zouden worden. Haar moeder wilde altijd degene zijn die voor iedereen in huis rondredderde. Ze zou het vreselijk vinden om niets meer zelf te kunnen doen.

Ook al was het Rosa's vrije dag, toch liep ze met Annabel en haar kinderen mee over het kronkelige pad dat naar de vissershaven voerde. De felgekleurde luifels waren een trekpleister voor zowel toeristen als plaatselijke bewoners.

'Wat kun je hier allemaal kopen?' vroeg Rosa.

'Zelfgemaakt brood, jam, paté, taart en zo. Sommige stalletjes hebben bijzondere koffiesoorten en je kunt hier zelfs handgemaakte sieraden kopen.'

'Mag ik een chocolade konijntje?' bedelde Rebecca.

'We zullen zien,' antwoordde Annabel, terwijl ze heel goed wist dat haar dochter er net als elke zondagochtend eentje zou krijgen.

Hoewel Annabel de korte wandeling naar de markt vaak had gemaakt, klopte haar hart ditmaal vol verwachting. Ze moest erachter zien te komen wie de marktmeester was en hoe ze een kraampje kon huren. Dit was het begin van een nieuwe en opwindende onderneming die haar leven een eigen gezicht zou geven en waardoor Annabel het gevoel kreeg dat ze iets had bereikt. Ze zag zichzelf al voor zich als degene die het kraampje runde waar de beste hummus werd verkocht; uit heel Dublin zouden mensen hiernaartoe komen om haar producten te kopen. Het was nog maar een bescheiden begin, maar toch was het iets helemaal voor haarzelf. Op de markt zou ze niet bekendstaan als de vrouw van Colin of de moeder van haar kinderen.

Rebecca en Taylor stonden al bij het kraampje waar de delicate chocolade dierfiguren op een stokje werden verkocht. De Fransman aan de andere kant van de balie herkende Annabel als klant die hier wel vaker kwam.

'*Bonjour madame*,' zei hij met een glimlach. Zijn donkere snor verbreedde zich toen hij haar geld aanpakte.

'Goedemorgen,' begroette ze hem. 'Hoe maakt u het vandaag?'

'Het regent niet, dus goed,' antwoordde hij schouderophalend.

'Ik vroeg me af of u me kon helpen. Weet u wie deze markt organiseert?'

'Dat is Seán Doonan; hij komt hier om half vier om geld op te halen bij handelaren die achterlopen met hun betaling.'

'Hebt u misschien een telefoonnummer waarop ik hem kan bereiken?'

De Fransman haalde nogmaals zijn schouders op. Hij pakte zijn mobiele telefoon uit zijn borstzakje en las een nummer op.

Annabel noteerde het en bedankte hem omstandig. Het kon tenslotte best zijn dat ze over een paar weken met haar kraam naast de zijne kwam te staan.

'Annabel! Annabel!' riep een stem in de verte. Die schrille stem kon maar van één iemand zijn: Melissa.

Annabel draaide zich om en ving een glimp op van de glamourmoeder met haar opgepoetste achtjarige dochter en haar zoontje van vijf.

'Hai, Melissa. Nog ontzettend bedankt voor het feest,' zei ze zodra Melissa binnen gehoorsafstand was.

'Graag gedaan,' antwoordde Melissa zangerig. 'Fantastisch was het, hè?'

Annabel knikte. 'Je hebt er veel te veel werk van gemaakt,' zei ze. 'Veel te veel!'

'Heb je iets leuks gekocht?' vroeg Melissa op haar subtiele vragende toon.

'Om eerlijk te zijn ben ik wat research aan het doen, Melissa,' antwoordde Annabel met enige tegenzin. 'Ik overweeg een kraampje te beginnen.'

'Echt?' Melissa wist niet wat ze hoorde. 'Wat wil je daar dan doen?'

'Hummus en salades verkopen, om te beginnen. En daarna misschien ook quiches.'

Melissa liet een kreetje ontsnappen. 'Dat meen je niet!'

'Ja, het is echt waar,' antwoordde Annabel ernstig. 'Ik wil een stalletje beginnen met zelfgemaakte producten.'

'Maar waarom in vredesnaam?' vroeg Melissa, terwijl ze verbaasd haar hoofd schudde.

Annabel had haar antwoord al klaar: 'Omdat ik het leuk vind om te doen.'

'Maar je tennist al!' riep Melissa uit, ontsteld over Annabels onthulling.

Annabel grijnsde bij zichzelf, en ze hoedde zich er wel voor om nog meer prijs te geven.

Shane trok de boord van zijn frisgewassen witte shirt recht.

'Waar ga je vandaag naartoe?' vroeg Natasha, die overeind kwam in bed.

'Twee keer Parijs,' zei hij terwijl hij voor de spiegel van de toilettafel zijn das strikte. 'Om een uur of acht ben ik terug.'

'Ik ga vandaag naar Avoca met Trudy.'

'Veel plezier dan maar,' zei hij, en hij bukte zich over het bed en drukte een onhandige kus op haar wang.

Tien minuten eerder was hij haastig uit bed gesprongen toen hij zag dat zij nog sliep. Ze had haar ogen pas opengedaan toen hij na het douchen de laatste druppels water van zijn lijf schudde. Hij wilde niet in de situatie terechtkomen waarin zij verwachtte dat ze zouden gaan vrijen. Omdat ze zo graag zwanger wilde worden drong ze daar steeds vaker op aan, en elke keer dat ze voorstelde samen het bed in te duiken voelde hij zich een soort dekhengst. Hij pakte zijn portefeuille van het nachtkastje en stak die zoals zijn gewoonte was in zijn achterzak.

'Tot later,' zei hij glimlachend tegen zijn vrouw.

'Fijne dag, en doe voorzichtig!' riep ze hem na, terwijl ze, languit op bed liggend, haar lange goudkleurige haar met twee handen achteroverkamde.

Ze glimlachte zelfingenomen. Het was heerlijk, vond ze, om de vrouw van een piloot te zijn. Daar hield ze nog meer van dan van Shane zelf, als ze eerlijk was. Shane had een relatie gehad met haar vriendin Maria toen ze op een vlucht naar Rome haar blik op hem had laten vallen en ze had in de week daarop haar schema zo weten te draaien dat ze op al zijn vluchten met hem samen was. Toen ze ergens een nachtje moesten overblijven zette ze hem voor het blok en vertelde hem over Maria's kleine escapades met de andere gezagvoerders van de vliegmaatschappij. Hij was als was in haar handen. Natasha was er altijd goed in geweest mensen te manipuleren en haar zin te krijgen, en nu ze het huis en de sportwagen van haar dromen bezat raakte ze verveeld. Een baby was het volgende accessoire waar ze haar zinnen op had gezet. Haar zus had twee maanden geleden een kind gekregen en Natasha begon haar geduld te verliezen met het hele zwangerschapsgedoe. Woelend schoof ze verder naar het voeteneind van het bed. Ja, ze had het uitstekend getroffen. Shane had genoeg geld om als de baby geboren was een fulltime nanny te kunnen betalen, zodat haar fijne leventje er niet onder hoefde te lijden. Natasha had het al helemaal uitgedacht.

Shane kon in alle eerlijkheid zeggen dat hij vandaag blij was dat hij moest werken. Dan had hij minder tijd om aan Kate te denken en aan hoe die haar verjaardag zou doorbrengen. Zijn ontbijt bestond uit een kop zwarte koffie en een banaan, waarna hij in zijn BMW stapte en aan de inspannende rit over de M50 naar het vliegveld van Dublin begon. Hij zette de autoradio aan en zijn wereld schudde op zijn grondvesten toen Boston uit de speakers schalde: 'More Than a Feeling' was altijd hún nummer geweest. Hij had het in geen jaren gehoord en hij werd er behoorlijk emotioneel van dat hij het uitgerekend vandaag hoorde.

Hij reikte naar zijn mobiele handset op het dashboard. Voordat hij het wist drukte hij op haar naam op zijn telefoon en bleef wachten toen het toestel overging.

Eén keer overgaan, twee keer overgaan, drie keer overgaan – toen hij aan de andere kant van de lijn 'Hallo' hoorde zeggen, ging er een schok door hem heen.

'Van harte gefeliciteerd, Kate! Ik kon deze dag niet voorbij laten gaan zonder je het allerbeste te wensen.'

'Shane, dank je wel!' antwoordde Kate blij verrast.

'Hoe is het met je?' vroeg hij. 'Nog speciale plannen?'

'Nog niet. Mijn moeder is net thuisgekomen uit het ziekenhuis, maar die praat nu even met Philip en Gloria. Wat ga jij vandaag allemaal doen?'

'Ik ga naar Parijs – twee keer achter elkaar.'

'Kon ik maar met je mee. Ik mis de jongens echt.'

'Dat zal wel zwaar zijn, ja. Hoe is het met je moeder?'

'Ze houdt zich goed, maar we hebben slecht nieuws gehad: er zijn uitzaaiingen, maar ze wil onder geen beding worden geopereerd. Ze weten niet eens zeker of dat überhaupt zou helpen.'

'Jezus, Kate, wat een vreselijk bericht.' Hij klonk oprecht verdrietig. 'Die arme Betty!'

'We zijn allemaal nog in shock.'

'Luister eens, morgen heb ik vrij. Kan ik iets voor je doen?' Shane wilde Kate zien en haar persoonlijk troosten.

'Ik zou het wel fijn vinden om in de middag een wandelingetje te gaan maken, als je zin hebt om er even tussenuit te gaan,' stelde ze voor.

'Om een uur of drie?'

'Goed,' zei ze met een knikje, ook al wist ze dat hij haar niet kon zien.

'Dan ben ik om drie uur bij je. En nogmaals: van harte gefeliciteerd.'

'Dank je wel, Shane.'

Kate zette haar telefoon uit en liep met veerkrachtige stappen terug naar de keuken. Ze had tot dusver twee leuke telefoontjes gekregen, die haar hadden opgevrolijkt. Diep in haar hart zou ze ook Annabels stem wel willen horen, maar haar trots weerhield haar ervan een eventueel telefoontje van haar vriendin aan te nemen, mocht die nog bellen na al die keren dat ze bot had gevangen.

'Wie was dat, lieverd?' riep Betty vanuit haar bed.

Aan haar longen mankeert nog niks, dacht Kate. 'Shane, mam,' riep ze terug. 'Hij vroeg nog naar je.'

Betty glimlachte bij zichzelf. Shane was zonder meer de knapste jongen die Kate ooit had meegenomen naar Greenfield Close. Ze begreep wel wat Kate in hem zag, met zijn vriendelijke manier van doen. Hij deed haar qua uiterlijk sterk aan Liam denken. Maar Liam was een echte wolf in schaapskleren gebleken, had Betty tot haar schade moeten ondervinden. Wat een ironie dat Kate zich tot iemand aangetrokken voelde die zo veel op hem leek.

Betty had uiteindelijk voor Damien gekozen. Hij had haar kinderen geschonken en een goed leven gegeven, maar van tijd tot tijd moest ze nog steeds aan Liam denken, en vandaag was zo'n dag. Het stemde haar verdrietig dat ze hem nooit meer zou zien. Misschien in een volgend leven... Omwille van haar gezin en vrienden zou ze zich dapper voordoen, maar diep in haar hart berustte ze al in de ravage die de kanker had aangericht.

'Wil je thee?' Kate stond in de deuropening van de slaapkamer met een porseleinen kopje dampende thee in haar hand.

'Ik had je niet naar boven horen komen.' Voorzichtig hees Betty zichzelf overeind in bed. 'Lekker, een kopje thee.'

Kate zette het naast haar neer op het nachtkastje.

Betty klopte op het bed om Kate te verzoeken te gaan zitten. 'Vertel me eens over je afspraakje met Shane.'

'Het was helemaal geen afspraakje, mam!' Kate rolde met haar ogen. 'Hij is getrouwd!'

'Jij ook, strikt genomen.'

Het verraste Kate dat haar moeder dat zo zag. 'We zijn koffie gaan drinken in de stad en toen hebben om de Green gewandeld. Dat was het wel zo'n beetje.'

'Zag hij er nog hetzelfde uit?' Betty werd steeds enthousiaster.

'Ja, nog precies hetzelfde. Behalve dan dat hij een beetje grijs is geworden bij zijn slapen. Hij ziet er goed uit.'

'Hij was de ware,' zei Betty met een knikje.

'Wacht eens even, ik ben twee keer getrouwd geweest, hoor,' zei Kate. Ook al was ze het met haar moeder eens, zo'n reactie bracht haar in de war.

'Maar er is er maar één de ware,' grimaste Betty.

Kate had haar moeder nog nooit zo horen praten. 'Nou ja, natuurlijk denk je er zo over, omdat jij het geluk had pap tegen te komen!'

Betty aarzelde, en een afschuwelijk moment lang wist Kate niet hoe haar moeder zou reageren. Tot Kates verwarring knikte Betty alleen maar.

'Als je de kans krijgt om weer met hem samen te zijn, dan moet je die grijpen, Kate!'

'Mam, hij is getrouwd. Ik ben niet iemand die stookt in andermans huwelijk.'

'Er zijn wel ergere dingen dan stoken in een huwelijk,' zei Betty, en de woorden klonken bitter uit haar mond. 'Je kunt een liefdeloos huwelijk ook in stand houden.'

'Nou, daar maak ik straks korte metten mee. Stefan en ik zijn tegen het eind van de maand gescheiden.'

'Hij is nooit goed voor je geweest, Kate. Je dook destijds te snel in een nieuwe relatie en je had de jongens. Je had toen beter naar huis kunnen komen.'

Kate kreunde toen ze terugdacht aan de vele eisen die de Mackens, de ouders van haar man, vanuit een ander land aan haar hadden gesteld. Ze zou haar zoons nooit onder het toeziend oog van hun grootouders hebben kunnen grootbrengen. 'Ik heb gedaan wat me toen het best leek, mam, en met de jongens is alles prima in orde.'

'Haal ze van kostschool en laat ze naar huis komen, Kate,' smeekte Betty.

De woorden bleven nog naklinken nadat Betty ze had uitgesproken. Ze gaven de wens aan van een stervende vrouw, en Kate besefte dat ze ze niet mocht negeren.

'Ik zal erover nadenken, mam. Maar Frankrijk is nu hun thuis, en het mijne.'

Betty knikte. 'Doe maar wat jou het beste lijkt, maar als je de kans krijgt om weer gelukkig te worden met Shane, moet je die grijpen! Pak hem met beide handen aan en laat hem niet meer los!'

Betty's ogen waren strak op die van Kate gericht.

Kate had haar moeder nog nooit zo fel zien kijken. Door die blik begon ze zich af te vragen wat voor geheimen Betty allemaal mee zou nemen het graf in.

De voordeur zwaaide open net toen Annabel de trap af kwam.

'Ik had je niet alweer zo vroeg thuis verwacht,' riep ze uit.

Colins gefronste voorhoofd sprak boekdelen. Hij liet zijn golfclubs met veel gekletter op de essenhouten vloer vallen.

'Waar zijn de kinderen?' bromde hij.

'Ik ga met ze zwemmen samen met Rosa.'

Hij gaf geen antwoord, maar liep in plaats daarvan naar buiten om de rest van zijn spullen te gaan halen. Annabel slikte een brok weg. Ze vond het vreselijk als hij zo deed. Buiten hun gezin om kon niemand vermoeden dat dit de prijs was die ze moest betalen om zijn echtgenote te zijn. Als ze haar eigen geld zou verdienen, zou ze zich tegen zijn buien kunnen weren en de moed hebben om tegen hem in te gaan. Hij behandelde haar vaak niet anders dan zijn trainees in zijn blinkende kantoor in het IFSC. Zíj konden tenminste een andere baan nemen om bij hem uit de buurt te blijven.

Rosa kwam de keuken uit met Rebecca in haar armen.

'Colin is thuis – we kunnen zo vertrekken,' zei Annabel.

Toen Colin weer de hal in kwam met nog een grote tas, zette hij een ander gezicht op, alsof hij een knop omzette. 'Rosa, wat fijn om je te zien! Ik mag hopen dat Annabel goed voor je gezorgd heeft?'

'O, jawel hoor, meneer Hamilton!'

'Rosa, ik heb je toch gezegd dat je me Colin moest noemen?'

Het irriteerde Annabel mateloos om te moeten aanzien hoe haar man de charmeur uithing – wie dacht hij nou eigenlijk voor de gek te houden? Tegen aantrekkelijke vrouwen en de echtgenotes van vrienden deed hij altijd zo.

'We gaan er nu vandoor,' zei Annabel bits. 'Is Taylor zover?'

'Je kunt haar maar beter te vriend houden, Rosa,' snoof Colin verachtelijk, 'maar laat het me maar weten als ze je rondcommandeert.'

Annabel kon hem wel slaan. Zolang hij in de buurt was had ze thuis al zo weinig in te brengen, en nu wilde hij ook nog eens stoken in haar relatie met de au pair. Maar goed dat Rosa zo aardig was. Annabel hoopte maar dat ze zijn oppervlakkige maniertjes doorzag.

Doelgericht, maar zwijgend reed ze naar het zwembad. Rosa zat met de meisjes achterin Nintendo DS te spelen. Kon ze maar wat positiever zijn. Het schoot haar weer te binnen dat ze de man moest bellen die de markt organiseerde en toen ze moest stoppen voor rood licht toetste ze zijn nummer in op haar handsfree kit.

'Seán Doonan,' zei hij toen hij opnam.

'Hallo, met Annabel Hamilton. Ik vroeg me af hoe het in zijn werk gaat als je een kraampje wilt beginnen op de boerenmarkt van Howth.'

'Om wat voor artikelen gaat het?'

'Ik maak hummus en salades, maar dat zou ik best willen uitbreiden...'

'U treft het. De havenmeester heeft het oppervlak dat voor kraampjes is bestemd vergroot. Ik zou u een plek van vier bij vier meter kunnen geven voor tachtig euro per week.'

'O, nou, daar ben ik erg in geïnteresseerd.'

Ze liet hem zijn verhaal houden over de huur- en overheadkosten – ze zou het makkelijk kunnen betalen van haar huishoudgeld en de winst die ze van week tot week maakte dan kunnen gebruiken om haar onderneming uit te bouwen. 'Het klinkt allemaal geweldig. Wanneer kan ik beginnen?'

'Volgende week, als u wilt,' antwoordde hij.

Annabel kon niet geloven dat er al zo snel een plekje was. Ze zou de komende week een heleboel te doen hebben om zich voor te bereiden. Ze kon haar handelswaar niet te vroeg klaarmaken, want dan was die niet vers meer. Ze voelde kleine vlinders kriebelen in haar buik toen ze de auto parkeerde bij het welnesscentrum. Sinds die twee dagen in Biarritz was er het een en ander veranderd, maar niet allemaal in negatieve zin.

Shane keek op zijn horloge. 'Mooi zo,' zei hij hardop.

Het weer straalde hem weer tegemoet toen hij de tolbrug overstak en aan de noordkant van de stad aankwam. Deze symbolische tocht over de rivier de Liffey had iets vertrouwds – het voelde als thuiskomen. Bij het vooruitzicht Kate straks weer te zien, de hoofdpersoon uit een heleboel van zijn allergelukkigste herinneringen, werd hij nog blijer en enthousiaster. De laatste keer dat ze elkaar hadden gezien had er veel spanning in de lucht gehangen en waren er heel wat momenten geweest van onuitgesproken gêne. Vandaag zou het anders gaan. Ze hadden de spinnenwebben van hun relatie weggeveegd en nu kreeg hij de kans om Kate als volwassen vrouw te leren kennen. Diep vanbinnen besefte hij wel dat hij ernstig gevaar liep om weer net zo verliefd op haar te worden als op Kate het meisje. Als hij diep in zijn hart keek, was hij nooit gestopt met van haar te houden.

Hij zette zijn auto stil voor de slijterij van Vernon en kocht daar een Chileense rode wijn die voor het gemak van een schroefdop was voorzien. Van de toonbank nam hij twee plastic bekertjes mee en aldus beladen liep hij terug naar de auto, waar hij prompt op de schakelaar op het dashboard drukte. Hij wilde niet aan komen rijden met het dak naar beneden. Kate zou bij een tweede keer weinig onder de indruk zijn!

Kate controleerde in de badkamerspiegel of haar haar goed zat en realiseerde zich dat het al bijna drie uur was. De stress was haar inmiddels enigszins aan te zien, enerzijds door de zorg voor haar moeder en anderzijds doordat ze voor de aankomende tentoonstelling helemaal niets uitvoerde. Haar doorgaans gebruinde gezicht zag er bleek en vermoeid uit, en ze at nog steeds maar weinig.

De deurbel ging en ze draaide zich met een ruk om, om snel te gaan opendoen.

'Is dat Shane?' riep haar moeder.

'Ja, maar hij komt je wel even gedag zeggen als we terugkomen!' riep Kate terwijl ze de trap af vloog.

Dit was een Kate-en-Shane-moment, en ze wilde hem niet hoeven delen met iemand anders.

Ze deed de deur open, en Shane zag er nog beter uit dan de vorige keer. Hij droeg een geruit shirt, waar zijn brede schouders goed in uitkwamen.

'Hallo, Kate,' zei hij met een glimlach.

'Blijf staan waar je staat,' fluisterde ze. 'Ik ga even mijn tas halen.'

In een ommezien was ze terug.

'Dag, mam!' riep ze, maar ze was al weg voordat Betty de kans kreeg naar beneden te komen.

'Je hebt uit Frankrijk mooi weer meegebracht,' merkte Shane op.

'Ja, het is lekker geweest, hè?' Kate wist even niet wat ze moest zeggen. 'Heb je zin om een strandwandeling te gaan maken bij Dollymount?'

Shane kromp zichtbaar in elkaar bij die vraag. 'Daar hebben we goede herinneringen aan, hè?'

'Zoals die keer dat jij mijn leven redde!' plaagde Kate hem. Shanes geagiteerde gezicht maakte haar duidelijk dat ze met die poppenkast moest stoppen. 'Sorry Shane, maar ik vind het leuk om je op de kast te jagen.'

Hij glimlachte. Hij kon nooit lang boos op haar blijven. 'Zeg, ik heb een fles rode wijn in de auto liggen – zullen we die meenemen?'

'Ja, en we kunnen met de auto de houten brug over gaan en hem dan bij het standbeeld zetten,' zei Kate met een knikje.

Shane parkeerde de bmw bij een rotsrichel en ze zetten zich schrap voordat ze de frisse wind in liepen die van zee kwam.

'God, wat is het hier toch mooi,' verzuchtte ze.

'Ik hou net zo veel van dit jaargetijde als van de zomer,' beaamde Shane.

Vanonder haar pony keek Kate hem aan. 'Ik weet het nu meer te waarderen dan al die jaren geleden. We zijn op een prachtige plek opgegroeid.'

'Om eerlijk te zijn vind ik het nog steeds moeilijk om aan de zuidkant gewend te raken. Natasha is de zuiderlinge.' Hij klonk neerslachtig.

'Wilde ze niet verhuizen?'

Hij schudde zijn hoofd. 'Haar ouders wonen bij ons om de hoek en ze zegt heel vaak dat dat zo handig is als we een gezinnetje krijgen.'

Kate schrok zichtbaar van zijn woorden. 'Ik had me niet gerealiseerd... Ik bedoel, natuurlijk zullen jullie graag een gezin willen stichten.' Terwijl ze het zei voelde ze een harde brok in haar keel steeds groter worden.

'Ik zou er mijn mond over moeten houden, maar we worden geacht' – hij zweeg even – 'eraan te werken. God, wat heb ik een hekel aan die uitdrukking!'

'Dus jullie weten allebei zeker dat dit het juiste moment is?'

'Zij wil dolgraag, maar ik moet nog aan het idee wennen. Het is gek, maar ik heb altijd gedacht dat het anders zou voelen als je besluit een gezin te stichten. Maar ik moet aan haar denken en aan wat zij nodig heeft.'

'En hoe zit het met wat jij nodig hebt, Shane? Het is een grote stap, en over kinderen grootbrengen moet je niet te lichtvaardig denken.' Ze kon aan zijn gezicht wel zien dat hij zich grote zorgen maakte.

'Ik bedoel, we zijn nu lang genoeg getrouwd. Natasha is tweeëndertig en haar biologische klok begint te tikken, neem ik aan.'

'Ik had me niet gerealiseerd dat ze zo'n stuk jonger was.' Kate voelde een golf van jaloezie over zich heen komen.

'Af en toe kan ze makkelijk voor tweeëntwintig doorgaan, ik zweer het je!' Hij deed er het zwijgen toe toen hij besefte dat hij te ver ging. 'Maar om het even over iets luchtigers te hebben: wat heb je voor je verjaardag gekregen?'

De dag was gekomen en gegaan, en behalve een gestreept topje van Gloria en de belofte van haar zoons dat ze nog een cadeautje te goed had, had ze niets om te laten zien, behalve natuurlijk de outfit die Annabel haar in Biarritz voor haar verjaardag cadeau had gedaan...

'Het was eerlijk gezegd een zware dag...' Ze zweeg even.

'Dat kan ik me voorstellen, nu je moeder net thuis is uit het ziekenhuis en zo.'

'Het is goed,' zei ze, met haar hoofd schuddend. 'Trouwens, ik heb mezelf op een tattoo getrakteerd toen ik in Biarritz was!'

'Mag ik hem zien? Tenminste, als hij niet op je rechtertepel of zo'n soort plek zit?'

Kate gaf hem een speels duwtje tegen zijn bovenarm. 'Hij zit aan de binnenkant van mijn enkel.'

'Laat eens kijken,' drong hij aan.

Kate reikte omlaag en ritste haar enkellaarsje open. Ze balanceerde vervaarlijk op één voet, met haar getatoeëerde been boven de grond, terwijl ze haar sok omlaag stroopte tot haar blote huid eronder zichtbaar was.

'Het Derde Oog!' riep hij uit.

'Goed zo!' Kate klapte in haar handen. 'Ik ben onder de indruk dat je het herkent. Annabel heeft er ook een, op dezelfde plek.'

'Niet te geloven dat je haar zover hebt gekregen dat ze een tattoo heeft genomen!' Hij stond perplex.

'Jazeker.' Kate trok haar sok weer omhoog en ritste haar laars dicht.

'En hoe gaat het tegenwoordig met Annabel?' vroeg hij.

'We... eh... hebben, eerlijk gezegd, in Biarritz ruzie gehad en hebben elkaar sindsdien niet meer gesproken,' antwoordde Kate vaag.

'Niet eens voor je verjaardag?'

'Ik wil het er liever niet over hebben.'

Shane wist wanneer hij beter niet verder kon aandringen. Als Kate iets aan hem kwijt wilde, zou ze dat wel doen op het moment dat zij eraan toe was. Maar het verbaasde hem wel dat de vriendinnen na al die jaren het contact hadden verbroken.

De zeewind begeleidde hen verder over het strand, tot ze bij een rotsmuur kwamen, waar ze overheen moesten klimmen om verder te kunnen over het strand.

'Welke kant wil je op?' vroeg Shane.

'Ik heb er niet veel verstand van, maar die wolken die zich daar samenpakken zien eruit alsof het straks gaat regenen. Zullen we teruggaan naar de auto?'

Shane knikte. 'We kunnen de wijn wel opentrekken, als je daar zin in hebt.'

'Vier uur in de middag, op het Dollymount-strand met een fles wijn – klinkt dat je bekend in de oren?'

Shane grijnsde.

'Alleen dronken we toen Black Tower en Blue Nun,' zei Kate met een glimlach. 'Die merken was ik helemaal vergeten, maar het verleden komt ineens weer bovendrijven.'

'Zei ik niet tegen je dat ik Blue Nun in de auto heb liggen?'

Kate wist niet of ze hem moest geloven of niet. 'Drink jij die dan nog steeds?'

'Hoor eens, Kate, in Ierland weten we tegenwoordig heus wel iets van wijn af!' lachte hij, waarop Kate ook weer wat ontspannener werd.

De auto voelde warm aan nadat de koele aprilwind hun hoofd leeg had gemaakt.

'*Voilà!*' riep Shane uit terwijl hij haar een plastic bekertje aangaf en de cabernet sauvignon openschroefde.

'Bedankt,' zei Kate toen ze een halfvol bekertje aanpakte. De wijn smaakte scherp, maar kon er toch mee door.

'Proost!' Shane tikte met de rand van zijn plastic bekertje tegen dat van Kate, en in stilte namen ze allebei een paar slokken.

'Gek om hier zo te zitten, vind je niet?' vroeg hij.

Kate knikte. 'Het is inderdaad een beetje onwerkelijk. Maar het voelt ook heel vanzelfsprekend om weer met jou samen te zijn.'

Shane haalde diep adem en liet de lucht langzaam weer ontsnappen. 'Ik kon de laatste paar dagen bijna alleen maar aan jou denken. Dat is niet zo slim wanneer je op een drukke zondagavond op het vliegveld van Dublin op landingsbaan één-nul moet zien te landen.'

Kate bloosde bij de gedachte dat Shane haar gezicht voor zich had gezien tussen de instrumenten in de cockpit.

'Ik heb ook aldoor aan jou moeten denken.' Haar bruine ogen werden groot toen ze zich afwendde en haar hoofd tegen de neksteun liet rusten.

Shane zette zijn bekertje in de houder op het dashboard en keerde zich naar haar toe om haar aan te kijken. 'Hoe hebben we ons toch zo kunnen vergissen?' zei hij met een zucht.

'Misschien hebben we ons niet vergist. Misschien is dit wel zoals het hoort te zijn.' Ze slikte even en kon zelf niet geloven dat ze dit had gezegd.

Shane kon niet langer van haar afblijven. Hij bracht zijn rechterhand omhoog, streek lichtjes over haar linkerwang en wachtte even voordat hij haar gezicht losliet. De hitte van zijn aanraking deed Kates huid smelten. Ze sloot haar ogen, in afwachting van zijn volgende zet. Zijn geur werd sterker toen ze zijn adem tegen haar wang voelde en ze zette zich schrap, waarna hij een enkele warme kus op haar lippen drukte. Toen ze haar ogen opendeed, was zijn gezicht zo dichtbij als het maar kon zijn.

Ze sloten allebei hun ogen en zoenden elkaar weer, ditmaal met een mix van ongeduld en verlangen. De zoete smaken van wijn en speeksel vermengden zich, totdat ze, in een genietend drinken en proeven, in elkaar overvloeiden. Later kon geen van beiden zeggen hoe lang ze hadden gezoend.

'Jezus!' riep Kate uit; haar knieën trilden en ze was helemaal bedwelmd.

Shane was buiten adem en zijn ogen stonden wazig. 'Wat moeten we nu doen?' vroeg hij, met zijn blik op de zee gericht, omdat hij Kate niet goed weer aan durfde te kijken.

'Een kamer huren?' stelde Kate voor, half voor de grap en half serieus.

'Ik bedoel, wat moeten we doen met onze levens, Kate?' Shane klonk ernstig. Hij droeg het hart op de tong en wilde de situatie niet luchtig afdoen.

'Nou, ik ben nog niet helemaal gescheiden en jij bent nog getrouwd, dus veel keus is er op het moment niet,' mompelde ze resoluut.

Haar woorden deden hem pijn. 'Laten we anderen erbuiten laten. Hoe zit het me ons?'

Hij klonk serieus en oprecht. Hij had het gevoel alsof hij naar het randje was gekropen en alsof één woord van Kate hem daar ofwel overheen kon duwen, ofwel hem kon redden van het leven dat hij voor zich zag. Kate slikte moeizaam; ze wist niet goed hoe ze daarop moest antwoorden. 'Ik wil het niet op mijn geweten hebben dat ik een huwelijk kapot heb gemaakt,' zei ze. 'We hebben elkaar in twee jaar maar twee keer teruggezien – we moeten het wel in het juiste perspectief zetten.'

De angst sloeg hem om het hart. 'Wil je soms beweren dat deze zoen niets voorstelde?' vroeg hij met een glazige blik.

Kate schudde haar hoofd. Het werd tijd om te zeggen waar het op stond. 'Je weet best hoe het voelde! Maar we moeten zorgen dat we er zeker van zijn. Vaker bij elkaar zijn.'

'Je snapt het niet.' Shane plukte aan het leer van zijn stuur. 'Natasha wil een gezin, en dat wil ik niet...'

Hij hoefde zijn zin niet af te maken. Kate snapte al wat er in hem omging. Troostend legde ze haar hand op de zijne.

'Als het zo moet zijn, komen wij heus wel bij elkaar.'

'Zonde van de tijd,' zei hij hoofdschuddend. 'Voor Natasha ook.'

'Je kunt niet zomaar na een paar dagen van Natasha's armen in de mijne springen. We moeten zekerheid hebben en we hebben allebei het een en ander uit te zoeken. Ik woon in Frankrijk; mijn zoons zijn Frans. We kunnen elkaar blijven zien tot we er allebei zeker van zijn.'

'Ik ben er al zeker van, Kate. Maar ik ben bang dat dat voor jou misschien niet geldt. Jij bent iemand die impulsief van het ene in het andere huwelijk rolt. Waarom wil je het er wat ons betreft niet op wagen?'

'Omdat, Shane, jij anders bent. Jij bent mijn droom. Jij bent de ware.' Ze sprak de woorden duidelijk en zorgvuldig uit. 'Als wij samen iets beginnen, moet het volmaakt zijn.'

Toen begreep hij het.

11

'Geen sprake van dat mijn vrouw spullen gaat verkopen vanachter een stalletje, als de eerste de beste marskramer!' tierde Colin.

Annabel trok een grimas. 'Ik vind het leuk,' antwoordde ze kalm. 'Iets voor mezelf.'

'Je hebt de kinderen, die au pair, verdomme – en wat dacht je van tennis?'

Annabel kon wel janken. Was dat het enige waar ze volgens Melissa en Colin goed voor was: tennissen?!

Kate zette zich schrap voor de landing, blij dat ze eindelijk naar huis kon. Vooralsnog was met Betty alles in orde. Sinds Kate ruim twee weken geleden in Dublin was gearriveerd, was er maar weinig aan haar toestand veranderd. De achtbaan van emoties die ze had moeten verwerken na haar moeders operatie en na de ontmoeting met Shane had haar uitgeput. Hij was haar op het vliegveld komen uitzwaaien en verlangde overduidelijk nu al naar haar terugkeer. Met hem verkeerde ze in hogere sferen en zonder hem voelde ze zich erg alleen. De kracht van hun liefde was heel anders dan vroeger. Het was goed dat ze nog niet met elkaar het bed in waren gedoken. Hij was nog steeds getrouwd en hun liefde mocht, als die wilde blijven duren, niet bezoedeld worden door enige vorm van verraad.

In een mum van tijd was ze door het vliegveld van Toulouse heen. Ze had een kleine koffer bij zich en was in een oogwenk bij Aankomsten. In de verte ontwaarde ze Fabians lange en magere gestalte. Zijn zwarte haar danste van links naar rechts toen hij op haar afkwam om haar te begroeten.

'*Chérie, mon dieu*, moet je jezelf nou zien!' riep hij uit. 'Kom eens in mijn armen. Je ziet er rampzalig uit!'

Kate kon een glimlach niet onderdrukken. Ze had hem gemist alsof hij een broer was. In veel opzichten voelde ze zich meer verwant met hem dan met Philip.

'Het is een beetje een gekkenhuis geweest, Fabian. Hoe is het hier?'

'Je hebt niets gemist, *chérie*, maar wij allemaal hebben jou gemist!'

Kate glimlachte en Fabian loodste haar naar zijn Renault.

'Nou, eerst je moeder: hoe gaat het met haar?' vroeg Fabian op zijn gebruikelijke directe manier.

'Stabiel. Zoals ik aan de telefoon al zei is het terminaal, maar we moeten ervoor zorgen dat ze zich zo prettig mogelijk voelt. Het kan zijn dat ze nog een half jaar te leven heeft, maar...'

Fabian trok een wenkbrauw op. '... het kan ook sneller gaan?' maakte hij haar zin voor haar af.

Kate knikte zwijgend.

'En hoe is het met Annabel?' ging Fabian voorzichtig verder. 'Zijn jullie weer vrienden?'

'Ik heb haar niet gesproken.'

Een kruisverhoor van haar vriend was wel het laatste waar ze nu op zat te wachten.

'Dit is anders hét moment om met haar te praten. Je hebt alle steun nodig die je krijgen kunt.'

'Om eerlijk te zijn heb ik opgetrokken met een oude vriend,' bekende Kate, die het graag over iets anders wilde hebben.

'Vertel het Fabian maar,' gebood hij.

'Hij is een vriendje van vroeger.'

Fabian knikte om aan te geven dat hij haar tot zover kon volgen. 'Ga door!'

'We hebben elkaar de afgelopen weken een paar keer gezien en we voelen nog steeds iets voor elkaar.'

'Geweldig!' Fabian smakte met zijn lippen. 'Dat is precies wat je nodig hebt, *ma chérie*.'

'Dat weet ik nog niet zo zeker, Fabian,' zei ze met een zucht. 'Hij is getrouwd.'

'Ah!' kreunde hij. 'Ik vind het ook altijd vreselijk om een leuke vent tegen te komen die getrouwd blijkt te zijn!'

'Shane – zo heet hij – wil weg bij zijn vrouw en met mij verdergaan.'

'Probleem opgelost!' zei Fabian, terwijl hij een triomfantelijke mep op het stuur gaf.

'Weet je, Fabian, ik heb eens nagedacht. Ik heb het gevoel dat ik de balans van mijn leven moet opmaken.'

'Als die Shane zo speciaal is, kun je hem niet laten glippen. Je moet in actie komen – *vite!*'

'Ik weet dat het nergens op slaat, want als ik bij hem ben ben ik gelukkiger dan ik ooit in mijn leven ben geweest...' Ze liet haar zin in de lucht hangen.

'Maar wat?'

'Er is iets wat me tegenhoudt.' Kate streek met haar hand over haar voorhoofd. 'Een klein stemmetje vanbinnen vertelt me dat dit niet het goede moment is.'

'Je bent nu veertig, dus geen klein kind meer,' liet Fabian haar vriendelijk weten.

'Weet ik. Nog bedankt voor je verjaardagskaart, trouwens.'

'Jammer dat ik je die niet persoonlijk kon overhandigen,' zei hij terwijl hij naar het borstzakje van zijn geruite jasje reikte en er een lang, dun pakje uit haalde. Hij overhandigde het haar met zijn ogen nog steeds strak op de weg voor hem gericht. 'Voor jou!'

Kate maakte het marineblauwe doosje open en haalde er een zilveren ketting uit waar een rond schijfje aan bungelde: een geëmailleerde afbeelding van het Derde Oog.

'Wat prachtig! Voor bij mijn tatoeage!'

'Nee, *chérie*. Ik heb het maanden geleden al gekocht, al ver voordat je me je tattoo uit Biarritz liet zien. Hij komt van de markt in Pau. Toen mijn oog erop viel móést ik hem voor je kopen.'

Kate hapte naar adem. Wat een bijzondere samenloop van omstandigheden. Ze staarde naar de fraaie ketting en streelde zachtjes over de verglaasde voorstelling. Ze dacht aan Annabel; dat ze haar kwijt was sloeg een groot gat in haar leven. Als om zichzelf te troosten wreef ze over haar rechterwenkbrauw. Kon ze de vlinders in haar buik maar weg krijgen.

'Had ik je dat niet verteld?' vroeg ze aarzelend. 'Annabel heeft toen we in Biarritz waren dezelfde figuur op haar enkel laten tatoeëren.'

'Het is een mooi symbool om te laten aanbrengen. Het Derde Oog is de plek van onze diepste en meest ware emoties,' zei hij ernstig. 'Ik hoop dat je het weer goedmaakt met je vriendin, Kate, en ik hoop dat je geluk mag vinden in je veertigste levensjaar.'

Halverwege de rit voelde Kate zich ineens niet lekker en ze realiseerde zich dat de vlinders in haar buik eerder een fysieke oorzaak hadden. Ze vroeg Fabian of hij wilde stoppen. Ze hield het bijna niet uit en moest steun zoeken bij het autoportier toen ze uit eindelijk haar zware benen de auto uit sleepte.

'Arme Kate, ben je nog steeds van slag?' Fabian boog zich over de passagiersstoel heen naar buiten terwijl hij toekeek hoe zijn vriendin haar maag binnenstebuiten keerde op het gras.

'Ik weet niet wat ik heb, Fabian,' bracht Kate hijgend uit. 'Zo voel ik me nou al een paar weken.'

Haar benen trilden toen ze weer in de auto ging zitten.

'Ik ben ook steeds zo moe.'

Fabian gaf haar een papieren zakdoekje aan om haar mond af te vegen. 'Je moet naar de dokter, *chérie*. Er gebeurt momenteel een hele hoop in je leven.'

Meestal probeerde Kate elk huisartsenbezoek te voorkomen, maar nu moest ze het met Fabian eens zijn: zo ging het niet langer. Een bezoekje aan dokter Borel zou niet al te veel tijd kosten.

Later die avond wandelde ze naar de dokterspost van het dorp. Dokter Borel stond in de deuropening van zijn spreekkamer, met zijn bril op het puntje van zijn neus.

'Weinig zieken vandaag!' voegde hij Kate grijnzend toe toen ze vanuit de lege wachtkamer naar hem toe liep. 'Kom binnen. Ik kan wel wat gezelschap gebruiken.'

In de kleine plattelandspraktijk ging het er gemoedelijk aan toe en Kate voelde zich er thuis.

'Hoe is het met u, madame Cassaux?'

'Dokter, ik heb een zware tijd gehad...' Ze vertelde hem over haar scheiding, over haar moeders ziekte en de reis naar Dublin, en over de druk nu ze toch echt aan de slag moest voor haar aanstaande expositie.

'Ik zal u even nakijken,' zei hij terwijl hij de bloeddrukmeter pakte. Hij had een geruststellende manier van doen, en Kate voelde opluchting toen hij haar arm pakte. Toen hij haar bloeddruk had opgemeten gaf hij haar een leeg potje.

'Kunt u me een urinemonster leveren, alstublieft? Daarna wil ik uw bloedwaarden onderzoeken.'

Kate stapte het kleine toilet van zijn praktijk in en kwam even later weer naar buiten.

De dokter had al een potje met staafjes voor urineonderzoek klaarstaan om in het gele vocht te dopen, wat hij snel en discreet bij het aanrecht deed. De laatste test werd gedaan met een plastic stokje. Vervolgens waste hij zijn handen en kwam met een lichte grijns op zijn gezicht terug naar het bureau.

'Madame Cassaux, ik heb inderdaad iets bij u gevonden.'

Kate zette zich schrap. Ze stelde zich voor hoe haar moeder zich moest hebben gevoeld toen ze, nadat ze een knobbeltje in haar borst had ontdekt, voor het eerst naar de dokter was gegaan. Ze wilde niet over de prognose nadenken. Wie zou er voor haar kinderen moeten zorgen nu haar moeder nog maar een paar maanden te leven had? Ze kon en wilde haar jongens niet aan hun vader overlaten.

'U krijgt een kind!'

Kates mond viel open. Dat kon niet waar zijn. Dit soort dingen overkwam alleen maar jonge mensen, als ze te veel gedronken hadden of drugs hadden gebruikt. Het zou een vrouw die net haar veertigste verjaardag had gevierd niet mogen gebeuren.

Dokter Borel boog zich voorover en raakte Kates arm aan.

'Mevrouw Cassaux, gaat het?' vroeg hij vriendelijk.

Kate verschoof even op haar stoel en probeerde aan het idee te wennen. 'Jawel, dokter, maar daar schrik ik nogal van.'

Ze dacht koortsachtig na. Biarritz! Wat had haar bezield om zo zorgeloos te zijn? In haar wilde jaren had ze altijd een condoom in haar tas gehad. Dat hoorde er gewoon bij, net als haar lipgloss en haar portemonnee. Hoe kon ze zo onverantwoordelijk zijn geweest? Ze wist niet eens hoe ze contact met de vader zou moeten opnemen. Verdorie, ze wist zelfs zijn achternaam niet. Wat moest ze doen?

'Echt, Annabel,' mopperde haar moeder, 'ik weet niet wat jou mankeert. Er zijn zat vrouwen die maar wat graag met je zouden willen ruilen. Colin verdient ruimschoots de kost voor het hele gezin. Hiermee breng je hem echt in verlegenheid.'

'Maar dit gaat niet over Colin of mijn gezin, mam,' zei Annabel met een zucht.

'Heeft het ermee te maken dat je veertig bent geworden? Want bij sommige mensen gaan hun hormonen opspelen.'

'Mam, waarom kan iedereen me niet gewoon mijn gang laten gaan? Ik vind het leuk om te koken en ik wil eens kijken of ik dat in de vorm kan gieten van een eigen bedrijfje.'

Vol afschuw schudde Lily haar hoofd. Zij had toen haar kinderen klein waren nog niet een kwart van de middelen of inkomsten gehad waarover Annabel nu beschikte en ze begreep niet wat haar dochter bezielde. Ze had Colin beloofd eens een hartig woordje met Annabel te wisselen om haar tot andere gedachten te brengen, maar daar leek het nu te laat voor. Ze had nooit geweten dat Annabel zo ontzettend graag iets voor zichzelf wilde doen. Ze had het in het verleden altijd makkelijk gevonden haar de goede kant op te sturen.

'Wil je een kopje thee, mam?' Annabel wilde graag over iets anders praten.

'Toe dan maar, even snel. Het wordt al laat.'

Annabel schonk heet water in haar blauw-witte porseleinen theepot.

'Heb je nog nieuws over Betty?' vroeg Lily.

'Ik heb Kate niet meer gesproken,' antwoordde Annabel ongemakkelijk.

'Waarom in vredesnaam niet?' wilde Lily weten. 'In deze tijd zou je de Carltons juist een handje moeten helpen, in plaats van van de ene mallotige markt naar de andere te rennen.'

Annabel zuchtte. Zou haar moeder er ooit over ophouden? 'Ik heb geprobeerd Kate te bellen. Ik heb je toch al gezegd dat ze niet terugbelt?'

'Misschien dat het haar ook is opgevallen dat je de weg kwijt bent,' schamperde Lily.

Annabel klakte met haar tong.

'Waar ging die ruzie eigenlijk over?' drong Lily aan.

'Ik wil het er niet over hebben, mam. Het gaat gewoon over iets wat jaren geleden is gebeurd.'

'Ze is anders altijd een heel goede vriendin van je geweest,' zeurde Lily door. 'Je kunt je tijd beter in je vriendschappen investeren dan –'

'Zeg het niet, mam!' onderbrak Annabel haar. 'Hou er nu maar over op.'

'Toe, bel me dan!' smeekte Kate. Op de hele wereld was er niemand met wie ze nu liever zou willen praten. Een paar weken geleden had ze Annabels telefoontjes niet beantwoord, maar nu was zelfs dat haar niet meer gegeven.

Fabian kende Kate beter dan wie ook. Hij wist wanneer ze echt van slag was of wanneer ze alleen maar kuren had. Hij sprong in zijn Renault en vergat in de schemering bijna zijn lampen aan te zetten. Bij aankomst bleek het nog ernstiger te zijn dan hij had verwacht. Kate had haar kamerjas al aan en zwarte sporen mascara sijpelden langs haar wangen.

'*Chérie!*' Ontzet haastte Fabian zich naar haar toe. 'Wat is er aan de hand? Gaat het om je moeder? Vertel het me, *vite!*'

Kate streek met haar handpalm over haar neus en zocht vervolgens afwezig naar een papieren zakdoekje. Fabian scheurde een stuk keukenpapier van de rol op het aanrecht en gaf het aan haar. Ze zei nog steeds niets, maar veegde haar tranen af.

'Kate, alsjeblieft,' fluisterde hij zachtjes.

Ze sloeg haar ogen naar hem op. Ze zag er moe en treurig uit. 'Ik ben zwanger,' zei ze.

'*Mon dieu!*' Fabian wist niet wat hij hoorde – dit was een niet-gering probleem. 'Hoe kan dat nou?'

'Het wil wel eens gebeuren als een man en een vrouw seks hebben,' zei ze met een kort lachje.

'Maar wie is de vader dan?' vroeg hij met ogen als schoteltjes, en hij wierp zijn armen in de lucht.

Kate bleef zwijgend zitten. Haar gedachten gingen terug naar Hotel Windsor en het gebronsde lichaam van de jonge surfer. Met Shane was ze niet naar bed geweest, omdat ze daarmee wilde wachten tot het juiste moment. Tot hij vrij was.

'Het kan maar van één iemand zijn!' Ze snikte heftig in het snotterige stuk keukenrol. 'Die surfer in Biarritz!'

Fabian ademde scherp in. Hij sprong op om een nieuw stuk keukenpapier voor haar te pakken. 'Hier, Kate,' zei hij, terwijl hij het haar aangaf. Hij voelde zich niet goed tegen deze situatie opgewassen; onder zijn homovrienden kwamen zwangerschapstoestanden in de regel niet voor.

'Moet ik hem vertellen dat hij vader wordt? Hoe moet ik hem ooit opsporen om hem dat te zeggen? Wat moet ik doen?'

'Je zou het hotel kunnen bellen en via hen contact kunnen opnemen,' stelde Fabian voor.

'O, ja hoor, vást... En waarschijnlijk geven ze zijn nummer niet eens, en al zouden ze dat wel doen, wil hij het dan eigenlijk wel weten? Hij heeft me zelf verteld dat hij getrouwd was met die stomme surfplank van hem!'

Fabian streek zacht over Kates wang. Hij vond het zo vreselijk om zijn goede vriendin in dit soort ellende te zien. Hij kon maar één oplossing bedenken om haar probleem definitief van de baan te schuiven.

'Je hoeft het niet te laten komen,' opperde hij voorzichtig.

Ze snapte meteen wat hij bedoelde, en het was ook het eerste geweest waar zij aan had gedacht toen ze in de spreekkamer het nieuws te horen had gekregen.

'Ik ben grootgebracht als een echte katholiek. Ik had nooit gedacht dat ik nog eens over iets als abortus zou hoeven nadenken,' zei ze, nog nasniffend. 'Zeker niet op mijn leeftijd.'

'Dat is nog een reden waarom je het risico van een zwangerschap misschien beter niet kunt nemen.'

'Ik ben nog maar net veertig. Heel wat vrouwen krijgen op mijn leeftijd hun eerste kind,' bitste ze.

'Sorry!' kreunde hij.

'Nee, Fabian, ík moet sorry zeggen,' zei Kate zachtjes, en ze reikte naar zijn hand. 'Ik kan niet geloven dat dit mij overkomt, uitgerekend op het moment dat ik dacht met Shane de draad weer op te pakken.'

'Wie weet heeft hij er geen bezwaar tegen.' Fabian maakte een polsbeweging in de lucht.

'Twee zonen uit een eerder huwelijk zijn al wel genoeg bagage, denk je niet?'

'Kate, je moet echt over een abortus nadenken. Dit is geen goed moment om een kind te krijgen, nu je moeder zo ziek is en al die andere dingen in je leven spelen.'

Kate wist dat Fabian gelijk had, maar ze zag even niet hoe ze dit moest aanpakken. Er gebeurde te veel tegelijk, en dit was de druppel.

'Fabian, ik weet dat het misschien raar klinkt, maar ik dacht echt dat ik nooit meer zwanger zou raken. Ik bedoel, met Stefan en mij gebeurde er niks. Ik dacht dat er met hem iets loos was. Maar toen hij zijn assistente zwanger maakte, dacht ik dat ík iets mankeerde.'

'Maar je hebt de jongens!'

'Dat weet ik wel, maar dat was misschien een toevalstreffer, dacht ik,' kreunde ze. 'Hoe dan ook, dit is niet iets wat ik zomaar ongedaan kan maken alsof het een mislukt kapsel is. Trouwens, ik heb altijd al graag een meisje willen hebben, en wie weet...'

'Te veel problemen voor één avond, *chérie*,' zei Fabian met een kleine zucht. Hij aaide haar over haar wang en streek haar haar achter haar oren. 'Ik ga een lekker bad met veel bubbels voor je maken en dan schenk ik een glas wijn voor je in en breng dat naar je toe, oké?'

'Dank je, Fabian,' antwoordde ze zachtjes. 'Ik ben zo blij dat jij er bent... Maar zou je het erg vinden om een kop thee voor me te zetten, in plaats van die wijn? Ik voel me al de hele week niet lekker als ik wijn gedronken heb, en nu weet ik waarom.'

'Natuurlijk,' glimlachte Fabian. 'Dan wordt het een kop thee.'

Shane sloop zachtjes door het zwak verlichte huis. Eerder die dag was hij in Barcelona en in Glasgow geweest. Hij legde zijn sleutels op de keukentafel en liep naar de kraan om wat te drinken. Hij miste haar nu al, zoals je een arm of been kunt missen. Ze was nog niet eens een volle dag geleden vertrokken naar Toulouse, maar hij telde de uren tot ze terugkwam.

'Shane!' klonk Natasha's uitbundige stem van boven.

Verrek, dacht hij – ze is wakker.

'Ja?' riep hij terug.

'Wil je een glas water voor me meebrengen?'

'Ja, het komt er zo aan.'

Terwijl hij met het glas naar boven liep vroeg hij zich af hoe hij onder de vrijpartij uit zou kunnen komen waar ze ongetwijfeld op zou aansturen. De laatste keer was nu bijna twee weken geleden en ze hield haar ovulatiedata zorgvuldig in de gaten.

'Ik heb mijn best gedaan om wakker te blijven,' zei ze met een glimlach. 'Godzijdank ben je nu thuis. Kom snel mee naar bed!'

Shane voelde zich zwaar onder druk gezet toen Natasha hem aankeek alsof hij een fokstier was. Hij had in elk geval helemaal geen zin om nu met haar te vrijen. De afgelopen dagen had hij zich afgevraagd of hij überhaupt nog ooit met haar seks zou willen hebben.

'Ik ben echt heel moe,' liet hij zich ontvallen. 'Vind je het erg als ik in de logeerkamer ga slapen?'

Natasha ging rechtop in bed zitten. 'Jazeker, natuurlijk vind ik dat erg! Wat mankeer je toch de laatste week, Shane?'

'Ik heb het druk op mijn werk – het komt wel weer in orde.'

'Je hebt het altíjd druk op je werk, dus wat is er nou echt aan de hand? We zijn aan het proberen om een baby te maken, en daarvoor moeten we eerst seks hebben!'

Shane bracht zijn hand naar zijn voorhoofd. Het was niet zijn bedoeling om iets te zeggen waarmee hij Natasha zou kwetsen, maar hij kon haar niet langer valse hoop geven. Zijn gevoelens waren veranderd en zolang hij zich zo onzeker voelde, wilde hij helemaal niet samen met haar een kind op de wereld zetten.

'Dit is geen goed moment.'

'Waarom niet?' Haar stem begon te trillen. 'Wat ben jij ongelofelijk wispelturig! Je kunt je niet zomaar omdraaien en zeggen: ik wil deze maand geen baby, maar vier weken geleden wilde ik die nog wel!'

Shane besefte dat ze gelijk had, maar er bestond geen makkelijke manier om dit te zeggen. 'Ik weet het niet meer zo zeker als vorige maand, en ik heb wat meer tijd nodig om aan het idee te wennen,' bracht hij moeizaam uit. 'Dat is alles.'

Natasha liet zich achterovervallen in haar kussens alsof ze een harde klap in haar gezicht had gekregen. Ze was er goed in haar zin te krijgen, en Shane had haar nooit iets onthouden wat hij haar eerder had beloofd. Dan zou hij het weten ook! 'Ga dan maar in de logeerkamer liggen, verdomme! Ik wil je op dit moment niet eens zien!'

Shane was blij dat hij kon ontsnappen, maar hij voelde meteen een zwaar schuldgevoel de kop opsteken. Hij moest meer moed tonen en een niet al te vervelende manier zien te bedenken om bij Natasha weg te gaan. Zij had niets verkeerds gedaan en hij moest alles goed overdenken voordat hij een einde aan hun huwelijk maakte.

In de logeerkamer rook het bedompt en hij voelde zich er eenzaam. Hij vond dat hij niet beter verdiende omdat hij Natasha pijn had gedaan. Eenmaal onder de dekens kreeg hij het wat warmer, en kwamen hem beelden van Kate voor de geest. Hij bad om een oplossing van zijn dilemma. Hij wilde graag dat Natasha gelukkig was en dat Kate voor altijd in zijn leven terug zou keren, maar hij had geen idee of dat erin zat.

Annabel zette de laatste portie hummus in de grote kartonnen doos en maakte die dicht.

Rosa liep nog in haar pyjama en ze had Rebecca bij zich.

'Bedankt dat je op de kinderen wilt passen,' zei Annabel met een glimlach naar het Spaanse meisje. 'Kom straks maar met ze langs, zodat ze hun moeder aan het werk kunnen zien!'

Rosa knikte en begon het ontbijt voor de kinderen klaar te maken.

Annabel sloeg het portier van de Jeep dicht en ging op weg naar de haven. Het was nog maar kwart over acht, maar de meeste standhouders waren al bezig hun luifels neer te hangen en kramen in te richten. Ze zocht een plek naast Marcel, de Franse chocolatier, die vriendelijk naar haar zwaaide.

'Dus je hebt een stalletje weten te krijgen!'

'Ja, nog bedankt,' antwoordde ze stralend. 'Het is fantastisch.'

'Gelukkig geen regen vandaag, maar wel veel wind – *poef*!'

Annabel glimlachte. De markthandelaren waren hartelijk en gastvrij en zwaaiden naar haar van alle kanten. Tot een uur of half tien bleef het rustig, maar daarna stroomden de mensen toe, als bijen om een honingpot.

Annabel verkocht vol trots haar eerste bakje hummus. 'Dank u,' zei ze beleefd toen ze het briefje van vijf euro aanpakte van een oudere dame met een Schots geruite boodschappentas en haar een muntje wisselgeld gaf.

In de drie daaropvolgende uren verdrongen de klanten zich voor haar kraampje en lette ze niet meer op de tijd.

Uiteindelijk kwam Rosa even kijken, met de meisjes in haar kielzog. Opgewonden en geamuseerd om hun moeder in een nieuwe rol te zien, huppelden ze op haar af.

'Waar is Sam?' vroeg Annabel aan Rosa.

'Die wilde thuisblijven met zijn PlayStation,' liet Rebecca haar weten.

'Het gaat hier prima. Niet te geloven, maar ik ben al bijna uitverkocht. Ik heb veel te weinig gemaakt.'

'Zal ik een kop koffie voor je halen?' vroeg Rosa, terwijl ze naar een stalletje wees aan de overkant.

'Dat lijkt me heerlijk. Zou het een latte mogen zijn?'

Haar dochters schoten achter de kraam en wezen naar een doos vol met blauwe en bruine eurobiljetten.

'Mammie, je bent hartstikke rijk!' zei Rebecca.

'Dank je wel, schat! Ja, dat geld heeft mammie vandaag verdiend!' zei Annabel trots.

Toen Rosa terugkwam, nam ze dankbaar het papieren bekertje van haar aan. Pas nu ze de warme beker vasthad drong tot haar door hoe koud haar handen waren geworden, en ze begreep nu waarom zo veel handelaren vingerloze handschoenen droegen. Ze kreeg een binnenpretje bij de gedachte dat Melissa haar zou zien in haar nieuwe rol.

'Ik ga wel met de meisjes naar de speeltuin, Annabel.'

'Dank je wel, Rosa,' zei ze dankbaar. 'Tot straks, meiden!'

'Dag mam!' riepen haar dochters, al weglopend.

Ze keek hen na en zag hen kleiner en kleiner worden, tot ze alleen nog maar stipjes in de verte waren.

Het was vier uur, en Annabel was moe en had nog maar een paar bakjes hummus over. Een paar van de grotere handelaren hielden het voor gezien en maakten aanstalten om op te breken. Toen zag ze ineens vanuit haar ooghoek een bekende gestalte naar haar stalletje toe komen. Hij was wel de laatste die ze op een markt als deze verwachtte te zien, maar hij was alleen en dwaalde als een dolende ziel van het ene stalletje naar het andere.

Het duurde even voordat hij de vriendin van zijn dochter in deze context kon plaatsen, maar toen ze naar hem zwaaide wist hij zeker dat zij het was. Enthousiast beende hij naar haar toe.

'Annabel, hallo. Ik had nooit gedacht jou hier te zien.' Damien zweeg even nerveus en voegde er toen aan toe: 'Nou ja, in elk geval niet áchter een kraam.'

Annabel grijnsde zedig. 'Dit is mijn nieuwe onderneming. Nu ik veertig ben wil ik iets voor mezelf doen, en dit is het geworden.'

'Goed van je,' zei hij, en hij wees naar de zeskantige bakjes gevuld met verschillende smeersels. 'Wat is dat?'

'Hummus. Dit is citroen met koriander en die daar is met zongedroogde tomaten...' Ze deed er meteen het zwijgen toe toen ze zich realiseerde dat haar informatie niet aan hem besteed was. 'Maar volgens mij ben jij niet zo'n hummusliefhebber.'

'Ik hou inderdaad meer van biefstuk met gebakken aardappeltjes,' beaamde Damien met een knikje en een twinkeling in zijn bruine ogen. 'Ik ben hier alleen maar omdat Betty wilde dat ik een bijzondere jam ga halen waar ik kennelijk dol op ben!'

'Heb je hem gevonden?'

'Nee!'

Ze moesten allebei lachen, blij dat ze elkaar op eigen gelegenheid troffen en niet omdat Kate er iets mee te maken had.

'Ik hoop dat je het niet erg vond dat ik je laatst belde,' ging hij op serieuze toon verder. 'Ik maak me zorgen over Kate.'

'Ik ook,' zei Annabel met een zucht.

'Ik moet echt iemand spreken die me kan vertellen wat er met haar aan de hand is. Philip vindt het egoïstisch van me, maar ze doet alsof het mijn schuld is dat haar moeder kanker heeft,' zei Damien gekweld.

'Ze zal wel erg gestrest zijn,' zei Annabel met een knikje. Ze hoopte maar dat er van haar schuldgevoel niets te merken was. 'Hoe maakt Betty het trouwens? Ik kon het niet geloven toen ik het nieuws hoorde.'

'Ze zit in de ontkenningsfase. Ze denkt dat ze tegen haar ziekte kan vechten, maar die heeft al de meeste van haar organen aangetast. Het is een heel zware tijd.'

'Als ik iets kan doen...'

Damien knikte waarderend. 'Hoe staat het met jouw leven, Annabel?'

'Een stuk beter sinds ik hiermee ben begonnen!' glimlachte ze. 'Het is druk met drie kinderen, maar ik had behoefte aan iets wat niets te maken heeft met hen en hun activiteiten, als je begrijpt wat ik bedoel.'

'Goed van je. Ik hoop maar dat het een succes wordt.' Damien wees weer naar de kleine bakjes. 'En zo te zien aan hoeveel hier al van is verkocht, is het dat al.'

'Duim maar voor me!' Annabel zwol van trots. Damien was in al die jaren dat ze hem nu kende maar weinig veranderd. Hij kon haar nog steeds als geen ander een goed gevoel geven.

Hij zette een stap naar achteren, bij de kraam vandaan. 'Ik kan maar beter verdergaan, geloof ik.'

Annabel knikte. 'Leuk je even te zien.'

Hij draaide zich om om weg te lopen, aarzelde toen en wendde zich weer naar haar toe. 'Dus Kate en jij hadden ruzie over iets wat niets voorstelde?' vroeg hij onhandig.

'Ja,' mompelde Annabel, terwijl ze oogcontact met hem vermeed. 'Het was de moeite niet waard om er ruzie om te maken, maar je weet hoe die dingen gaan – dan worden er kwetsende dingen gezegd.'

'Nou, ik hoop maar dat je het goedmaakt met haar, wat het ook geweest mag zijn.'

'Ik ook,' antwoordde ze. *Dat hoop ik ook.*

Kate zat rechtop in bed en keek naar haar zichzelf in de spiegel van de toilettafel. Ze herkende zichzelf amper. Kwam dat doordat ze veertig was geworden of doordat ze op haar veertigste zwanger was? Het was Stefans idee geweest om aan het eind van het bed een spiegel tegen de muur te zetten en ze besloot ter plekke om die weg te halen.

Fabian was een rots in de branding. Ze hield ontzettend veel van hem, maar de enige om wier hulp ze nu echt verlegen zat was er niet. Annabel was de enige met wie ze over zoiets traumatisch als dit kon praten. Het was haar gelukt om in de hectiek van wat er allemaal nog meer in haar leven speelde de gedachte aan haar vriendin naar de achtergrond te drukken, maar nu ze hier zo in haar eentje in de Pyreneeën zat, miste ze het dat ze niet zomaar de telefoon kon pakken en aan de andere kant van de lijn Annabels stem kon horen. Ze voelde het verlies als een golf die door haar heen sloeg, totdat de tranen over haar wangen biggelden. Ze zou denken dat ze de vorige avond wel genoeg had gehuild, maar dat was waarschijnlijk nog maar het begin geweest. Er moesten knopen worden doorgehakt en stappen worden gezet, en ze had geen idee waar ze moest beginnen.

Annabel zou haar kalm en vastberaden hebben gezegd hoe ze met deze situatie om moest gaan. Ze sloot haar ogen en probeerde zich Annabels gezicht voor te stellen. Moest ze de baby laten komen of abortus laten plegen? Dat waren de enige echte opties. Financieel gezien kon ze een baby in haar eentje wel aan. Van het geld van de tentoonstelling kon ze een nanny betalen en anderhalf jaar leven. Ze dacht aan Stefan en vroeg zich af of het nieuws invloed zou hebben op hoe hij tegen de afspraken die ze hadden gemaakt zou aankijken. Het huis stond hij momenteel welwillend aan haar af, omdat zij de gedupeerde partij was, maar als hij erachter kwam dat ze zwanger was, zou hij zich misschien minder royaal opstellen. Verder was er de veel dringender kwestie met Shane. Ze kon hem op dit moment echt niet de waarheid vertellen. Ze kon niet goed voorzien hoe hij op het nieuws zou reageren.

'O, Annabel, wat mis ik je!' riep ze hardop uit. 'Waarom moest je ook het bed in duiken met mijn vader?'

Rosa smeerde een klodder zelfgemaakte aardbeienjam uit over haar toast.

'Wat zijn je plannen voor je vrije dag?' vroeg Annabel terwijl ze de ontbijtborden begon af te ruimen. Rosa had de kinderen al naar school gebracht.

'Misschien dat ik de stad in ga en even ga kijken bij de Guinness, eh... Hoop Store?'

'De Hop Store. Dat is een goed idee, Rosa,' stemde Annabel in. 'Dat vind je vast heel interessant. Colin, kun je Rosa een lift geven naar de stad, zodat ze vanaf Connolly Station de Luas kan nemen?'

'Jawel, dat kan ik zeker,' zei Colin, die zijn hoofd ophief boven een stapel kranten die hij doornam. 'Ik vertrek over tien minuten.'

'Dank je wel, Colin,' zei Rosa met een verlegen glimlach.

'Ik ga over tien minuten tennissen,' zei Annabel terwijl ze de keuken uit glipte. 'Prettige dag allebei.'

Zonder op te kijken bromde Colin iets en Rosa knikte.

'En, bevalt Ierland je een beetje?' vroeg Colin haar. Nu zijn vrouw de kamer uit was, klonk hij een stuk geanimeerder.

'Heel erg, dank je.' Rosa's wangen kleurden roze. 'Ik tref het wel, met zo'n fijne familie.'

'Volgens mij mogen wíj van geluk spreken dat jij voor ons wilt zorgen, Rosa,' zei Colin snuivend. 'Zullen we nu gaan?'

'Goed,' zei ze met een glimlach.

Colin stiefelde naar buiten naar zijn Mercedes coupé, met zijn koffertje zwaaiend in zijn hand. Rosa was onder de indruk dat ze eindelijk dan toch een ritje in zijn auto zou gaan maken. Toen ze het portier aan de passagierskant opendeed, kwam de geur van het leer van de luxueuze crèmekleurige stoelen haar tegemoet.

'Riemen vast!' zei Colin luidruchtig gnuivend, terwijl hij de zijne vastmaakte.

In zijn poging indruk te maken op zijn passagier trapte hij de koppeling diep in, zodat de motor tot leven kwam. Het gebeurde niet vaak dat hij zo'n aantrekkelijke vrouw in zijn auto had – op zijn echtgenote na dan.

Rosa's minirokje kroop op toen ze plaatsnam op de sportieve stoel, zodat Colin goed zicht had op haar lange, slanke benen.

'Hoe oud ben je eigenlijk, Rosa?' De woorden rolden als vanzelf uit Colins mond.

'Eenentwintig, maar binnenkort tweeëntwintig.' Ze schonk hem een glimlach, waarbij haar parelwitte tanden op hun voordeligst uitkwamen.

Colin voelde dat hij opgewonden raakte. Dit Spaanse meisje was een ontzettend lekker ding. Hij zag zichzelf al in een rol die verderging dan die van een vaderfiguur. Jonge vrouwen waren vandaag de dag een stuk volwassener dan toen hij zelf nog in de twintig was geweest. Toen hij bij het volgende verkeerslicht moest stoppen, gleed zijn blik weer langs haar benen omhoog.

'Heb je in Spanje een vriend?' De woorden kwamen vanzelf, alsof hij er geen enkele zeggenschap over had.

'Ja. Nou ja... ik hád een vriend. Hij was tweeëndertig. Maar had geen goede baan. Ik hou van mannen die wat ouder zijn, maar dan moeten ze wel geslaagd zijn in het leven.' Rosa keek Colin aan en werkte welbewust met haar wimpers.

Colin voelde zijn erectie verharden toen de auto achter hen toeterde; het verkeerslicht was op groen gesprongen.

'Als je het mij vraagt, zie je dat helemaal goed,' zei hij met een knikje. 'Vrouwen zijn volwassener dan mannen en kunnen maar beter voor een oudere partner kiezen.'

Rosa streek langzaam en ritmisch met haar rechterhand van onder naar boven over haar dij, wat Colins ademhaling deed versnellen.

'We zijn bijna bij Connolly Station,' zei hij, en iets in hem was opgelucht dat ze dan zou uitstappen. Hij had zich in geen tijden zo opgewonden gevoeld.

'Je hebt een heel mooie auto, Colin,' zei Rosa, die toen ze uitstapte haar rokje net ver genoeg optrok om hem een blik te gunnen op een stuk dij. 'Zie ik je vanavond?'

'Jazeker, Rosa.' Colin zei het enigszins ademloos en hij rekte zich uit om door het portier aan de passagierskant naar buiten te kunnen kijken. 'Tot later. Een fijne dag!'

Colin parkeerde zijn auto op zijn privéplek in de parkeergarage van het IFSC en liep onhandig naar zijn blinkende kantoor op de zevende verdieping.

Zijn secretaresse, die voor zijn kamer aan haar bureau zat, zag haar baas zijn boord en das lostrekken.

'Een kop koffie,' voegde hij haar in het langslopen toe.

'Natuurlijk, meneer Hamilton,' antwoordde ze plichtsgetrouw. Normaal verscheen hij nooit zo verfomfaaid op zijn werk.

Rosa keek de rekken door bij AWear aan Grafton Street. Ze moest het juiste topje zien te vinden – een diep decolleté was een vereiste. Voor het einde van de week zou hij als was in haar handen zijn. Ze hield een rood haltertopje tegen zich aan onder haar kin en glimlachte. Dit ging het worden. Ze had een superleuk zwart minirokje dat er prachtig bij zou staan. Haar schoenen met sleehakken maakten haar een stuk langer en hij zou helemaal gebiologeerd raken door haar lange benen. Hij was in elk geval stom genoeg om voor haar te vallen. Ze liep naar de kassa om haar aankoop te betalen.

De crèmekleurige papieren zak zwaaide losjes in haar hand toen ze de straat verder door wandelde.

'Hallo, lieverd!' riep een stem van achter haar. 'Rosa?'

Ze draaide zich om en zag Lily naar haar zwaaien.

'Hallo,' zei Rosa, braaf glimlachend en met haar wimpers knipperend. 'Ik was net wat kleren aan het kopen.'

'Wat leuk,' zei Lily. 'Ik wilde zelf ook kijken of ik in de uitverkoop nog iets kon scoren.'

'Fijn om iemand tegen te komen die ik ken.' Rosa glimlachte.

'Arme ziel, heb je heimwee?'

'Een beetje,' zei Rosa schokschouderend.

'Heb je zin om een kopje thee te gaan drinken?' Lily bleef even zwijgen, omdat ze dacht dat Rosa misschien niet om haar gezelschap verlegen zat; ze was meer dan een generatie te oud voor haar.

'Ja, dat is goed. Ik mis mijn oma zo ontzettend.'

Lily's hart smolt. Wat een lief meisje!

'Ik trakteer,' drong ze aan terwijl ze een dienblad vol heerlijk gebak en thee over de zelfbedieningscounter van het Kilkenny Design Centre schoof. 'In deze zaak zijn volop handgemaakte Ierse producten te koop.'

'Heel gezellig hier,' zei Rosa knikkend.

Ze namen plaats aan een tafeltje met uitzicht op Nassau Street, en Lily praatte aan één stuk door over haar dochter en schoonzoon.

'Die Annabel van me heeft zo veel geluk, maar ik vraag me soms af of ze haar Colin wel weet te waarderen.'

'Hij is een aardige man, maar Annabel is een goed mens,' zei Rosa.

'Ja, zeker,' stemde Lily luchthartig met haar in, 'maar Annabel baart me zorgen. Ze is nooit tevreden. Hoeveel ze ook heeft, het lijkt wel of ze doelloos door het leven zwalkt en nooit eens blij kan zijn.'

Rosa moest bij zichzelf glimlachen. Het was precies zoals ze had verwacht: tussen Colin en zijn vrouw was de liefde ver te zoeken. Zo te horen was die er ook nooit geweest.

12

Kate pakte resoluut haar koffer. Ze wist niet zeker hoe lang het zou duren voordat ze weer naar haar oase in de bergen zou terugkeren. De week was voorbijgevlogen en ze was nog lang niet zo ver op orde als ze had gehoopt voordat ze naar Ierland terug zou gaan. Ze had wel een heleboel dingen rond haar scheiding uitgezocht, dus dat was tenminste iets positiefs. Stefan zou vast wel meewerken. De vermoeidheid die gepaard ging met haar zwangerschap werd er niet minder op en ze had nog steeds geen schilderskwast in haar handen gehad. De tentoonstelling had ze tot onbepaalde datum uitgesteld. De curator van de galerie in Parijs was heel aardig, maar legde uit dat hij een zaak te runnen had en zeker de komende veertien maanden geen gaatje vrij had in zijn agenda. Een Duitse lithograaf had de haar toebedeelde plek in november al ingenomen.

Haar mobieltje ging over. Ze wist dat het Shane was. Ze had hem de afgelopen week maar sporadisch kunnen spreken.

'Hallo daar!' riep ze luchtig in het toestel.

'Ik kan niet wachten om je te zien. Hoe laat land je?' vroeg hij vol verlangen. 'Ik heb mijn dienst geruild, zodat ik je kan komen ophalen.'

'Wat lief van je, Shane, maar mijn vader komt me al halen.'

'Kate!' kreunde hij. 'Dit kun je me niet aandoen. Ik had toch gezegd dat ik zou komen?'

'Alsjeblieft, Shane,' zuchtte ze. 'Ik moet eerst mijn moeder zien. Ik bel je wel zodra ik goed en wel thuis ben.'

'Goed dan.' Zijn stem zakte weg terwijl hij ontzettend zijn best deed om zijn teleurstelling niet te laten blijken.

'Het wordt een hectische tijd. Ik heb je gewaarschuwd. Met mijn moeder gaat het veel sneller bergafwaarts dan we hadden gedacht. Ik weet niet in wat voor toestand ik haar zal aantreffen.'

'Nou, als je me nodig hebt...'

'Ik weet je te vinden,' onderbrak ze hem. 'Ik moet nu echt gaan, ik hoor Fabian al bij de deur.'

'Oké, ik spreek je later.'

Ze zette haar telefoon uit zonder hem nog gedag te zeggen. Fabian was helemaal niet aan de deur, maar ze had tijd voor zichzelf nodig. Ze zette een pot thee en ging van een kopje zitten nippen, terwijl ze in gedachten naging of ze alles bij zich had voor haar terugkeer naar Dublin.

Shane beet op de nagel van zijn ringvinger. Aan die gewoonte had hij in geen jaren toegegeven, maar hij kon op dit moment niet anders. Geen enkel telefoontje naar Kate was sinds haar terugkeer uit Frankrijk lekker gelopen, en hij voelde zich ellendig.

'Wie was dat?' vroeg Natasha toen ze de keuken binnenkwam.

Geschrokken deinsde Shane achteruit. 'Een van de jongens van het werk,' mompelde hij; hij vond het vreselijk om tegen haar te liegen. 'Ik zou vanmiddag racketbal met hem spelen.' God, wat vond hij dit erg! Was er maar een manier waarop hij met Kate samen kon zijn zonder Natasha te kwetsen.

'Shane, volgens mij moeten we eens praten.' Natasha's stem trilde. 'Wat is er toch allemaal aan de hand?'

Shane bleef stokstijf staan. Op dit moment kon hij niets tegen Natasha zeggen. De vrouw met wie hij wel wilde praten poeierde hem af. Daardoor verlangde hij nog sterker naar haar. In plaats van de vreugde na hun eerste ontmoetingen voelde hij zich nu, nu ze een week uit elkaar waren, uiterst beroerd.

'Shane, zou je even naar me willen luisteren?' Natasha kreeg tranen in haar ogen. 'Wat is er aan de hand?'

Shane keek naar zijn knappe echtgenote, met haar huid als porselein en haar als honing. Het had hem jaren gekost om haar te vinden. Natasha had het gat gevuld dat Kate had achtergelaten.

Maar nu Kate terug was in zijn leven, zag hij zijn vrouw in een ander licht. Hij had het altijd fijn gevonden dat ze voortdurend eisen aan hem stelde; nu verstikte ze hem ermee.

'Ik heb wat tijd voor mezelf nodig,' gooide hij er ineens uit. 'Ik ben niet tevreden met hoe het nu tussen ons gaat.'

Natasha raakte in paniek. 'Shane, wat...'

'Het gaat niet om jou. Maar om mij.' Hij struikelde over zijn woorden. 'Ik ben gewoon niet tevreden over mezélf.' Dit was om te janken; hij moest haar echt de waarheid vertellen.

Ze kwam zo dicht naar hem toe dat ze zijn arm kon aanraken, maar hij deed een stap achteruit.

'Op dit moment heb ik wat ruimte nodig,' verzocht hij haar.

Natasha begon te trillen van kwaadheid. In de vijf jaar dat ze Shane Gleason nu kende, had ze hem nog nooit zo meegemaakt. Zij was altijd degene die in hun relatie de touwtjes volledig in handen had. Hij was nog maar net tot gezagvoerder gepromoveerd en zij was aan haar tweede maand bij Airjet begonnen toen ze voor het eerst haar oog op hem had laten vallen. Er waren heel wat andere stewardessen geweest die werk van hem hadden gemaakt, maar zij was in de prijzen gevallen, zij was degene die hij zo charmant het hof maakte. Ze hadden een droombruiloft gehad. Haar jurk had bijna evenveel gekost als de hele receptie, maar voor haar was niets hem te dol. Ze waren een prachtig paar samen. Daar was iedereen het over eens: ze waren het ideale stel.

Van hun cottage met vier slaapkamers in Dalkey had ze een huis weten te maken dat zó gefotografeerd kon worden voor het blad *Home and Country*. Zelfs haar spionnen die nog steeds bij Airjet werkten verzekerden haar dat Shane echt anders was dan de andere gezagvoerders. Als hij ergens een nacht moest overblijven, ruilde hij nooit met iemand van kamer.

Maar op dit moment was Shanes gezicht pafferig en bleek. Hij leek wel een standbeeld en zijn blik verried geen enkele emotie.

'Alsjeblieft, Natasha, ik heb wat tijd nodig om na te denken.'

Ze was absoluut niet van plan te gaan bidden of smeken. Ze was er gewoon niet aan gewend dat hij iets voor zichzelf nodig had, wat dan ook, en dat irriteerde haar mateloos.

'Ik ga mijn moeder bellen!' riep ze ineens uit. 'Ik ga wel met haar naar Eternal Springs tot jij jezelf weer gevonden hebt!' Een diepe frons op haar voorhoofd maakte haar mooie gezichtje ineens vijf jaar ouder.

Shane slaakte een diepe zucht. De beautyfarm waar ze het over had was een plek waar ze zich geregeld met haar vriendinnen terugtrok. 'Waarschijnlijk is dat op dit moment het best, ja.'

'Ik snap niets van je – het is net of ik de afgelopen weken met een vreemde in één huis heb gewoond,' snifte ze, waarna ze zich op haar hakken omdraaide en de keuken uit stormde. Ze was diep beledigd en ze zou doen wat ze meestal deed als ze kwaad op hem was: bij Josh langsgaan!

Ze had natuurlijk gelijk, bedacht hij. Hij was inderdaad een ander mens. Kate was weer terug in zijn leven. Door Natasha te vertellen dat hij was veranderd had hij het gevoel dat hij iets proactiefs deed – waardoor zijn relatie met Kate weer een stukje vooruit werd geholpen. Maar als dat zo was, waarom voelde hij zich dan niet beter? Hij had zich in geen jaren zo ellendig gevoeld.

Damien vloog op zijn dochter af toen ze de aankomsthal binnenkwam. Hij boog zich naar haar toe en kuste haar kort op de wang. Door het contact met haar voelde hij zich getroost.

'Hoi, pap.'

'Hallo, schat,' antwoordde hij, en van zijn gezicht was af te lezen hoe zwaar het hem viel om voor Betty te moeten zorgen.

'Hoe is het met mam?'

'Ze is erg mat en moe. Maar waarschijnlijk kun je ook niet anders verwachten.' Damien pakte de koffer van zijn dochter op, die een stuk groter was dan die van nog maar een paar weken geleden. Kate had dit keer een open ticket; ze wisten geen van beiden wanneer ze weer naar Frankrijk terug zou keren.

Terwijl ze over de M50 reden, keek Kate naar de voorbijflitsende maïsvelden. Sinds het weekend in Biarritz had ze zich – om allerlei redenen – niet bijster creatief gevoeld. Ze probeerde zich te herinneren hoe het was om de wereld met de ogen van een kunstenaar te bezien.

'Ik kwam laatst Annabel nog tegen op de markt in Howth. Ze is een kraampje begonnen,' zei Damien luchtig om te zien hoe Kate zou reageren.

'Ik wil het niet over haar hebben,' bitste Kate terug.

'Volgens mij wil ze jullie vriendschap graag weer oppakken.'

'Ze heeft het je dus verteld!' Kate was ontzet.

'Ja. En het verbaast me hogelijk dat jullie het nog niet hebben bijgelegd.' Hij zweeg even, maar Kate keek hem alleen maar zwijgend en nijdig aan. 'Ze zei dat het een storm in een glas water was.'

Opgelucht realiseerde Kate zich dat Annabel hem blijkbaar niet alles had verteld. Ze had nu echt de puf niet om hierover met haar vader in gesprek te gaan. Haar hersens waren volkomen verweekt sinds ze had ontdekt dat ze zwanger was.

Damien wierp een blik op zijn dochter naast zich. 'Kate, je ziet eruit of je volkomen uitgeput bent. Voel je je ziek?'

'Ik ben ziek van Annabel en ik wil het niet meer over haar hebben.'

'Wat jij wilt,' zei Damien met een grimas. Nadat hij even had gezwegen voegde hij eraan toe: 'Je moeder ligt meestal de hele middag te slapen.'

'Dat zal wel door de medicijnen komen,' antwoordde Kate op nuchtere toon. 'Hoe gaat het nu die verpleegster er is?'

'Dat is een fijn mens en je moeder mag haar graag, dus dat is het belangrijkste.' Damien keerde zich naar zijn dochter toe. 'Wanneer komen de jongens deze kant op?'

'Zondag.'

'Ik kan niet wachten om ze te zien,' zei Damien, en dat meende hij oprecht. Zijn levendige, vrolijke kleinzoons waren op dit ogenblik de best denkbare afleiding voor zijn gezin.

'Ik ook niet,' zei Kate met een knikje.

De zaterdag was van een van de rustigste dagen in het huishouden van de Hamiltons veranderd in een van de drukste. Uiteindelijk keerde de rust weer enigszins terug. Taylor was naar paardrijden en Rebecca naar ballet. Sam was naar een eendaagse kompascursus in de Wicklow Mountains en Colin maakte zich boven klaar om te gaan golfen.

'Ik ben even weg om nog wat boodschappen voor morgen te kopen,' zei Annabel tegen Rosa terwijl ze de boodschappentassen onder de trap vandaan haalde. 'Er is mooi weer voorspeld, dus het zal wel druk worden op de markt.'

'Ik blijf hier tot de kinderen terugkomen,' zei Rosa met een knikje.

'Ontzettend bedankt,' glimlachte Annabel. 'Ze worden allebei teruggebracht door moeders van vriendinnetjes.'

'Oké.'

'Dag, Colin!' riep Annabel terwijl ze de voordeur achter zich dichttrok.

Colin was geconcentreerd bezig zich eens goed te scheren en reageerde niet. Hij had zijn onderlichaam bedekt met een oude gele handdoek en die zat in een hinderlijke plooi losjes om zijn middel.

Zachtjes kroop Rosa de trap op. Ze glipte haar slaapkamer in, trok haar kleren uit en pakte toen de witte pluizige badjas die ze van Annabel mocht gebruiken. Zorgvuldig stak ze haar mobiele telefoon in haar zak voordat ze vertrok om haar missie te volbrengen.

Colin gebruikte meestal zijn eigen badkamer om zich te scheren, maar vanochtend had hij, nadat hij een bad had genomen, al zijn spullen meegenomen naar de grote badkamer. De deur stond op een kiertje en Rosa haalde diep adem voordat ze zachtjes aanklopte. Met opzet had ze een fles conditioner op de tweede plank van de voorraadkast gezet.

'Ja?' bromde Colin.

'Neem me niet kwalijk, Colin,' zei Rosa verlegen. 'Ik heb mijn shampoo in deze badkamer laten staan, en ik wil graag onder de douche.'

Colins ogen dwaalden over de om haar heen gedrapeerde badjas, waartussendoor hij hier en daar een glimp van haar blote, gebruinde huid opving. Rosa's zwarte krullen vielen onstuimig en warrig over haar schouders. Hij staarde ernaar terwijl zij de kast openmaakte en verlangde ernaar ze aan te raken.

Rosa draaide zich om, boog haar hoofd en schonk hem een inschikkelijke blik.

'Colin,' bracht ze verbaasd uit, 'wat ben jij gespierd, zeg!'

Colin rechtte zijn schouders. 'Ach, nou ja, ik ben op dit moment niet zo in vorm. Ik ben van plan weer naar de sportschool te gaan,' grinnikte hij.

Rosa bleef staan waar ze stond; ze was niet van plan in beweging te komen. Dit was haar kans. Ze maakte de ceintuur van haar badjas los, totdat haar perzikvormige borsten zichtbaar werden.

Colins mond zakte open. Hij wist niet goed hoe hij moest reageren. Afgezien van een enkel bezoekje aan een lapdanceclub met kerels van zijn werk en een enkele keer een bezoekje aan een prostituee als hij in Europa op zakenreis was, was hij zijn echtgenote trouw gebleven. Een gelegenheid als deze kwam niet vaak op zijn weg en zijn eerste reactie was om zich boven op dit toonbeeld van schoonheid te storten. Het kwam geen moment in hem op om zich af te vragen waarom zo'n mooie, weelderige jonge vrouw een man van middelbare leeftijd met een uitgezakte taille zou begeren.

'Waar is Annabel naartoe?' vroeg hij.

'Wat boodschappen doen voor de markt.'

Colin grijnsde en stak zijn hand onder Rosa's badjas. Hij nam haar rechterborst stevig in het kommetje van zijn linkerhand.

'Weet je, dat marktkraampje van Annabel is volgens mij een geweldig idee,' gniffelde Colin terwijl hij plots naar voren stapte en zijn tong in Rosa's mond stak.

Rosa liet de rest van haar badjas van haar schouders glijden, tot ze helemaal naakt voor hem stond.

'Kom mee naar je slaapkamer,' fluisterde ze in zijn rechteroor.

Dat liet Colin zich geen twee keer zeggen. Struikelend stapte hij met Rosa in zijn armen achterwaarts van de badkamer naar de slaapkamer, waar ze zich op het bed lieten vallen.

'Je lijkt wel een engel,' mompelde hij toen ze over het bed gleed en zijn penis stevig in haar handen nam, waarna ze er haar lippen omheen sloot.

Kreunend en steunend koerste Colin op een orgasme af. Toen hij was klaargekomen veegde Rosa welgemanierd haar mond af aan zijn gele handdoek, die inmiddels op het slaapkamertapijt was beland. Ze kroop weer op het bed en kwam met haar naakte lichaam naast het zijne liggen.

'Je bent het mooiste wezen dat ik ooit heb gezien,' hijgde Colin.

Rosa glimlachte. Haar plannetje liep gesmeerd.

Kate was er nog niet aan toe om Shane te spreken. Ze was nu zeven uur in Dublin, maar ze had zijn twee telefoontjes genegeerd. Ze vond zichzelf wreed, maar moest eerst haar eigen hoofd helder zien te krijgen voordat ze wat dan ook afsprak.

'Kate, zou je een kruik naar boven kunnen brengen?' riep haar moeder.

'Komt eraan, mam!' Kate zou hard haar best doen om een plichtsgetrouwe dochter te zijn en te voorkomen dat haar eigen toestanden invloed hadden op de zorg die ze aan haar moeder wilde besteden.

Toen ze water uit de waterkoker in de smalle opening van de kruik stond te schenken, ging haar mobieltje weer. Dit keer zou ze moeten opnemen, besefte ze. Ze reikte over het aanrecht en graaide naar de telefoon.

'Hallo.'

'Kate, ik probeer je al de hele dag te bereiken.'

Ze huiverde toen ze zijn stem hoorde. 'Sorry, ik heb voor mijn moeder gezorgd. De verpleegster is er niet en mijn vader is de deur uit.'

'Is alles goed met je?'

'Ja, hoor, best,' zuchtte ze lusteloos. 'Zeg, ik bel je vanavond wel terug.'

'Kate, ik moet echt met je praten!' Zijn stem had een overduidelijk dringende klank. 'Ik heb tegen Natasha gezegd dat ik het niet meer zie zitten zo.'

Kate verstijfde. Dit soort druk kon ze even helemaal niet gebruiken, zeker niet op een moment dat ze zelf niet wist wat ze met haar leven aan moest. 'Kom morgenochtend dan maar hiernaartoe.'

'Dat kan niet. Ik vlieg twee keer naar Edinburgh. Maar tegen tweeën moet ik wel terug zijn.'

'Oké, twee uur dan. Kom maar om twee uur.' Diep in haar hart hield ze van hem en wilde ze hem vertellen dat ze zwanger was, dat ze hulp nodig had. Maar dat kon ze niet.

'Ik kan niet wachten om je te zien, Kate!' Shanes stem ging de hoogte in nu ze een afspraak hadden gemaakt.

'Ik heb jou ook gemist,' zei ze naar waarheid.

Het was in een ommezien twee uur. Hoe uitvoerig ze haar haar ook borstelde en hoeveel make-up ze ook aanbracht, niets kon haar erop voorbereiden hem te ontmoeten. Doordat ze het kind van de eerste de beste vreemdeling in zich droeg waren haar prioriteiten verschoven. Hoe kon ze Shane, die bereid was zijn huwelijk voor haar op te geven, vertellen dat ze zwanger was van een andere man? Een man met wie ze in een opwelling het bed in was gedoken? Hoe kon ze dat uitleggen, terwijl ze geweigerd had met Shane naar bed te gaan in de weken dat ze nu weer met elkaar omgingen? Ze had geen flauw idee hoe ze het deze middag moest gaan aanpakken.

Toen hij eindelijk aanbelde, voelde ze een siddering door haar lichaam gaan.

Ze trok met een zwaai de voordeur open, en haar ogen vonden de zijne. Zijn mond verbreedde zich en hij spreidde zijn armen. Ze vlijde haar hoofd tegen zijn schouder en voelde zich voor het eerst sinds ze hem op het vliegveld van Dublin had achtergelaten getroost en vredig. Hij streek zachtjes over haar haar en kuste haar op haar kruin.

'God, wat heb ik je gemist,' fluisterde hij.

'Ik jou ook,' zei ze zachtjes. 'Neem me ergens mee naartoe waar we vroeger ook heen gingen. Ik wil me weer jong kunnen voelen.'

'Je bent nog steeds jong,' zei hij terwijl hij een stukje achteruit stapte om haar ogen beter te kunnen zien. 'Veertig is het nieuwe dertig.'

Ze glimlachte, maar zei niets toen ze haar sleutels en tas pakte.

Ze reden door de keurig geordende straten en lanen aan de zuidkant van de stad, tot ze bij het pittoreske stadje Enniskerry kwamen. Er was maar één plek waar hij haar mee naartoe kon nemen.

Het was een heldere en winderige aprildag, maar zo warm dat het wel juni leek. Hij hoopte dat ze de waterval voor zichzelf zouden hebben. Er stonden geen touringcars op de parkeerplaats, zoals op een zomerdag het geval zou zijn geweest. Shane parkeerde zijn BMW in een hoek onder een eik. Hij draaide zich naar Kate om haar aan te kijken, maar haar blik was strak gericht op de gestage stroom schuim die over de flank van de heuvel naar omlaag stortte. Toen ze het portier opendeed, zwol het geraas van het water aan.

'Wat een heerlijk geluid is dat toch,' zei ze terwijl ze zich naar Shane toe keerde, die zijn blik nog steeds op haar gericht hield.

'Dat vind ik ook.' Hij was nu helemaal verdoofd. De pijn van de afgelopen week was vervlogen. 'Laten we gaan.'

Als twee tieners die bang waren om elkaar te dicht te naderen wandelden ze naar de poel onder aan de waterval. Het water was kristalhelder en koel.

'Zou het te drinken zijn?' vroeg ze zich peinzend af.

'Ik denk het wel, zolang je er maar van drinkt voordat het verder stroomafwaarts gaat.'

'Kom mee. Laten we over de richel lopen, net als vroeger,' zei ze wenkend.

Ze zetten hun voeten op de stapstenen, waarbij ze zorgvuldig het smalle stroompje vermeden dat het overtollige water uit de poel afvoerde. Kate gleed bijna uit op een stuk met mos, maar Shane was dicht genoeg in de buurt om haar bij haar arm te pakken en te voorkomen dat ze een nat pak haalde. Ze klommen over het ruige pad, totdat ze op een hoogte kwamen met uitzicht over het uitgestrekte bos in de vallei. Omgeven door de zee van groen voelden ze zich als Adam en Eva, bevrijd van de spiedende ogen en gespitste oren van de rest van de wereld.

'Ik vind het hier zo zalig!' Ze ademde de lucht diep in.

'Waarom dacht je dat ik je mee hiernaartoe genomen had?' grijnsde hij.

'Wij delen iets wat maar weinig mensen ooit meemaken, denk je niet?' verklaarde ze.

'Zeker weten,' beaamde hij.

'Denk jij dat dat komt doordat jij mijn eerste liefde was?'

'Een heleboel mensen trouwen met hun eerste liefde en voelen zich toch ellendig,' zei hij hoofdschuddend. 'Volgens mij is het meer dan dat.'

'Volgens mij ook. Weet je, in de loop der jaren heb ik vaak het gevoel gehad dat jij bij me was. Zelfs toen ik je al jaren niet had gezien. Het is een heel gek spiritueel iets.'

'Ik snap wat je bedoelt,' zei hij knikkend. 'Het is net of je er altijd bent, ook al ben je er niet. Waarom heeft het zo lang moeten duren voor we elkaar weer terugvonden?'

'Misschien was het niet het juiste moment,' antwoordde ze aarzelend. 'En misschien is het dat nog steeds niet.'

'Dat moet je niet zeggen, Kate. Ik weet wel zeker dat dit het juiste moment is. Ik weet dat het niet eerlijk is tegenover Natasha, maar zij is jong en mooi; ze vindt wel iemand anders.'

'Dat is het niet,' antwoordde ze. Ze vond dat hij er te makkelijk over deed. Natasha was een onfortuinlijk slachtoffer, die de dupe was van het lange verhaal van Shane en Kate.

De wind stak op, en haar haar danste in de bries. Een paar haren bleven aan haar lippen plakken en Shane streek ze zachtjes weg.

'Wat is er, Kate?' vroeg hij vriendelijk. 'Er is iets gebeurd, dat voel ik. Daar ken ik je te goed voor.'

'Ik kan het niet zeggen.'

'Gaat het om Annabel? Heeft het iets te maken met jullie ruzie? We mogen haar wel dankbaar zijn dat we dankzij haar weer bij el-

kaar zijn gekomen, vergeet dat niet. Als ik haar niet was tegengekomen in het vliegtuig uit Biarritz, zouden wij het nog steeds zonder elkaar moeten stellen.'

'Alsjeblieft, zet me niet onder druk, Shane.'

Hij sloeg zijn arm om haar schouders en ze leunde tegen hem
aan.

'Konden we maar altijd zo blijven staan,' verzuchtte ze.

'Over een poosje zijn we samen, Kate.'

De overtuiging in zijn stem bracht haar tot rust. Ze sloot haar
ogen en genoot van het moment. De toekomst was even onzeker
als ze altijd al was geweest.

Annabel stond bij de schoolpoort te wachten tot Rebecca naar buiten zou komen. Rosa had om één uur een afspraak bij de kapper en
Annabel was kwaad dat Colin tegen haar had gezegd dat het niet
erg was dat ze die op een werkdag had gepland. Maar in het weekend stelde Rosa zich altijd flexibel op, dus vond Annabel dat ze het
meisje wat bewegingsvrijheid moest gunnen. Toch moest ze de
kwestie van hun zeggenschap over Rosa met haar man oplossen.
Colin had haar het leven flink zuur gemaakt sinds ze met haar
marktkraampje was begonnen.

'Annabel!' klonk een bekende stem over de hoofden van de vijf-
jarige kinderen heen die over het pad kwamen aanhuppelen.

'Ha, Melissa,' zei ze met een wrange glimlach. 'Hoe is het ermee?'

'Geweldig, helemaal te gek,' zei ze, rinkelend met de armbanden
om haar pols. 'Moet je horen, volgende week zondag vieren we Sophies verjaardag en ik wil je om een gunst vragen, want ik wil er
meteen een borrel aan vastplakken als de ouders hun kinderen komen ophalen.'

Annabel wist precies wat Melissa van plan was. De dochter van
Jack Owens zat bij Sophie en Rebecca in de klas, en hoewel hij
geen grote Hollywood-ster was, had hij de afgelopen tien jaar in
heel wat topfilms gespeeld. Inmiddels stond hij bekend als een van
Ierlands beroemdste acteurs. Annabel zou het Melissa nooit recht

in haar gezicht zeggen, maar iedereen wist dat hij tussen twee films in in de stad was om een poosje van zijn vrijheid te genieten. Sophies verjaardag zou de ideale gelegenheid voor Melissa zijn om hem naar haar huis te lokken.

'Zondagen komen mij niet zo goed uit, Melissa,' zei Annabel met een zucht. 'Ik ben pas tegen zessen klaar op de markt.'

Melissa's gezicht verschoot van kleur en ze fronste haar voorhoofd. 'Annabel, die marktkraam van je is toch niet belangrijker dan wat dé borrel van het jaar zou kunnen worden?!' Ze knipperde langzaam met haar ogen, in de veronderstelling dat dat genoeg zou zijn om Annabel tot andere gedachten te brengen. 'Ik zou het fijn vinden als je wat van die verrukkelijke zalmroulade maakt en een paar van die zalige salades. Genoeg voor een mannetje of veertig?'

Annabel wist dat Melissa volstrekt niet van plan was om haar voor dat werk te betalen. Ze zou misschien aanbieden om mee te betalen aan de ingrediënten, maar meer zat er niet in. Toen viel het kwartje en besefte ze waarom ze deel mocht uitmaken van Melissa's vriendenkring. Ze vroeg zich af waarom ze Melissa zo lang had verdragen. Ze mocht haar helemaal niet en dat ze het verjaarsfeestje van haar dochter gebruikte om een celebrity haar huis in te lokken toonde maar weer eens duidelijk aan hoe veil haar karakter was. Wat voor prioriteiten stelde die vrouw? Ze had Melissa nog nooit eerder iets geweigerd, maar de marktkraam was belangrijk en het deed haarzelf erg veel goed om ermee bezig te zijn.

'Ik moet helaas nee zeggen, Melissa, sorry,' antwoordde ze resoluut. 'Ik ben nu eenmaal aan iets nieuws begonnen en ik moet nu de zaak draaiende zien te houden.'

Ongelovig wierp Melissa haar hoofd achterover.

'Ik dacht dat ik van jou op aankon, Annabel!' Melissa was woest. 'Ik ben echt diep teleurgesteld – het is kort dag voor me om nog iemand anders te vinden!'

'Ik heb andere verplichtingen, zoals ik al zei,' antwoordde Annabel, ditmaal nog resoluter. Haar nieuwe stem werd bij elk woord dat ze zei nog krachtiger. Ze had er schoon genoeg van om vrouwen als Melissa om zich heen te hebben en deel uit te maken van hun oppervlakkige leventjes, terwijl ze als aasgieren in de gaten hielden wie wat deed en wanneer. Het deed er allemaal niet toe. Ze waren geen van allen echte vriendinnen. Geen van allen waren ze zoals Kate.

13

'Lig je zo lekker, mam?' vroeg Kate.

Betty knikte. Ze pakte de kom soep van haar dochter aan en nipte er langzaam en voorzichtig van. Haar kanker werd met de dag agressiever en het ging in angstaanjagend tempo steeds slechter met haar. Ze vond het moeilijk vast voedsel binnen te houden en kreeg tweemaal per dag een morfine-injectie.

'Straks komen de jongens.'

'Ik kijk ernaar uit ze te zien,' zei Betty met krakende stem. Haar stembanden raakten aangetast, evenals een heleboel andere lichaamsfuncties. Het was nauwelijks te geloven dat er sinds haar operatie nog maar een paar weken voorbij waren gegaan. 'Heb je Shane nog gezien?'

'Een paar dagen geleden – hij vroeg nog naar je.'

Betty knikte, maar glimlachte niet. 'Hoe vind je dat het met je vader gaat?'

'Maak je over hem maar geen zorgen, mam. Hij maakt het prima!' Kate ergerde zich eraan dat haar moeder zich zo veel zorgen om haar vader maakte.

'Damien is een prima kerel. Zorg maar dat het hem aan niets ontbreekt als ik er niet meer ben.'

Kate vroeg zich af waarom haar moeder nou precies voortdurend opmerkingen maakte over de positieve eigenschappen van haar vader. Het feit dat Kate op de hoogte was van Annabel en hem maakte het nog moeilijker om ernaar te luisteren.

'Zulke dingen moet je niet zeggen, mam. En jij gaat helemaal nergens heen,' loog ze. 'Nogmaals, ik zou me over hem maar geen zorgen maken.' En ze glimlachte terwijl ze haar moeders voorhoofd bette met een doekje dat continu in een bakje naast haar bed lag.

Op haar tenen trippelde Rosa de garage in, wetend dat Colin bezig was de koppen van zijn golfclubs schoon te maken. Dat deed hij vaak op maandagavond, nadat hij in het weekend de baan op was geweest. Ze liet haar hand om zijn middel glijden, zodat hij even opschrikte. Toen draaide hij zich om, en glimlachte toen hij Rosa's donkere bruine ogen verlokkend naar hem zag kijken.

'Waar is Annabel?'

'Die is de deur uit, naar haar moeder.'

'En de kinderen?'

'De meisjes liggen in bed en Sam slaapt bij een vriendje.'

Colins mond verbreedde zich en door de openingen tussen zijn tanden zag hij er in het zwakke licht van de garage spookachtig uit. 'Hoe zou je het vinden om het een keer in een Mercedes te doen?' zei hij, wijzend naar zijn auto.

'Ah, ha!' Rosa knikte ten teken van instemming.

De daaropvolgende tien minuten gingen voorbij in een warreling van weggeworpen ondergoed, gehijg en gegraai. Uiteindelijk kwam er een einde aan. Op Colins voorhoofd verzamelden zich vlak boven zijn wenkbrauwen kleine zweetdruppeltjes. Na twee keer met zijn ogen geknipperd te hebben wierp hij een blik op de passagiersstoel, waar Rosa haar kleding zat te fatsoeneren.

'Jij bent een verhaal apart, Rosa,' zei Colin met een verlekkerde blik. 'Ik had geen idee hoe leuk het zou worden om een au pair in huis te nemen.'

'Ik vind het leuk au pair te zijn,' zei ze flirterig. 'Maar ik wil in oktober terug naar Spanje om te studeren.'

'O ja?' Colin was verrast. 'Wat wil je dan gaan doen?'

'Rechten.'

'Heb je daar geen goede eindexamencijfers van school voor nodig?' Colin ging ervan uit dat Rosa, die al zo rijkelijk bedeeld was met uiterlijk schoon, niet óók nog eens hersens zou kunnen hebben.

'Ik heb prima eindcijfers gehaald. Ik kan studeren wat ik wil, maar ik moet eerst het geld bij elkaar zien te krijgen.'

'Hoeveel gaat het je dan kosten?'

Rosa legde haar vinger tegen haar wang en sloeg haar blik ten hemel. 'Met geld voor een kamer en eten erbij zou ik tienduizend euro per jaar nodig hebben.'

'Alles draait altijd om geld. Tja, zo zit de wereld nu eenmaal in elkaar,' zei Colin hardvochtig.

'Ja, Colin,' glimlachte Rosa. 'Ik ben blij dat je er zo over denkt, want ik heb dat geld vóór augustus nodig en ik had gehoopt dat jij het me misschien zou willen lenen.'

'Het is wel een enorm bedrag,' zei Colin hoofdschuddend.

'Voor jou niet, toch? Ik heb je bankafschriften bekeken.'

'Heb je in mijn werkkamer lopen snuffelen?' Colin geloofde zijn oren niet.

'Ik was aan het schoonmaken voor Annabel en...'

Colin fronste zijn voorhoofd. Hij voelde de atmosfeer in de auto veranderen. Die knappe kleine au pair was plots veranderd in een koel, berekenend iemand. Ze had hier duidelijk van begin af aan al op aangestuurd. 'Probeer je me soms te chanteren, Rosa?'

'Colin! Wat zeg je nou voor iets vreselijks?' Op Rosa's Engels was ineens niets meer aan te merken. Het was plots zonneklaar dat ze helemaal niet naar Ierland was gekomen om haar taalvaardigheid te verbeteren.

'En wat nou als ik je dat geld niet leen?' zei hij.

'Dan zal Annabel erg van streek raken...'

'Ik kan altijd nog zeggen dat het niet waar is!'

Rosa haalde haar mobiele telefoon uit haar zak. Uiterst vakkundig had ze de scène die zich in Colins slaapkamer had afgespeeld, en zijn paars aanlopende gezicht toen hij klaarkwam, op video vastgelegd.

'Wat ben jij uitgekookt!' Met enig ontzag voor het brein achter haar mooie gezichtje knikte hij haar toe. 'Oké, stel dat ik je dat geld zou lenen. Welke garantie heb ik dan dat je tot oktober hier blijft?'

'Ik geef je mijn woord,' grijnsde ze.

'Nou, als je blijft zou ik graag zien dat we onze kleine regeling voortzetten tot aan je vertrek. Als je ervoor kunt zorgen dat we driemaal per week een avondje hebben om te doen wat we net hebben gedaan, krijgen we allebei wat we willen.'

'Twee keer,' dong Rosa af.

Colin stak haar zijn hand toe en Rosa schudde die zwakjes.

'Hallo daar!' riep Kate met een glimlach in de telefoon.

'Kun je er een uurtje tussenuit piepen? Ik zou op de terugweg van mijn werk even aan kunnen wippen,' stelde Shane voor.

Kate haalde diep adem. Ze was dol op de spontane invallen waar Shane zo goed in was, maar dit was niet het juiste moment.

'De jongens komen vandaag naar huis. Mijn vader is nu onderweg om ze op te halen.'

'Ik zou ze graag eens zien.'

Soms had Kate het gevoel dat ze altijd met een speld in de aanslag klaarstond om Shanes luchtbel door te prikken. 'Daar is nog tijd genoeg voor, Shane. Geef me een dag. Maar ik wil aan de andere kant ook graag dat ze jou leren kennen.'

'Uiteraard,' antwoordde hij.

Wat was dat toch met de vrouwen in zijn leven? En om de zaken nog verder te compliceren, werd het steeds moeilijker om met Natasha samen te leven. Ze haalde alles uit de kast om hem voor zijn daden te laten boeten. Ze was gestopt met de huishoudelijke klusjes die ze anders altijd deed in een poging om de dag door te komen. In plaats daarvan stond hij op zijn creditcardrekening zwaar in de min bij de plaatselijke schoonheidsspecialistes en boetieks. Natasha's moeder had hem een keer gebeld toen hij onderweg was naar zijn werk en had hem over de telefoon de wind van voren gegeven omdat hij haar dochter van streek maakte. Wat hij ook deed, makkelijk zou het niet worden. Maar zijn grootste zorg gold Kate. Bij elke stap op de weg die ze te gaan had wilde hij er voor haar zijn. Hij had bij zichzelf overwogen of hij niet naar Frankrijk moest verhuizen. Airjet had een basis in Toulouse en hij werkte lang genoeg bij de maatschappij om een transfer te kunnen bedingen.

'Ik bel je wel zodra we zover zijn, oké?' Kate wilde Shane dolgraag zien, maar hij moest echt leren dat haar zonen de belangrijkste personen in haar leven waren.

'Goed hoor, *byeee*,' zei hij luchthartig.

Kate zuchtte. Sinds ze in Ierland terug was ging het wat beter met haar en 's ochtends was ze niet meer zo misselijk. Dat was een hele opluchting, want het had anders wel weken of maanden kunnen doorgaan. De baby had waarschijnlijk zijn plekje nu gevonden en op een uurtje slaperigheid na rond vijf uur 's middags had ze verder nergens last van.

'Mama, mama!' riepen twee harde stemmen van onder aan de trap.

Kate haastte zich naar de gang en sloeg haar armen om haar zoontjes heen. In de korte tijd dat ze hen niet had gezien leken ze wel een paar centimeter te zijn gegroeid.

'Hoe is het met mijn grote knullen?' vroeg ze terwijl ze met twee handen door hun keurig geknipte bruine haar woelde.

'Waar is omi?' vroeg Ciarán.

'Boven. Maar jullie moeten kalm aan doen, jongens – het gaat niet zo goed met haar.'

De jongens stormden naar boven en ze liep achter hen aan. Ze waren dol op hun grootmoeder. Die gaf hun altijd wat geld als ze bij haar op bezoek kwamen, en meestal was dat genoeg om er hun hele vakantie mee te doen.

Kate stond in de deuropening van de slaapkamer toe te kijken hoe haar moeder de jongens omhelsde toen die op het bed kwamen zitten.

'Jongens van me! Ik herken jullie bijna niet meer terug,' zei Betty stralend. 'Kijk nou toch eens hoe jullie sinds de kerst zijn gegroeid!'

Kate was blij dat Betty Kerstmis in de Pyreneeën had doorgebracht bij haar en de jongens, want voor haar was het hoogstwaarschijnlijk de laatste keer geweest.

Betty overhandigde haar kleinzoons elk vijftig euro uit de leren handtas die naast haar bed stond.

'Mam, dat is veel te veel,' zei Kate vermanend.

'Alsjeblieft, laat me nou.' Betty's ogen zeiden dat het waarschijnlijk voor het laatst zou zijn dat ze haar kleinzoons geld kon geven, en Kate voelde opeens een scherpe steek van verlies.

'Vooruit dan maar. Jongens, gaan jullie beneden je handen maar even wassen. Jullie zullen wel rammelen van de honger,' gebood Kate. Vanuit de deuropening keek ze glimlachend naar haar moeder, die zwakjes terugglimlachte. De tijd begon te dringen en had haar moeder niet gespaard.

'Kate!' Betty's lippen trilden.

'Ja, mam?' Alles wat haar moeder nu zei was van groot gewicht.

'Koester elk moment dat je met die twee jongens hebt. Haal ze van kostschool. Voor je het weet zijn ze volwassen.'

Kate knikte. Ze had zich door Stefan laten bepraten dat een kostschool mannen van haar zonen zou maken, maar nu realiseerde ze zich dat hij hen misschien alleen maar uit de weg had willen hebben. Toen ze eenmaal had gezien met wat voor stralende, vrolijke gezichten ze de gang door gehuppeld kwamen, wilde ze hun gezelschap geen dag meer missen. Ze zou moeten nagaan wat ze zelf het liefst wilden en daarna zou alles zich vanzelf wel wijzen.

Ze liep achter hen aan naar de keuken, waar haar vader boterhammen voor hen stond te smeren, die hij belegde met dikke plakken met honing gegrilde ham.

'Wat ben je huishoudelijk geworden in die paar dagen dat ik weg was,' merkte ze op.

'Ik ben blij dat Betty me eens wat laat doen. Ik mocht van haar nooit in de keuken komen, voor het geval ik er een zootje van maakte,' zei hij, terwijl hij Betty's medicijnen keurig naast zijn vitaminepillen legde. 'Het is wel ironisch dat ze het nu wel moet toelaten.'

'Mag ik wat sap, opa?' vroeg David terwijl hij zich op een stoel hees en op zijn boterham met ham aanviel.

'Bedankt, pap,' zei Kate met een glimlach. Het was voor het eerst sinds Annabel haar bekentenis had gedaan dat ze naar haar vader glimlachte.

Damien keek zijn dochter stralend aan. Was dit een teken dat Kate tegenover hem enigszins ontdooide? Hij was erg blij met de welbekende glimlach op het gezicht van zijn dochter.

'Hé, jongens, hebben jullie zin om naar het park te gaan?' vroeg hij.

'Ja!' antwoordden Ciarán en David als uit één mond, zoals hun gewoonte was.

'Waarom ga jij niet even rusten, Kate? Straks komt de zuster,' stelde Damien voor.

'Nee, pap, ik wil graag met jullie mee naar het park.'

Toen de verpleegster was gearriveerd, stapte het viertal in Damiens Saab en namen ze de toeristische route naar St. Anne's Park.

'Mam, wanneer krijgen we Annabel en Sam te zien?' vroeg Ciarán. In de regel was hun huis een van de eerste plekken waar ze langsgingen.

'Annabel is er niet, lieverd,' loog ze, met een blik op haar vaders gezicht om zijn reactie te peilen. 'We kunnen de volgende keer dat jullie hier komen wel bij hen op bezoek gaan.'

Damien keek zijn dochter scherp aan. Hij werd steeds nieuwsgieriger naar wat zulke goede vriendinnen uit elkaar had gedreven. En hij hield bepaald zijn hart vast...

'Dat is niet eerlijk! Ik had met Sam willen spelen,' mokte de kleine jongen.

'Mam, waarom ligt omi 's middags op bed?' vroeg David. Hij was altijd al de gevoeligste van de tweeling geweest.

'Omi is erg ziek. De volgende keer dat het Kerstmis is, zal ze niet meer bij ons zijn.' Kate had geen idee hoe ze haar zonen moest vertellen dat Betty binnenkort zou sterven.

'Waar gaat ze dan heen?' vroeg Ciarán.

'Naar de hemel, jongens.' Ze keek schuin naar Damien, die elk woord van het gesprek volgde, maar over dit onderwerp angstvallig zijn mond hield. Sneller dan hij ooit had gedacht zou hij weduwnaar worden. 'Dan gaat ze naar de hemel.'

'Hé, Annabel,' zei Maeve vrolijk. 'Hoe gaan de zaken?'

'Hallo, Maeve, prima, dank je,' zei Annabel met een knikje. Ze hupte van de ene voet op de andere vanwege de kilte die het briesje vanaf zee met zich meevoerde.

'Ik wil graag twee bakjes.'

Annabel pakte de hummus met basilicum en de hummus met zongedroogde tomaten van Maeve aan en stopte ze in een bruinpapieren zak. 'Dat is dan acht euro – ach nee, ik doe ze je cadeau.'

'Dit is een zakelijke onderneming, Annabel. Je kunt je waren niet zomaar weggeven.'

Annabel schudde haar hoofd, maar Maeve hield voet bij stuk en drukte haar vriendin het geld in de hand.

'Nog nieuws van Kates moeder?'

'Ik heb niets gehoord,' zei Annabel hoofdschuddend.

'Misschien moet ik haar eens bellen. Maar je hebt vast wel gehoord dat Melissa volgend weekend een feestje geeft.'

'Ja, maar ik kan niet komen – vanwege de kraam.'

'Dat zal ze wel erg jammer vinden,' zei Maeve met een grijns.

Annabel knikte. 'Ik besefte pas hoe vaak ze me als haar persoonlijke cateraar heeft ingeschakeld toen ik zei dat ik haar niet kon helpen. Ik ben niet eens uitgenodigd om later iets te komen drinken.'

Maeve glimlachte. 'Ik doe ook altijd mijn best om haar tevreden te houden.' Ze keek om zich heen om te controleren of iemand haar kon afluisteren. 'Weet je, Annabel, er lopen een heleboel oppervlakkige mensen in deze stad rond en waarschijnlijk spant Melissa wat dat betreft de kroon. Je bent beter af als je dat soort types niet te vaak ziet.'

Annabel mocht Maeve wel. Ze was erg op zichzelf en had niemand nodig. 'Heb je zin om morgen na school koffie te komen drinken?' vroeg ze haar ineens. Maeve en zij waren nooit erg close geweest, maar ze zou haar graag beter leren kennen. Maeve was een oprecht iemand, die mensen niet veroordeelde op de manier zoals Melissa en haar vriendinnen dat deden.

'Dat lijkt me heel leuk – om kwart over twee?'

'Prima, en geef de kinderen maar geen middageten. Dan maak ik zelfgemaakte worstenbroodjes voor ze klaar.'

'Ik verheug me erop. Dank je, Annabel. Maar nu moest ik maar weer eens gaan. John vindt het vreselijk als ik te lang op deze markt blijf hangen. Hij beweert dat hij een open-portemonnee-operatie nodig heeft als ik hier langer dan een uur rondloop.'

Annabel grinnikte. 'Doe voorzichtig, en tot morgen!'

Ze glimlachte bij zichzelf om de afspraak die ze had gemaakt. Nu ze Kate niet meer kon bellen, zat ze echt te springen om een goede vriendin. Haar gemijmer werd onderbroken door het gerinkel van haar telefoon.

'Hai Annabel, hoe gaat het ermee?'

Ze herkende zijn stem meteen. 'Shane, hallo! Wat een verrassing!'

'Ik stoor toch niet?'

'Helemaal niet. Ik sta op de markt hummus te verkopen.'

'Watte?' bromde hij verrast.

'Het is een lang verhaal. Heb je Kate gebeld?'

'Ja, daar bel ik eigenlijk ook over. Ik heb haar de afgelopen weken veel gezien en ik maak me zorgen om haar. Is er een kansje dat we een keer kunnen gaan koffiedrinken?'

Annabel was geïntrigeerd. 'Natuurlijk. Kun je deze kant op komen?'

'Geen probleem.'

'Wat zou je zeggen van morgen na drieën?' Opeens herinnerde Annabel zich Maeve. 'Nee, wacht, ik was even vergeten dat er dan een vriendin langskomt. Heb je op dinsdag iets te doen?'

'Dinsdag ben ik om elf uur klaar met werken. Ik zou dan rechtstreeks naar jou toe kunnen komen.'

'Mooi. Weet je waar ik woon?'

'Het zou wel fijn zijn om dat even te weten, toch?'

'Op Summit Green, het derde huis aan de rechterkant. Het heet Highfield.'

'Tot een uur of half twaalf dan maar?'

'Prima.'

Annabel stak haar telefoon in haar zak en pakte een bakje hummus aan van een oudere dame met een lila kleurspoeling.

'Dat wordt dan vier euro, alstublieft,' zei Annabel vriendelijk terwijl ze het bakje in een papieren zak stopte.

'O ja?' riep het oudje met een sterk West-Brits accent. 'Ik kom hier boodschappen doen – niet om me te laten bestelen!'

Natasha's haar zat na de was- en föhnbeurt helemaal goed. Toen ze de kapsalon uit stapte zette ze haar zonnebril op haar parmantige neusje en stapte in haar Mazda-sportwagen. Ze liet haar nagels met French manicure over het leren stuurwiel glijden en trok de nieuwe overslagjurk recht waarvoor ze maar een klein beetje wisselgeld had teruggekregen toen ze er met honderd euro voor had betaald. Ze wist precies waar ze heen ging. Josh nam op de dagen dat hij werkte altijd om drie uur pauze, en het was een van zijn voorrechten als manager dat hij een eigen kamer had op de bovenste verdieping van de sportschool.

Ze stormde zo woest langs de jonge man in witte tenniskleding bij de receptie dat hij haar nakeek, stevende regelrecht naar Josh' kantoor en deed de deur open zonder te kloppen. Josh' hoofd stak uit boven een stapel paperassen. In zijn rode hemd en witte short kwam zijn gebronsde gestalte optimaal tot zijn recht. Abrupt keek hij op, geschrokken doordat er plotseling iemand voor zijn neus stond.

'Waar heb ik dit genoegen aan te danken?' grijnsde hij toen hij zag wie de bezoeker was.

Natasha keek hem fronsend aan. 'Naar boven, nu!'

Dat hoorde bij het spel dat ze samen speelden. Zij vond het heerlijk om de jager te zijn en hij was graag haar prooi. Josh was haar personal trainer. Ze vrijden alleen met elkaar op haar voorwaarden en wanneer zij dat wilde. Ze had een goddelijk lichaam en een knap smoeltje, en Josh liet geen gelegenheid voorbijgaan om met haar samen te zijn.

Discreet namen ze de achtertrap naar zijn appartement en bedreven op de grote driezitsbank hartstochtelijk de liefde. Ze zeiden geen woord, maar steunden en kreunden zich naar een hoogtepunt toe en beukten op elkaar alsof hun leven ervan afhing. Na afloop stond Natasha op en strikte snel haar jurk om haar middel. Josh, die nog steeds naakt was, leunde achterover op de bank, met zijn handen achter zijn hoofd gevouwen.

'Moet je er nu alweer vandoor?'

Met een ruk draaide Natasha zich om. 'Zou je je niet eens aankleden?'

'Ik dacht dat je mijn sixpack wel mooi vond – daarom kom je toch telkens weer terug?'

'Verbeeld je maar niks,' snoof ze. 'Je bent nu eenmaal binnen handbereik en beschikbaar.'

Josh glimlachte. Hij kende de manier van doen van deze vrouw. Als vrouwen hem wilden versieren door charmant te doen werkte dat nooit. Natasha was een slimme meid en wist precies op welke knoppen ze moest drukken om hem mee te krijgen. Ze was ook nog eens goed in bed. Keer op keer kwam ze terug. Misschien dat er ooit een dag zou aanbreken dat ze meer zou willen. Josh was bereid zijn tijd te beiden.

Shane kwam om vier uur op bezoek om de jongens te zien. Kate herinnerde zich nog goed de eerste keer dat hij was langsgekomen om haar mee te nemen voor een wandeling over het strand van Dollymount. Het was een frisse zaterdagmiddag in april geweest, bijna vijfentwintig jaar geleden. Ze zag haar poederblauwe hippiejurk met belletjes aan de bandjes die rond de hals hingen nog zó voor zich. Een arme vrouw of een arm kind in India had er misschien wel weken op zitten zwoegen om de fijne stof te weven en er met gouddraad borduursels op aan te brengen. Toen Shane op de stoep stond had hij meer inzicht getoond dan de meeste jongens van zijn leeftijd en opgemerkt dat ze er goed uitzag. Te oordelen naar de wolk Brut-aftershave die langs haar heen zweefde toen ze de deur opendeed had hij er zelf net zo lang over gedaan om zich klaar te maken als zij. Hij had misschien nog maar vijf of zes haren om af te scheren, maar voordat hij naar haar toe was gekomen had hij ze allemaal zorgvuldig verwijderd.

Ze kneep 'm nu meer dan toen. De inzet was hoger en ze had nu haar zoons om rekening mee te houden. Stel nou dat ze het lieten afweten en hem niet zagen zitten? Je kon ze maar beter niet tegen je hebben, want ze konden behoorlijk hun kont tegen de krib gooien. Het plan was om met ze naar de film te gaan en daarna iets te gaan eten in een van de hamburgerketens waarbij ze op kostschool ver uit de buurt werden gehouden.

'We hebben afgesproken met een vriend van me van heel vroeger, van toen ik nog niet veel ouder was dan jullie nu, jongens,' had ze haar zoons laten weten. 'Ik wil graag dat jullie aardig tegen hem doen.'

'Hij kan maar beter aardig tegen óns doen!' had David te kennen gegeven.

Maar toen ze zijn zwarte BMW naar Greenfield Close toe zagen komen, kon Shane al meteen niet meer stuk.

'Die vriend van jou heeft een coole auto, mam!' riep Ciarán vanaf het slaapkamerraam waar ze op de uitkijk hadden gestaan.

'Denk je dat hij het dak naar beneden gaat doen?' vroeg David luidkeels van boven aan de trap.

'We zullen zien,' riep ze naar omhoog terwijl ze naar buiten liep om Shane op de oprit te begroeten.

'Zie ik er een beetje goed uit?' vroeg Shane zenuwachtig. Ze zag dat hij zijn best had gedaan om zijn haar met gel in stekels omhoog te zetten, in een poging op de jongens cool over te komen.

'Hun maakt het niet uit hoe je eruitziet, gekkie! Het zijn maar twee kleine jongens. Je auto is in elk geval goedgekeurd, en dat is veel belangrijker.' Ze glimlachte hem geruststellend toe.

Toen Kate en Shane het korte pad over liepen, stonden bij de voordeur twee stralende gezichtjes met een jongensachtige grijns erop te wachten.

'Jongens, dit is Shane,' stelde Kate hem voor, zo officieel dat de jongens het grappig vonden.

'Wie van jullie is David en wie is Ciarán?'

'Ik ben David,' zeiden ze allebei tegelijk.

'Kom op, jongens, niet plagen,' berispte hun moeder hen. 'Dit is David, en Ciarán heeft een donkere sproet op zijn linkerwang. Maar je kunt hem vandaag beter herkennen aan zijn rode T-shirt.'

'Verklap onze geheimpjes nou niet, mam,' kreunde Ciarán.

'Ik geloof niet dat ik jullie op wat voor manier dan ook uit elkaar zou kunnen houden,' zei Shane met een grijns.

Kate merkte dat ze bloosde op het moment dat er even iets van verstandhouding tussen de mannen in haar leven ontstond.

Terwijl de jongens samen op de achterbank kropen en Kate haar plaats naast Shane innam, voelde ze een onverwachte golf van emotie. Zo zou het eruit hebben gezien als ze al die jaren geleden bij Shane was gebleven en ze samen een gezin waren begonnen. Zo voelde het dus om een uitstapje te maken met het hele gezin. Het was een fijn gevoel. Het voelde warm en vanzelfsprekend, en heel even geloofde ze echt dat ze een knus gezinnetje waren.

Shane schonk haar een blik en glimlachte haar toe terwijl hij zijn veiligheidsgordel vastklikte. 'Alles goed?' checkte hij.

'Mm-mm,' knikte ze.

Korte tijd later installeerden ze zich op een rij stoelen in de UCI-bioscoop. Shane had voor iedereen een enorme beker popcorn gekocht.

'Cool,' zeiden de jongens.

Tot dusver ging alles prima. Kate kroop lekker tegen Shane aan. Die drukte even een kus op haar kruin, waarna hij zich weer aan zijn popcorn wijdde. De jongens waren te zeer verdiept in de nieuwste kaskraker om er iets van te merken. Kate kon zich niet heugen wanneer ze zich ooit zo intens tevreden had gevoeld. Haar blik werd wazig, tot ze ruw weer naar het hier en nu werd geslingerd bij de gedachte aan de ongeboren baby die een keel opzette. Shane zou er vast heel lief mee omgaan, mijmerde ze. Maar zou het wel eerlijk zijn om ervan uit te gaan dat hij negen maanden zou wachten en vervolgens twintig jaar lang bezig zou zijn andermans kind groot te brengen? Hij toonde veel geduld en begrip voor haar onredelijke verzoeken. Hij had haar niet onder druk gezet om met hem te vrijen, ook al begon hun relatie daar nu zo langzamerhand onder te lijden. Maar iets in haar besefte heel goed dat hij nog steeds Natasha wilde ontzien en niet met iemand anders het bed in wilde duiken voordat hij weer een vrij man was. Er moest binnenkort echt iets gebeuren, maar voorlopig wilde ze alleen maar genieten van de ervaring om Shanes partner te zijn, om een gezin te zijn.

'Oké, wie heeft zin om naar Casa Pasta te gaan?' vroeg Shane, met zijn ogen knipperend toen ze vanuit de donkere bioscoop weer in het daglicht kwamen.

'Ikke!' riepen de jongens tegelijk uit. Kate had Shane van tevoren al geïnformeerd over hun lievelingsrestaurant als ze bij hun grootouders op bezoek kwamen.

'Bedankt, Shane. Ik dacht dat we naar de McDonald's zouden gaan,' zei Kate toen ze in de auto stapten voor het korte ritje naar Clontarf.

'Dit is een speciale dag,' antwoordde hij. 'Jouw kinderen verdienen het beste van het beste.'

Kate kromp even in elkaar. De jongens waren háár kinderen en niet de zijne. Het feit dat hij had uitgesproken wat geen betoog hoefde bracht haar terug naar de werkelijkheid, uit het comfortabele web dat ze in de bioscoop om hen vieren heen had gesponnen. Het maakte haar maar weer eens duidelijk dat ze een knoop moest doorhakken over hun toekomst samen, en iets in haar voelde dat de beslissing al was genomen.

Damien kon de slaap niet goed vatten. Hij had gedacht dat hij, nu hij min of meer vrede had gesloten met Kate, zich beter zou kunnen ontspannen. Voor de zoveelste keer draaide hij zich om in zijn bed, terwijl beelden uit zijn verleden voorbijflitsten als het licht van een vuurtoren. Dit was niet wat Betty verdiende tijdens haar laatste levensdagen. Het was een heel harde noot om te kraken. Voor het eerst van zijn leven was hij bang. Niemand van de Royal Dublin Golf Club of op een van zijn vele door de hele stad verspreide bouwlocaties zou geloven dat Damien Carlton ergens bang voor kon zijn. Maar 'bang' was het enige adequate woord voor de gevoelens die hij nu had. Hij had de afgelopen veertig jaar heel hard gewerkt, en de tijd was voorbijgevlogen zonder dat hij de kans had gekregen om eens even pas op de plaats te maken en te kijken waar hij eigenlijk mee bezig was. Hij had genoeg geld verdiend om niet zo hard te hoeven werken. Maar hij kon er niet tegen om thuis te zijn, terwijl Betty om hem heen liep te drentelen met haar stofdoek. Daarom was hij zo op zijn carrière gefocust geweest. Maar als bakstenen en cement het enige waren waar hij nu nog naar uit kon kijken, dacht hij niet dat hij op de oude voet verder wilde. Zijn twee kinderen woonden in twee verschillende landen en zijn kleinzoons zag hij maar heel zelden. Het leven moest meer te bieden hebben, en op zijn tweeënzestigste moest hij beter gebruikmaken van de jaren dat hij nog goed gezond was.

Hij moest even denken aan Annabel. Hij zag haar gezicht zó voor zich, zoals ze achter haar kraampje op de markt had gestaan, als de schoonheid zelve. Was ze maar niet de vriendin van zijn dochter geweest. Ze was een prachtige vrouw geworden, maar aan leeftijd had hij niet gedacht die keer dat ze heel even samen waren geweest. Het had niet uitgemaakt hoe oud ze was. Hij sloot zijn ogen en probeerde zich weer te herinneren hoe het had gevoeld om haar in zijn armen te houden, maar dat lukte hem niet, hoe hij zich ook op zijn herinnering concentreerde.

Hij sprong zijn bed uit en riep zichzelf tot de orde. Misschien dat hij als hij even naar de wc ging niet alleen zijn blaas, maar ook zijn hoofd leeg kon maken.

Kate schrok plotseling wakker. Ze wierp een blik op de wekker naast het bed. Het was vier minuten over drie in de nacht. Iets had haar gewekt, dat wist ze zeker. Ze trok een ochtendjas aan en ging een kijkje nemen bij de jongens. Zachtjes opende ze de kamerdeur en tuurde naar binnen. Ze lagen vredig te slapen, met hun twee gladde gezichtjes boven het dekbed uit. Ciaráns haar ging in zijn slaap in pieken overeind staan, en de volgende ochtend was het met geen mogelijkheid meer plat te borstelen. Hij gebruikte nu maar gel om het in model te brengen. Het zou niet lang meer duren of ze waren pubers en zouden daarna misschien gaan studeren, en dan zouden ze nog maar weinig tijd voor hun moeder hebben. Ze raakte even haar buik aan en dacht aan haar ongeboren baby. Iets in haar verlangde ernaar om de frisse geur van talkpoeder en knuffelbaarheid te ruiken die alleen om pasgeboren baby's heen hangt. Maar als ze voor dit kleintje zou moeten zorgen en haar zonen van kostschool zou halen, zou ze een alleenstaande moeder van drie kinderen zijn. Op dit moment dacht ze niet dat ze dat aankon.

En verder moest ze zich ook nog bekommeren om Shane. Ze wist zeker dat ze hem wilde, maar zat niet te wachten op het schuldgevoel dat ze zou krijgen als ze zijn huwelijk zou ontwrichten. En zou hij wel drie kinderen onder zijn hoede willen nemen die niet van hemzelf waren? Ze kreeg heel wat problemen op haar bordje die om een oplossing vroegen.

Op het moment dat ze zachtjes de deur dichtdeed, hoorde ze haar vader roepen vanuit de slaapkamer van haar moeder. Ze haastte zich naar hem toe. Damien zat over zijn vrouw heen gebogen, die op de grond naast haar bed lag. Toen Kate binnen kwam stormen, keek hij naar haar op.

'Wat is er gebeurd?'

'Ze is onderuitgegaan toen ze haar bed uit wilde; ze zal wel met haar hoofd op de hoek van het nachtkastje zijn gevallen. Ik was nog wakker en hoorde haar stommelen.'

Kate hielp haar vader om haar moeder weer op bed te leggen. Haar broze lichaam deed haar denken aan dat van een vogeltje. Binnen maar een paar weken was ze sneller achteruitgegaan dan iedereen voor mogelijk had gehouden. Ze had een lichte schram bij haar slaap, maar er was geen spoor te zien van een bloeding of kwetsuur. De gelige tint onder haar ogen en op haar ingevallen wangen was nu een diepe okerkleur geworden. Haar ademhaling leek normaal.

'We kunnen beter Tony even bellen,' zei Damien.

Kate pakte de telefoon. Tony Crosby was de plaatselijke huisarts en hij woonde vlakbij.

'Vraag hem maar of we een ambulance moeten laten komen,' zei haar vader.

De dokter nam meteen de telefoon op en klonk ondanks het late uur heel wakker.

'Dokter Crosby, met Kate Carlton. Het spijt me dat ik u zo laat nog bel, maar mijn moeder is uit bed gevallen en ze lijkt bewusteloos te zijn... Mijn vader en ik denken dat ze haar hoofd heeft gestoten aan de hoek van haar nachtkastje... Denkt u dat we een ambulance moeten bellen?' Kate luisterde zorgvuldig naar de vragen die de huisarts stelde. 'Nee, het is net pas gebeurd – mijn vader hoorde haar vallen – en het is heel oppervlakkig, geen echte bloedingen, geen blauwe plekken...' Ze zweeg even en luisterde. 'Nee, geen bloed uit haar neus of ogen... Ja, haar ademhaling lijkt normaal... Oké, heel erg bedankt. U hebt ons echt geholpen.' Ze legde de hoorn weer op de haak. 'Hij zegt dat hij er zo aan komt, maar dat we toch een ambulance moeten bellen, voor het geval dat.'

'Tony heeft altijd fantastisch geholpen. Was ze maar meteen naar hem toe gegaan toen ze dat knobbeltje net had ontdekt,' verzuchtte Damien. Hij had Tony via de Golf Club leren kennen en het was een pak van zijn hart geweest toen de drukbezette arts had aangeboden dag en nacht voor Betty klaar te staan.

'Ik zal een ambulance bellen, dan wacht ik hem wel bij de voordeur op,' zei Kate. Ze liet haar vader alleen in de kamer, met zijn hand om de knokige vingers van zijn echtgenote geslagen.

Tony Crosby tikte zachtjes met de koperen klopper op de deur; die was niet meer gepoetst sinds Betty voor de eerste keer in het Cornhill-ziekenhuis was opgenomen. Zijn brillenglazen konden ook wel een poetsdoekje gebruiken, maar daarachter twinkelden zijn ogen. Hij had zijn bril van zijn nachtkastje gegraaid en hem zo op zijn neus gezet, zonder hem schoon te vegen.

Kate deed meteen de deur open. De dokter glimlachte haar toe vanonder zijn borstelige snor, zijn haar achterovergestreken in de vorm van een eendenstaart. Kate pakte zijn lange, slanke hand vast, die de hare hartelijk en stevig drukte.

'Ahhh, de kunstenares!' merkte hij met zijn slepende West-Ierse accent op.

'Ja, inderdaad. Komt u maar mee, dokter.'

'Zeg maar Tony. Dat doet iedereen.'

Snel gingen ze de trap op. Tony had een kordate, maar vriendelijke manier van doen en zodra hij de slaapkamer binnenkwam boezemde hij Damien en Kate meteen vertrouwen in.

'Damien, hoe is het met haar?' vroeg hij.

'Fijn dat je er bent, Tony.' Damien stond op en stapte bij het bed vandaan. 'Ze is nog steeds buiten bewustzijn, maar haar ademhaling is normaal.'

Voorzichtig streek Tony Betty's haar opzij om naar de schram op haar slaap te kijken, waarna hij zijn stethoscoop uit zijn tas haalde en naar haar borst luisterde. Hij nam haar temperatuur op en ze bewoog zich een beetje. 'Net wat ik al dacht: ze is niet echt buiten bewustzijn geraakt. Ze is alleen maar uit bed gevallen en heeft in haar val haar slaap geschramd. Maar ze is nu in een heel diepe slaap. Ze verdraagt de medicijnen niet zo goed.' Hij keek Damien recht aan. 'Misschien kun je het best je zoon bellen. Ik ben bang dat ze in coma kan raken doordat haar lever het niet aankan.'

Damien knikte met een ernstig gezicht.

'Hebben jullie een verpleegster voor morgen?' vroeg Tony.

'Ja, en voor vijf nachten per week.'

'Misschien kun je in dit stadium beter zorgen dat er elke nacht een verpleegster is, als dat kan.'

Damien knikte. 'Ik had niet verwacht dat ze zo snel achteruit zou gaan, Tony. Bedankt dat je gekomen bent. Ik zou niet weten wat we anders hadden gemoeten!'

'Graag gedaan. En ach, ik woon hier om de hoek. Daarom heb ik ook gezegd dat je me dag en nacht kon bellen,' zei Tony met een glimlach. 'Ze ligt nu goed en zou de rest van de nacht lekker verder moeten slapen. Maar zorg jij wel een beetje voor jezelf, Damien?'

'Met mij gaat het prima – ik heb Kate bij me.' Damien probeerde terug te glimlachen. 'Ik spreek je vast snel weer.'

Kate liet Tony uit. 'Kun jij het bolwerken allemaal?' vroeg hij.

Overal waar hij een visite aflegde probeerde hij altijd na te gaan of het met de hele familie wel goed ging.

'Jawel hoor, dank je,' antwoordde ze niet bijster overtuigend.

'Pas maar op dat je zelf niet ziek wordt van al dat gezorg voor iedereen.'

Dankzij zijn ruime ervaring als huisarts zag hij achter Kates opgewekte uitdrukking al duidelijke tekenen van uitputting. Ze vroeg zich af of hij het aan haar zou kunnen merken dat ze ook nog eens zwanger was.

'Kom als het nodig is gerust naar me toe,' zei hij terwijl hij de deur uit liep.

'Bedankt, Tony, dat zal ik onthouden.'

Toen ze de deur weer had dichtgedaan, leunde ze er met haar rug tegenaan. Het was uitgesloten dat ze de vriend van haar vader zou vertellen dat ze zwanger was en een abortus overwoog. Maar naarmate de dagen verstreken en ze langer in Dublin was, voelde ze steeds sterker dat ze dit nieuwe leven en de hoop die in haar groeiden niet wilde beëindigen.

Met een brede glimlach op haar gezicht deed Annabel de deur voor Shane open.

Hij boog zich naar haar toe en kuste haar op de wang. 'Wat woon jij leuk, zeg!'

'Dank je,' zei ze met een knikje. 'Kom binnen.'

Ze ging hem voor naar de keuken in shakerstijl, die hem deed denken aan een tijdschrift over wonen; het Aga-fornuis in de hoek maakte het plaatje helemaal compleet.

'En, hoe gaat het ermee sinds Biarritz?' vroeg ze.

'Geweldig, verschrikkelijk en iets ertussenin,' lachte hij.

'Niet allemaal tegelijk, mag ik hopen?'

'Soms wel,' grijnsde hij. 'Zo gaat het nu eenmaal als Kate weer in je leven komt.'

Annabel voelde even een steek van jaloezie, maar ze herpakte zich. Ze moest haar sterke nieuwe zelf trouw blijven. In de paar weken dat ze nu terug was uit Biarritz was het haar gelukt Melissa en Colin te weerstaan; nu het over Kate ging, zou ze zich ook sterk houden.

'Dat wilde ik je nog vragen aan de telefoon,' zei ze. 'Wanneer heb je haar gebeld?'

'Niet lang nadat jij me haar nummer had gegeven.'

'Zei je niet dat je haar geregeld had gezien?' vroeg Annabel nieuwsgierig.

'Ja,' zei hij knikkend, 'maar niet genoeg. Daarom ben ik ook hier. Er is iets raars aan de hand; ze doet nu eens hartelijk en dan weer afstandelijk, en nu weet ik niet meer tot haar door te dringen en vroeg ik me af of jij me kon helpen.'

Annabel haalde zo diep adem dat de lucht tot in haar tenen kwam. Shane was in het verleden altijd op haar schouder komen uithuilen als hij problemen had met Kate. Zoals in dat weekend dat Kate, in haar eerste jaar aan de kunstacademie, naar Londen was gegaan. Met zijn geijsbeer sleet hij een heel spoor kaal in de vloerbedekking in haar moeders woonkamer, terwijl hij zich af- vroeg hoeveel mannelijke studenten er in haar jaar zouden zitten en hoeveel van hen pogingen zouden doen om het met haar aan te leggen. Hoezeer Annabel Shane er ook van probeerde te overtui- gen dat haar vriendin diepgaande gevoelens voor hem had, hij liet zich niet geruststellen. Dat was het punt met Shane en Kate: hij was zich er vaak sterker van bewust wat er in haar omging dan Kate zelf. Annabel vroeg zich af wat hem deze keer zo verontrustte. Op de een of andere manier wist ze nog niet zo zeker of het zijn re- latie met Kate wel goed zou doen als ze hem zou vertellen wat er tussen Kate en haarzelf was gebeurd.

'We hebben woorden gehad in Biarritz en ik heb haar sindsdien niet meer gesproken, dus ik denk niet dat je veel aan me hebt. Thee of koffie?'

Shane trok een van de stevige rustieke keukenstoelen onder de tafel uit en ging zitten.

'Thee, graag,' antwoordde hij. 'Om eerlijk te zijn wilde ik daar- om graag met jou praten. Ik hoopte dat jij enig licht op jullie woor- denwisseling kon werpen, want zij wil me er niks over vertellen, en ik vroeg me af of ze daardoor soms van die wisselende stemmingen heeft – nou ja, daardoor en doordat ze vanwege haar moeders ziekte veel op haar bordje heeft, natuurlijk.'

'Ik weet niet of zij zou willen dat ik jou erover vertel.' Of beter gezegd: of ík je er wel over wil vertellen. Ze aarzelde, waarna ze kokend water in de theepot schonk.

Heel even keken ze allebei naar de damp die opsteeg uit de tuit van de porseleinen pot. Annabel durfde Shane niet goed in de ogen te kijken, voor het geval hij verder kon kijken dan ze anderen had toegelaten sinds ze haar geheim aan Kate had onthuld.

'Alsjeblieft, Annabel,' smeekte hij. 'Ik... Ik ben verliefd op haar en ik weet niet waar ik sta – het ene moment wil ze me, en het volgende moment trapt ze op de rem.'

Zijn smeekbedes maakten het voor Annabel moeilijk om geen oogcontact met hem te maken. Dus begon ze de theezakjes maar met een theelepeltje rond te roeren door de pot en probeerde bij zichzelf na te gaan wat de gevolgen zouden zijn als ze hem de waarheid zou vertellen. Zou ze de kans op een verzoening tussen haar en Kate daarmee om zeep helpen? Daar stond tegenover dat Shane moest weten dat hij niet voor Kates stemmingswisselingen verantwoordelijk was. Ze bevond zich in een benarde positie.

Annabel zoog haar onderlip naar binnen en draaide zich om om Shane aan te kijken. 'Als ik je iets vertel, beloof je me dan om het niet door te vertellen?' Ze wist dat dat te veel gevraagd was. Als Kate en hij minnaars waren, zouden ze natuurlijk geheimen uitwisselen.

Met zijn vinger op zijn borst maakte Shane een kruisteken. 'Ik zwijg als het graf.'

Annabel schonk thee in twee stevige Denby-mokken en nam ze mee naar de keukentafel. Ze trok een stoel naar achteren en ging zitten, waarna ze wat melk bij haar thee goot en tijd probeerde te rekken voordat ze Shane haar geheim zou vertellen. Zou hij anders over haar denken als ze het hem verteld had?

'Oké,' zei ze, starend naar haar mok. 'In de tijd dat we tieners waren, was ik tot over mijn oren verliefd op Kates vader.' Ze zweeg even.

'Wil ze je niet meer zien omdat je toen jullie klein waren een oogje op haar vader had?' Ongelovig schudde Shane zijn hoofd.

Annabel stak haar hand op, maar keek hem nog steeds niet aan. 'Ho, ho. Ik had niet alleen maar een oogje op hem. Ik ben ook met hem naar bed geweest toen we met z'n allen op vakantie waren in Frankrijk. Ik hield echt van hem, moet je weten.'

Het bleef even stil, maar toen zei Shane: 'Wanneer is dat precies gebeurd?'

'Twintig jaar geleden.' Ze haperde even. 'Toen was ik nog maar twintig.'

Shane bleef zwijgen, omdat hij niet goed wist hoe hij op dit nieuws moest reageren. Hij wilde niet laten blijken dat hij ontsteld was; dan zou Annabel zich ongemakkelijk gaan voelen, en ze had hem tenslotte haar grootste geheim verklapt. Hij kon zich er wel iets bij voorstellen wat deze informatie met Kate moest hebben gedaan. Zij had een goede band met Damien en het nieuws moest haar diep hebben geschokt.

'Ik loop hier al jaren mee rond, maar toen ik een slok op had heb ik haar over hem en mij verteld.'

'Maar was het eigenlijk allemaal echt wel zo erg?' vroeg hij behoedzaam.

Daar dacht ze even over na. 'Hoe zou jij het vinden als een van je vrienden met je moeder het bed in was gedoken?'

Shane gaf geen antwoord, maar zijn gezicht kreeg een andere uitdrukking. Tot aan de dag waarop zijn moeder was overleden, nu vijf jaar terug, had hij zich altijd erg beschermend tegenover haar opgesteld. Dat had hij als zijn taak gezien nadat hij zijn eigen vader op zo jonge leeftijd had verloren. De gedachte dat een van zijn vrienden met haar naar bed zou gaan wekte weerzin bij hem op. Daar wilde hij zich niet eens iets bij voorstellen.

'Zie je nou?' zei Annabel, die wel in de gaten had hoe het idee hem afstootte. 'Op zich is het niet verkeerd – voor mij is het tot nu toe het mooiste wat me is overkomen in mijn leven – maar het is niet meer dan natuurlijk dat een zoon of dochter er zo over denkt; dat zal allemaal wel erg freudiaans zijn, denk ik. Ik bedoel, tieners en jongvolwassenen moeten er sowieso niet aan denken dat hun ouders seks met elkaar hebben, laat staan met een van hun vrienden! Daarom heb ik mijn geheim ook zo lang voor me gehouden. Nou ja, uiteraard zou Damien het ook niet fijn vinden als ik het zou vertellen! Ik had tegenover haar nooit mijn mond voorbij moeten praten – maar dat is nu eenmaal wel gebeurd, en ik moet bekennen dat het toch wel een opluchting is. Het heeft me ontzettend veel moeite gekost om het mijn hele leven voor me te houden en nooit iemand in vertrouwen te kunnen nemen.'

'Arme Annabel!' zei Shane meelevend.

'Hoe dan ook, ik heb tig keer geprobeerd haar te bellen, maar ze negeert me, dus moet ik maar accepteren dat ze onze vriendschap als beëindigd beschouwt.'

'Geef haar wat tijd, Annabel. Nu Betty zo ziek is heeft ze het niet makkelijk. Hé, misschien zou ik eens naar mijn eigen goede raad moeten luisteren en haar wat tijd moeten geven!'

'Hoe is het trouwens met Betty?' vroeg ze.

'Helemaal niet goed. Ze gaat snel achteruit.'

'Dat zal Kate wel veel verdriet doen.'

Shane nam een slok van zijn thee. 'Zou het helpen als ik haar eens vraag of ze bereid is om met jou te praten?'

Annabel voelde heel goed aan dat als ze haar relatie met Kate nieuw leven wilde inblazen, dat op Kates voorwaarden zou moeten gebeuren. Daar kende ze haar vriendin goed genoeg voor.

'Ik zou dolgraag met haar praten, maar ze vindt het misschien vervelend dat je achter haar rug om met mij hebt gesproken. Misschien gaat ze dan vermoeden dat ik jou over Damien heb verteld.'

Shane knikte en ze bleven een paar minuten zwijgend zitten, ieder in gedachten over zijn eigen hopeloze situatie.

Uiteindelijk sloeg Shane zijn ogen naar Annabel op en zei: 'Ik wil zo graag iets met haar!'

Annabel staarde naar zijn gekwelde gezicht. Ze kon nu op geen enkele manier helpen. Vóór Biarritz zou Kate naar haar geluisterd hebben, maar nu niet meer.

'En hoe zit het dan met Natasha?' vroeg ze.

Shane keek omlaag naar de flagstones op de vloer. 'Bij haar heb ik het helemaal verbruid. Ik weet dat ik niet eerlijk tegenover haar ben; zij heeft in deze hele toestand nergens schuld aan. Ik kan niet doorgaan met het dubbelleven dat ik nu leid. Vroeg of laat moet ik toch tegen haar zeggen dat het afgelopen is.'

Annabel trok haar wenkbrauwen op.

'Natasha wil een gezinnetje beginnen, maar ik moet bekennen dat ik nooit kinderen heb gewild, niet met Natasha of met wie dan ook – tenminste, totdat ik Kate weer zag.'

Annabel had met hem te doen. Ze vroeg zich af hoe het moest zijn om zo sterk het gevoel te hebben dat iemand de ware voor je was. Voor Colin en haarzelf was het hele kindergebeuren een mechanische toestand geweest. Weer vroeg ze zich af hoe Kate zich moest voelen, nu zich van die grote gebeurtenissen in haar leven voltrokken.

'En als Kate nou niet met jou verder wil?'

'Daar denk ik maar liever niet aan,' mompelde hij langzaam, en de angst die hij in zijn hart voelde was hem aan te zien terwijl hij zorgvuldig elke lettergreep uitsprak.

14

Het huis voelde leger aan dan ooit sinds de tweeling weer terug was naar Frankrijk. Kate had gehoord dat Damien een poosje voordat hij naar zijn werk vertrok de verpleegster had binnengelaten. Hoeveel ochtenden zou ze nog in dit huis doorbrengen, wachtend tot degene die haar het meest dierbaar was zou sterven? Het was onverdraaglijk. Onderweg naar beneden stak ze de overloop over en ze bleef even staan om te kijken hoe het met Betty was. De zuster waste voorzichtig haar gezicht terwijl ze sliep. Op haar nachtkastje stond een bakje met balsem en wattenstaafjes, want Betty had moeite met drinken en haar lippen waren droog en gebarsten. Op de plek naast het bed waar eerst het andere nachtkastje had gestaan, stond nu een infuusstandaard. De doorzichtige plastic zak bevatte voornamelijk morfine. Kate geloofde bijna niet dat het nog maar twaalf weken geleden was sinds ze haar moeder die dag nog rechtop in de keuken had zien staan. Dat betekende dus dat haar baby nu al bijna twaalf weken in haar buik groeide – of veertien, als ze de kalender van de verloskundigenpraktijk aanhield.

Uiteindelijk was ze naar dokter Crosby gegaan. Ze vertrouwde erop dat hij, wat er ook gebeurde, tegenover Damien zijn mond zou houden, maar hij had er bij haar op aangedrongen dat ze het Damien zelf zou vertellen. Daar had ze in toegestemd, maar op dit moment voelde ze daar helemaal niets voor. Tony Crosby verzekerde haar dat alles in orde was en dat de pijnlijke krampen die ze af en toe voelde volkomen normaal waren. Het was zo lang geleden dat ze zwanger was geweest van de tweeling dat ze alle symptomen van zwangerschap vergeten was. Ze had de meest risicovolle periode nu achter de rug en begon zich lichamelijk weer goed te voelen; ze had zelfs iets stralends over zich gekregen.

Nog steeds was er geen bericht van Annabel, en Kate begon haar ondanks haar kwaadheid verschrikkelijk te missen. Ze vond nu dat ze hun ruzie niet zulke enorme proporties had moeten laten aannemen. Ze hadden er op een volwassener manier mee om moeten gaan. Ze hadden erover moeten praten en dan met wederzijdse instemming uit elkaar moeten gaan. Ze was eerlijk gezegd niet eens precies van alle feiten op de hoogte. Hadden ze alleen maar die ene nacht samen doorgebracht? Had haar vader destijds oprechte gevoelens voor Annabel gekoesterd? Voelde hij nog steeds iets voor haar? Of had hij alleen maar geprofiteerd van een naïeve tiener? Of was hij degene die naïef was? Had Annabel hem verleid, hem betoverd met haar jeugd en schoonheid? Kate huiverde. Elk van beide scenario's kwam haar afstotelijk voor. Ze moest er niet aan denken. Maar de situatie waarin ze nu zat was onmogelijk, onhoudbaar. Dit kon zo niet doorgaan.

Verder was er Shane om rekening mee te houden. Hij was te midden van alle verschrikkingen ontzettend aardig en zorgzaam geweest. Ze moest open kaart met hem spelen. De afgelopen drie maanden waren een mix van het allerbeste en het allerslechtste geweest. Doordat hij weer in haar leven was gekomen voelde ze zich opnieuw heel, maar doordat ze voor haar moeder moest zorgen voelde ze zich verscheurd – ze moest met zo veel tegenstrijdigheden en emoties zien om te gaan, en dat allemaal al zo snel na haar veertigste verjaardag.

Shane had haar niet onder druk gezet om echt een vaste relatie te beginnen, maar ze kon de frustratie van zijn gezicht aflezen – elke keer dat ze elkaar zagen wat meer. Ze moest eerlijk tegen hem zijn. Het begon zichtbaar te worden dat er een baby in haar buik groeide en ze dacht niet dat ze het nog veel langer voor hem kon verbergen. Diep in haar hart wist ze dat hij deze baby zou accepteren en precies zou doen wat ze het liefst zou willen, maar er was dikke kans dat hij na verloop van jaren wrok zou gaan koesteren.

Ze wilde geen last voor hem worden. Hij was veel te speciaal om spelletjes mee te spelen, en als Annabel hem niet in het vliegtuig haar telefoonnummer had gegeven, zou hij nu gelukkig zijn geweest met Natasha. Ze kon maar één ding doen. Ze pakte de telefoon naast haar bed en toetste zorgvuldig zijn nummer in. Ze vond het heerlijk om zijn toestel te horen overgaan en verheugde zich er al op zijn stem te horen.

'Ha, Kate!' Hij klonk altijd vrolijk als hij haar telefoontjes aannam.

'Hallo, Shane. Kun je straks naar me toe komen? Heb je zin om een wandelingetje te gaan maken?' Ze deed haar uiterste best om neutraal te klinken, maar ze wist dat Shane haar stemmingen vaak meteen aanvoelde.

'Prima. Ik zit hier toch maar duimen te draaien.'

'Om een uur of vier?'

'Uitstekend,' zei hij hoopvol. Misschien dat haar humeur nog zou verbeteren in de tijd die hij nodig had om naar Greenfield Close te komen. 'Hoe gaat het met Betty?'

'Vandaag helemaal niet goed.'

'Zal ik dan maar wat eerder komen? Je moet er misschien hoognodig even tussenuit.' Hij wilde haar graag troosten.

'Liever om vier uur, als dat jou ook uitkomt.'

'Goed, dan zie ik je straks.'

Kate ging nog even bij haar moeder kijken, die lag te slapen, zoals ze ook de laatste paar dagen het grootste deel van de tijd had gedaan. Het zag ernaar uit dat ze haar nu geen goede raad meer zou geven. Kate had geluisterd naar wat ze over haar zoontjes te zeggen had gehad en had de school al laten weten dat ze aan het einde van de maand, als het trimester afgelopen was, niet meer terug zouden komen.

Vanuit de stoel naast Betty's bed glimlachte de verpleegster haar toe.

'Zal ik een kopje thee voor u zetten?' vroeg Kate.

'Graag, dat lijkt me heerlijk – maar alleen als je toch al wilde zetten.'

'Geen probleem.'

Behoedzaam ging ze de trap af, en ze zag dat terwijl zij had zitten bellen met Shane de post was gekomen. Het stapeltje bevatte een paar witte enveloppen waarin Damien torenhoge leningen werden aangeboden en een ansichtkaart van Fabian om haar te laten weten dat ze hem niet mocht vergeten. Een grote bruine envelop van A4-formaat was het laatste poststuk dat ze zag liggen en hij was aan haar geadresseerd. Ze had hem al de hele week verwacht, maar nu hij was gekomen durfde ze hem niet goed open te maken. Ze legde de rest van de post op het haltafeltje en nam de bruine envelop mee naar de keuken. Nadat ze de waterkoker had aangezet, peuterde ze voorzichtig een hoekje van de envelop los, waarna ze hem met een keukenmes verder openmaakte.

De envelop bevatte een serie in het Frans gestelde documenten waarin te lezen stond dat haar achtjarige huwelijk met Stefan Cassaux nu ontbonden was en dat ze zich moesten houden aan het echtscheidingsconvenant zoals ze dat overeen waren gekomen. Nu ze haar vrijheid in haar handen had, kon ze niet helpen dat de tranen haar in de ogen sprongen. Ze miste Stefan helemaal niet. Een echtscheiding was voor hen allebei de beste optie, maar ze moest er niet aan denken hetzelfde nog eens door te maken met Shane. Hij was te belangrijk voor haar en als ze met hem zou trouwen en hem dan weer zou moeten verliezen, dacht ze niet dat ze dat aan zou kunnen. Het was een te groot risico. Het zou makkelijker zijn om er nu korte metten mee te maken.

Shane liep op een drafje naar de voordeur van Greenfield Close en bleef zoals altijd heel even staan om naar zijn spiegelbeeld in het raam te kijken voordat hij aanbelde.

'Hai,' zei Kate kortweg toen ze opendeed. Meteen stapte ze achteruit, zodat hij niet de kans kreeg haar te zoenen.

Hij wist meteen dat er iets niet in de haak was.

'Kom binnen,' zei ze, terwijl ze hem haar rug toedraaide en de keuken in liep.

Shane deed de tussendeur achter zich dicht en liep achter Kate aan. Zijn hart hamerde in zijn borstkas en hij wist bijna zeker dat zij het moest kunnen horen.

'Thee?' vroeg ze zenuwachtig.

'Nee, voor mij niet, dank je. Zullen we naar buiten gaan?' Shane wilde graag een verandering van decor; dat kon misschien helpen om het tij van Kates boodschap te keren.

Kate deed er even het zwijgen toe. Wat ze te zeggen had, kon ze hem het best op neutraal terrein meedelen. 'Zullen we naar St. Anne's Park gaan?' Dat was ook een van hun vroegere vaste stekken geweest, en terwijl ze het zei besefte Kate dat dat waarschijnlijk de beste plek was om een gesprek met hem te gaan voeren.

Hij knikte en ze liepen via de hal weer naar buiten.

'Zullen we het laantje nemen en dan doorsteken over de weg naar Clontarf?'

'Prima, het is mooi weer.'

De zomer was nog niet helemaal aangebroken, maar door de lange juni-avonden raakte iedereen in de stemming en daardoor was het druk in het park.

'Dit weggetje namen we altijd op mijn brommer,' zei Shane, en hij zweeg even om te checken of zij dat ook nog wist. 'Weet je nog?'

'Elke dag die wij samen hebben doorgebracht zie ik nog heel duidelijk voor me,' zei ze terwijl ze zich naar hem toe wendde, en heel even glinsterden haar ogen in de zonneschijn. 'Maar dat was lang geleden, Shane.'

In de ruimte tussen hen in bouwde de spanning zich op. Zijn maag verkrampte en zijn ademhaling ging sneller.

'Maar hebben we de afgelopen paar maanden dan geen nieuwe herinneringen gemaakt?' vroeg hij hoopvol. 'Wat dacht je van die wandeling op het strand van Claremont van laatst?' Hij wilde ontzettend graag dat ze zich de intieme momenten die ze samen hadden beleefd sinds ze weer in elkaars leven waren gekomen scherp voor de geest kon halen.

Kate wilde dat hij er niet over begonnen was. Het was een volmaakte avond geweest en saampjes hadden ze een knus plekje gevonden tussen twee zandduinen. Ze hadden naar de zonsondergang gekeken en hij had haar gezicht gestreeld op het trage ritme van de golven die tegen de kust sloegen. Ze kon zich niet heugen dat ze zich ooit in haar leven zo gelukkig had gevoeld als in die paar uur. Maar ze moest zich schrap zetten en aan de realiteit denken van de situatie waarin ze zich bevond.

'Ja, dat was heel fijn.' Ze zweeg even. 'Maar het lijkt wel een beetje of we teruggaan in de tijd. Voel jij je niet ook weer achttien als je al die oude plekjes terugziet?'

'Zeker weten,' beaamde hij.

'Nou, baart dat je geen zorgen?'

'Moet dat dan?' vroeg hij verrast.

'Misschien genieten we alleen maar van het gevoel weer jong te zijn. Zou het niet allemaal heel anders zijn als we een echte relatie hadden, zoals jij met Natasha?'

'Kate, waar wil je heen? Het is niets voor jou om om de hete brij heen te draaien.' Zijn gezicht stond nu weerspannig, en wat Kate ook te zeggen had, hij hoorde het maar liever vroeg dan laat.

Kate zuchtte. Er was geen makkelijke manier om dit te doen. 'Volgens mij moeten wij elkaar niet meer zien,' zei ze ineens, met haar blik gericht op het pad dat voor haar lag, bang om hem aan te kijken.

Hij bleef abrupt staan, draaide zich naar haar toe en greep haar bij haar schouders toen ze haar hoofd boog.

'Kijk me aan, Kate!' riep hij. 'Kijk me aan! Doe ten minste dát voor me, in godsnaam!'

Ze hief haar hoofd een stukje op, totdat haar grote bruine ogen onder haar pony zichtbaar werden.

'Wat mankeert je?' vroeg hij kwaad.

'Er mankeert iets aan ons.' Het was makkelijker om tegen hem te liegen dan om hem haar geheim te vertellen.

'Wát is er dan mis met ons? Wij zijn een perfect stel, Kate! Je houdt iets voor me achter, zo goed ken ik je wel. Wat is het?'

'Ik geloof gewoon niet dat je een huwelijk waar niets mis mee is zou moeten opgeven voor het eventuele geval dat wij samen gelukkig zouden worden.'

'Ik geloof niet dat het daarom gaat, Kate. Doe me dit niet aan – niet weer!' Er kwamen hem herinneringen voor de geest aan die stralende zomerdag twintig jaar geleden, toen ze hem had meegedeeld dat ze naar Amerika zou gaan, zónder hem.

'Ik doe mijn best om er rekening mee te houden wat voor iedereen het beste is,' zei ze.

Hij geloofde haar niet, en het viel ook nog lang niet mee om haarzelf te overtuigen.

'Gaat het om de jongens?' vroeg hij ongeduldig. 'Ik was dol op ze en zij waren dol op mij. Dat heb jij ook gezien.'

'Het gaat niet om de jongens, maar het is wel een groot verschil of je met ze naar de film gaat of dat je hun vader bent.'

Haar woorden staken hem. 'Ik weet niet hoe ik jou tevreden moet stellen, Kate. Sinds we weer met elkaar omgaan doe ik alles precies volgens het boekje. Alles op jouw voorwaarden, op jouw aanwijzingen. Ik heb het niet uitgemaakt met Natasha omdat jij tegen me zei dat ik dat nog niet moest doen. Wat wil je nou precies, Kate? Wilde je alleen maar kijken of je me weer kon krijgen? Heb je een spelletje met me gespeeld?' Hij kon niet geloven dat ze hem dit nog een keer aandeed.

Kate slikte moeizaam en schudde krachtig haar hoofd. 'Geloof me, Shane, dat zou ik nooit doen. Ik zou echt graag willen dat we samen verder konden, maar het is te laat.'

'Geef me één goede reden en dan doe ik geen moeite meer.'

Hij keek haar diep in de ogen en smeekte haar hem de waarheid te vertellen. Hij had behoefte aan een teken, wat dan ook. Ze stonden op het punt de grootste fout van hun leven te maken en hij wist dat zij daar net zo over dacht.

'Dat k-k-kan ik niet,' hakkelde ze.

Hij begon te trillen van een nieuw soort woede. Dit was zo onwerkelijk dat hij niet kon geloven dat Kate degene was die voor hem stond. Niet de vrouw die weer voor zo veel plezier in zijn leven had gezorgd. Hij stak zijn armen naar haar uit, maar trok ze toen opeens terug. Hij was te gekwetst om te proberen het weer goed met haar te maken – daarvoor had hij te veel moeten doorstaan.

'Dan ben je een trieste vrouw die het verdient om alleen te zijn. Ik kan er niet meer tegen dat je spelletjes speelt met mijn diepste gevoelens. Ik wens je verder een fijn leven, Kate.'

Hij draaide zich op zijn hakken om en keerde met snelle pas terug naar Greenfield Close, waarbij hij Kate ergens tussen haar ouderlijk huis en het park in op de weg achterliet.

Ze zag zijn lange gestalte steeds kleiner worden toen hij in de verte verdween en was niet in staat om in beweging te komen of na te denken. Ze zag nog steeds de woede en gekwetstheid in zijn blik voor zich terwijl zij tegen hem loog. Shane verdiende het niet om zo behandeld te worden. Had ze hem maar op een minder botte manier afgewezen. Maar er bestond geen makkelijke manier om de liefde van je leven voor de tweede keer tussen je vingers door te laten glippen. Niemand zou iemand van wie hij zo veel hield twee keer mogen verliezen. De tranen biggelden langzaam over haar wangen en heel even voelde ze vanbinnen iets bewegen. Ze legde haar hand op haar onderbuik en hield die goed vast. Heel zwakjes voelde ze een soort vleugeltjes trillen, en hoewel ze er emotioneel beroerder aan toe was dan ooit, besefte ze dat ze de juiste beslissing had genomen.

Shane was nog steeds kwaad toen hij zijn auto stilzette voor Rosemount Cottage. Natasha's Mazda MX3 stond voor de garage geparkeerd. Hij dacht niet dat hij een confrontatie aan zou kunnen. Hij wilde net de auto opnieuw starten, toen de voordeur openging. Natasha bleef in de deuropening staan met een chagrijnige blik op haar knappe gezichtje. Over zijn stuur gebogen slaakte Shane een zucht, waarna hij uitstapte. Misschien werd het tijd om spijkers met koppen te slaan.

'Waar heb jij gezeten?' vroeg ze fronsend toen hij bij de voordeur kwam.

'Uit geweest met een vriend,' antwoordde hij kortaf.

'Aan de *noordkant*, zeker?'

'Het is nergens voor nodig om dat op zo'n toon te zeggen, Natasha.'

Natasha had een grote hekel aan alles wat zich aan de andere kant van de stad bevond. Ze ging ervan uit dat het daar wemelde van de drugsdealers en alleenstaande moeders. De paar keer dat ze er geweest was had ze haar tas stijf vastgehouden.

'En is die vriend soms een vriendin?'

Ze wist al voordat hij zijn mond opendeed wat hij zou antwoorden.

'Toevallig is *ze* een vriendin van heel vroeger, maar voortaan zal ik haar niet meer zien.' Terwijl hij dat zei, raakte hij door zijn eigen woorden helemaal van de kook. Hij kon zich geen voorstelling van zijn leven maken nu Kate daar opnieuw geen rol meer in speelde. Een diep, leeg gevoel overmande hem.

'Heb je soms een ander?' Ze had het hem al weken niet willen vragen, maar voor haar gevoel had ze nu geen keus meer.

Shane wist niet wat hij moest antwoorden. Hij had geen ander gehad. Kate had niet met hem naar bed gewild, maar wat ze wel hadden gedeeld was veel intenser dan de eerste de beste ranzige seksuele escapade. 'Nee,' antwoordde hij kalm en naar waarheid.

'Waarom geloof ik je niet? Je gedrag is anders niet te verklaren.' Natasha's ogen flitsten als bakens wild heen en weer. Ze begon zich nu echt kwaad te maken, en Shane deed een stap achteruit voor het geval ze naar hem zou uithalen.

'Natasha, het heeft niets met jou te maken.'

Ze had nu het kookpunt bereikt en begon woest met haar armen te maaien. 'Ik ben je vrouw! Als jij in de logeerkamer gaat slapen, heeft dat alles met mij te maken!' Ze zweeg even om adem te halen. 'Als je geen verhouding hebt met die *vriendin* van je, wat voor relatie heb je dan wel met haar?'

Shane had Natasha nog nooit zo vastbesloten gezien. Ze was eerder kwaad op hem dan dat ze van slag was. Ze verdiende het de waarheid te horen, en hij kon maar één antwoord geven.

'Ik hou van haar.'

Natasha begon over haar hele lichaam te trillen van kwaadheid. Als ze dat mens in haar vingers kreeg, zou ze haar eigenhandig vermoorden. Ze had niet verwacht dat hij zo eerlijk zou zijn. Stiekem had ze gehoopt dat hij het bestaan van die andere vrouw zou blijven ontkennen, totdat hij haar uit zijn systeem had gebannen, waarna hij met zijn staart tussen zijn benen bij haar terug zou komen.

'Het spijt me,' mompelde hij.

'Mij ook!' riep ze terwijl ze de voordeur voor zijn neus dichtsmakte.

Shane kon niet weer het huis binnengaan. Hij was na Kates harde woorden van eerder op de dag diep gekwetst en gekrenkt. Hij had Natasha ook niets meer te zeggen. Hij wilde alleen verder. Misschien moest hij eens kijken of hij kon worden overgeplaatst naar een ander land, ergens waar geen Kate of Natasha woonde. Waarschijnlijk was het beter als hij een poosje geen relatie had. Hij had hoofdpijn en kon wel een borrel gebruiken, dus kroop hij weer achter het stuur en reed een eind weg, totdat hij in een plaats kwam die niet aan Natasha of Kate deed deken. Hij deed zijn best de harde brok in zijn keel die was ontstaan na zijn pogingen om met hen allebei te communiceren door te slikken.

Natasha stond nog steeds te trillen toen ze de telefoon pakte om haar moeder te bellen. Ze bleef staan wachten terwijl het toestel overging.

'Hallo.'

'Mam, met mij,' zei Natasha scherp.

'Lieverd, ik wilde je net bellen.'

'Wil je nu meteen naar me toe komen?' Ze begon te snikken.

'Hoezo? Wat is er dan, schatje?'

'Die klootzak van een kerel van me zegt dat hij verliefd is op een ander!'

Aan de andere kant van de lijn viel een stilte, terwijl haar moeder dat nieuws verwerkte.

'Heb je me gehoord? Ik zei dat Shane een ander heeft!'

'Ik ben zo bij je. Wat een zakkenwasser! En hij ziet er nota bene uit of hij nog geen deuk in een pakje boter kan slaan! Dit zal hem bezuren, wat ik je brom! Bel meteen Gerard maar en zeg tegen hem dat hij een goede advocaat voor je moet zoeken. Als die pilo-tentypes eenmaal losgaan zijn ze ook allemaal hetzelfde. Zorg maar dat je elke cent krijgt die je uit hem kunt persen!'

'Mam, mijn huwelijk is nog niet voorbij. Het loopt alleen even niet zo lekker.'

'Lieverd, neem maar van mij aan dat het over en uit is. Ik ken dat soort mannen. Regel maar een advocaat, zolang er nog kans is dat hij zich ook maar een klein beetje schuldig voelt. Ik kom nu naar je toe!'

Natasha hing op en begon weer te snikken. Ze geloofde niet dat Shane echt zo'n harteloze klootzak was; daar kende ze hem te goed voor. Maar ze moest nu wel nuchter nadenken. Dit was niet zo-maar een fase waar hij doorheen moest. Haar moeder had gelijk: ze was nog jong en knap genoeg om een andere man te vinden die een beetje goed in de slappe was zat. Shane Gleason zou nog van een koude kermis thuiskomen als hij dacht dat ze haar huis, haar auto of haar levensstijl zou opgeven. Hij had ervoor gezorgd dat ze zich dat allemaal kon veroorloven en er was geen sprake van dat ze weer thee of koffie zou gaan serveren in een Airbus.

Ondertussen was haar ego er wel aan toe om een beetje te wor-den opgekrikt. Ze pakte de telefoon weer en keek op haar horloge. Josh had vanavond late dienst. Ze zou een uurtje of twee met haar moeder praten en dan een welverdiend ritje naar de sportschool maken. Josh was er altijd voor haar.

Kate trok het dekbed op tot haar kin en probeerde het zich gemak-kelijk te maken. Dat viel nog niet mee nu haar buik elke dag boller werd. Ze kneep haar ogen stijf dicht en bad in stilte. De diepe af-keer die op Shanes gezicht te lezen had gestaan bleef haar een week nadat ze tegen hem had gezegd dat hun relatie beëindigd was nog steeds achtervolgen. Ze vroeg zich af wat hij de rest van die dag had gedaan. Zou hij naar huis zijn gegaan, naar Natasha, en heb-ben gedaan alsof zijn neus bloedde? Diep in haar hart moest ze er niet aan denken dat hij samen zou zijn met een andere vrouw – zelfs niet als dat zijn echtgenote was. Maar een ander deel van haar wilde ontzettend graag doen wat goed was voor Shane – voor het eerst van haar leven. Tot nu toe had ze altijd eerst en vooral aan zichzelf en haar eigen gevoelens gedacht. Ze deed haar best doordrongen te raken van de aloude waarheid: 'Als je van iemand houdt, laat je hem los; als hij dan naar je terugkomt is hij van jou; zo niet, dan had dat er al nooit in gezeten.' Maar het bood haar geen troost.

Ze sloeg haar ogen op en voelde de muren op zich afkomen. Ze had in de veertig jaar van haar leven heel wat meegemaakt, maar ze kon zich niet heugen dat ze zich ooit zo ellendig had gevoeld als nu. Opeens hoorde ze iemand roepen en ze schoot overeind. Het was Betty. Kate vroeg zich af waar de nachtzuster was gebleven.

Ze trok haar peignoir aan en ging naar haar moeders kamer. Betty lag onrustig onder het beddengoed te woelen. Kate ging op de rand van het bed zitten en stak haar hand uit om haar moeder zachtjes over haar gezicht te strelen.

'Hier ben ik. Kan ik iets voor je halen?' vroeg ze zachtjes.

Betty's ogen stonden vol tranen en haar lippen trilden.

'Ik ben een verschrikkelijk slechte moeder geweest, Kate,' snikte ze.

'Stil nou maar. Ik hou van je, mam. Zulke dingen moet je niet zeggen. Toen Philip en ik klein waren, was je er altijd voor ons – en toen we volwassen waren ook. We mochten ons gelukkig prijzen met zo'n moeder als jij.'

Betty bracht haar hand naar haar hoofd en legde hem over haar gesloten ogen.

'Zorg dat je als je doodgaat nergens spijt van hebt, Kate.'

Kate voelde haar moeders verdriet en veegde de tranen weg die nu over haar eigen wangen biggelden.

'Mam, alsjeblieft, praat niet over doodgaan. Ik heb je nodig.'

'Kate, we weten allebei dat ik niet meer beter word. De pijn is verschrikkelijk. Ik wil graag dood, zodat daar een einde aan komt.'

Kate nam haar moeders hand in de hare en streelde hem. Toen de nachtzuster de kamer in kwam, gebaarde Kate haar dat ze hen alleen moest laten. Ze zou die nacht zelf wel bij haar moeder blijven. Ze vroeg zich af hoeveel nachten ze nog samen met haar zou hebben, en toen ze zich opmaakte om voor haar moeder te gaan zorgen, vervaagden plotseling alle gedachten die haar door het hoofd hadden gespookt over Shane, haar zwangerschap en haar woede op haar vader. Haar moeder kwam op de eerste plaats, en de komende dagen of weken zou dat zo blijven.

Zachtjes klopte Damien op de slaapkamerdeur van zijn dochter.

'Ik kom eraan,' zei Kate scherp.

De spanning en uitputting van de laatste twee weken waren nu echt van haar gezicht af te lezen. De zorg voor haar moeder had haar vermoeide lichaam alle energie gekost en ze maakte zich zorgen over de eventuele invloed daarvan op haar ongeboren kind. Verder had de vroegere ontrouw van haar vader als een schaduw over haar heen gehangen in de afgelopen weken dat ze voor Betty had gezorgd, wat het allemaal nog zwaarder had gemaakt. Daar kwam nog bij dat, ook al was het bepaald niet zo dat haar moeder blind was voor wat er om haar heen gebeurde, Kate er steeds meer van overtuigd raakte dat ze diep vanbinnen een persoonlijk verdriet met zich meedroeg waarover ze nog met geen woord had gerept.

'De auto staat te wachten en Philip en Gloria zitten er al in!' zei Damien, om zijn dochter met zachte drang tot spoed aan te manen.

Kate stapte in haar zwarte pumps en slaakte een kreetje omdat die pijnlijk strak om de zijkanten van haar voeten sloten. Ze hoopte maar dat ze niet al na vier maanden zwangerschap platvoeten kreeg. Ook al waren de hakken maar zes centimeter hoog, ze hoopte dat ze het er de rest van de dag op zou uithouden. Terwijl ze een blik in de spiegel wierp, viel haar op hoe slank ze er in het zwart uitzag – niemand zou vermoeden dat ze zwanger was. Ze tilde haar truitje op en keek naar de keurige kleine bolling. Jij, kleintje, kunt vandaag het best onder mijn zwarte jas verstopt blijven, zei ze in stilte tegen haar baby.

De zorg voor haar moeder had haar slank gehouden, en ze was niet zo dik als de meeste zwangere vrouwen in dit stadium. Op sommige dagen had ze amper meer naar binnen kunnen krijgen dan een paar sneetjes toast. Alles leek zich in een soort waas te voltrekken. Ze voelde niet de enorme pijn die ze had verwacht te voelen als ze haar moeder verloor – alles voltrok in slow motion en het leek wel of ze een rol in een toneelstuk speelde. Niets leek echt. Ze verwachtte elk moment als ze de keuken binnenliep daar haar moeder aan te treffen terwijl ze de korstjes van een stapel hamsandwiches af sneed en vroeg of ze thee of koffie wilde.

Annabel was geagiteerd. Het was lastig om te bedenken wat je bij zo'n gelegenheid moest aantrekken. Ze was geen familielid, dus zwart zou te formeel zijn, maar als ze iets aandeed met een felle kleur zou dat duiden op gebrek aan respect. Godzijdank had Maeve gebeld om haar te vertellen dat Betty was overleden. Zoals ze al had verwacht, had de aankondiging van de crematieplechtigheid in de *Irish Independent* gestaan. Annabel had een hekel aan begrafenissen en crematies – ook als ze de persoon in kwestie niet kende, deden die haar altijd denken aan haar vader en haar eigen verlies – maar het afscheid van Betty zou wel heel verdrietig worden. Verder was er de spanning omdat ze Kate weer zou zien. Ze hadden elkaar bijna vier maanden niet gesproken. In al die jaren hadden ze nooit zo lang geen contact gehad. Ze kon natuurlijk ook niét naar de crematie gaan, maar Betty was als een tweede moeder voor haar geweest; ze was het haar en de rest van de familie Carlton voor haar gevoel verplicht om haar gezicht te laten zien. In de inloopkast schoof ze een voor een de kleerhangers opzij, zoekend naar haar grafietgrijze broekpak. Dat was de veiligste keus.

Ze vroeg zich af wat Kate aan zou hebben. Kon ze er maar voor haar zijn om haar te helpen zich voor te bereiden, om te assisteren met bloemschikken en de voor te lezen teksten. Dat was tenslotte wat beste vriendinnen voor elkaar deden.

Vanaf de andere kant van het vertrek klonk luid gekletter. Colin scharrelde als een gekooid dier rond door de belendende badkamer. Hij was de afgelopen weken aardiger voor haar geweest dan anders, maar ze was teleurgesteld dat hij niet met haar mee wilde naar Betty's crematie. Dat was niets voor hem. Het feit dat Damien een succesvol zakenman en golfer was zou normaal gesproken genoeg stimulans voor hem zijn geweest om mee te gaan.

'Hoef je vanochtend niet naar je werk?' vroeg ze terwijl hij met handdoeken om zich heen gedrapeerd de badkamer uit kwam.

'Om elf uur heb ik een afspraak met een cliënt bij de Golf Club, en het heeft weinig zin om eerst nog naar kantoor te rijden. Als ze me nodig hebben, ben ik op mijn BlackBerry te bereiken.'

'Natuurlijk,' zei Annabel met een knikje. Colin stuurde de laatste tijd zelfs e-mails onder het avondeten. 'Ik geef wel door dat je helaas niet kon komen en ik zal het condoleanceregister voor je tekenen. Het zal wel niet zo'n grootse crematie zijn.'

Betty was een geliefd lid van de vrouwenbridgeclub en ze had zich ook met liefdadigheid beziggehouden, maar omdat de familie zo klein was en ze altijd nogal op zichzelf geweest was, vermoedde Annabel dat de kerk niet bomvol zou zitten.

'Dag, Rosa!' riep ze naar het Spaanse meisje dat zich in haar kamer had verschanst.

'Dag, Annabel!' riep Rosa terug door de dichte deur.

De voordeur was nog niet dichtgevallen, of Rosa hoorde dat er op haar slaapkamerdeur werd geklopt. Ze hoefde geen genie te zijn om te weten wie er aan de andere kant stond. Ze trok haar peignoir aan over haar zwartkanten beha en slipje, en knoopte de ceintuur dicht voordat ze ging opendoen.

Ze zette de deur op een kiertje, zodat eerst alleen haar neus en de zijkant van haar gezicht te zien waren. 'Ja?'

'Rosa,' fluisterde Colin, 'we hebben het huis voor ons alleen. Dit leek me een goed moment om samen te zijn. Wat vind jij?'

Rosa slaakte een zucht. Ze moest zich aan haar gedeelte van de afspraak houden, althans minstens totdat in augustus het geld zou komen. 'Oké, maar we moeten snel zijn. Ik heb nog een heleboel klusjes voor je vrouw te doen.'

'Maak je over haar maar geen zorgen. Zolang ik tevreden ben, is de rest van het huis ook tevreden.'

Rosa vroeg zich af hoe Annabel het uithield met zo'n blaaskaak. Het werd, nu de overeenkomst was gesloten, steeds moeilijker om deze poppenkast vol te houden. Met tegenzin trok ze haar peignoir uit en stond Colin toe zijn gezicht tegen haar onderbuik te vlijen. Het enige positieve aan deze regeling was dat hij geen enkel uithoudingsvermogen had. De beproeving zou snel voorbij zijn.

Toen Annabel door het centrum van het dorp reed, besefte ze dat ze iets was vergeten. Ze zette haar Jeep aan de kant en doorzocht voor de zekerheid haar tas, waarna haar te binnen schoot dat ze de rouwkaart op het aanrecht naast de broodtrommel had laten liggen. Ze moest terug.

Voor haar huis liet ze de motor draaien, stapte uit de auto en rende snel achterom. Rosa deed de achterdeur nooit op slot. Ze vloog naar binnen en zag de witte envelop op de keukenplank liggen. Ze griste hem mee en draaide zich om om weer te gaan. Op dat moment hoorde ze een vreemdsoortig gekreun. Ze bleef staan en spitste haar oren. Het was net of er iemand lag te kermen van de pijn, en het leek van boven te komen. Geschrokken haastte ze zich naar de gang en ging snel de trap op. De geluiden kwamen uit Rosa's slaapkamer. Terwijl ze daar stond, met hamerend hart, werd het gekreun almaar harder, waarna het werd vergezeld door gebonk: het hoofdbord van het bed stootte tegen de muur.

Met trillende vingers draaide ze langzaam de deurknop om en duwde de deur naar binnen toe open. Niets had haar kunnen voorbereiden op de aanblik die haar wachtte aan de andere kant.

Eerst kon Annabel geen woord uitbrengen.

Colin stopte met bewegen toen Rosa hem op zijn schouder had getikt en hij zich opeens realiseerde dat er iemand anders in de kamer was. Langzaam draaide hij zijn hoofd om, totdat hij zag wie er in de deuropening stond, waarna hij in paniek van Rosa af sprong.

'A-A-Annabel, wa-waarom-eh!'

'Zeg maar niets, Colin,' zei ze met trillende stem. 'Hou in vredesnaam je waffel, klootzak!' Ze draaide zich op haar hakken om en vloog de trap af en de achterdeur uit.

Hij rende achter haar aan naar buiten, ondertussen zijn naaktheid bedekkend met een handdoekje.

'Blijf staan, Annabel! Blijf staan!'

Maar Annabel wist de auto te bereiken voordat hij haar had ingehaald. Ze spurtte weg. Ze had hem helemaal niets meer te zeggen.

St. Anthony's Church was niet Kates eerste keus geweest voor haar moeders crematie, maar Damien had erop aangedrongen; zo was het voor iedereen om na afloop naar de receptie in Clontarf Castle te komen. In overeenstemming met Betty's laatste wensen zou ze gecremeerd worden. Het altaar was versierd met calla-lelies. Witte kaarsen flakkerden rondom de achterkant van de kist en aan de voet ervan lagen kleurige kransen op de grond.

Annabel liep nog steeds te trillen. Ze wilde niet bij haar moeder gaan zitten, die ergens vooraan een plekje moest hebben gevonden. Ze koos een bank achter in de kerk en hield zich schuil achter een dikke man in een donkergrijze jas. Ze kon het tafereel waarvan ze zojuist in haar huis getuige was geweest nog niet helemaal verwerken. Hoe kon die lieve, behulpzame Rosa nou een verhouding hebben met haar echtgenoot? Dat sloeg nergens op. Wat zag ze dan precies in die kalende man van middelbare leeftijd?

Ze kon zich niet concentreren op Damien en Kate vooraan in de kerk. Haar blik was wazig en de tranen biggelden over haar wangen. Hoe zou ze Colin ooit nog kunnen vertrouwen? Misschien was hij tijdens hun huwelijk wel vaker met andere vrouwen naar bed geweest. Ze moest even aan Nico denken, en de paniek sloeg toe. Kate wist van die ene scheve schaats die Annabel in al die jaren van haar huwelijk had gereden. Maar dit was iets anders. Colin zou Nico nooit tegenkomen, maar Rosa woonde bij hen in huis.

Ze snifte luidruchtig en de helft van de verzamelde menigte keek om. Ze boog haar hoofd en drukte haar neus en de onderkant van haar gezicht in een grote tissue. Ze had gehoopt vandaag op

Kate af te stappen en te proberen vrede met haar te sluiten, maar op dit moment kon ze alleen maar huilen. De stilte in de kerk maakte dat er niet makkelijker op.

Nadat de priester het evangelie had voorgelezen, was er even een pauze. Bevallig kwam Kate, gekleed in een linnen broekpak, overeind van haar kerkbank en liep naar het spreekgestoelte. De rode highlights die in Biarritz nog zo duidelijk te zien waren geweest, waren nu in haar zwarte haar niet meer zichtbaar. Ze schraapte haar keel en de congregatie wachtte vol ontzag op de speech van deze lange, elegante vrouw.

'Ik zal jullie vertellen over mijn moeder. Ze was klein en slank, zoals de meesten van jullie die hier vandaag aanwezig zijn wel weten, maar ze had een hart zo groot en dapper als dat van een leeuwin, en iedereen die in Greenfield Close over de vloer kwam kan daarvan getuigen. Ze had altijd een schaal met cake en een kop thee klaarstaan, en o wee als je het waagde die af te slaan. Ze bracht mijn broer Philip en mij groot met alle zorg en aandacht die alleen de allergelukkigste kinderen ten deel vallen. Ze was mijn vriendin. Sommigen zeggen dat het bloed kruipt waar het niet gaan kan of dat we krijgen wat ons toekomt, maar als het om mijn moeder gaat kan ik het daar niet mee eens zijn. De pijn die ze de laatste maanden leed door toedoen van de wreedste ziekte die er bestaat was moeilijk om aan te zien, maar die droeg ze met dezelfde waardigheid en monterheid als waarmee ze alles in haar leven tegemoet trad. Ik zal je missen, mam, en ik weet zeker dat dat voor Philip ook geldt. Dank je wel dat je er altijd voor ons was.'

Kate boog haar hoofd, pakte het blaadje met haar tekst en ging weer naast haar vader zitten.

Damien wierp zijn dochter een blik toe. Waarom was hij in de speech niet genoemd? Had Kate dat met opzet gedaan? Maar waarom? Hij was tenslotte al ruim veertig jaar Betty's echtgenoot en had toch minstens kort vermeld mogen worden.

Nadat David en Ciarán de offergaven naar het altaar hadden gebracht, ging de priester verder met de zegening van het brood en de wijn.

Kate hield haar blik strak op het altaar gericht, alsof ze in trance was. Haar ogen volgden de priester in zijn witkanten gewaad, die met een zwaar zilveren wierookvat zwaaide waar de rook uit opwolkte. De geur was zwaar en iemand vooraan begon te hoesten en te proesten. Iedereen knielde toen de laatste woorden van het gebed over de kist werden uitgesproken.

Het crematorium was maar een klein stukje verderop en bij de plechtigheid was alleen naaste familie aanwezig.

Annabel hoopte maar dat ze de kerk uit kon komen voordat iemand haar opmerkte. Toen Betty's kist eindelijk werd opgetild en door Damien, Philip en Betty's broers door de kerkdeur naar buiten werd gedragen, ging Annabel via de kortste weg naar de zijbeuk. Van daaraf zou ze hopelijk naar buiten kunnen glippen, en hopelijk kwam ze dan niemand tegen die haar kende, en al helemaal Lily niet.

Haar tas trilde in haar hand. Ze liep langs de achterkant van de kerk in de hoop dat daar een uitgang was, maar zag dat ze weer zou moeten omlopen naar de voorkant. De enige manier om naar buiten te komen was door de poort vooraan. De parkeerplaats stond vol en mensen keerden terug naar hun auto's. Ze zette de kraag van haar jas op, trok haar hoofd in en liep kordaat het kerkhof over. Ze dacht net dat ze de gevarenzone was gepasseerd toen een arm haar van achteren vastpakte.

'Annabel!'

Ze draaide zich om en haar gezwollen ogen troffen die van Damien. Zou hij denken dat ze om Betty huilde, of om Kate? Ze wist zelf niet eens goed voor wie haar tranen bedoeld waren.

'Annabel, is alles goed met je?'

'Jawel hoor, Damien. Wat verschrikkelijk dat je zo veel ellende hebt moeten doorstaan,' bracht ze snikkend uit. Vervolgens gingen de sluizen open en stroomden de tranen over haar wangen. 'Ik kan het gewoon niet geloven, Damien. Ik vind het zó erg. Zeg alsjeblieft tegen Kate hoe erg ik het vind.'

Damien nam haar behoedzaam in zijn armen, tot haar hoofd op zijn schouder rustte. 'Stil nou maar, Annabel, stil nou maar. Ik geef het wel aan Kate door. Je hoeft niet zo van slag te zijn. Met Kate gaat het prima. We hebben allemaal ruim de tijd gehad om ons hierop voor te bereiden.'

'Natuurlijk,' zei Annabel, die zich losmaakte. Dit was geen geschikt moment en geen geschikte plek om de vuile was buiten te hangen. 'Ik maak zelf op dit moment ook net een paar vervelende dingen mee. Sorry dat ik me zo liet gaan.'

'Dat valt wel mee.'

'Zou je er bezwaar tegen hebben als ik je binnenkort eens bel om over Kate te praten?'

'Nee, natuurlijk niet. Het zou mij helpen om met jou over haar te praten, Annabel.'

Damiens blik was open en eerlijk. Dit was de kans waar Annabel het grootste deel van haar leven op had gewacht.

'Zullen we vrijdag om een uur of elf afspreken bij Tammy's?'

Damien aarzelde even. Hij had zojuist zijn vrouw begraven. Hij wist niet precies waar hij op vrijdag zou zijn. Maar Annabels ogen keken naar hem op en stonden zo gekweld dat hij het gevoel kreeg dat hij aan haar verzoek gehoor moest geven.

'Het betekent veel voor me dat je hier bent,' zei hij zacht. 'Ik zal proberen er te zijn. Als het niet gaat lukken bel ik je nog.'

Annabel knikte. 'Dank je, Damien. Tot vrijdag dan.' Ze wist niet precies waar ze het met hem over moest hebben, maar ze wist wel dat ze hem hoe dan ook wilde spreken.

Kate keek vanaf de overkant van het kerkhof toe hoe ze met elkaar stonden te praten. De rouwenden omstuwden haar, zodat ze met haar rug tegen de kerkmuur stond en geen kant op kon. Over hun hoofden heen staarde ze naar haar vader, terwijl Annabel het terrein van de kerk verliet. Hij leek nog steeds gevoelens voor haar te hebben en Kate kreeg erg veel zin om op hem af te stappen en hem in zijn gezicht te spugen.

Annabel zat na haar gesprek met Damien nog steeds te trillen achter het stuur. De school ging vandaag vroeg uit omdat er een lerarenvergadering was en ze hoopte van harte dat ze daar niet iemand tegen zou komen. Ze nam de afslag van Howth Road en zette de auto voor het schoolgebouw stil. Toen ze de zonneklep boven haar stuur omlaag klapte, zag ze in het spiegeltje dat haar ogen helemaal vlekkerig waren. De kleintjes zouden het niet in de gaten hebben en Sam zou gelukkig bij een vriendje gaan spelen, dus ze hoopte maar dat ze ermee wegkwam. Nog steeds verdoofd en zonder te weten wat ze moest doen zette ze de Jeep op de parkeerplaats bij de High Grove Primary School.

Midden op het speelplein stond Melissa te oreren, met hele zwermen tot in de puntjes verzorgde vrouwen om zich heen. Ze wist hoe het er in hun clubje aan toeging en vroeg zich af wie Melissa vandaag met haar scherpe tong door het slijk zou halen.

Ze had geen flauw idee wat ze nu moest doen. Rosa kon ze in elk geval geen minuut langer in huis velen, en wat Colin betreft, diens gezicht zou ze liever nooit meer hoeven zien. Het beeld van hen tweeën in bed stond voorgoed in haar geheugen gegrift en bij de herinnering alleen al werd ze niet goed.

De kinderen, met hun frisse gezichtjes, kwamen nu vanuit de lokalen het speelplein op huppelen. Taylor en Rebecca vlogen naar Annabels Jeep zonder dat Annabel – tot haar grote opluchting – hoefde uit te stappen.

'Hallo, meisjes,' zei ze met een glimlach. 'Hebben jullie een fijne dag gehad?'

'Mia Jones heeft op het speelplein weer aan mijn haar getrokken, die stomme trut!' klaagde Rebecca.

'Ik zeg toch steeds dat je haar dan terug moet pakken en aan háár haar moet trekken?' schamperde Taylor tegen haar kleine zusje.

Annabel moest haar plan trekken – en snel ook – om de veiligheid van haar gezin te waarborgen. Ze moest doen wat het beste was voor haar kinderen en haar eigen emoties opzijzetten.

'Hebben jullie zin om bij Tammy's een hapje te gaan eten, meisjes?' Ze moest er niet aan denken om haar huis binnen te stappen en daar Rosa aan te treffen, en ze had tijd nodig om de juiste woorden te vinden.

'Ik wil naar huis naar *The Den* kijken,' dreinde Rebecca met haar duim in haar mond.

Als Rebecca moe was, móést Annabel wel naar huis. De laatste schoolweek voor de zomervakantie was zowel voor de leerlingen als voor de leraren en de ouders een drukke tijd.

Toen ze kwam aanrijden, stond Rosa op de oprit.

'Waarom heeft Rosa al haar koffers gepakt?' vroeg Taylor.

'Ze moet naar huis,' zei Annabel, die een golf van opluchting voelde toen ze de bagage zag.

'Waarom?' vroeg Rebecca.

'Haar mama heeft haar thuis nodig.'

'Komt ze wel weer terug?' vroeg Rebecca onschuldig.

'Dat denk ik niet, liefje. Rosa heeft het heel druk.'

'Dat is niet eerlijk,' zei Taylor klaaglijk. 'Dat had ze ons eerder moeten vertellen.'

'Neem maar van mij aan, Taylor, dat het zo het beste is.' Ze kon de scherpe ondertoon in haar stem onmogelijk verhullen.

Annabel en haar dochters buitelden de Jeep uit en de meisjes vlogen op Rosa af, die haar armen wijd voor hen spreidde. Rosa was echt dol op de meisjes, maar ze kon in het bijzijn van Annabel moeilijk blijdschap tonen. Omwille van de kinderen deed ze maar alsof.

'Dag, dag, Taylor en Rebecca. Brave meisjes zijn! Ik moet terug naar Spanje.'

Ze drukte de twee kinderen liefdevol tegen zich aan.

'We zullen je missen!' zeiden ze tegelijkertijd.

Annabel maakte de voordeur open en liet de kinderen naar binnen gaan, waarna ze zich omdraaide naar Rosa.

'Ik kan niet zeggen dat ik hetzelfde voel als mijn dochters,' zei ze bits. 'Waag het niet ooit nog contact te zoeken met iemand van mijn gezin, slet!'

Rosa glimlachte zelfgenoegzaam. Annabel was een sneue vrouw die een sneu leven leidde, met een nog veel sneuere echtgenoot. Ze was blij dat ze haar én haar man de rug kon toekeren. Rosa's plannetjes voor de zomer waren helemaal in het honderd gelopen.

Annabel bleef niet wachten tot Rosa was vertrokken. Ze liep achter haar dochters aan het huis in, op zoek naar Colin. Zijn auto stond nog buiten, maar toen schoot haar te binnen dat hij een afspraak had bij de Golf Club. Misschien was die er wel nooit geweest en was het alleen maar een smoes geweest om met Rosa alleen te kunnen zijn. Hoewel ze helemaal geen zin had om hem te zien, wilde ze hem hoe dan ook spreken, en snel. Hier zou hij niet zomaar mee wegkomen.

Ze liep meteen naar de keuken en haalde een paar wraps tevoorschijn die ze al eerder voor de meisjes had klaargemaakt.

'Hier, Taylor, wil jij deze meenemen naar de tv-kamer?' riep ze naar haar oudste dochter.

Voor dit telefoontje moest ze even alleen zijn. Even overwoog ze Lily te bellen, maar toen bedacht ze dat die nog bij de condoleancereceptie zou zijn. Het had geen zin om iets tegen haar te zeggen voordat ze iets concreets had ondernomen. Lily zou toch alleen maar tegen haar zeggen dat ze Colin moest vergeven en de draad weer moest oppakken.

Ze belde Colins BlackBerry. Die schakelde over op de voicemail en ze twijfelde of ze een boodschap moest achterlaten, maar ze wist niet wat ze moest zeggen en hing dus maar weer op. De enige die ze verder nog zou kunnen bellen, bedacht ze, was Moira. Moira Dunne was een familieadvocaat en een persoonlijke vriendin van haar moeder. Ze was een gevreesde oude vrijster die bij de rechtbanken van Dublin voor heel wat commotie had gezorgd met de echtscheidingsconvenanten die ze opstelde. Ja, haar moest ze spreken, en liefst snel. Ze bladerde het telefoonboek door en toetste haastig haar nummer in.

Aan de andere kant van de lijn klonk de stem van de receptioniste.

'Mevrouw Dunne is in bespreking met een cliënt. Zal ik vragen of ze u terugbelt?'

'Ja, graag, het is nogal dringend,' zei Annabel. Ze gaf de receptioniste haar nummer door, hing op en ging zitten wachten. Ze keek omlaag naar haar handen en moest zich bedwingen om niet op haar nagels te bijten. Het allerliefst zou ze nu met Kate willen praten, maar ook als zij zou toestemmen in een gesprek met haar, hoe zou Kate dan met haar kunnen meeleven? Annabel stond op het punt haar man kwijt te raken, maar Kate had al twee echtgenoten verloren, en ook nog eens haar moeder. Daar kon Annabel niet tegenop.

16

Een paar dagen na de crematie, toen de rouwenden hun condole-
ances hadden aangeboden en alles hadden opgegeten wat er over
was van het buffet in Clontarf Castle, stond Kate voor de weinig
benijdenswaardige taak om haar moeders kleren en persoonlijke
bezittingen op te ruimen. Dat was zonder meer een klusje voor de
dochter des huizes, hoewel Kate die graag aan iemand anders had
overgelaten. Maar ze had haar moeder in de laatste dagen van haar
leven beloofd dat alleen zij, en niemand anders, haar spullen zou
doornemen en dat ze Betty's meer persoonlijke schatten zelf zou
houden. Door die afspraak had het geleken of haar moeder toen
haar levenseinde naderde kalmeerde en zich meer kon ontspannen.

Kate verlangde ernaar terug te keren naar de Pyreneeën en naar
iets wat op een normaal leven leek, maar ze wist eigenlijk niet
meer hoe dat eruitzag. Haar ticket was geboekt voor over twee dagen, maar ze besefte dat ze dan onmogelijk al alles kon hebben afgewerkt.

Ze liep net met een doekje naar de la van de bijna lege garderobekast toen Damien de kamer binnenkwam.

'Ik heb afgesproken met Annabel een kop koffie te gaan drinken,' zei hij langs zijn neus weg.

Kate moest weer denken aan wat haar stervende moeder had
gezegd over spijt en schuldgevoel, en dat trof haar als een donderslag bij heldere hemel.

'Dan heeft ze er geen gras over laten groeien om weer contact te
zoeken,' bitste ze. 'Het is nota bene nog niet eens zover dat mams

as bij het crematorium kan worden opgehaald.'

Damien keek verward – en schuldbewust. 'Waar heb je het over, Kate? Annabel heeft er gewoon moeite mee dat jullie geen vriendinnen meer zijn.'

Met de poetsdoek in haar hand draaide Kate zich om om hem aan te kijken. Ze kon die lap wel in zijn gezicht smijten. Haar moeder was er niet meer, en haar pijn was nog zo vers en haar gevoel van verlies was zo sterk dat ze een onbedwingbare neiging kreeg om hem zo hard ze kon te raken. Voordat ze het besefte had ze het er al uitgeflapt. 'Vind je niet dat je al genoeg voor Annabel hebt gedaan, pap?' vroeg ze schamper. 'Ik bedoel, zo veel vaders zijn er niet die de moeite nemen om met hun dochters beste vriendin het bed in te duiken.'

Damien bleef als aan de grond genageld staan.

'Ja, ik weet het,' vervolgde ze bitter. 'Ze heeft het me in Biarritz verteld, maar ik kon niks zeggen voordat mam was overleden. Die leed al genoeg zonder dat ze ook nog eens hoefde mee te maken hoe ik over jou denk!'

'Dus dáár gaat die ruzie over,' zei Damien uiteindelijk met een knikje. Diep in zijn hart had hij dat al wel geweten, maar hij had het niet onder ogen willen zien. 'Ik zal niet ontkennen wat er is gebeurd, Kate, maar het was lang geleden en Annabel is nu een getrouwde vrouw. Er speelt nu helemaal niets op dat vlak.'

'Maar ik wil wedden dat je haar nog steeds leuk vindt. En mam is nog maar net een paar dagen dood.'

Damien slikte moeizaam. Hij wilde niet toegeven dat zijn dochter gelijk had. Toen hij Annabel bij de crematieplechtigheid had gezien, was zijn eerste opwelling geweest naar haar toe te rennen en haar tegen zich aan te drukken. Maar Betty had nog maar koud de laatste adem uitgeblazen, en Kate oordeelde nu te hard. Zijn bedoelingen waren eerzaam.

'Wanneer heeft ze het je precies verteld?'

'Nog maar een paar maanden geleden, toen ik met haar naar Biarritz was. Ze had het al die jaren stilgehouden.'

Damien was verbijsterd. Als Annabel het dan toch aan Kate had moeten vertellen, waarom had ze dan niet eerder haar mond opengedaan? En waarom zou ze het haar überhaupt vertellen? Annabel kon toch wel raden hoe Kate zou reageren?

'Je mag niet vergeten dat ik van je hou, Kate, en wat er tussen Annabel en mij is gebeurd had niets met jou te maken.'

'Zo denk ik er anders niet over. Ik heb schoon genoeg van jullie allebei. Ga alsjeblieft uit mijn ogen!'

Damien draaide zich om en liep weg. Hij wist niet wat hij tegen Annabel moest zeggen, maar nu hij wist waar de ruzie over ging, begreep hij Kates gedrag van de afgelopen tijd ineens veel beter.

Met hernieuwde energie trok Kate de la onder in de garderobekast open. Ze haalde er een stel sjaaltjes en omslagdoeken uit die haar moeder al sinds de jaren zeventig had bewaard. Ze herinnerde zich nog met name één bepaald gestreept sjaaltje, dat Betty altijd om haar hoofd bond als ze er artistiekerig uit wilde zien. Nu ze haar vader naar beneden hoorde gaan, gingen de sluizen bij haar open, en ze drukte het sjaaltje tegen haar gezicht. Het rook nog steeds heel vaag naar haar moeder en ze hield het zeker tien minuten als een troeteldekentje vast voordat ze de kracht had om verder te gaan. Ze begon de sjaals over te hevelen in een grote hersluitbare plastic zak. Misschien zou ze er een paar als aandenken bewaren.

Achter in de la stond een oude bonbondoos. Er was in een hoek zelfs een mannetje op afgebeeld dat zijn armen over elkaar geslagen had nadat hij de bonbons had afgeleverd – *En dat allemaal omdat mevrouw zo van Milk Tray houdt.* Kate aarzelde even. Het voelde raar om haar moeders persoonlijke spulletjes door te nemen – alsof ze haar privacy schond.

Ze maakte de doos open en zag tot haar verrassing dat die vol brieven zat. Bundeltjes brieven, allemaal strak vastgebonden met lint. Het handschrift was keurig netjes, maar zag er op de een of andere manier mannelijk uit. Ze maakte het lint van het eerste bundeltje los en keek op de brieven naar de poststempels. Die waren Australisch en dateerden uit de periode van 1980 tot 1989.

Kate kon zich niet herinneren dat haar moeder het ooit over vrienden of familie in Australië had gehad. Degene die deze brie-

ven had gestuurd, wie dat dan ook mocht zijn, was blijkbaar belangrijk in haar leven, want anders had ze zijn of haar brieven
nooit zo liefdevol bewaard. Zenuwachtig en behoedzaam maakte
ze de eerste brief open.

Lieve Beth,
Ik ben heel blij dat we weer contact hebben. Van jouw brieven
word ik heel vrolijk. De werkdagen zijn hier lang, maar aan het
eind van de week zie ik tenminste op mijn loonstrookje waar ik
het voor doe. De zaken gaan geweldig goed. Damien zou het heer-
lijk werk vinden. Het betekent veel voor me dat je me hebt verge-
ven. Ik geloof niet dat ik dat verdien, maar toch bedankt...

Ze sloeg de rest van de tekst over en keek wie de brief had onderte-
kend: *Alle liefs, Liam.*
Ze maakte de volgende brief open en keek naar de afzender: *Alle*
liefs, Liam.

Lieve Beth,
Wat heerlijk om gisteravond je stem te horen. Je klinkt nog precies
hetzelfde. Carrie heeft een sterk Queenslands accent. Jullie tweeën
zouden uitstekend met elkaar overweg kunnen...

Kate bladerde de bundel door en koos een brief van een latere datum uit.

Lieve Beth,
Ik mis je nog steeds, schat. Niet te geloven dat het nog maar twee
weken geleden is dat we samen zo'n bijzonder clandestien dagje
in Dun Laoghaire doorbrachten. Ik zie de bootjes en de haven nog
zó voor me zoals die er vanuit ons hotelkamerraam uitzagen, het
schitterende uitzicht dat we hadden vanuit ons bed. Vier uren
waren niet genoeg, maar het waren de heerlijkste vier uur van de
afgelopen twintig jaar...

Kate kon haar ogen niet geloven. Ze herlas de eerste paar zinnen nog een keer, en het dunne briefpapier begon te trillen in haar hand. Ze keek naar de datum: 7 september 1986.

Verbijsterd bleef ze ernaar zitten staren. Haar hoofd tolde en haar maag kwam in opstand. Ze kreeg braakneigingen. Terwijl ze haar uiterste best deed om die te onderdrukken, maakte ze de linten rondom de andere bundeltjes brieven los. Op allemaal was hetzelfde handschrift te zien. Ze maakte een paar willekeurige exemplaren open en keek naar de afzender: alle brieven waren op dezelfde manier gesigneerd met *Alle liefs, Liam.*

Kate kon zich er niet toe zetten nog verder te lezen. Niet alleen had haar vader een affaire gehad, maar een groot deel van haar getrouwde leven was haar moeder ook nog eens bezig geweest met een romance op afstand. Het verklaarde wel waarom Betty in haar laatste dagen zo had liggen dazen dat ze een slechte moeder was. Ze was helemaal geen slechte moeder, ze was fantastisch – maar misschien was ze wel een slechte echtgenote geweest. Kate kreeg de neiging om de brieven te verscheuren. Ze merkte dat ze zat te trillen van woede, maar ze wist niet meer goed op wie ze eigenlijk kwaad was: op haar moeder, haar vader, Shane of Annabel? Ze greep naar haar voorhoofd en probeerde haar tranen te bedwingen. Verklaarde dit waarom zij zelf zo'n ingewikkeld leven leidde? Misschien had ze de zonden van haar moeder en vader wel onbewust overgenomen.

Kate wierp een blik op het laatste bundeltje. De laatste brief droeg de datum 1996, maar het was een brief van haar moeder met de tekst RETOUR AFZENDER over de hele voorkant gestempeld. Kate durfde hem niet open te maken. Dit was veel te veel informatie voor één dag. De week was al enerverend genoeg geweest zonder een sluitstuk als dit. Ze sloot haar ogen en probeerde zich Shane voor de geest te halen. Geen wonder dat haar moeder tegen haar had gezegd dat ze haar kansen met hem moest grijpen. En had opgemerkt dat er maar één echte liefde in je leven kon zijn. Dat kon maar één ding betekenen: zijzelf moest haar hele leven verliefd zijn geweest op die Liam.

Maar waarom stopten de brieven in 1996? Ze vroeg zich af of haar vader de verhouding had ontdekt. Eén ding was duidelijk: Betty zou de brieven daar niet voor haar hebben achtergelaten als het niet haar bedoeling was geweest dat Kate ze zou lezen. Tenzij ze ze was vergeten, maar dat sloeg ook nergens op. Liam was immers overduidelijk een van de belangrijkste personen in Betty's leven. En wat vreemd dat ze de brieven in de slaapkamer verstopt had die ze deelde met haar man! Was ze dan helemaal niet bang geweest dat híj ze zou vinden? Of misschien had ze ze nog maar kortgeleden vanuit een veiliger plek naar de la overgeheveld. Of was het omdat ze er zeker van wilde zijn dat haar dochter, en niemand anders, ze zou vinden?

Kate borg de brieven diep in de plastic zak met sjaals en begon de la uit te stoffen. Damien mocht ze in geen geval ooit te zien krijgen. Ze moest erachter zien te komen wie Liam was, maar kon niemand bedenken die de open plekken zo een-twee-drie zou kunnen invullen – behalve misschien tante Dee?

Ze wierp een blik op haar horloge: elf uur. Over nog maar twee dagen zou ze weer thuis zijn. Over achtenveertig uur zouden de jongens en zij terug zijn in de Pyreneeën; ook zij hadden een zware tijd gehad. Ze moest haar leven hoognodig weer op de rit krijgen en ze had wel een idee waar ze zou beginnen.

Annabel liet de lepel loom rondgaan door haar longdrinkglas latte terwijl ze peinzend naar het gehaaste winkelende publiek keek dat door de ingang van de supermarkt naar binnen en naar buiten stoof. Was zij ook een van die vrouwen zich die dag in dag uit door huishoudelijke klussen heen worstelde ten bate van de rest van het gezin? Zou ze een anoniem figuur worden als ze niet langer een man naast zich had? Iets in haar zou dat helemaal niet erg vinden, maar een ander deel was er doodsbang voor.

Tammy's was niet de meest aantrekkelijke koffiebar, maar ze had deze plek voorgesteld omdat hij halverwege Howth en Clontarf lag. In de verte ontwaarde ze Damien, die bezig was zijn auto te parkeren, en er ging een tinteling door haar heen. Deze afspraak was het enige waar ze na de crematie naar had uitgekeken. Colin deed ontzettend vervelend en kon maar niet begrijpen waarom ze het voorval met Rosa niet gewoon kon laten rusten. Niemand hoefde er wat hem betrof iets van te weten. Ze was eigenlijk wel blij met deze situatie. Dit was een mooie uitweg uit haar huwelijk, en ook al zou het een tijdlang ongemakkelijk zijn, ze was er heilig van overtuigd dat ze zich moest losmaken van Colin en het armzalige leventje dat ze leidde als zijn prijsvrouw. Maar ze maakte zich grote zorgen om haar kinderen. Als ouders uit elkaar gingen, kon dat diepe sporen bij kinderen achterlaten, en Sam zou er op de gevoelige leeftijd die hij nu had echt schade van ondervinden. Zijn dochters zag Colin nauwelijks. Alle activiteiten die ze met het hele gezin ondernamen werden altijd door Annabel geregeld, en negen van de tien keer was hij naar de golfbaan. Maar desondanks hadden ook zij hun vader nodig.

Moira, de advocate, had haar verzekerd dat ze de helft zou krijgen van de gezinswoning, van het vakantiehuis in Spanje en van de twee stadswoningen die ze in de buurt van het centrum verhuurden. Ze had gezegd dat Colin het wel benauwd zou krijgen bij de gedachte dat ze aan zijn pensioen en investeringsfonds kwam, maar ook daar zou haar de helft van toekomen. Annabel zou voldoende meekrijgen om er goed van te kunnen leven en haar kinderen zouden financieel niets tekortkomen.

Ja, ze was bang, maar ze werd ook blij van het vooruitzicht op eigen benen te kunnen staan. In gedachten was ze al druk bezig met schema's en plannen maken. Ze kon altijd nog proberen voor elkaar te krijgen dat het huis op haar naam kwam te staan. Ze had het recht om daar te blijven wonen tot de kinderen van school af waren, maar ze zou het huis liever als haar vaste stek beschouwen en Colin de twee appartementen toebedelen. De waarde was ongeveer gelijk. Haar vooruitzichten waren goed. Het enige wat ze hoefde te doen was Colin ervan zien te overtuigen dat hun huwelijk voorbij was. Moira zei dat hij dat maar een bepaalde tijd kon blijven ontkennen. Ze zou een convenant opstellen en het hem in de loop van de volgende week toesturen.

'Ga altijd voor het driedubbele van waarmee je genoegen neemt,' had de door de wol geverfde advocate gezegd terwijl ze zich over haar mahoniehouten met leer beklede bureau boog. Haar bril bedekte de helft van haar gezicht. Haar haar zag eruit alsof ze in geen jaren naar de kapper was geweest en waarschijnlijk knipte ze het zelf voor de badkamerspiegel als het te lang werd naar haar smaak.

Annabels gepeins werd aangenaam onderbroken door de komst van Damien.

'Annabel, hoe gaat het met je?' vroeg hij gespannen.

'Damien,' antwoordde ze, terwijl ze overeind kwam en zich onhandig naar hem toe boog toen hij haar op haar wang wilde kussen. 'Ik had al een latte besteld.' Ze wees naar haar glas.

Plots dook er een serveerster van middelbare leeftijd naast hem op, die haar schort van boven naar beneden gladstreek. Meteen toen ze Damien naar binnen had zien stappen, was ze in actie gekomen. Dat effect had hij nu eenmaal op de meeste vrouwen boven een zekere leeftijd.

'Een zwarte koffie, alstublieft,' zei hij.

'En voor mij graag nog een latte,' zei Annabel met een glimlach tegen de vrouw, die nog steeds haar ogen niet van Damien had afgewend.

'Het was goed om je te zien bij de crematie, Annabel. Dat zou Betty fijn hebben gevonden.'

'Dank je, Damien. Ik moest er wel heen. Vroeger was ze als een moeder voor me.'

Onhandig manoeuvreerde Damien zich op het aluminium stoeltje, dat meer berekend was op de slanke thuisblijfmoeders uit de buurt dan op een man van Damiens postuur.

'Ik maakte me zorgen over jou en Kate, om eerlijk te zijn. Ik had gehoopt dat jullie nog de gelegenheid zouden krijgen om elkaar te spreken.' Zijn stem klonk zacht en troostend. 'Maar ik heb pas sinds kort ontdekt hoe het hele verhaal in elkaar steekt.'

Annabel trok wit weg. Ze kon niet geloven dat Kate hem over Biarritz had verteld. Voor de zoveelste keer wenste ze dat ze de tijd terug kon draaien, maar dat ging niet en ze moest de gevolgen onder ogen zien. Wat zou Damien nu wel niet van haar denken?

'Damien, het spijt me verschrikkelijk. Ik had haar niet over ons mogen vertellen. Ik weet niet wat me die avond bezielde.' Annabel hapte even naar adem, alsof elk woord dat ze zei nog meer woorden opriep. 'Ze zat me te plagen, zoals ze dat kan doen, een beetje geringschattend, en ik kon me niet inhouden. Ik had flink wat wijn op en flapte het er domweg uit.'

'Het geeft niet. Wat gebeurd is, is gebeurd. Kate is nu een grote meid en ze zal ermee moeten leren leven, net zoals wij jaren gedaan hebben.' Damien keek Annabel met een onderzoekende blik aan. 'Weet je, Annabel, er is nog iets anders waar ik met je over moet praten, en in zekere zin heeft het hiermee te maken.'

'Oké, brand los.' Annabel was nieuwsgierig.

Damien slikte moeizaam. Nu was het zijn beurt om iets te onthullen waar hij al veel te lang mee had rondgelopen.

'Betty heeft een geheim met zich meegenomen haar graf in – iets waarvan ik dacht dat ze het Kate op haar sterfbed wel zou vertellen, maar dat heeft ze dus niet gedaan. En een tijdlang dacht ik dat Kate toch op de een of andere manier iets vermoedde.'

'Wat vermoedde, Damien?'

'Kate is mijn dochter niet.'

Annabels mond viel open. De wereld trilde op zijn grondvesten.

Met een zweem van medeleven keek Damien haar aan; zelfs in deze situatie was het duidelijk dat hij zich eerst en vooral bekommerde om haar.

'Maar...' zei Annabel, naar adem happend. 'Als ze jouw dochter niet is... is ze dan geadopteerd?'

'Nee,' zei Damien, en hij schudde zijn hoofd. 'Ze is wel Betty's dochter, maar niet de mijne.'

'En Philip dan?'

'Die is wel mijn zoon.' Hij zuchtte voordat hij verderging. 'Betty en ik hebben samen gestudeerd. Ik studeerde bouwkunde en zij kunstgeschiedenis. We trokken op met een hele groep. Mijn beste vriend kwam uit Athlone en studeerde ook bouwkunde. Hij had ruim een jaar iets met Betty en ze leken behoorlijk verliefd. Ik mocht haar altijd graag als vriendin, maar meer ook niet. Maar op een nacht, na een knetterende ruzie, vroeg ze me of ik haar naar huis wilde brengen, naar haar flat in Harold's Cross. Ze nodigde me uit om binnen te komen en het eind van het liedje was dat we met elkaar het bed in doken. Een paar weken later had ze het nog steeds niet bijgelegd met mijn vriend; ik zag haar niet vaak, tot ze op een avond de collegekantine in kwam en me liet weten dat ze me dringend wilde spreken. Ze zei dat ze zwanger was, van mij.'

'Geloofde je haar?'

'Natuurlijk. Het ging er destijds in het katholieke Ierland heel anders aan toe dan nu en jonge mannen wisten niets van de biologie van de vrouw. Een paar dagen later reisde mijn vriend naar Australië en Betty zei tegen iedereen dat ik de vader was van haar kind.'

'Bleven jullie studeren?'

'Nee, dat konden we niet betalen, en onze ouders, zowel de hare als de mijne, waren niet erg over de toestand te spreken. Mijn ouders gaven haar de schuld en haar ouders de mijne.'

De serveerster zette de twee koffie neer. De twee gingen zo in hun gesprek op dat ze helemaal geen notitie van haar namen.

'Wanneer kwam je erachter dat Kate jouw kind niet was?'

'Vlak nadat ze was geboren. Mijn moeder maakte een rekensommetje. Kate woog negen pond toen ze ter wereld kwam en zou een maand te vroeg geboren zijn.' Damien glimlachte toen hij terugdacht aan zijn eigen naïviteit. 'Maar weet je, Annabel, zodra ik haar zag wist ik dat ik meer van haar zou houden dan van wie ook ter wereld. Ze was mijn dochter, en zal dat altijd blijven. Ik zou niet willen dat ze denkt dat ik anders tegenover haar sta dan tegenover Philip. Misschien hou ik van haar nog wel meer, maar wil ik dat tegenover hem niet toegeven.'

Ongelovig schudde Annabel haar hoofd.

'Wat vind je: moet ik het haar vertellen of niet?' De wanhoop was van zijn gezicht af te lezen.

'Damien, dat moet je helemaal zelf bepalen, maar het lijkt mij dat Kate de laatste tijd vreselijk veel heeft meegemaakt en ik denk niet dat ze goed op zulk nieuws zou reageren.'

'Zo denk ik er ook over,' zei Damien met een knikje. 'Maar ik wilde het even bevestigd zien door iemand die haar goed kent, en jij was de voor de hand liggende keus.'

Annabel was teleurgesteld dat Damien een bijbedoeling had gehad. Ze had gehoopt dat hij om een andere reden met haar had afgesproken.

'Ik heb zelf ook een nieuwtje,' zei Annabel met een glimlach. 'Ik heb Colin in bed betrapt met onze au pair en we gaan scheiden.'

'Allemachtig, Annabel, niet te geloven!' Damiens gezichtsuitdrukking veranderde in afgrijzen. 'Wanneer is dat gebeurd?'

'Op de ochtend van de crematie, om precies te zijn. Ik had mijn uitnodiging voor de mis in de keuken laten liggen en toen ik terugging om hem te gaan halen hoorde ik gekreun boven.'

'Dat zal wel een verschrikkelijke schok zijn geweest.'

'Op dat moment wel, ja.' Bij de herinnering kon ze een glimlach echter niet onderdrukken. 'Maar weet je, nu het eenmaal is gebeurd, is het best wel een opluchting.'

'Was je met Colin dan niet gelukkig?'

'Het beste wat je over hem kunt zeggen is dat hij niet makkelijk is om mee samen te leven. Ik heb mijn hele leven al met een hele hoop sores genoegen moeten nemen, en heb andere mensen altijd op de eerste plaats gezet. Nu ik veertig ben geworden wil ik echt dingen voor mezelf doen, zoals mijn marktstalletje.'

'Klein, maar fijn! Koken heb je altijd al goed gekund, kan ik me nog herinneren.'

'Ik vind het heerlijk,' beaamde ze. 'Ik heb in de loop der jaren in elk geval genoeg ervaring opgedaan bij dinertjes voor Colin en zijn vrienden. Als het aan mij ligt, zou ik een eettentje runnen waar ik zelfgemaakt natuurlijk en gezond voedsel verkoop – een soort kruising tussen een saladebar en de plattelandskeuken.'

'Als je zoiets opzet op de juiste plek, kan het een succes worden,' zei Damien, en zijn brein begon al op volle toeren te draaien. 'Weet je, misschien dat ik binnenkort wel een geschikte locatie weet. Ik ben bezig met een nieuwbouwproject met appartementen op de bovenste twee verdiepingen, maar op dit moment kan ik er nog niets meer over zeggen. Ik was van plan zelf een paar units te houden en die te exploiteren.'

'Dat klinkt heel spannend, Damien.' Annabels ogen begonnen te stralen. 'Maar ik heb helemaal geen ervaring in het opzetten van een zaak. Het enige wat ik weet is dat ik van koken hou.'

'Het is ook niet van de ene dag op de andere al klaar. Waarschijnlijk kunnen we pas over vier of vijf maanden spijkers met koppen slaan, maar de eerste bedrijfsruimte wordt een koffieshop en ik zou jou de eerste optie kunnen geven, als je erover na zou willen denken.'

Annabel wilde niet laf zijn en de gelegenheid aangrijpen. Ze had nooit gedacht dat ze nog eens zakenvrouw zou worden.

'Ik zie aan dat mooie hoofd van je dat er van alles door je heen gaat.' Damien glimlachte.

'Laat het nou maar aan mij over, oké?' zei ze. 'Ik zal dan toch eerst iets van een startkapitaal moeten hebben.'

'Ik zou best op fiftyfiftybasis je partner willen zijn. Dan doe jij het werk en delen we de winst,' grijnsde hij. 'Maar dan moet je er wel rekening mee houden dat ik misschien af en toe een gratis plak wortelcake kom bietsen.'

'Damien, dit klinkt heel goed.' Ze had het gevoel dat de adem haar werd benomen. 'Het is een beetje veel om het op dit moment allemaal goed te verwerken, maar ik zal er zeker serieus over nadenken.'

'Mooi zo!' zei Damien goedkeurend. 'Misschien moeten we dan een nieuwe afspraak maken?'

'Dat zou ik fijn vinden.' Annabel glimlachte en besloot het erop te wagen: 'De volgende keer zouden we samen uit eten kunnen gaan.'

'Goed plan,' stemde hij toe. 'Zullen we zeggen komende dinsdag?'

'Dinsdag is prima,' zei Annabel met een knikje. Dan zou ze Lily moeten vragen of ze wilde oppassen. 'Vind je het goed om het

Aqua eens te proberen? Colin heeft daar een paar jaar geleden stennis geschopt over een gerecht dat ze serveerden zonder saus en sindsdien heb ik daar niet meer naartoe gekund. Het lijkt me heel bevrijdend om daar weer eens naar binnen te stappen!'

'Prima keus. Dan wordt het het Aqua,' grijnsde Damien. 'Zodra ik thuiskom zal ik reserveren.'

De sfeer tussen hen was veranderd in de korte tijd die was verstreken sinds ze waren gaan zitten. Ze waren hier niet langer als aanhangsels van Kate, maar als twee zelfstandige personen, die op hun eigen voorwaarden met elkaar in gesprek waren. Doordat ze elkaar al zo lang kenden konden ze op een losse manier met elkaar omgaan. Annabel had eerder het gevoel dat ze met een van haar eigen vrienden praatte dan met Kates vader – elke eventuele druk vanuit hun verleden vervaagde.

'Ik moest de kinderen maar eens gaan ophalen,' zei ze met een blik op haar horloge.

'Niet te geloven dat het al één uur is!' riep Damien uit.

De klanten voor de lunch kwamen binnen en keken misprijzend naar het stel dat een tafeltje bezet hield, met alleen maar twee lege koffiekopjes voor hun neus. Toen ze opstonden boog Damien zich naar voren en drukte een zachte, maar stevige kus op Annabels wang.

'Heel fijn om je te zien, Annabel!'

'Ik vond het ook fijn om jou te zien, Damien.' Annabel bloosde, en precies op dat moment zag ze vanuit haar ooghoek een bekend gezicht dat haar donker aankeek.

Melissa morste bijna met de melk die ze in haar theekopje schonk.

Dit zou de vrouwen uit de buurt genoeg stof tot roddelen geven. Annabel vond het een spannend idee dat zij weer een van degenen zou zijn die het plaatselijke nieuws domineerde.

Kate gaf Ciarán een nachtzoen op zijn voorhoofd en boog zich toen over David heen om hem te kussen.

'Mam, is omi nu al in de hemel?' vroeg Ciarán.

'Ja hoor, dat denk ik wel.' Kate glimlachte om de onschuld die uit de vraag van haar zoon sprak. 'In drie dagen heb je ruim de tijd om daar te komen.'

'Zien we haar dan terug als wij doodgaan?' vroeg David.

'Jazeker, lieverd, maar dat kan nog wel heel lang duren.' Kate realiseerde zich dat een sterfgeval in de familie vaak tot gevolg had dat kinderen zich zorgen gingen maken over hun eigen sterfelijkheid.

'Wanneer zien we Shane weer?' vroeg Ciarán.

Kate kromp in elkaar toen ze zijn naam hoorde. Ze probeerde vergeefs hem uit haar hoofd te zetten, maar hij kroop daar vele malen per dag toch weer naar binnen, en vroeg of laat zou ze erin moeten berusten dat ze gevoelens voor hem had.

'Ik denk niet dat we hem snel weer zullen zien, jongens. Hij is getrouwd en moet bij zijn vrouw wonen.'

'Waarom komt hij in plaats daarvan niet bij ons?' drong David aan. 'Ik bedoel, Stefan is toch ook bij een andere mevrouw gaan wonen?'

'Zo simpel is het niet, jongens. Grote mensen kunnen sommige dingen wel doen en andere niet.' Ze zweeg even. Was het maar zo eenvoudig. Misschien hadden kinderen wel gelijk en zijn het de grote mensen die relaties ingewikkeld maken. 'Als jullie wat groter zijn, leg ik dat allemaal nog wel eens uit.'

De jongens kreunden allebei en ze besefte heel goed dat haar redenering niet veel hout sneed. De reden waarom ze deed wat ze deed was nog niet zichtbaar, maar dat zou binnenkort wel veranderen.

'Slaap lekker, jongens,' fluisterde ze terwijl haar zoontjes zonder iets te zeggen een prettige slaaphouding zochten.

Toen Kate haar tanden stond te poetsen, voelde ze een scherpe kramp door haar onderbuik trekken. Elk klein facet van haar dagelijkse routine was saai en kostte veel moeite. Het kwam niet alleen door haar zwangerschap – nadat ze Betty's brieven gelezen had leek niets meer hetzelfde. Ze had zelfs het gevoel dat ze te scherp had geoordeeld over Annabel en haar vader. Achteraf gezien was ze naïef geweest, ontzet zoals een kind zou zijn als het ontdekte dat haar dierbare vader verborgen fouten zou hebben. Om over haar dierbare moedertje nog maar te zwijgen...

Ze trok haar pyjama aan en ging in foetushouding op bed liggen. Anders sliep ze altijd op haar buik, helemaal languit, tot ze alle hoekjes van het bed vulde. Maar dat kon nu niet meer, want dan kreeg ze last van haar buik. Ze vond het prettiger om zichzelf op te rollen.

Ze miste Shane meer dan wat ook. Ze had nooit gedacht dat ze zich er zo slecht onder zou voelen. Hij had niet geprobeerd haar te bellen, maar dat had ze ook niet van hem verwacht – het was tenslotte de tweede keer dat ze hem had afgewezen.

Het meedogenloze besef dat ze er alleen voor stond om deze baby groot te brengen joeg haar angst aan. Ze was de jongste niet meer en ze herinnerde zich nog goed hoe moe ze was geweest toen de tweeling was geboren. Tony had haar verzekerd dat er ditmaal maar één baby in haar buik zat. Hij had met de modernste apparatuur echo's gemaakt en ze had sterke moedergevoelens gekregen toen het beeld van haar ongeboren kind op het scherm verscheen. Maar er was geen vader om die ervaring mee te delen. Wat moest ze dit kleintje over zijn of haar vader vertellen? Hoe moest ze uitleggen dat hij of zij was voortgekomen uit een onenightstand met een surfer die meer dan tien jaar jonger was dan zij? Ze probeerde niet aan Brett te denken. Het was makkelijk geweest hem niet in haar gedachten toe te laten zolang ze met Shane was en voor haar moeder had moeten zorgen, maar nu begon ze over hem te piekeren. Een deel van haar was nieuwsgierig en wilde hem graag opsporen en contact met hem opnemen om hem te vertellen dat hij de vader was van dit kind, maar iets in haar durfde dat niet aan. Hij zou zich waarschijnlijk uit de voeten maken; hij had immers volkomen duidelijk gemaakt hoe hij dacht over verplichtingen en verantwoordelijkheden. Ze voelde zich moederziel alleen. Zilte tranen biggelden over haar wangen. Het had allemaal zo anders kunnen zijn. Was ze maar niet met Annabel naar Biarritz gegaan! Dan zou ze Brett niet hebben ontmoet en zou ze het niet weer met

Shane hebben aangelegd. In haar onwetendheid zou ze vrolijk en wel zijn blijven denken dat haar vader de geweldigste vader van de hele wereld was, en dat haar beste vriendin solide en betrouwbaar was als altijd. In alle rust zou ze schilderijen maken van de prachtige bergen, en gewend raken aan een stiller leven in haar eentje. Ze verlangde naar haar oude leventje. Maar haar moeder zou dan nog steeds ontbreken en niets kon dat verlies goedmaken.

Het viel nog helemaal niet mee om veertig te zijn.

'Annabel, ik ben niet van plan nu of in de toekomst wat voor afspraken dan ook met jou te maken!' riep Colin uit terwijl hij zijn koffertje neersmeet op het marmeren keukenblad. 'Denk je soms dat elk huwelijk wordt ontbonden na wat onschuldig gerollebol?'

'Rustig alsjeblieft,' smeekte Annabel. 'De kinderen liggen net in bed.'

'Ik laat me in mijn eigen huis niet zeggen dat ik rustig moet zijn,' tierde hij, 'zeker niet nadat ik zo'n telefoontje heb gekregen van dat vreselijke mens van Dunne.'

'Ik heb je een paar dagen geleden al uitgelegd dat ik wil scheiden.' Annabel stond met haar rug tegen het aanrecht en deed haar best haar kalmte te bewaren.

'Een scheiding is één ding, maar het is iets heel anders om dit huis en mijn onroerend goed in stukken te gaan delen,' bromde hij.

'Colin, ik ben al een poos niet tevreden, maar ik realiseerde het me alleen niet. Toen ik jou met Rosa samen zag, werd het me glashelder dat jij ook niet gelukkig kan zijn geweest, en voor de kinderen is het het best als we uit elkaar gaan voordat we ruzie krijgen.'

'Waag het niet mijn eigen kinderen tegen me op te zetten, mens!'

Annabel begon te trillen. Colin had haar in de loop van hun huwelijk al een paar keer eerder 'mens' genoemd, en elke keer werd ze daar woedend om. Maar ditmaal had ze genoeg kracht voor een weerwoord.

'Ik heb je betrapt met je broek op je enkels, Colin, en als je niet de risee van de Golf Club wilt worden, nog meer dan je voor mij al bent, raad ik je sterk aan om te luisteren naar de adviezen van mevrouw Moira Dunne!' Annabel stond van zichzelf te kijken. Ze had niet gedacht dat ze het in zich had om Colin zo duidelijk te zeggen waar het op stond.

Colin was volkomen perplex.

De uitbarsting had Annabel nieuwe kracht gegeven. 'Je kunt,' vervolgde ze, 'besluiten of je vanavond nog vertrekt of in het weekend, want wat mij betreft is dit huwelijk voorbij.' Ze pakte haar tas van de keukenbar en stormde het vertrek uit.

Energieker dan ooit liep ze de trap op. De brede glimlach die plotseling op haar gezicht was verschenen kreeg ze er niet meer af. Colin had in de logeerkamer geslapen sinds ze hem in Rosa's bed had aangetroffen, maar dit was Annabels kans om zijn kleren uit de ouderslaapkamer weg te halen. Ze pakte de grootste twee koffers achter uit haar kast en begon ze vol te pakken met zijn kostuums en shirts. Met groot genoegen smeet ze zijn ondergoed en schoenen en het grootste deel van zijn vrijetijdskleding in de koffers. Wat voelde dat bevrijdend. Ze had geen idee waar Colin heen zou gaan, en eerlijk gezegd kon het haar niets schelen ook.

Natasha boog zich voorover om haar Marlboro Lights uit haar Sonia Reykiel-tasje te halen en stak er een op. Ze nam een trekje en blies de rook uit terwijl ze zich omdraaide naar een volkomen uitgetelde Josh, die languit op de bank lag.

'Je weet dat ik het vervelend vind als je hier boven rookt.'

'Praat me nou geen schuldgevoel aan, Josh – het zit me de hele dag al tot hier,' zei ze, met haar vrije hand een gebaar makend ter hoogte van haar kruin. 'Shane is daarnet al zijn kleren en waardevolle spullen komen weghalen.'

Josh probeerde de glimlach die op zijn gezicht doorbrak te verbergen. 'Arme schat,' zei hij, terwijl hij vol medeleven haar nek streelde. 'Dan is hij dus voorgoed vertrokken?'

'Ik weet niet,' zei ze hoofdschuddend. 'Het lijkt wel of ik hem nooit goed heb gekend. Na bijna drie jaar huwelijk ken ik hem nu nog slechter dan op de eerste dag dat ik bij hem het vliegtuig in kwam.'

Ze nam nog een diepe trek van haar sigaret, en ditmaal blies ze de rook in zijn gezicht.

'Je moet echt veel van hem hebben gehouden.' Josh probeerde te achterhalen wat er precies in Natasha's hoofd omging.

'Dat dacht ik ook, maar hij is een ontzettende slappeling. Ik heb precies gedaan wat ik moest doen,' stelde ze nadrukkelijk. 'Je zou ons huis eens moeten zien – ik heb ervoor gezorgd dat het hem aan niets ontbreekt. Ik heb altijd de beste mensen in dienst genomen om zijn overhemden te strijken en de tuin te doen.'

Josh leunde achterover op de bank en vouwde zijn handen achter zijn hoofd. 'De mazzelaar.'

'Hoe bedoel je, Josh? Wat grijns je nou?'

Hij schudde zijn hoofd. Hij had niet het lef om haar op dit punt de waarheid te zeggen. Hij had zelf maar één keer in zijn leven met een vrouw samengewoond en dat was een jammerlijke vergissing geweest die slechts drie weken had geduurd.

'Nou, nu je weer vrij bent en... ik hier ben,' zei hij met een kwajongensachtige grijns.

Natasha gooide haar hoofd achterover en liet een schallende lach horen.

'Wat nou?' Josh was echt ontdaan door haar reactie.

'Dat meen je toch niet serieus? Jij en ik?!'

'Waarom niet?' vroeg hij fronsend.

'Omdat, mijn lieve, lieve Josh,' zei ze, nog nagiechelend, 'jij geen fatsoenlijke baan hebt en je met geen mogelijkheid een vrouw zoals ik zou kunnen onderhouden.'

'Maar ik ben wel goed genoeg om mee te neuken als mevrouw het blieft!'

'Inderdaad, maar als ik eerlijk ben kan ik niet bepaald zeggen dat je iemand bent om eens uitgebreid mee te gaan shoppen.'

'Deed je dat dan met Shane vaak?'

'Alleen rond de kerst, maar dat is niet dé voorwaarde voor de juiste man. Jij, mijn lieve Josh, bent iemand voor de fun. Ik dacht dat we elkaar op dat punt heel goed begrepen.'

Josh walgde van Natasha en zichzelf. Hij had zich vroeger tegenover talloze vrouwen net zo opgesteld als Natasha nu tegenover hem, maar het stond hem helemaal niet aan dat de rollen ditmaal waren omgedraaid. Stiekem was hij dolblij geweest over het nieuws van haar scheiding; die zag hij als een kans om dichter tot elkaar te komen. Maar nu hij wist hoe ze er echt over dacht voelde hij zich een dwaas.

'Je kunt maar beter gaan,' zei hij abrupt. 'Ik moet weer aan het werk.'

Natasha slaakte een zucht. Ze wilde geen ruzie meer. 'Oké. Zie ik je van de week nog?' vroeg ze, druk knipperend met haar wimpers.

Josh knikte, maar hun gesprek had hem zo'n katterig gevoel gegeven dat hij eigenlijk niet meer goed wist wat hij voor haar voelde.

De volgende ochtend trof Damien zijn dochter stiller dan anders aan met een kop thee in de keuken.

'Heb je ergens hulp bij nodig?' vroeg hij voorzichtig. Hij kon haar stemming moeilijk peilen. Sinds de crematie kon ze niet veel hebben.

'Misschien kun je er een paar uur met de jongens op uit,' zei ze, 'zodat ik een beetje op kan schieten met de rest van mams spullen uitzoeken.'

'Prima. Dat zal wel geen makkelijk karwei zijn.'

'Ik heb inderdaad wel eens leukere dingen gedaan,' gaf Kate toe.

'Sorry als ik je van streek heb gemaakt door met Annabel af te spreken. Daar bedoelde ik echt niets verkeerds mee.'

'Het is goed, pap,' zei Kate met een knikje. 'We hebben allemaal een zware tijd achter de rug.'

Damien had er niet op gerekend dat ze er nu anders over dacht dan gisteren, maar het was wel typerend voor Kates grillige gedrag. 'Hoe laat gaat je vliegtuig morgen?'

'Om half twaalf. Kom je ons uitzwaaien?'

'Natuurlijk,' antwoordde Damien, beledigd dat ze dat nog moest vragen.

Damien laadde de jongens in de auto en reed met hen naar het plaatselijke speelparadijs, zodat ze hun energie kwijt konden.

Toen Kate zeker wist dat ze echt weg waren, vloog ze naar de keuken en belde trillend het nummer van haar tante Dee. Kate rekende erop dat zij haar meer kon vertellen, zodat ze de puzzel van haar moeder compleet kon maken.

'Hallo?'

'Dee, met Kate.'

'Kate, lieverd, hoe gaat het met je, schatje?'

'Naar omstandigheden vrij goed,' antwoordde Kate naar waarheid. 'Ik was mams persoonlijke spullen aan het opruimen.'

'Dat zal wel niet meevallen, lieverd,' zei Dee meelevend. 'Heb je hulp nodig?'

'Nee, nee. Hoor eens, Dee, ik wil je graag spreken over wat dingetjes van mam die ik heb gevonden.'

'O? Wat voor dingetjes dan?'

Kate probeerde Dees toon te duiden. Klonk ze enigszins op haar hoede of verbeeldde ze zich dat maar? 'Dat vertel ik je wel als we elkaar zien.'

'Goed hoor, schat. Wanneer zullen we afspreken?'

'Zou je zo gauw mogelijk kunnen komen? Het is maar voor een uurtje. Morgen ga ik terug naar Frankrijk.'

'Nou, ik zou met mijn schoonmoeder, dat ouwe mens, gaan winkelen. Maar ik kan altijd zeggen dat er iets dringends tussen is gekomen. Ze is toch nooit tevreden, wat ik ook voor haar doe.'

'Ontzettend bedankt, Dee,' zei Kate opgelucht. Ze zag haar tante al voor zich, zoals ze gekleed in een chique, maar nonchalante broek met een wikkeltopje erboven naar haar op weg ging om de wereld voor haar te ontwarren. Ze had ook nog eens het figuur van een vrouw die twintig jaar jonger was. 'Tot zo dan.'

'Over een minuutje of twintig, lieverd.' Dee hing op.

17

Annabel pakte de laatste hummus in dozen. In dit tempo zou ze nog tijd genoeg hebben om haar kraam op te zetten nadat ze de meisjes bij Maeve thuis had afgezet. Ze was een heel goede vriendin, en een van de weinige vrouwen in Howth die nog iets met haar te maken leken te willen hebben nu Colin het huis uit was. Melissa en consorten draaiden als ze haar zagen hun hoofd om, zodat ze niet met haar hoefden te praten. Het bewees maar weer eens hoe oppervlakkig haar meeste kennissen waren en het maakte dat ze Kate nu nog meer miste. Als haar vóór haar reisje naar Biarritz was verteld dat er in korte tijd zo veel in haar leven zou veranderen, had ze dat nooit geloofd. Maar ergens was ze er trots op dat ze zich zonder Kates hulp of advies toch door alles heen had geslagen.

Het verraste haar hoe erg ze Colin miste; hij was nog maar een paar dagen weg. Ze miste de vertrouwde aanblik van zijn golfclubs die kriskras door de hal lagen, en de rijen keurig opgevouwen overhemden op de planken in de slaapkamer. Ze had de Flora-margarine uit de ijskast gehaald en hem weggegooid – Colin was de enige die hem at – en nu miste ze zelfs dat bakje.

Toen ze de laatste hummus had ingepakt vloog ze naar boven, pakte haar tas en deed wat Prada-parfum op. Vervolgens stapte ze de slaapkamer van haar zoon binnen.

'Sam, lieverd, ik ga naar de markt.'

Sam keek niet op van zijn PlayStation. Sinds zijn vader uit huis was vertrokken had hij er een gewoonte van gemaakt zijn moeder te negeren.

'Ik zei dat ik ervandoor ga, schat. Red je het zo?' herhaalde ze. 'Ik heb tegen oma gezegd dat je alleen thuis bent en ze komt zo meteen.'

Het gezicht van de jongen ging schuil achter een warrige bos haar. Met Sam naar de kapper gaan was een van Colins taken, die er in alle commotie van de afgelopen weken bij in was geschoten. Wéér iets waar Annabel zorg voor zou moeten dragen nu ze er alleen voor stond, en bij die gedachte raakte ze nog geagiteerder.

'Alweer een vrouw. Ik heb schoon genoeg van vrouwen.'

'Sam,' zei Annabel op smekende toon, 'dit is voor ons geen van allen makkelijk. Ik mis je vader ook.'

'Dan had je hem moeten laten blijven. Ik wil dat papa weer hier bij ons komt wonen.'

Annabel woelde wanhopig door haar blonde haar. Ze ging op het bed zitten en boog zich naar voren, zodat haar zoon haar wel moest aankijken.

'Sam, ik besef heel goed hoe moeilijk dit voor je moet zijn, en voor de meisjes ook.'

'Nee, dat doe je niet,' zei hij, terwijl hij naar haar opkeek. 'Je hebt geen idee hoe het voor mij is. Ik wil hier helemaal niet wonen. Ik wil bij papa zijn.'

Het leek wel alsof iemand een mes tussen Annabels ribben stak. Sam had nooit laten blijken dat hij van zijn vader hield, en Colin ook niet van hem. Ze was niet op deze uitbarsting voorbereid.

Sams jonge ogen werden groot en liepen tot de randjes vol tranen. Hij was een kwetsbare kleine jongen, en heel even zag Annabel haar zoon eerder als een kind van vier dan als een knul van elf. Ze had het gevoel dat ze hem in de steek had gelaten. Het was niet meer dan natuurlijk dat hij wilde dat zijn vader thuis woonde. Daar hoorde hij ook te zijn. Maar Annabel vroeg zich af of ze zichzelf nog recht in de ogen had kunnen kijken als ze Colin had laten blijven.

'Sam, je kunt papa zien wanneer je maar wilt.'

'Nee, ik wil bij hem wonen, en hij heeft gezegd dat dat mocht.'

Dit was bizar. Ze wist dat Colin in het Jury's Hotel verbleef naast het ifsc. Dat was bepaald geen geschikte plek voor een jonge jongen. Colin had besloten een appartement in het centrum te nemen tot hij wist wat hij verder zou gaan doen, en het was heel oneerlijk van hem om de jongen de valse hoop te geven dat hij bij hem zou kunnen komen wonen. Sams school was in Howth en zijn leven speelde zich daar af, en zijn thuis was bij zijn moeder en zusjes. De meisjes hadden het zwaar en hadden zichzelf de afgelopen twee nachten in slaap gehuild, maar allebei waren ze er heel duidelijk over dat ze thuis bij hun moeder wilden blijven.

'Ik weet niet wat ik moet zeggen, Sam,' zei Annabel tam.

'Het heeft niks met jou te maken. Dit is iets tussen papa en mij.'

Hij was echt een zoon van zijn vader. Misschien had ze hem te vaak op kampen gestuurd. Haar zoon kwijtraken was een hoge prijs voor haar vrijheid, en iets waar ze niet eerder bij had stilgestaan.

'We praten er nog wel over wanneer papa een plek heeft gevonden waar hij wat langer kan blijven wonen.'

Sam haalde zijn schouders op. 'Oké, maar ik heb mijn besluit al genomen.'

Het had geen zin met hem te praten. Hij was een verward jongetje van elf.

Ze boog zich naar hem toe en kuste hem op zijn voorhoofd, maar hij reageerde niet. Terwijl ze naar de deur liep keek ze nog eens naar hem om: hij werd weer totaal in beslag genomen door zijn spelletje. Moesten de kinderen een te hoge prijs betalen voor hun moeders welzijn en vrijheid?

Ze wierp een blik op haar horloge en realiseerde zich dat ze moest rennen om nog op tijd te komen.

'Meisjes, zijn jullie klaar?'

Haar dochters kwamen hun slaapkamers uit. Ze vonden het fijn om de hele dag bij Maeve Jenkins thuis te zijn. In hun eigen huis ontbrak het momenteel aan de orde en regelmaat waar ze zo aan gewend waren.

'Rond een uur of vier zijn we terug,' riep ze naar Sam terwijl ze de voordeur dichttrok, maar er kwam geen reactie.

Dee was sneller in Greenfield Close dan Kate had gedacht. Ze was opgelucht toen ze het glimlachende gezicht van haar tante bij de voordeur zag – het deed haar goed dat ze zo op haar moeder leek.

'Bedankt dat je bent gekomen, Dee.'

'Lieve Kate, hoe is het met je?' vroeg Dee terwijl ze zich vooroverboog om haar nicht op de wang te kussen.

'Het is wel eens beter met me gegaan. Heb je trek in een kopje thee?'

'Ik drink tegenwoordig geen thee meer, maar ik wil wel graag een kopje heet water.'

Kate ging haar tante voor de keuken in en zette de waterkoker aan. Dee ging zitten en keek toe terwijl Kate rondredderde, net als Betty altijd had gedaan.

'Hoe is het met Damien?'

'Goed wel, geloof ik. Hoewel hij de tijd heeft gehad om zich op mams dood voor te bereiden, is hij volgens mij toch wel enigszins ontdaan nu ze er niet meer is.'

Dee knikte meelevend. 'En, ben je een beetje opgeschoten met de spullen van je moeder?' Ze wist geen subtielere manier om het onderwerp van Betty's bezittingen aan te snijden.

Kate aarzelde, maar zei toen kalm: 'Je kunt je normaal gesproken in de verste verte niet voorstellen dat je ooit voor zo'n taak komt te staan. Als kind vond ik het weliswaar leuk om stiekem in haar kasten te kijken, maar nu had ik het gevoel dat ze me elk moment kon betrappen – alsof ik op een afschuwelijke manier inbreuk maak op haar privacy.'

Weer knikte Dee. Haar aanbod om te helpen was destijds terecht afgeslagen; dit was echt iets wat alleen Kate kon doen. Betty zou niet gewild hebben dat een ander zich ermee bemoeide.

'Ik klonk zeker wel raar aan de telefoon?' vervolgde Kate.

'Kate, de komende dagen en weken kun je alles tegen iedereen zeggen, want ze begrijpen je heus wel. Het is normaal om van slag te zijn als je je moeder hebt verloren, en zoiets kost tijd.'

Kate schonk kokend water in een mok en zette hem voor haar

tante neer, waarna ze voor zichzelf koffie inschonk. Ze ging tegenover Dee zitten.

'Dee, ik ben nogal in de war over een doos met brieven die ik in mams kast heb gevonden,' zei ze ineens. Het voelde verkeerd om over het privéleven van haar moeder te praten, maar die had haar geen keus gelaten. 'Heb jij ooit gehoord van ene Liam?'

Dee staarde in haar mok met water. Ze had zijn naam in geen jaren meer gehoord. 'Waarom vraag je dat?'

'Ik heb een stapel brieven gevonden die hij aan mam geschreven heeft.' Kate zweeg even. 'Ze hebben ruim vijftien jaar met elkaar gecorrespondeerd. Volgens mij hadden ze een verhouding. Tenminste, dat blijkt er wel uit.'

Dee slikte het kokendhete water door en verbrandde bijna haar mond. 'Maar hij is naar Australië geëmigreerd!'

'Hij is minstens één keer naar huis gekomen, en toen heeft ze hem gezien. Dee, heb jij hem goed gekend?'

'Als het dezelfde Liam is – en ik weet wel zeker van wel – heeft Betty in haar studietijd ruim een jaar iets met hem gehad. Ik zat toen nog op school, maar ik herinner me dat hij bij ons over de vloer kwam. Ik vond hem helemaal het einde – dat vinden denk ik alle kleine zusjes van het vriendje van hun grote zus.'

Kates gezicht klaarde op. Misschien zou ze nu de antwoorden krijgen waar ze naar op zoek was. 'Waren ze dan zo verliefd?'

Dee nam nog een slok en knikte heftig. 'Nou en of! Hij kwam vaak bij ons thuis en mijn moeder ging er al helemaal van uit dat ze zich zouden gaan verloven. De hele familie was ontzet toen ze het uitmaakten.'

'Maar waarom maakten ze het uit?' drong Kate aan.

Dee bleef even zwijgen toen ze besefte dat dit verhaal een flinke schok voor haar nicht zou kunnen zijn. Het was jammer dat haar zus haar dochter op dit punt nooit in vertrouwen had genomen. 'Ik zou niet degene moeten zijn die je dit vertelt, schat...' Ze aarzelde. 'Maar ik vind dat je het moet weten.'

'Zeg het me, Dee. Wat moet ik weten?' Kates gretige gezichtsuitdrukking was nu in een frons veranderd.

Dee keek omlaag naar haar mok. 'Je moeder raakte zwanger van zijn beste vriend.'

Het muntje viel. 'Papa?'

Dee knikte.

Hogelijk verbaasd door deze onthulling schudde Kate haar hoofd. 'Dat zal destijds wel een enorm schandaal zijn geweest.'

'En óf. En vandaag de dag zou het nog steeds een schandaal zijn!'

'Dus Liam vertrok naar Australië met een gebroken hart?'

'Zover ik weet wel, ja. Ik wist niet dat hij daarna nog contact met je moeder heeft gehouden.'

Kate wreef vertroostend met haar wijsvinger over haar rechterwenkbrauw. Ze begon er nu echt spijt van te krijgen dat ze tijdens Betty's ziekbed zo stug tegen haar vader had gedaan. Zijn relatie met Annabel was in veel opzichten minder schandalig dan de relatie van haar moeder met die Liam. En nu deze onthulling weer!

'Het is gek om te bedenken dat ze al die tijd een minnaar heeft gehad,' zei ze.

'Nou, eigenlijk was hij meer een fantasie, denk je niet?' Dee hield haar hoofd schuin. 'Ik kijk er zelf ook van op dat ze er een relatie op afstand op na hield. Wanneer stopten de brieven?'

'In 1996.'

Dee schoof naar achteren op haar houten stoel en nam een laatste slok uit haar nu bijna lege mok. 'Ik vraag me af waarom.'

Kate knikte. 'Ik heb niet alle brieven gelezen, want als ik ze openmaak heb ik het gevoel dat ik over een grens ga. Ik had gehoopt dat jij er meer over zou kunnen vertellen.'

'Het spijt me,' zei Dee hoofdschuddend. 'Ik zou willen dat ik meer voor je kon doen. Ik ben net zo verrast als jij om te horen dat ze weer contact met hem had opgenomen.' Ze zweeg even. 'Kate, je zei toch net dat je ze in Betty's kast had gevonden? In haar slaapkamer?'

'Ja.'

'Maar waarom heeft ze ze niet vernietigd? Ze moest toch hebben geweten dat jij ze zou vinden?'

'Ja. Sterker nog: ze drong er erg op aan dat ik, en niemand anders, na haar overlijden haar spullen zou uitzoeken. Ze moet hebben gewild dat ik ze vond.'

Dee knikte langzaam. 'Dus ze wílde dat je ze las, Kate. Ze wílde dat jij wist wat het verhaal was. Waarschijnlijk had ze de moed niet om het je zelf te vertellen.'

Zwijgend knikte Kate.

Dee wierp een blik op haar horloge. 'Sorry, schat, maar dit oude mens moet echt nog even wat boodschappen doen.'

Kate stond op en ruimde de mokken van tafel. 'Morgen ga ik terug naar Frankrijk. Misschien kun je me voor het eind van het jaar nog eens komen opzoeken?'

'Dat lijkt me enig. Misschien kom ik dan wel alleen – lekker als meiden onder elkaar. Arme Kate! Je hebt het wel zwaar te verduren gekregen, met je scheiding en het verlies van je moeder. Je verdient wel een beetje geluk de komende tijd.'

Kate wilde haar tante graag in vertrouwen nemen over de baby die in haar buik groeide.

'Ik ben...' Een klein stemmetje vanbinnen hield haar echter halverwege haar zin tegen.

'Ja, Kate?'

'Laat maar. Ik red me prima, hoor Dee.'

'Je hoeft je niet groot te houden. En je weet dat je me altijd kunt bellen als je iets nodig hebt.'

Kate omhelsde haar tante stevig en liep met haar naar de voordeur. 'Nogmaals bedankt dat je bent gekomen.'

'Als je wilt, kan ik wel wat speurwerk voor je doen – eens kijken of mijn broers iets over Liam weten.'

'Misschien is dat een goed idee, maar zorg ervoor dat het niet te veel opvalt. Ik wil niet dat pap er lucht van krijgt.'

Dee knikte. 'Wat jij wilt.'

Kate zwaaide haar uitbundig uit. Ze had besloten de andere brieven toch open te maken; wie weet kwam ze er zo achter hoe het verhaal was geëindigd. Daarna zou ze wel beslissen of ze ze wilde vernietigen of niet.

Snel ging ze naar boven en pakte de bundeltjes uit de kast. Ze installeerde zich op de grond, met haar rug tegen de zijkant van het bed.

De laatste brief die Liam aan Betty had geschreven, had ezelsoren en zag er groezelig uit. Het leek wel of hij keer op keer herlezen was.

Lieve Beth,

Ik mis je verschrikkelijk. Ik dacht dat het wel genoeg zou zijn om te weten dat je er bent en aan me denkt, maar dat is niet zo. Ik voel me doodongelukkig.

Het was de grootste fout die ik in mijn leven heb gemaakt om jou achter te laten, en je weet hoeveel spijt ik daarvan heb. Maar we worden er niet jonger op. Ik heb Carrie verteld dat ik bij haar wegga. Ik heb nooit van haar gehouden zoals een man van zijn vrouw zou moeten houden. Alsjeblieft, Betty, ik smeek je om erover na te denken bij Damien weg te gaan. Dan kom ik terug naar Ierland of kun jij naar Australië komen. Zolang we maar samen zijn, ben ik overal gelukkig. We hebben bijna geen tijd meer, Betty. Laat me als ik je zondag bel alsjeblieft weten wat je antwoord is.

Zoals altijd alle liefs,
Liam

Betty's antwoordbrief met de tekst RETOUR AFZENDER op de envelop zat nog dicht en met trillende vingers begon Kate aan de gomrand te pulken. Het papier dat erin zat zag er nog net zo fris uit alsof het gisteren beschreven was.

Lieveling,

Ik heb toen je zondag belde niet opgenomen, omdat ik je dit moet schrijven. Je weet wat ik voor je voel, wat ik altijd voor je heb gevoeld, maar jouw leven speelt zich in Australië af. Ik kan Damien nu niet in de steek laten. Hij was de enige die achter me bleef staan en heeft het kind en mij een goed leven gegeven. Denk maar

niet dat ik niet serieus over je voorstel heb nagedacht – als je diep
in mijn hart kijkt, ben jij de enige met wie ik samen wil zijn.
Maar ik denk dat we dan veel mensen tegen ons in het harnas
zouden jagen. Ik geloof niet dat ik Kate de waarheid zou kunnen
vertellen, en als wij samen zouden zijn zou ze erachter komen.
Geloof me alsjeblieft als ik je zeg hoe pijnlijk deze beslissing voor
me is. Blijf me schrijven of bellen. Ik moet weten dat we nog
steeds contact met elkaar kunnen hebben.
    Voor altijd de jouwe,
Beth xxx

Kate voelde een zilte traan over haar wang biggelen, die bij haar mondhoek bleef steken. Ze wilde ontzettend graag weten hoe het verder was gegaan. Betty had haar man lange tijd bedrogen. Ze had een dubbelleven geleid; haar hart lag aan de andere kant van de wereld.

'Wat is dat?' vroeg een stem vanachter haar, en Kate schrok op.

Ze voelde zich als een konijn dat oog in oog stond met de loop van een geweer.

'Pap, ik, eh... Dit zijn gewoon wat spullen van mam.' Kate zat wat te stuntelen en schoof de brieven weer op een keurig stapeltje.

Damien zag de Australische postzegels op de brieven. Hij wist dat ze maar van één iemand afkomstig konden zijn. Wat slordig van Betty om ze zo te laten slingeren – maar ze hadden de afgelopen paar weken waarschijnlijk niet hoog op haar prioriteitenlijstje gestaan. Aan de andere kant... Zou ze hebben gewild dat Kate ze vond? Het verraste hem dat het er zo veel waren. Die waren toch vast niet allemaal van Liam? Hij had wel vermoed dat Betty en hij één of twee keer contact hadden gehad, maar dit zag eruit als meer dan een vluchtige correspondentie.

'Komen die allemaal van dezelfde afzender?' Hij wilde graag zien te achterhalen hoeveel Kate wist.

'Geen idee. Ik heb ze niet gelezen,' loog ze. 'Het lijkt mij het best om ze te verbranden.'

Damien zei niets. Hij had inderdaad helemaal geen zin om te lezen wat erin stond, maar hij wilde wel weten wat Kate eruit had opgestoken.

'Kate...' Hij zette zich schrap, waarna hij vervolgde: 'Komen ze van ene Liam?'

Kate schrok. Ze had niet verwacht dat haar vader van Liams brieven op de hoogte zou zijn.

'Ja,' zei ze zachtjes.

Damien ging op het tweepersoonsbed zitten dat hij bijna veertig jaar met zijn echtgenote had gedeeld. Hij plantte zijn ellebogen op zijn knieën en nam zijn hoofd in zijn handen. Er bestond geen goed moment om Kate de waarheid te vertellen, dus kon hij het maar beter nu meteen doen.

'Kate, er is iets wat je moet weten.'

'Ik weet het al, pap,' onderbrak ze hem.

Verrast hief hij zijn hoofd op. 'Wat weet je dan?'

Kate schuifelde op haar knieën naar hem toe, met haar hand naar voren, tot ze die op haar vaders knie liet rusten. Er bestond geen makkelijke manier om hem te laten weten dat ze het wist.

'Dat jij mam zwanger had gemaakt voordat jullie getrouwd waren. Ze zocht troost toen het uit was tussen haar en jouw beste vriend.'

Damien verstrakte. Dit kwam niet eens in de buurt van wat hij haar te zeggen had.

'Wie heeft je dat verteld?'

'Dee.'

Damien slikte moeizaam. 'Zo zat het niet helemaal. Kate, voordat ik je dit ga vertellen wil ik dat je weet hoeveel ik van je hou en altijd van je heb gehouden – in elk opzicht evenveel als van Philip.'

Evenveel als van Philip? Wat raar om dat zo te zeggen. Wat bedoelde hij precies? Kate had haar vader nog nooit zo zenuwachtig gezien. 'Wat is er dan?' vroeg ze.

'Kate, je moeder was zwanger toen we trouwden.' Weer slikte Damien moeizaam, en hij legde zijn hand bij wijze van steun op die van zijn dochter. 'Maar niet van mijn kind.'

Kate trok haar hand weg. Wat raaskalde hij nou? 'Wat bedoel je nou precies?'

'Kate, ik hou van je alsof je mijn eigen kind bent en ik heb je grootgebracht alsof je mijn eigen kind bent, maar je moeder was al zwanger toen we trouwden. Van het kind van mijn vriend – Liams kind.' Hij zweeg even. 'Jij bent Liams dochter.'

Het voelde alsof iemand Kate een doffe klap gaf, die tot diep in haar borstkas navibreerde. Ze kreeg braakneigingen en werd licht in haar hoofd, en haar maag verkrampte. Vol ongeloof zakte haar mond open.

'Kate, gaat het?' vroeg Damien zacht.

Ze kreeg geen woord over haar lippen en kon alleen maar naar haar vaders voeten op de vloer staren. Althans, tot een paar tellen geleden had ze gedacht dat deze man haar vader was.

'Waarom heb je niet...? Waarom heeft ze niet...? Ik bedoel, er zijn toch talloze momenten geweest waarop een van jullie me dit had kunnen vertellen...?'

Maar ze kon Damien nog steeds niet aankijken. Ze dacht dat ze degenen die haar het meest na stonden goed kende – zeker sinds Annabels verraad had ze zichzelf steeds voorgehouden dat ze ten minste het geloof en vertrouwen van haar moeder genoot. De brieven van Liam waren al moeilijk genoeg te verwerken zonder dat deze bom er ook nog eens bij kwam.

'Ik had het je moeten vertellen. Je moeder had iets moeten zeggen voordat ze ons vaarwel zei, maar haar ziekte overviel ons allemaal zo dat ik denk dat ze... Misschien had ze het gevoel dat het juiste moment om jou de waarheid te vertellen wel nooit zou komen.'

Kate voelde woede vanuit haar buik omhoogkruipen, maar ze wist niet meer precies op wie ze nou boos was. Hoe kon ze in vredesnaam kwaad op haar moeder zijn, na alles wat zij had meegemaakt? De woede sloeg al snel om in spijt en verdriet omdat ze Betty afscheid van het leven had laten nemen zonder haar goed te hebben gekend. Verdiept in haar eigen gedachten hoorde ze haar vader vlak bij haar luidruchtig slikken. Dit was het allermoeilijkste gesprek dat zij tweeën ooit zouden voeren. Toen ze zijn kant op keek, zag ze dat er een traan over zijn wang rolde. Ze voelde zich verloren en wist dat ze hem dringend moest troosten. Langzaam kroop ze naar de rand van het bed, waar ze haar armen om zijn nek sloeg en haar hoofd tegen zijn schouder liet zakken.

Een hele poos bleven ze zo samen hartverscheurend zitten snikken. Hoewel ze allebei door Betty waren bedrogen, hielden ze van haar en misten ze haar.

Uiteindelijk wierp Kate haar hoofd achterover en keek haar vader een hele tijd aan.

'Kate, het spijt me.'

'Jij hoeft nergens spijt van te hebben,' zei Kate, met ogen die als waterpoelen tot de rand gevuld waren. 'Jij bent mijn vader.'

'Dank je wel, Kate.' Damiens stem trilde. 'Je hebt geen idee wat het voor me betekent om je dat te horen zeggen.'

Liefdevol keek Kate haar vader aan, en al haar woede vervloog. Het was niet zo gek dat hij verliefd was geworden op Annabel, terwijl haar moeder helemaal in beslag werd genomen door haar relatie-op-afstand. Maar ze wilde wel graag op één vraag antwoord hebben.

'Wist jij toen je met mam trouwde dat ik Liams kind was?'

Damien wilde liever niet antwoorden – over de doden niets dan goeds. Maar Kate moest alles weten. Langzaam schudde hij zijn hoofd. 'Betty zei tegen me dat je mijn kind was. Pas een hele tijd later bekende ze de waarheid.'

'Dus ze heeft je erin geluisd?' Kate was ontzet dat haar moeder tot zoiets in staat was geweest.

'Zo zou ik het niet willen stellen, Kate,' zei Damien voorzichtig. 'Je moet niet vergeten dat het toen andere tijden waren. We hadden niet de vrijheid die jonge mensen vandaag de dag hebben. Betty was bang. Ze had niet veel te kiezen.'

'Maar hoe voelde jij je toen je het had ontdekt?' Kate moest weten dat ze gewenst was geweest.

'Toen was het al te laat. Ik was verliefd op je geworden!' Damiens grote bruine ogen lichtten op en zijn wenkbrauwen gingen omhoog.

Kate kreeg weer tranen in haar ogen, maar dit keer van opluchting en vreugde om wat haar vader zei.

'Kate, denk je dat je dit allemaal wel aankunt?'

'Natuurlijk wel.' Kate streek zachtjes over haar vaders wang. 'Jij bent mijn vader. Liam heb ik nooit gezien.'

'Zou je contact met hem willen zoeken?'

'Waarom zou ik?' In werkelijkheid zou ze graag meer over Liam te weten komen, maar ze wilde haar vader niet kwetsen.

'Moet je de brieven niet bewaren?' stelde Damien voor.

Kate stond ervan te kijken hoe vergevingsgezind haar vader was. Hij was een fantastische man en ze mocht blij zijn met hem als rolmodel.

'Ach, misschien bewaar ik ze wel voor het nageslacht,' zei ze terwijl ze naast hem op bed kwam zitten en met haar handen over haar bovenbenen wreef. 'Pap, nu we toch bezig zijn, ik moet jou ook iets moeilijks vertellen.'

Damien hield zijn hoofd schuin. Wat kon er nog meer voor schokkend nieuws zijn?

'Ik ben zwanger.'

Damiens mond viel open van verbazing. Kennelijk was de tijd voor zware gesprekken nog niet voorbij. Hij was er nooit zo goed in om tactvol te reageren, maar dit was dé gelegenheid om open kaart te spelen gezien het gesprek dat ze net achter de rug hadden.

'Wie...?'

'Jij kent hem niet. Het is in Frankrijk gebeurd. Maar wel met een Engelsman.'

'Heb je een relatie met hem?'

'Ik weet niet eens waar hij is!'

'Kate!' Nu was het Damiens beurt om paf te staan.

Kate voelde zich opgelaten en zou willen dat ze kon liegen. Maar ze hadden vandaag al zo veel gedeeld dat ze geen andere mogelijkheid zag dan de waarheid te vertellen. Ze zette zich schrap.

'Het was een onenightstand toen ik op reis was met Annabel.'

Damien schudde zijn hoofd. 'Dat reisje heeft kennelijk voor heel

wat opschudding gezorgd, Kate. Wat nu? Je kunt toch niet in je
eentje een kind grootbrengen?'

Kate had de praktische aspecten nog niet goed doordacht, maar
had toch haar antwoord klaar. 'Met de tweeling stond ik er destijds
toch ook alleen voor, weet je nog?'

'Maar dat waren andere omstandigheden.'

Kate wilde er niet al te diep op ingaan. Ze hadden allebei voor
één dag wel genoeg te verwerken gekregen.

'Ik ben groot genoeg om voor een klein baby'tje te zorgen. Ik
red het heus wel.'

Damien streelde even Kates wang en streek haar haar uit haar
gezicht. 'Je hebt een zware tijd gehad, Kate. Jammer dat het met
Shane niets is geworden.'

'Hij weet niet van de baby. Ik zou hem nooit een kind kunnen
laten grootbrengen dat niet van hem is. Zo zouden we nooit gelukkig kunnen worden.'

'Misschien zou hij het helemaal niet zo erg vinden.' Hij glimlachte er breed bij, alsof hij iets wist wat zij onmogelijk kon begrijpen. 'Als ik mijn leven over mocht doen, zou ik niets aan mijn situatie veranderen. Ik heb de allerbeste dochter van de hele wereld!'

Kate sloeg haar armen om haar vaders nek en drukte hem stevig
tegen zich aan. 'Dank je wel, pap,' fluisterde ze zachtjes, 'voor alles.'

Annabel stormde langs de kraamhouders. Ze zette een partij hummus op haar stalletje en keerde terug naar de Jeep om de rest te
gaan halen. Toen ze zich over de achterbank boog, hoorde ze een
onbekende stem.

'Zal ik je even helpen?'

Annabel draaide zich om om te kijken wie haar aansprak. Een
lange man met warrig blond haar glimlachte haar toe. Zijn ogen
waren zo blauw dat ze bijna doorzichtig waren. Ze keek omlaag
naar zijn Timberland-laarzen en rechte zwarte spijkerbroek. Ze
vroeg zich af hoe iemand zich zo sjofel kon kleden en er toch zo
goed uit kon zien.

'Uhm-eh... graag.' Annabel vroeg zich af wie deze vreemdeling
was.

'Hallo! Ik ben nieuw op deze markt, maar ik zag je vorige week,' zei hij terwijl hij de doos moeiteloos van de achterbank van de Jeep tilde.

'Ik sta hier zelf ook nog maar een paar weken.'

'Ik heet Gary, trouwens.' Zijn glimlach was open en hartelijk, en stelde haar onmiddellijk op haar gemak.

'Wat is jouw specialiteit, Annabel?'

'Hummus en salades, maar ik ben kortgeleden ook met quiches begonnen en die lopen goed.'

'Mooi. Ik zit in de smoothies en shakes.'

Hij zag eruit als de producten die hij verkocht: verbazingwekkend cool en even zacht van smaak. Samen liepen ze naar het gedeelte van de markt waar haar kraam stond.

'Ik moet bekennen dat ik verslaafd ben aan smoothies,' zei ze.

'Dan kom ik er straks wel eentje brengen. Wil je romige banaan of heb je liever iets pittigers, met aardbeien en frambozen?'

Annabel kon een ondeugende glimlach niet verhullen. 'Kies jij maar.'

'Nou, als ik me over die vraag moet buigen, staan we hier morgen nog!' zei hij met een knipoog.

'Dan zie ik je wel verschijnen.'

'Nou en of.' Hij zette de doos met hummus op de marktstal en liep langzaam weg, waarbij hij een paar keer omkeek en even zwaaide. Annabel zag hem verdwijnen in een feloranje busje dat versierd was met fruitmotieven.

De ochtend ging snel voorbij, en Annabel vond het moeilijk om niet af en toe even naar Gary te gluren bij zijn fruitige wagen. Hij kon niet ouder zijn dan een jaar of vijfendertig en wekte de indruk dat hij vrijgezel was. Annabel vermoedde dat zij die indruk ook maakte. Ze was het niet gewend om met mannen te flirten. Kwam het doordat ze single was dat mannen nu meer oog voor haar hadden? Of lag het aan het feit dat ze na de breuk met Colin nieuw zelfvertrouwen had gekregen? Hoe dan ook, het leven werd er wél interessanter op!

Toen Gary uiteindelijk met een grote roze gekleurde smoothie in zijn hand naar haar toe kwam, begon Annabels hart sneller te kloppen. Hij had een gestreept rietje in het papieren bekertje gestoken en er een verse framboos in gedaan.

'Daar zijn we weer!' zei hij, terwijl hij haar het bekertje aangaf alsof het een appel voor de schooljuf was.

'Mijn smoothie? Dank je! Hij ziet er verrukkelijk uit.'

'Ja, hij is dan ook gemaakt volgens een heel speciaal recept – dat is topgeheim. Ik zou het je wel kunnen verklappen, maar dan moet ik je daarna vermoorden.'

'*Top Gun!*' riep Annabel uit.

'Goed zo. Ik hou wel van vrouwen die hun filmklassiekers kennen.' Gary's mond verbreedde zich tot zijn witte tanden glinsterden – bijzonder aantrekkelijk – en Annabel leek op te stijgen naar een andere planeet.

'Dus je bent een *Top Gun*-fan?' vroeg ze met een glimlach.

'Ik heb hem gezien in mijn ontvankelijke jaren – ik geloof dat ik twaalf of dertien was.'

'Nee, dat kan niet waar zijn! Zo oud zie je er helemaal niet uit!'

'Hoe oud denk je dan dat ik ben?'

'Vijfendertig, of ietsje ouder.'

'Mijn dag is goed!' zei hij met een grijns. 'Ik ben eenenveertig.'

Annabel was onder de indruk. Tersluiks keek ze naar zijn linkerhand, maar ze zag geen spoor van een trouwring. 'Ga je wel naar meer markten, of sta je alleen hier?'

'Ik ben begonnen met de Phoenix Park-markt en daarna heb ik op Malahide gestaan, en voor ik het wist was ik verslaafd. Ik heb mijn fulltimebaan in de verzekeringsbranche opgegeven en ik kan nu gaan en staan waar ik wil. Fruit is makkelijker om mee te werken.'

Annabel lachte. Ze kon zich deze man moeilijk in een reguliere baan voorstellen.

'Trouwens,' zei hij, 'heb jij toevallig het telefoonnummer van Seán Doonan? Ik moet het kwijt zijn geraakt, maar ik moet mijn huur nog betalen.'

'Ja hoor,' zei ze, en ze haalde haar telefoon uit haar zak. 'Ik sms het je wel. Wat is jouw nummer?' Ze toetste zijn gegevens in op haar toestel en verzond het bericht.

'Je bent helemaal geweldig. Dat is volgende week zeker weer een smoothie waard!'

'Misschien zelfs wel een shake?' opperde ze flirterig.

Gary's ogen twinkelden toen hij de woordspeling begreep. 'Misschien wel een *smooth shake!*'

Langzaam liep hij weg, waarbij hij om de paar stappen achteromkeek. De markt was vol aangename verrassingen. Ze hoopte van harte dat ze Gary nog eens terug zou zien.

'Goede reis,' zei Damien terwijl hij Kate in de vertrekhal tegen zich aan drukte. 'Zorg goed voor jullie moeder, jongens.'

Ciarán keek op van zijn Gameboy en knikte. David luisterde aandachtig naar zijn iPod en had zijn grootvader niet eens gehoord.

'Ik zie je in september,' verzekerde Kate haar vader. 'Vind je het echt niet erg om al zo snel in het vliegtuig te stappen?'

'De afgelopen maanden hebben me wel van mijn vliegangst genezen. Het leven is voorbij voor je het weet. Van nu af aan wil ik jou en de jongens zo veel mogelijk zien.'

Vol genegenheid sloeg Kate haar armen om haar vaders schouders. Dit was de zwaarste reis uit haar hele leven geweest. Alles was veranderd. Ze had haar moeder verloren, een moeder van wie nu bleek dat ze haar nooit goed had gekend, en haar vader was ook al niet degene voor wie ze hem al die tijd had aangezien; hij was een heilige noch een schurk, en was niet eens haar biologische vader. Maar één ding was zeker: de band en de liefde tussen hen waren sterker dan ooit.

'Bedankt, pap. Denk je dat je het wel gaat redden, zo alleen in huis?'

Kate had het ondenkbare benoemd. Ze kon zijn gedachten lezen. Vanaf het moment dat zijn dochter haar bagage was gaan pakken om terug te keren naar Frankrijk, had het als een zware mist over Damien heen gehangen. Hij hield zijn hart vast bij de gedachte om naar huis terug te keren. Betty was er niet meer en voortaan zou hij in zijn eentje door het leven gaan.

'Het gaat vast wel goed, hoor. Jij zit maar een paar uur verderop. Zorg nou maar goed voor jezelf en maak je geen zorgen om mij.'

Damien woelde even door het haar van zijn kleinzoons, gaf Kate een korte kus op haar wang, waarna hij achteruitstapte en toekeek hoe zijn dochter met haar kroost door de veiligheidscontrole liep. Het leek wel of tegelijk met haar een deel van zijn eigen lichaam achter de afscheiding verdween. De band tussen hen had bepaald niet geleden onder de waarheid, en zij leek hem de Annabel-episode in het licht van de grotere onthullingen die waren gevolgd te hebben vergeven. Niet dat je Annabel nou een 'episode' kon noemen...

Ernstig gestemd ging hij op weg om voor zijn parkeerplekje te gaan betalen. Het vliegveld was een deprimerende plek als je afscheid van iemand had genomen. Het vooruitzicht om in zijn eentje naar huis te gaan lokte hem niet aan. Daar zou het nog heel eenzaam worden; het huis was veel te groot voor één persoon. Misschien moest hij het wel verkopen en in een van de appartementen gaan wonen die hij kortgeleden had gebouwd. The Oaks in Howth was heel aangenaam.

Shane moest spijkers met koppen slaan. Hij had woonruimte nodig. Het was heel aardig van Rob dat hij hem in zijn appartement in Swords had laten logeren, maar het was te klein en de niet al te propere copiloot had hygiëne niet erg hoog op zijn prioriteitenlijstje staan. Shane was eraan gewend geraakt in het zuiden van de stad te wonen, maar het was fijn om weer in het noorden terug te zijn. Robs flat lag veel gunstiger ten opzichte van zijn werk. Voorlopig leek het een goed idee om hier te blijven, op bekend terrein, maar hij twijfelde eraan of hij er wel tegen kon om alle vertrouwde plekjes te zien die hem telkens weer aan Kate deden denken.

Hij pakte het woonkatern van de *Irish Times* en bekeek de lijst van nieuwe panden die dat weekend te bezichtigen waren. Een klein appartementencomplex in Howth, dicht bij het strand, trok zijn aandacht; het was door projectontwikkelaar Carlton gebouwd. Die goeie ouwe Damien had echt oog voor mooie plekjes. Shane moest zich niet door het feit dat Kates vader de bouwer was laten weerhouden om een kijkje te gaan nemen. Hij keek op zijn horloge. Tot vijf uur waren ze nog te bezichtigen voor publiek. Hij kon er nog net even langsgaan voordat hij voor één nachtje naar Keulen zou vliegen.

Hij vouwde de krant op en kroop achter het stuur van zijn BMW. Het was warm genoeg om met open dak te rijden, en met een schallende radio reed hij over de kustweg langs Clontarf. Hij moest echt eens en voor altijd over Kate heen zien te komen. Hij moest zijn eigen leven weer op poten zien te krijgen. Zijn auto leek precies te weten waar hij heen moest. Zelfs het landschap onderweg gaf hem het gevoel dat hij eindelijk op weg was naar huis.

Hij moest een indrukwekkend elektronisch hek door om bij het exclusieve complex te komen. Een slanke jonge vrouw in een zakelijk zwart pakje en met streng naar achteren gebonden blond haar stond buiten voor het modelappartement met een stapeltje folders onder haar arm. Ze lachte Shane toe toen hij naderbij kwam, waarbij ze duizelingwekkend witte tanden ontblootte.

'Goedendag, wilt u een brochure hebben?' vroeg ze terwijl ze een glanzend informatiemapje omhooghield.

'Graag.'

'We hebben nog maar vijf appartementen beschikbaar en eentje daarvan is de modelwoning.'

Shane pakte de brochure van haar aan en glimlachte terwijl hij de deur door liep. Hij wierp een snelle blik op de richtprijzen – goedkoop waren ze niet. Als hij realistisch was, kon hij zich alleen het appartement met één slaapkamer, op de tweede verdieping, veroorloven. De flat met twee slaapkamers zou hem een te groot deel van zijn salaris kosten, als hij ook nog Natasha's cottage moest blijven doorbetalen. Hij kon natuurlijk proberen de cottage te verkopen, maar hij wilde Natasha niet nog meer verdriet doen dan hij al had gedaan.

De modelwoning was verbijsterend mooi. De meubels – een

eclectische mix van verschillende hout- en leersoorten – gaven het appartement een natuurlijke uitstraling. Het raam bood een prachtig uitzicht op het strand. Dit ging zijn budget te boven, maar hij troostte zichzelf met de gedachte dat drie slaapkamers toch te veel voor hem zouden zijn.

'Mag ik het appartement met één slaapkamer eens zien?'

'Dat is officieel niet te bezichtigen, maar als u echt geïnteresseerd bent, kan ik u wel even om het hoekje laten kijken,' zei de makelaarster.

'Dank u, dat zou heel fijn zijn.'

De blonde jonge vrouw ging hem voor een trap op, maar verzekerde hem dat de week daarop alle liften zouden werken.

Zodra hij het appartement binnenkwam, had hij meteen het gevoel dat hij was thuisgekomen: dit was een waar toevluchtsoord te midden van alle chaos in zijn leven. Hij liep naar het grote raam dat uitzag op het strand van Claremont. Van hieruit kon hij duidelijk de plek zien waar Kate en hij nog maar een paar maanden geleden hadden gezeten. Hij had er geen bezwaar tegen om elke ochtend met dat uitzicht wakker te worden.

Hij wendde zich tot de blondine, die op haar horloge keek.

'Ik neem het,' zei hij.

'Wilt u de slaapkamer niet zien?' vroeg ze verrast. Het appartement had bepaald niet het mooiste uitzicht van het hele complex, en de slaapkamer was aan de kleine kant.

'Jawel, hoor, maar ik heb mijn besluit al genomen,' verzekerde hij haar.

'Mooi,' zei het knappe blondje. 'Dan ga ik even beneden wat papieren halen, terwijl u hier rondkijkt.'

Shane wist dat dit de plek was waar hij hoorde te zijn. Hij geloofde niet in het lot. Kate, met haar bizarre filosofieën, had altijd haar best gedaan om hem ervan te overtuigen dat alles met een reden gebeurde. Deze plek had iets wat hem aantrok als een magneet. Kon hij het verleden soms niet loslaten? Hij kon zichzelf niet wijsmaken dat hij over Kate heen was. Hoe kon hij in vredesnaam verder wanneer hij hier nu meer dan ooit aan haar moest denken?

Hij liep naar het raam en probeerde zich voor te stellen dat Kate in de zon op het strand zat.

Kate had een vreemd gevoel toen het vliegtuig de daling naar de luchthaven van Toulouse inzette. Ze voelde niet de gebruikelijke opwinding vlak voordat ze voet op Franse bodem zou zetten. Van het leven in Ierland, dat haar ooit zo vertrouwd was geweest, had ze echt genoten. Clontarf beviel haar goed en ze zou haar vader ontzettend missen. Om de zo veel uur werd ze geplaagd door gedachten aan Liam, maar ze wist niet met wie ze over hem zou moeten praten; als de nood hoog was, had ze vroeger altijd Annabel opgezocht, maar nu die uit haar leven was verdwenen, bleef er maar één iemand over bij wie ze haar hart zou kunnen uitstorten.

Fabian stond in de aankomsthal te wachten, keurig netjes aangekleed en welgedaan als een kalkoense haan. Zodra hij Kate en de jongens in het oog kreeg, begon hij verwoed te zwaaien.

'*Chérie!*' riep hij uit. 'Kom in mijn armen, Kate. Ik heb je verschrikkelijk gemist! Hoe gaat het ermee, jongens?'

Hij gaf hun allebei een klopje op hun hoofd en ze bromden iets tegen hem. Ze vonden hem maar een vreemde vogel, maar konden er niet goed de vinger op leggen wat er nou zo anders aan hem was. Theatraal sloeg hij zijn armen om Kate heen en kuste haar hartelijk op beide wangen.

'Dank je, Fabian,' zei ze toen hij het bagagewagentje van haar overnam. 'Hoe is het met jou?'

'We hebben – hoe zeg je dat? – voortgeploeterd en ons Franse ding gedaan. Joy en Simon hebben hun huis omgetoverd tot een B&B en mijn neef is de gevangenis in gedraaid vanwege drugs dealen, maar afgezien daarvan heb je niets gemist.'

'Lieve help!' riep Kate verrast uit.

'Het is oké. Ik mocht hem toch al niet zo. En jij – hoe was de crematie van je moeder?'

'Het ging geloof ik allemaal wel goed.' Kate slaakte een zucht. 'Voor een crematie.'

'En hoe gaat het met je vader?'

'Ik heb je zo veel te vertellen, Fabian, maar misschien kunnen we daarmee wachten tot we thuis zijn,' zei ze met een knikje naar de jongens.

Fabians wenkbrauwen schoten omhoog terwijl hij zich afvroeg wat voor ander interessant nieuws Kate te vertellen had.

Pas een paar uur later, toen haar zoontjes verdiept waren in een computerspelletje, kreeg Kate gelegenheid om Fabian onder vier ogen te spreken.

Hij schonk zichzelf een royaal glas rode wijn in en zette voor haar een glas Perrier op de keukentafel.

'Ziezo, vertel me nou eens over Dublin.' Hij boog zich, een en al oor, over de tafel heen.

'Fabian, ik weet niet waar ik moet beginnen.'

'Wat dacht je van Shane – hoe staat het met je grote liefde?'

'Fabian, ik heb het uitgemaakt met hem. Ik moest wel. Ik moest doen wat voor hem en Natasha het best is.'

Fabian fronste zijn wenkbrauwen. 'Hoe weet jij nou wat voor hem het best is? En wat dacht je van het beste voor jezélf?'

'Ik weet het gewoon niet meer! Voor mijn moeder zorgen was een van de moeilijkste dingen die ik ooit in mijn leven heb moeten doen. Het is verschrikkelijk om iemand van wie je houdt zo snel voor je ogen te moeten zien wegkwijnen.'

Fabian knikte ernstig. 'Dat kan ik me voorstellen.'

'Maar wat me echt dwarszit is dat ik zo weinig wist over haar leven en wat er in haar omging. Nu ze er niet meer is, is er geen kans meer om daar met haar over te praten.' Met haar gebalde vuist sloeg Kate op tafel. 'Bepaalde dingen die ze voor me heeft verzwegen geloof je gewoon niet.'

'Zoals?'

'Ik heb het hier heel moeilijk mee gehad, maar toen ik haar persoonlijke spullen opruimde vond ik een doos met brieven van een oude minnaar.'

Fabian trok zijn wenkbrauwen op, maar zei niets.

'Het blijkt dat ze ruim twintig jaar lang een relatie op afstand heeft gehad met een vroeger vriendje.'

Van Fabians gezicht was niet af te lezen wat er bij deze onthulling door hem heen ging.

'En dat is nog niet alles,' zei Kate op barse toon. 'Die man – Liam, heet hij – is mijn biologische vader.'

Fabian ademde scherp in.

Kate knikte. 'Dus dat kreeg ik ook nog eens voor mijn kiezen. Uiteraard heb ik tegenover Damien niet laten blijken hoe erg ik van slag was door dat nieuws. Het voelt nog steeds alsof híj mijn vader is, maar ik ben zo nieuwsgierig naar Liam.'

'Waarom probeer je niet iets met hem af te spreken?' zei Fabian gretig.

'Omdat...' Kate viel stil en slikte. 'Ik ben bang. Maar neem maar van mij aan dat ik er wel aan gedacht heb.'

18

Annabel stond verschrikkelijk te hannesen. Ze deed haar haar in een paardenstaart, maar haalde hem toen weer los. Bij de gedachte dat ze zou gaan eten met Damien kreeg ze vlinders in haar buik. Sinds ze Colin had leren kennen was ze niet meer in haar eentje met een man uit eten gegaan. Haar kleine zwarte jurkje kleedde erg slank af en de Audrey Hepburn-styling was helemaal van dit seizoen. De grens tussen er op haar best uitzien en ongepast gekleed zijn voor een ontmoeting met een kersverse weduwnaar was maar dun, maar het liep al tegen achten en het was te laat om nu nog iets anders aan te trekken.

'Leg het me nog eens uit: waarom heb je nou precies afgesproken met Damien Carlton?' vroeg Lily.

Annabel draaide zich om, opgeschrikt door het silhouet van haar moeder dat in de deuropening van de slaapkamer verscheen. Ze had er een enorme hekel aan wanneer haar moeder zo door het huis sloop en op elk moment overal kon opduiken. Nu Colin was vertrokken, leek het wel of zij rechten op het huis deed gelden.

'Dat heb ik je al gezegd, mam. Hij wil me een zakelijk voorstel doen. Ik ga een koffieshop beginnen.'

Annabel ging weer verder met haar haar in model brengen. In de spiegel zag ze haar moeder haar hoofd schudden.

'Ik wou dat je wat meer vertrouwen in me had,' zei ze terwijl ze zich nogmaals omdraaide om Lily aan te kijken.

'Ik weet niet wat jou ineens bezielt, Annabel. Colin heeft me eerder op de dag gebeld en wil het graag goedmaken. Sam is er niet best aan toe en Rebecca plast in bed.'

Dat was waar. De kinderen reageerden veel slechter op de scheiding van hun ouders dan ze ooit had kunnen denken.

'Maak het nou alsjeblieft niet nog moeilijker voor me dan het al is, mam.'

'Ik begrijp het gewoon niet.'

Annabel had met haar moeder te doen. Zij stamde uit een andere tijd, toen het nog normaal was om als vrouw genoegen te nemen met een liefdeloos huwelijk, in de schaduw van haar echtgenoot – veel vrouwen vonden dat tegenwoordig trouwens nog steeds prima. Maar als ze het bijlegde met Colin, was ze weer terug bij af. Pas nu ze van hem verlost was begon ze te beseffen hoezeer hij haar zelfvertrouwen altijd had ondermijnd. Hij behandelde haar als een dienstmeisje wanneer hij een bepaald shirt gestreken wilde hebben of iets anders gedaan wilde krijgen, en hij deed nooit leuke dingen met de kinderen.

Dat was de reden waarom ze zo gefrustreerd was over Sam. Zij was degene die op koude winterochtenden aan de zijlijn stond als hij zijn voetbalwedstrijden moest spelen. Zij was degene die hem en zijn vriendjes naar de bioscoop had gebracht. Nu had ze het gevoel dat ze daar helemaal niets aan steun voor terugkreeg. Daar stond tegenover dat hij nog maar een kind was, dat mocht ze niet vergeten, en dit hoorde bij het rouwproces dat kinderen doormaken wanneer hun ouders uit elkaar gaan. Het was hard, maar zij wilde meer uit het leven halen en ze had zich vast voorgenomen daar alles aan te gaan doen.

'Ik denk dat ik om een uur of twaalf wel terug ben,' zei ze terwijl ze een beetje Prada op haar hals spoot en haar zwarte tasje oppakte.

'Ik blijf wel hier slapen,' antwoordde Lily.

'Dank je wel, mam,' zei Annabel, en ze gaf haar moeder een kus op haar wang.

Ze stoof de trap af, sloeg de deur achter zich dicht en stapte in haar Jeep. Twee minuten later parkeerde ze voor het Aqua.

Bij binnenkomst in de foyer van het imposante restaurant nam een ober haar geborduurde jasje aan. 'Volgt u mij maar, mevrouw,' zei hij, en hij ging haar voor naar het raam, waar Damien al aan een ronde tafel zat, gedekt met een fris linnen tafelkleed.

Damien sprong op toen ze naderbij kwam en deed zijn best de verpletterend mooie vrouw die voor die avond zijn afspraakje was niet al te erg aan te gapen. Hij had een lichtblauw shirt aan, met een kakibroek met een bruinleren riem, en hij leek bruiner dan anders.

Toen Annabel voor hem stond, drukte hij een beleefd kusje op haar wang.

'Hallo, Damien,' zei ze met een glimlach. Nog voordat de avond goed en wel begonnen was, heerste er al een aangenaam losse sfeer.

Damien trok zijn schouders naar achteren, als een pauwenhaan die onrustig wordt ten overstaan van een hennetje, maar hij was zich er scherp van bewust dat hij in werkelijkheid een rouwende echtgenoot was.

'Hallo Annabel. Wat zie je er prachtig uit.'

'Dank je,' antwoordde ze minzaam. Er schoot een tinteling van opwinding door haar heen toen tot haar doordrong dat ze nu echt een avondje uit was met Damien – de man over wie ze het grootste deel van haar jeugd had gedroomd, en ook een groot deel van haar volwassen leven. Ze moest zichzelf even knijpen om zich eraan te herinneren dat hij nog maar kortgeleden weduwnaar geworden was en dat ze hier niets anders achter moest zoeken dan een zakelijke bespreking.

Ze ging zitten en de ober overhandigde haar een grote, kleurige menukaart.

'Wat een spectaculair uitzicht, hè?' zei ze, met een blik op de twinkelende lichtjes van het dorp en de vissersbootjes die weerspiegelden op het water.

'Ik vind het hier fantastisch,' zei hij met een knikje.

De aankleding was geweldig, de enscenering geknipt om het vuur tussen twee oud-geliefden weer aan te wakkeren, maar Annabel voelde zich ongemakkelijk en was zich pijnlijk bewust van Betty's schaduw die over hen heen hing.

'Hoe gaat het nu met je?' vroeg ze.

Damien slikte en legde de menukaart gesloten op tafel. 'Wil je het echt weten?'

Annabel knikte.

'Ik voel me verloren en eenzaam. Kate heeft Betty's spullen opgeruimd en ze aan de St. Vincent de Paul gegeven. Had ze dat maar niet gedaan, maar het waren Betty's instructies.'

Annabel bleef stil. Ze herinnerde zich dat haar moeder haar vaders kleren na zijn overlijden jarenlang in de kast had laten hangen. Lily had jaren later gezegd dat ze het gevoel had dat hij op die manier uiteindelijk terug zou komen. Iedereen uit haar omgeving had begrip voor haar besluit en had haar erin gesteund, maar Annabel vroeg zich af of Lily hiermee niet weigerde de weg vrij te maken voor een nieuwe relatie. Het was voor Lily nu hoe dan ook te laat en ze had al te vaak afwijzend gereageerd als iemand toespelingen maakte op een eventuele andere man in haar leven.

Damien was een ander verhaal en hij zag er voor zijn leeftijd nog goed uit. Zijn manier van bewegen en zijn uiterlijk deden denken aan een man van veertig. Ze wilde tegen hem zeggen dat het goed was geweest om Betty's spullen op te ruimen, maar had het gevoel dat het niet aan haar was om daar een oordeel over te vellen.

'Is Kate teruggegaan naar Frankrijk?' vroeg Annabel nieuwsgierig.

'Ze is gisteren vertrokken.'

'Hoe gaat het met haar?' Annabel leunde op haar ellebogen gretig naar voren. Ze wilde geen woord missen.

'Naar omstandigheden redelijk.' Hij zweeg even en vervolgde toen: 'Om eerlijk te zijn had ze een nieuwtje. Ik schrok ervan. Ze is zwanger.'

Verrast schoof Annabel naar achteren op haar stoel. 'Wanneer? Hoe?'

'Blijkbaar van een of andere man die ze had leren kennen toen ze in Biarritz was.'

'Brett?' Annabels mond viel open.

'Heette hij zo?'

Annabel knikte. 'Wat gaat ze nu doen? Heeft ze geprobeerd contact met hem op te nemen?' Ze vroeg zich af hoe ze hem zou moeten vinden, want hij had verteld dat hij voortdurend op pad was voor surfwedstrijden. Volgens haar wist Kate Bretts achternaam niet eens.

'Kate zei dat het geen zin had om contact met die man op te nemen. Ze loopt rond als een kip zonder kop, Annabel. Ik geloof niet dat ze hier goed over heeft nagedacht. Ik bedoel, ze moet al voor de jongens zorgen en ze staat er tegenwoordig helemaal alleen voor.'

Annabel knikte. Zijzelf had er ook moeite mee om zich sinds Colins vertrek te schikken in een leven alleen. Best gek dat Kate en zij voor het eerst van hun leven in eenzelfde situatie zaten. Wat jammer toch dat ze geen hulp en steun meer bij elkaar konden zoeken.

'En zij en Shane?' vroeg ze.

'Ze heeft het uitgemaakt.'

Ongelovig schudde Annabel haar hoofd. 'Maar waarom?'

'Er komt überhaupt niet veel zinnigs uit haar, maar ze heeft iets gezegd over dat ze hem niet wil opzadelen met het kind van een ander.' Damien glimlachte Annabel veelbetekenend toe. 'Wat een ironie, hè?'

Annabel knikte, maar beantwoordde zijn glimlach niet. Ze was nog steeds geschrokken van alle berichten. 'Ze zal het wel niet makkelijk hebben.'

'Om eerlijk te zijn maak ik me zorgen over haar. Het is al zo zwaar voor haar geweest om de afgelopen maanden voor Betty te zorgen, en ondertussen hield ze voor iedereen geheim dat ze zwanger was.'

Annabel kon alleen maar gissen naar hoe het moest zijn geweest om met zo veel moeilijke dingen tegelijkertijd te moeten worstelen.

'Misschien moet ik nog eens proberen haar te bellen, al weet ik niet of ze me wel wil spreken.'

'Goed plan. Probeer het alsjeblieft,' zei hij bezorgd. 'Ik heb het gevoel dat ze het liefst met een vrouw zou praten.' Hij zweeg even en schonk zichzelf een glas water in. 'Ik heb haar ook verteld over haar biologische vader, dus ze heeft momenteel heel wat op haar bordje.'

'O, lieve help! Arme Kate! Zo veel te verstouwen!' Na die woorden legde ze haar hand zachtjes op de zijne. 'En voor jou moet dat ook zwaar zijn geweest, Damien.'

'Ze nam het verrassend goed op.'

'Je staat er nog van te kijken hoeveel incasseringsvermogen ze heeft.' Annabel slaakte een zucht. 'Bij haar vergeleken schiet ik ontzettend tekort.'

Damien boog zich op zijn ellebogen naar voren. 'En hoe is het nu met jou?'

'Ik wil de scheiding graag doorzetten, ook al krijg ik overal om me heen negatieve reacties.'

De ober kwam aan met de wijnkaart.

'Wil je rood of wit?' vroeg Damien Annabel terwijl hij er een vluchtige blik op wierp.

'Wit, als jij dat goedvindt. We gaan vast allebei vis bestellen!'

Het Aqua was een van de beste visrestaurants aan de noordkant van de stad – een heerlijke plek, beseften ze allebei.

'De Pouilly Fumé, had ik zo gedacht,' zei Damien tegen de ober. 'Kun je je daarin vinden, Annabel?'

'Prima,' zei ze.

De ober trok zich terug en Damien vroeg: 'Hoe zit het nou precies met Colin?'

'Die is het huis uit. De kinderen zijn natuurlijk erg van slag. Het is voor iedereen een moeilijke tijd.'

'Is er een kans dat jullie weer bij elkaar komen?'

'Als het aan mij ligt niet,' antwoordde ze resoluut. 'Maar vertel me eens wat meer over Kate.'

'Ik maak me serieus zorgen om haar. Ze krijgt straks een kind en ze wil de jongens van kostschool halen. Dan staat ze er met drie kinderen in haar eentje voor. Kon ik haar maar helpen.'

Plotseling werd hun gesprek onderbroken door Annabels mobieltje. Ze excuseerde zich en nam op.

'Annabel?' vroeg een mannenstem.

'Ja?'

'Hallo! Met Gary, van de markt. Ik hoop dat ik je niet stoor.'

Wat een verrassing. Annabel verschoof ongemakkelijk op haar stoel en draaide haar hoofd weg van haar tafelgenoot. 'Hallo, eerlijk gezegd zit ik net te eten, maar het geeft niet. Wat kan ik voor je doen?' Haar stem ging de hoogte in, tot ze bijna klonk als een klein meisje.

'Ik vroeg me af waar jij die plastic bakjes voor je hummus vandaan hebt. Misschien ga ik snacks van gedroogd fruit bij mijn smoothie verkopen,' klonk zijn nerveuze stem aan de andere kant van de lijn.

Annabel was blij dat hij haar belde, maar zijn timing kon niet slechter zijn. 'Ik heb het telefoonnummer niet bij de hand – het is ergens op het Baydole-industrieterrein.'

'Mag ik je morgen bellen? Eigenlijk hoopte ik je te kunnen uitnodigen om iets te gaan drinken.'

Annabel bloosde. Ze kon niet geloven dat ze met Damien in een restaurant zat, en tegelijkertijd een andere man haar aan de telefoon probeerde te versieren. Twee positieve ontwikkelingen in haar leven sinds ze veertig was geworden.

'Jawel,' antwoordde ze, terwijl ze haar best deed om niet al te opgewonden te klinken en zich scherp bewust was van de donkerbruine ogen van Damien, die uit alle macht probeerde om niet over de rand van zijn menukaart naar haar te kijken.

'Nogmaals sorry dat ik je stoorde,' zei Gary beleefd.

'Helemaal niet. Tot morgen.' Annabel zette haar telefoon uit. 'Sorry, Damien.'

'Tegenover mij hoef je je niet te verontschuldigen, Annabel,' zei hij terwijl hij zijn hoofd over de menukaart boog. 'Wat neem jij?'

'De Dublin Bay-garnalen lijken me een goed begin...' Ze zweeg even en hield haar hoofd een tikje schuin. 'En dan misschien als hoofdgerecht de baars?'

'Prima keus. Een van mijn lievelingsgerechten, baars. En, heb je nog nagedacht over wat er in je nieuwe eethuisje allemaal op de kaart komt te staan?'

Annabel glimlachte. Ze werd steeds enthousiaster bij het vooruitzicht om een zaak te gaan runnen.

'Jazeker,' zei ze met een glimlach. 'Ik hoop dat je het nog steeds serieus meent – dat ik het niet allemaal heb gedroomd.'

'Ik ben nog nooit zo serieus geweest.' Nu was het Damiens beurt om zijn opgetogenheid te maskeren.

'Mijn advocaat vindt het een geweldig idee, als ik er tenminste niet mee begin voordat ik afspraken heb gemaakt met Colin.'

'Dat duurt minimaal een half jaar.'

De ober kwam terug met de wijn, die hij in hun bijzijn ontkurkte. Damien proefde en knikte goedkeurend. Annabels glas werd volgeschonken.

'Wilt u bestellen?'

Na hun bestelling vervolgden ze hun gesprek over hun zakelijke onderneming.

'Het klinkt te mooi om waar te zijn, Damien,' zei Annabel verlegen. 'Ik weet niet hoe ik je moet bedanken.'

'Dat hoeft niet, hoor – je bewijst me een dienst. Ik wil dolgraag een nieuwe zaak opzetten die door iemand anders gerund wordt.'

'Nou, voor mij is de timing ideaal.'

Damien hief zijn glas. 'Op een goede werkrelatie dan maar!'

Annabel hief haar glas ook en tikte ermee tegen het zijne. 'Op een goede werkrelatie!'

De sfeer was ontspannen en vrolijk, en geen van tweeën wilde dat er een eind aan dit avondje kwam. Elke keer dat Annabel Damiens ogen op zich voelde rusten kneep ze zichzelf even en dacht ze aan Betty en Kate, wat haar weer in de werkelijkheid terugbracht. Ze zat nu in een kwetsbare positie en moest niet te veel achter dit avondje zoeken. Ze zaten hier tenslotte om over werk te praten.

Er ging een heel nieuwe wereld voor haar open. Als iemand een paar maanden geleden tegen haar had gezegd dat ze gebeld zou worden door een aanbidder en in zaken zou gaan met Damien Carlton, had ze hem voor gek verklaard. Ze werd dolblij van alle veranderingen van de laatste tijd en ze blaakte van het zelfvertrouwen.

'Het was heel gezellig, Annabel,' zei Damien terwijl hij het laatste bodempje koffie uit zijn kopje opdronk. 'Ik heb de laatste paar maanden sinds Betty's ziekte zo in de stress gezeten. Er was helemaal geen tijd voor gewone dingen en om te genieten van de simpele genoegens des levens, zoals lekker eten en een goed gesprek.'

'Dat geldt ook voor mij, Damien, al was het bij mij allemaal minder ingrijpend,' zei Annabel met een glimlach. 'We moesten dit nog maar eens overdoen voordat ons nieuwe bedrijf van start gaat.'

Damien beantwoordde haar glimlach. Het leek hem wel leuk om Annabel vaker te zien. Hij voelde zich oud worden sinds de dood van Betty en zag niets dan eenzame nachten in het verschiet – tot vanavond dan.

'Ik neem een taxi. Wil je meerijden?' vroeg hij.

'Dat hoeft niet, dank je, Damien. Ik ben met de Jeep gekomen, al kan ik denk ik maar beter niet meer achter het stuur kruipen. Maar een wandelingetje de heuvel op lijkt me wel lekker, als tegenwicht tegen dat zalige dessert.'

Ze moest zich uit respect voor Betty fatsoenlijk gedragen en ze wilde niet in verleiding worden gebracht.

'Het is een heldere avond – ik heb zelf ook wel zin om een eindje te lopen,' zei Damien, maar hij zag de terughoudendheid in haar blik en besloot er niet op door te gaan. Voor hem was het ook te kort na Betty's dood voor romantische wandelingetjes op de pier van Howth. Zelfs van deze avond kon je je afvragen of het wel gepast was voor iemand die nog maar zo kortgeleden weduwnaar was geworden. Hij kon zich in elk geval verschuilen achter het feit dat het om een zakelijke bespreking ging. Dat hield hij zichzelf voor terwijl hij vol verlangen naar de vrouw staarde met wie hij zo lang geleden met zo veel passie de liefde had bedreven.

Hij wenkte de ober om de rekening.

'Kunt u ook een taxi voor me bellen, alstublieft?' vroeg hij toen de ober aan hun tafeltje kwam.

'Natuurlijk, meneer.'

Toen de taxi arriveerde stond Annabel met Damien bij de ingang van het restaurant.

'Dank je wel voor een heerlijke avond,' zei ze terwijl ze zich vooroverboog om hem een zoen te geven op zijn wang.

'Jij bedankt, Annabel. Je bent heerlijk gezelschap.'

'Spreken we elkaar gauw weer?'

'We spreken elkaar gauw weer,' zei hij met een knikje. Hij stapte in de zwarte Mercedes en keek haar na toen ze de pier op liep. Wat was ze toch mooi. Bij haar voelde hij zich weer jong en levenslustig.

De taxi bracht hem naar Greenfield Close. Toen hij stilhield voor de oprit, besefte Damien dat hij helemaal geen zin had om naar binnen te gaan.

'Gaat het wel, meneer?' vroeg de chauffeur.

'Jawel hoor, dank je. Hoeveel is het?'

Hij rekende af en liep langzaam het pad op. Dit huis was te groot en bevatte te veel herinneringen. Hij miste Betty's voortdurende gebabbel en het drong tot hem door dat hij hier niet langer kon blijven wonen. Al die waarschuwingen van mensen van zijn leeftijd die zeiden dat je na een sterfgeval in je huis moest blijven wonen en een jaar de tijd moest nemen voordat je ingrijpende beslissingen nam, leken geen hout meer te snijden. The Oaks en Claremont Beach waren bijna klaar en er was een appartement met twee slaapkamers en een adembenemend uitzicht. Hij draaide de sleutel om in het slot en besloot ter plekke om te gaan verhuizen. En als hij in Howth woonde, zou hij dichter bij Annabel zijn. Ach, wat ben ik toch een ouwe dwaas, riep hij zichzelf tot de orde. *Waarom zou ze überhaupt geïnteresseerd in jou zijn?* Hij liep de stille keuken binnen en zette de waterkoker aan voor een kop thee. Kon hij de klok maar terugdraaien – maar wilde hij dat echt? Hij wist dat het antwoord op die vraag nee was. Hij had gedaan wat twintig jaar geleden het beste was geweest voor hemzelf en voor Annabel en Kate.

Kate werd wakker van een vlijmende pijn in haar buik. De wekker naast haar bed gaf aan dat het nog maar drie uur was. Ze had de jongens geholpen hun spullen in de slaapkamers te installeren en had een lange dag achter de rug. Haar zoontjes hadden besloten dat ze niet meer op één kamer wilden slapen, en ook al had Kate de extra kamer nodig voor de baby, dat wilde ze hun nog niet vertellen. Ze kon haar buik bijna niet meer verhullen en het was slechts een kwestie van tijd voordat ze erachter zouden komen dat ze zwanger was. Tot die tijd verdienden de jongens het om zelf wat *quality time* met haar door te brengen.

De pijn bleef aanhouden en na vijf minuten probeerde ze op te staan. Ze kon haar rug niet strekken en ze voelde een pijnlijke druk op haar schaamstreek. Opeens verscheen er een rode plek in haar pyjama en het vocht sijpelde omlaag langs haar dij. Ze begreep meteen wat er met haar aan de hand was. Er ging een trekkend gevoel door haar binnenste. Ze ging weer op bed liggen. De pijn nam nog steeds niet af en ze kreeg nu snel achter elkaar hevige krampen, en ze moest zich als een foetus oprollen op het bed. Ze had hulp nodig. Ze wilde de jongens niet ongerust maken, maar dit kon ze niet alleen.

'David! Ciarán!' riep ze. Ze voelde zich heel alleen en hulpeloos. Nogmaals riep ze, harder dit keer, en ze bonsde op het houten hoofdeinde achter haar. Nu hoorde ze een gedempt antwoord. 'David? Kom eens hier, lieverd!'

Slaperig strompelde David de slaapkamer binnen. 'Hoe laat is het?' vroeg hij, nog steeds gedesoriënteerd.

'Laat,' antwoordde Kate ademloos. 'Zou je alsjeblieft Fabian voor me kunnen halen? Zijn nummer staat in het rode boekje naast de telefoon in de keuken. Zeg maar tegen hem dat hij meteen hierheen moet komen.'

'Wat is er dan met je?' vroeg David geschrokken.

'*Vite*, lieverd, je moet nu echt Fabian voor me waarschuwen. Ik voel me niet lekker – alsjeblieft,' smeekte ze.

Er verscheen een uitdrukking van schrik en afgrijzen op het gezicht van de jongen toen hij zijn moeder zo heen en weer zag woelen in het bed. Nadat ze zonder een woord te kunnen uitbrengen naar de deur had gewezen, maakte hij rechtsomkeert en rende naar beneden.

De pijn was nu niet meer om uit te houden en Kate wist niet hoe lang ze die nog zou kunnen verdragen zonder van haar stokje te gaan. Ze deed haar best zich te vermannen toen ze David de trap weer op hoorde rennen.

'Hij komt eraan,' zei de jongen bibberig. 'Wat gebeurt er met je, *maman*?'

'Met mij komt alles prima in orde.'

Kates gezicht zag nu asgrauw en ze wist dat David zo meteen in paniek zou raken. 'Kun je Ciarán wakker maken en kunnen jullie allebei – ahhh!' schreeuwde ze het uit toen een nieuwe pijngolf haar trof. 'Kunnen jullie je aankleden, lieverd, jullie allebei?'

Ontzet en beduusd liep David achterwaarts de kamer uit.

Ze bleef maar bloeden en ze bad uit alle macht dat Fabian een beetje haast zou maken.

Algauw werd er hard op de voordeur gebonsd.

'Laat hem maar binnen, jongens!' riep Kate. Ze kon horen dat David opendeed en dat Fabian de trap op kwam stuiven.

'Kate, *chérie*!' Onmiddellijk begreep hij wat er aan de hand was. Hij ging op de rand van het bed zitten en boog zich over haar heen om haar voorhoofd te betten. 'Je moet naar het ziekenhuis. Ik bel wel een ambulance. De jongens kunnen naar Joy – ik heb haar al gebeld.'

'Ik kan me niet bewegen, Fabian! Zorg alsjeblieft dat ik me niet hoef te bewegen!'

De voordeur ging open en ze hoorden iemand de trap op komen. Een lange, magere vrouw in een grijs trainingspak kwam de kamer binnendenderen.

'Ze krijgt een miskraam!' zei Fabian.

'Kate, hou vol!' zei Joy. 'Ik bel een ambulance. Ik neem de jongens wel mee naar mijn huis.'

Joy ging de slaapkamer in en belde het alarmnummer. De twee-ling stond vlak bij elkaar op de overloop de kamer in te gluren, ge-schrokken en bang door wat er allemaal met hun moeder gebeurde.

'Ga maar met Joy mee, jongens,' bracht Kate naar adem hap-pend uit. 'Met mij komt het straks weer helemaal goed.'

De tweeling knikte verschrikt en ze liepen met Joy mee, zoals hun moeder had gevraagd.

Fabian knielde naast haar neer en nam haar hand in de zijne. Hij fronste zijn wenkbrauwen. 'Gaat het nog?'

Kate knikte zonder iets te zeggen. De pijn was verschrikkelijk en ze zette zich schrap toen er een nieuwe scheut langs haar ruggen-graat trok. Haar hoofd begon suffig en zwak te worden.

'Hou nog even vol,' zei Fabian, en hij gaf een kneepje in haar hand.

Een paar tellen later stond het ambulancepersoneel voor de deur van het huisje. Fabian voelde een golf van opluchting door zich heen gaan toen ze in hun felgele jassen langs hem heen de trap op gingen.

'Hoe heet ze?' vroeg een kleine vrouw met rood krulhaar aan Fabian.

'Kate. Kate Cassaux.'

'Kate, kun je je bewegen?' vroeg ze vriendelijk.

Langzaam hief Kate haar hoofd op. Toen werd alles zwart.

Shane kon de slaap niet vatten. Hij lag maar te woelen en te draai-en in het keiharde hotelbed. Gelukkig zou The Oaks snel klaar zijn; dan had hij een eigen plek om na een nacht in het buitenland naar terug te keren. Hij moest echt een eigen ruimte hebben. Het zweet droop van zijn voorhoofd, alsof hij urenlang had staan zwoegen. Hij snapte niet waarom hij zich zo voelde. Hij wilde overgeven, huilen. Op de een of andere manier was hij volkomen verdwaasd en hij kon het wel uitschreeuwen. Om de zo veel tijd flitste hem een beeld van Kate voor ogen, waardoor hij zich nog beroerder ging voelen. Hij moest haar echt uit zijn hoofd zetten. Hij moest iets doen; anders werd hij knettergek.

Annabel werd wakker en strekte haar armen uit boven haar hoofd. Ze had een heerlijke avond met Damien gehad en had het gevoel of het beste deel van haar leven nog moest komen. Ze wilde zich net overgeven aan haar eigen privédroomwereld toen Taylor de slaapkamer kwam binnenrennen.

'Rebecca heeft vannacht weer in bed geplast en oma moest opstaan om het te verschonen.'

Als iets te mooi is om waar te zijn, is dat ook zo: Annabel moest een prijs betalen voor haar nieuw verworven vrijheid. Even zonk de moed haar in de schoenen. Voor niets gaat de zon op, bedacht ze.

'Waar is Sam?'

'Die is naar George gegaan.'

'Zo vroeg al?' riep Annabel verschrikt uit.

'Het is elf uur en je moet me naar paardrijden brengen.'

Annabel schoot overeind. Ze had sinds de geboorte van haar kinderen niet meer zo lang geslapen. 'Ik ben over twee minuten klaar. Is Rebecca bij oma?'

'Ze zitten beneden te ontbijten.'

Annabel sprong haar bed uit en stapte onder de douche. Het water was lekker koel en spoelde de gedachten aan Colin die af en toe de kop opstaken weg. Ze rekende het zichzelf aan dat Rebecca in haar bed had geplast. Misschien was ze te hard voor Colin. De kinderen reageerden erg slecht op de scheiding van hun ouders, en haar eigen emoties veranderden van minuut tot minuut. Ze pakte een donzige witte handdoek en droogde zich af.

'Annabel, ben je je bed al uit?' riep Lily.

'Ja, mam. Ik kom net onder de douche vandaan.'

'Ik moet naar Cecilia – ik zie je later.'

'Bedankt, mam!' riep Annabel, terwijl haar moeder de voordeur achter zich dichttrok. 'Rebecca, ga je eens klaarmaken voor tapdansen!'

Haastig droogde ze zich af. Straks zou ze een paar uur vrij zijn en ze had veel zin in een stevige wandeling over de pier. Ze trok een short en een t-shirt aan en stak haar voeten in haar muiltjes.

Vervolgens rende ze naar beneden naar de keuken, en begon een banaan te pellen. Na dat heerlijke eten van de vorige avond had ze helemaal geen trek, maar ze moest toch iets eten.

'Zijn jullie zover, meisjes?' vroeg ze aan haar dochters, die er prachtig uitzagen, al hadden ze hun kleren zo'n beetje op goed geluk gekozen. Ze gingen het huis uit, maar haar auto stond er niet. Er schoot haar net te binnen dat ze haar Jeep de vorige avond bij het Aqua had laten staan, toen haar moeder de oprit weer op kwam.

'Ik realiseer me net dat je zonder auto zit,' zei ze door het open raampje van haar Polo. 'Stap maar in.'

'Je bent geweldig, mam,' zei Annabel met een zucht. 'Duizendmaal dank.'

'Is alles nu in orde, Rebecca, liefje?' vroeg Lily toen ze wegreden.

Annabel fronste. Wilde haar moeder haar soms over de rug van haar kinderen manipuleren om Colin terug te nemen? Was ze dan helemaal niet trots op haar dochter? Dacht ze nou echt dat een rijke man alles was in het leven? Ze besloot om maar niet op de insinuaties van haar moeder in te gaan en stapte bij het Aqua zonder iets te zeggen uit de auto.

'Tot later,' zei Lily ernstig. 'Ik vind het maar niks: jij helemaal alleen in dat grote huis. Misschien blijf ik wel een nachtje logeren.'

Annabel wilde waar de meisjes bij waren geen scène maken, dus zei ze niets.

'Dag oma!' riepen de meisjes toen Lily wegreed.

Annabel zette haar dochters snel af, nog steeds met een verslagen gevoel. Ze was zich ervan bewust dat haar emoties alle kanten op gingen: het ene moment was ze dolblij en het volgende ogenblik zat ze diep in de put. Dat zou allemaal wel bij een scheiding horen. Haar telefoon ging over; hetzelfde nummer van de avond tevoren verscheen op de display. Gary.

'Hallo, Annabel!'

'Gary. Sorry dat ik gisteravond niet goed met je kon praten.'

'Zo gauw laat ik me niet uit het veld slaan. En trouwens, ik heb al een heleboel van die plastic bakjes ingeslagen. Ik vroeg me af wat je vanavond voor plannen had.'

Wat zou haar moeder zeggen als ze voor een tweede avond op rij uitging – met een andere man? Maar ze hoefde zich natuurlijk niet te verantwoorden, en als haar moeder per se wilde blijven slapen, kon ze die gelegenheid misschien maar beter te baat nemen.

'Vanavond is prima,' antwoordde ze voorzichtig.

'Heb je zin om naar Findlaters te gaan?'

Hij klonk gespannen en Annabel vond het een vleiende gedachte dat zij in staat was een man dat gevoel te geven.

'Goed. Hoe laat?'

'Ik kan je komen ophalen.'

'Nee, we kunnen beter daar afspreken. Zullen we zeggen om negen uur?'

'Oké, negen uur. Tot dan.'

Annabel leefde helemaal op van Gary's stem. De laatste tijd was het leven een achtbaan van emoties.

Toen Kate haar ogen opendeed werd ze verblind door het felle licht van een tl-lamp. Ze draaide haar hoofd naar rechts en stelde haar blik scherp op het vertrouwde gezicht van Fabian. Hij zat te doezelen in de stoel naast haar bed. Geleidelijk aan kwamen er weer flarden van de afgelopen nacht bij haar terug en ze besefte dat ze in het ziekenhuis lag. Ze keek omlaag naar haar arm, die raar bekneld aanvoelde, en zag dat die aan een infuus was gekoppeld. De rest van haar lichaam was bedekt met een groen ziekenhuishemd. Haar benen waren gevoelloos en ze was zo slap dat ze amper haar arm kon optillen. Fabian werd meteen wakker zodra hij hoorde dat Kate zich verroerde. Zijn doordringende haviksogen zochten die van Kate toen hij zich naar voren boog en haar hand in de zijne nam.

'Fabian, heb ik geslapen?'

'*Chérie*, je hebt een bloeding gehad,' zei hij zachtjes. 'Je hebt veel bloed verloren en je moet heel kalm aan doen.'

Kate raakte in paniek. 'O, Fabian... En de baby?'

Hij aarzelde en zijn gezicht kreeg een allerakeligste uitdrukking.

'Ik ben de baby kwijt, hè?' riep ze op dringende toon uit.

'Nee, je hebt geen miskraam gehad en de baby leeft nog, maar je kunt beter met de dokters praten. We maken ons meer zorgen om jou, Kate. We waren je bijna kwijt. Je bent bewusteloos geraakt.'

Haar baby leefde nog. Afgelopen nacht twijfelde ze er nog aan of ze het wel zou redden om voor een baby te zorgen, maar vanochtend wilde ze dat liever dan wat ook ter wereld.

Ze keek Fabian in de ogen en voelde zijn greep om haar hand verstrakken. 'Godzijdank dat jij bij me kwam.'

'Ik ben er altijd voor je, *chérie*,' zei hij met een glimlach.

'Wat jammer toch dat je homo bent.'

'Vind ik ook, *chérie*,' zei hij terwijl hij een gezicht trok. 'Vind ik ook.'

Een gedrongen verpleegster in een goed gevuld uniform kwam naar het tweetal toe en schraapte haar keel.

'*Madame, le médecin est arrivé.*' Ze wendde zich tot Fabian. '*Vous êtes le père?*' Ze nam logischerwijs aan dat hij de vader was.

'*Oui*,' antwoordde Fabian. Hij wilde Kate niet het gevoel geven dat ze er alleen voor stond, en ze was te versuft en verward om hem tegen te spreken.

Dokter Barthez kwam ontspannen naar de zijkant van Kates bed lopen. Hij droeg geen uniform en daar maakte hij, in combinatie met zijn vlotte manier van doen, gebruik van om zijn patiënten een ontspannen gevoel te geven.

'Madame Cassaux, u hebt veel geluk gehad – en uw kleintje ook. U bent precies op tijd bij ons gekomen. Ik zal eerlijk tegen u zijn over hoe u eraan toe bent. Het kan zijn dat u nog een bloeding krijgt als u niet oppast.'

'Komt het goed met mijn baby?'

Dokter Barthez dacht even na hoe hij de feiten over de overlevingskansen van Kates baby het best kon overbrengen.

'Zover wij kunnen zien op de scans is met de baby alles in orde. Die zal als de placenta niet beschadigd is geraakt en als u zich niet te veel inspant over een paar weken het bloedverlies hebben gecompenseerd. Er is echter een kans op hersenbeschadiging, maar of daar sprake van is weten we pas als de baby is geboren.'

Kate slikte moeizaam. Fabian drukte stevig haar handen en keek gespannen toe hoe ze zou reageren. Hij wilde verschrikkelijk graag iets voor haar doen, maar besefte dat er niets te doen viel. Kates gezicht sprak boekdelen.

Voor de tweede keer op rij zat Annabel voor de spiegel aan haar toilettafel. Het kasjmieren vestje met de grove zilveren ketting gaven haar het gevoel dat ze minstens tien jaar jonger was, en zo zag ze er ook uit. Haar haar viel in grote krullen losjes tot op haar schouders.

Haar moeder had niets gezegd toen ze haar had verteld dat ze weer de deur uit ging. De meisjes lagen in bed en Sam zat rustig in zijn kamer te spelen – Lily had geen kind aan ze – maar toch voelde Kate zich schuldig. Iedereen nam het haar kwalijk dat ze een eind aan haar huwelijk had gemaakt. Al binnen een paar dagen na haar scheiding van Colin was de telefoon gestopt met rinkelen. Vrouwen van wie ze had gedacht dat ze haar vriendinnen waren bleven bij haar uit de buurt. Maeve had haar gewaarschuwd dat ze bang waren dat zij achter hún mannen aan zou gaan. Misschien had ze daar wel gelijk in en waren die mensen echt zo onzeker over zichzelf. Maeve was de enige die regelmatig belde, en zij had een fantastische relatie met haar man, dus misschien verklaarde dat waarom ze gelukkig genoeg was om met Annabel bevriend te kunnen blijven en haar zelfs te helpen in deze moeilijke tijd.

Met een laagje roze lipgloss legde Annabel de laatste hand aan haar make-up, en ze stond op. Ze hoopte maar dat ze het zich niet verbeeldde dat ze er jonger uit was gaan zien. Ze keek zonder meer een stuk rustiger uit haar ogen nu ze niet voortdurend door Colin werd uitgefoeterd. Ze kon nu in een café afspreken met een nieuwe, ietwat sjofele man die haar graag leek te mogen. Gisteren met Damien was de leukste tijd die ze in gezelschap van een ander mens had doorgebracht sinds die vakantie met Kate, maar in de loop van de dag was ze gaan beseffen dat Damien en zij nooit meer voor elkaar konden betekenen dan zakenpartners of vrienden, en Gary's telefoontje kwam op een prima moment: voordat ze het echt van Damien te pakken kreeg en de boel nog meer op scherp zette. Als ze iets met Damien zou beginnen, was de kans op een verzoening met Kate echt verkeken. Ze moest maar accepteren dat Damien haar beschouwde als de vriendin van zijn dochter en als een vrouw met enige ondernemingszin. Al met al had ze nu een beter gevoel over zichzelf dan vroeger.

Lily zat in de woonkamer de avondkrant te lezen, met op de achtergrond de monotone stem van de RTÉ-nieuwslezer. Ze keek niet op toen Annabel de kamer binnenkwam. Het gedrag van haar dochter van de laatste tijd kon voor haar echt niet door de beugel. Ze voelde zich al zo opgelaten over de hele situatie, vooral als ze naar de bridgeclub ging. De week nadat de twee uit elkaar waren gegaan had ze zich daar niet vertoond, maar nadat Annabel haar had verweten dat ze banger was om haar schoonzoon te verliezen dan om haar dochter vernederd te zien door de affaire met de au pair, had ze besloten de confrontatie toch maar aan te gaan. Het beviel Lily wel dat Colin een bekwame, bemiddelde man was. Dat was meer voor haar gaan betekenen dan ze had beseft.

'Ik ga ervandoor, mam. Je vindt het toch niet erg, hè?'

Langzaam hief Lily haar hoofd op. 'Ik kan jou niet vertellen hoe je je leven moet leiden, Annabel. Je bent veertig, maar misschien zou je je daar ook eens naar moeten gaan gedragen.'

'Ik ben *nog maar* veertig, mam. Heb ik geen recht op een beetje tijd voor mezelf nu ik de kinderen helemaal in mijn eentje moet grootbrengen?'

'Als je Colin laat terugkomen, hoef je er helemaal niet in je eentje voor te staan,' zei Lily met een verbeten trek om haar mond.

Annabel zuchtte diep. 'Ik ga dit gesprek niet nog een keer voeren, mam. Als het je niet aanstaat hoe ik mijn leven leid, kun je net zo goed teruggaan naar je eigen huis. Dat veroordelende toontje van je kan ik niet meer horen.'

Lily stond op. 'Goed. Ik heb er genoeg van om gebruikt en misbruikt te worden. Zoek maar een andere oppas!' Ze pakte haar tas, beende bruusk langs Annabel heen, pakte haar sleutels van het haltafeltje en smeet de voordeur achter zich dicht.

Sprakeloos hoorde Annabel haar moeders auto starten en weg-rijden. Het was nogal een statement om er op zo'n manier vandoor te gaan. Ze wist dat Annabel een afspraak had. Misschien was Lily de hele tijd al van plan geweest haar voor het blok te zetten.

Nu had ze geen oppas, en ze had ook geen zin meer om uit te gaan. Maar de gedachte aan Gary met zijn blauwe ogen deed haar anders beslissen. Het was nu vijf over negen; Gary zou waarschijn-lijk al op haar zitten te wachten. Ze belde haar buurvrouw, die een dochter van zestien had die soms voor haar oppaste als ze echt om-hoogzat.

Het meisje was tot Annabels opluchting die avond thuis.

'Ik ben er over vijf minuutjes, Annabel.'

'Bedankt, Lucy,' zuchtte Annabel. 'Je bent een godsgeschenk.'

Ze moest Gary snel even sms'en, zodat hij niet zou denken dat ze hem liet zitten.

Om vijf voor half tien arriveerde ze bij Findlaters. De uitsmijters glimlachten haar toe toen ze langs hen heen stormde en het ruime café-restaurant binnenging. Her en der waren grote leren fauteuils en banken in de ruimte neergezet. Ze zag Gary, die in de hoek het cocktailmenu zat te bestuderen. In zijn grove trui en het feloranje t-shirt dat eronder vandaan piepte leek hij regelrecht uit de *Vogue* voor mannen te zijn gestapt.

Langzaam liep ze naar hem toe, en pas toen ze bijna voor hem stond keek hij op.

'Hai,' zei ze verlegen.

Hij stond op, boog zich naar haar toe en streek met zijn lippen over haar wang. 'Annabel, je ziet er betoverend uit.'

'Dank je,' zei ze tot haar eigen verrassing. Ze was niet aan com-plimentjes gewend, maar het voelde goed om dit uit Gary's mond te horen.

'Wat wil je drinken?'

'Een glas witte wijn, graag.'

'Wil je geen cocktail proberen?'

'Ik zou niet weten wat ik moest bestellen,' zei ze, terwijl ze zich zelf ergerde aan haar dommige toontje.

'Jij bent echt een vrouw met klasse,' zei hij. 'Ik zou zeggen: een daiquiri!'

Annabel voelde zich gevleid, maar ze wilde niet dat hij besloot wat ze zou gaan drinken.

'Ik ga gewoon voor witte wijn,' zei ze, resoluter ditmaal.

'Wat de dame wil, kan de dame krijgen,' zei Gary, met een buiging in haar richting, terwijl hij zijn ruige krullen schudde.

Annabel lachte. Hij was een schat, en ze moest er niet van uitgaan dat alle mannen net zo waren als Colin en eropuit waren haar eronder te krijgen. Een meisje van een jaar of twintig met veel te schonkige heupen voor haar leeftijd kwam naar hun tafel stevenen. Gekleed in een zwarte broek en een friswit shirt liet ze een leeg dienblad vervaarlijk op haar vingertoppen balanceren. Haar lange zwarte haar was zijdeachtig en glanzend, en ze wierp het voor Gary koket achterover. Zo ging dat nu eenmaal als je met een aantrekkelijke man samen was, vermoedde Annabel, maar omdat ze zo lang met Colin getrouwd was geweest had ze er geen ervaring mee.

'Ik graag een flesje Miller en mevrouw wil graag een glas witte wijn.' Hij keek Annabel aan. 'Een bepaald soort?'

'De Zuid-Afrikaanse chenin blanc, graag,' zei Annabel tegen de serveerster, die nog steeds Gary stond aan te gapen. Annabel werd er vrolijk van dat ze naast zo'n smakelijke man zat. Hij had een enorme uitstraling.

'Ziezo, en nu wil ik alles van je horen, Annabel,' zei Gary zodra de serveerster haar hielen had gelicht.

'Ik, eh... Ik ben eigenlijk best saai. Ik ben kortgeleden gescheiden; ik ben twaalf jaar getrouwd geweest. Ik heb een zoon en twee dochters. Ik verkoop dus hummus op de markt, nog maar sinds een paar maanden. Dat is het wel zo'n beetje.'

'Volgens mij is dat nog niet eens het topje van de ijsberg!' Hij glimlachte ondeugend.

'En jij, Gary?'

'Ik deel een appartement in Glasnevin met een vriend. Ik ben nooit getrouwd geweest, maar wel vijf jaar verloofd.'

Annabel rechtte haar rug tegen de leren fauteuil en spitste haar oren.

'Wat lang. Wat is er gebeurd?'

'Ik kon niet bij het altaar komen.'

Annabel schatte hem in als iemand die zich moeilijk kon binden. Het was onmogelijk om er zo goed uit te zien als Gary en ook nog eens trouwlustig te zijn. Geen wonder dat hij nog steeds vrijgezel was.

'Koudwatervrees?'

'Nee, ik kon letterlijk niet naar het altaar komen. Ik had iets aan mijn rug, waardoor ik drie jaar lang niet heb kunnen lopen. Tegen de tijd dat ik was hersteld had ze iemand anders leren kennen, met een dikkere portemonnee en een veel gezondere rug. De mijne zou ze waarschijnlijk gebroken hebben, dus was het maar goed ook dat ik van haar af was.'

Annabel nam het zichzelf in stilte kwalijk dat ze de verkeerde conclusies had getrokken. Dat was een trekje van Lily dat ze steeds vaker bij zichzelf zag. Deze man zag er geweldig uit en maakte haar aan het lachen. Ze raakte helemaal ontspannen, en in de drie daaropvolgende uren wist hij haar met zijn jongensachtige manier van doen zo te boeien dat ze totaal in hem opging. Pas toen de serveerster naar hen toe kwam om te zeggen dat het de laatste ronde was, keek ze voor het eerst die avond op haar horloge.

'Ik vond het heel leuk met je, Annabel.'

'Ik ook,' zei ze met een brede glimlach.

'Misschien voor herhaling vatbaar?'

Annabel wilde Gary zeker nog eens terugzien – hoe eerder, hoe beter. Ze zou willen dat er aan deze avond geen einde kwam, maar het was misschien beter om kalm aan te doen. 'Heb je zin om dit weekend uit te gaan?'

'Vanwege de markt ga ik meestal doordeweeks uit. Nooit op vrijdag- of zaterdagavond.'

Annabel vond het een beetje vreemd dat een vrijgezel als hij in het weekend thuis bleef zitten. 'Zondag dan?'

'Zondag is prima. Mijn favoriete avond!'

'Oké, waar zullen we heen gaan?'

'Hier vind ik het prima, als jij dat ook goedvindt. We zouden meteen na de markt hierheen kunnen gaan en hier iets eten.'

'Ik moet rekening houden met de kinderen. Ik regel wel iets en dan sms ik je.'

Hij stond op. Wat een verademing om eens een aardige, fatsoenlijke man te leren kennen die niet tot over zijn oren in allerlei gewichtige zaken zat en overtuigd was van zijn eigen belangrijkheid. 'Zal ik een taxi voor je bellen?'

'Dat hoeft niet. Ik loop wel de heuvel op.'

'Zal ik dan met je meelopen?'

'Ach, waarom niet?' antwoordde ze. Ze kon wel duizend redenen bedenken waarom het beter was van niet. Haar moeder zou haar kunnen zien, of erger nog: Colin of een van de roddeltantes uit de buurt.

Ze voelde zich weer net een tiener en rilde toen ze de koele nachtlucht in liepen.

'Heb je het wel warm genoeg?' vroeg Gary. 'Je mag mijn trui wel aan.'

'Dat hoeft niet, hoor. Als we eenmaal een stukje op weg zijn krijg ik het bloedheet.'

Annabel liep door met haar armen losjes over elkaar geslagen. Ze nam kleine stapjes, zodat ze niet zo snel gingen. Af en toe streken hun armen langs elkaar heen.

'Waar woon je?'

'Op Summit Green.'

'Ah, die huizen ken ik. Ze zijn heel mooi. Dan gaan de zaken voor je man zeker voor de wind?'

'Hij denkt zelf graag van wel.'

'Is er nog kans dat je naar hem teruggaat?' vroeg hij ernstig.

Annabel schudde haar hoofd. 'Om eerlijk te zijn was ik al een hele tijd niet gelukkig. Ongelofelijk wat er allemaal verandert als je één ding in je leven omgooit. Ik begon met mijn kraampje, en vervolgens dook Colin, omdat ik minder vaak thuis was, met de au pair het bed in. Ik heb toen tegen hem gezegd dat hij zijn biezen kon pakken, en nu ken ik mijn leven en de mensen die belangrijk voor me zijn niet meer terug, en het is nog maar een paar maanden geleden gebeurd. Het zal er voor een groot deel wel mee te maken hebben dat ik kortgeleden veertig ben geworden.'

'Veertig is een mooie leeftijd, toch?' vroeg hij met een knikje. 'Als je het mij vraagt, begin je op je veertigste nog maar net te beseffen wie je zo'n beetje bent.'

Binnen een mum van tijd waren ze bij de Green gekomen. Normaal gesproken voelde het voor Annabel helemaal niet als zo'n kort wandelingetje de heuvel op. Toen ze bij de entree van haar huis kwamen, bleef Annabel staan en draaide zich naar Gary toe.

'Hier woon ik!'

'Nu ik dit eenmaal weet, kun je me nooit meer ontlopen!' Zijn blauwe ogen werden groot en glinsterden in het licht van de straatlantaarns.

'O help, dan zit ik dus vast!' zei ze met een grijns. Daarop volgde een kort ongemakkelijk moment, waarin geen van beiden wist wat ze nu moesten doen. Annabel keek op naar zijn ogen en voelde een stroomstootje door zich heen gaan. Toen de spanning tussen hen toenam, zette ze zich schrap.

Gary boog voorover en sloot zijn ogen toen hij zijn lippen op de hare drukte. Annabel voelde een tinteling langs haar ruggengraat trekken. Zijn mond smaakte heel zoet en ze was meteen helemaal van de wereld. Hij legde zijn handen lichtjes op haar heupen en hield haar vast alsof ze een porseleinen poppetje was. Toen hij zijn lippen van haar lippen wegtrok, bleef ze als aan de grond genageld staan. Ze wilde meer.

'Ik kan maar beter gaan,' zei hij. 'Je vindt het vast niet leuk als je kinderen je betrappen terwijl je vreemde mannen zoent!'

Wat attent van hem, bedacht Annabel met een zucht van teleurstelling. 'Je hebt gelijk. Tot zondag dan maar.'

'Zeker weten,' zei hij dromerig. Met een knipoog draaide hij zich op zijn hakken om en liep de heuvel weer af.

Annabel ging achter een van de dikke pilaren van de poort naar haar huis staan en keek hem na. Ze voelde zich net een puber die voor het eerst was gezoend en aan het eind van een zomernacht de jongen van haar dromen nakeek tot hij was verdwenen. Maar ze wás geen tiener, en Gary ook niet. Ze was een vrouw met verant- woordelijkheden en haar kinderen stonden voor haar op de eerste plaats. Deze nieuwe ervaringen verwarden haar enigszins en ze vroeg zich af of ze het zou redden in haar nieuwe leven als vrijge- zel. Was Kate er maar! Die zou haar precies kunnen vertellen wat ze moest doen. Ze móést met haar praten.

19

Kate was blij dat ze thuis was. Ze had langer in het ziekenhuis moeten blijven dan ze had gedacht. Ze legde haar voeten op het krukje dat Fabian voor haar neerzette.

'Je hoeft je niet meer zo druk om me te maken,' zei ze. 'Ik heb nog vier maanden te gaan. Als je zo doorgaat, loop je tegen die tijd op je tandvlees!'

'Ik was erbij in het ziekenhuis, ik heb het ook gehoord! Je moet luisteren naar de *docteur, chérie.*'

Kate vond het maar niks dat haar dierbare vriend op zijn hurken aan haar voeten zat en als een bediende op haar instructies wachtte.

'Fabian?'

Hij keek op en fronste zijn wenkbrauwen, waardoor zijn neus nog meer op de snavel van een havik leek dan anders.

'Ontzettend bedankt,' zei ze met een zucht van waardering. 'Ik zou niet weten wat ik had gemoeten als jij er de afgelopen weken niet was geweest.'

Langzaam stond Fabian op en hij keek Kate met hangend hoofd aan, alsof hij een schooljongen was die een standje had gekregen.

'Ik moet je iets zeggen, nu je toch zo positief over me denkt.'

Verrast hield Kate haar hoofd schuin; ze vroeg zich af wat het kon zijn.

'Terwijl jij in het ziekenhuis lag en ik hier bij de jongens was, heb ik op een dag... de telefoon opgenomen.'

Kate fronste. Wat zou hij hebben uitgespookt?

'Het was Annabel en ik heb haar je nieuwtje verteld.'

Kates frons werd dieper. Alsof ze op dit moment nog niet genoeg aan haar hoofd had!

'Fabian, ik wil het niet over haar hebben,' zei ze, verwoed haar hoofd schuddend. 'Je weet wat ze met mijn vader heeft gedaan, en een paar dagen na mijn moeders crematie papte ze alweer met hem aan!'

Fabian kwam naast Kate op de bank zitten en legde zijn hand op de hare om haar te kalmeren. 'Ik ben je vriend, Kate, en ik zie niet graag dat mensen je van streek maken, maar volgens mij heeft ze je een heleboel te vertellen en zouden jullie daar allebei veel aan kunnen hebben.'

'Het interesseert me niet. Waarom zou ik met haar willen praten? Ik heb al genoeg aan mijn hoofd.'

Misschien dat er ooit een moment zou komen om weer met elkaar te praten, maar nu in elk geval niet. Dat zou te snel zijn na het verlies van haar moeder en het bijna-verlies van haar baby. Elk beetje energie dat ze nog voor zichzelf over zou kunnen hebben werd haar ontnomen, dus de problemen van een ander kon ze er niet ook nog eens bij hebben, zeker niet als dat iemand was die haar had verraden.

Fabian gaf een kneepje in haar hand. 'Haar huwelijk is op de klippen gelopen.'

Kates mond viel open van verbijstering en meteen kwamen er allerlei gedachten bij haar op. Zou haar vader dat weten? 'Heeft het iets met mijn vader te maken?' vroeg ze.

Nu was het Fabians beurt om zijn hoofd te schudden. 'Nee, *chérie*. Haar man had een affaire met de au pair.'

Kate voelde een steek van medeleven met haar vroegere vriendin, maar haar bezorgdheid om Damien was sterker. 'Weet mijn vader ervan? Zit ze soms achter hem aan?' Er klonk paniek door in haar stem.

'Rustig nou maar, *chérie*,' zei Fabian zacht. 'Ze gaat samen met je vader een cafeetje beginnen, maar hun contact is puur zakelijk.'

Kate trok haar voorhoofd in een frons. Ze wilde Fabian graag geloven. 'Waarom belde ze?'

'Ze wilde je komen opzoeken. Ze zou graag een poosje bij je zijn voordat de kinderen weer naar school moeten.'

'Maar dat zou betekenen dat ze deze maand nog wil komen!'

Fabian knikte.

'Ik weet het niet hoor, Fabian. Ik heb nog steeds geen goed gevoel over haar.'

'Het is helemaal aan jou, *chérie*,' zei Fabian met een nonchalant schouderophalen. 'Ik heb tegen haar gezegd dat ik het aan je zou doorgeven, maar dat ik niet dacht dat je haar terug zou bellen.'

Bij die opmerking schoten Kates wenkbrauwen de hoogte in. 'Ben ik dan zo'n stijfkop?'

Met een theatraal gebaar haalde Fabian nogmaals zijn schouders op.

Kate maakte haar hand los uit de zijne en legde hem op haar bolle buik, waar hij in een vertroostend gebaar bleef liggen.

Misschien werd het tijd om de ruzie bij te leggen. Annabel had na Biarritz diverse pogingen gedaan om contact met haar op te nemen en hun ruzie had nu wel lang genoeg geduurd – bijna té lang, want stel dat ze was bezweken aan de bloeding?

Ze nam een besluit: ze zou Annabel Hamilton die avond na het eten bellen.

'Oké, ik geef me gewonnen, Fabian,' zei ze. 'Ik bel haar wel.'

Om acht uur hoorde Annabel Colin de sleutel omdraaien in het slot van de voordeur, alsof hij nooit uit huis was weggegaan. Bij dat ooit zo vertrouwde geluid sloeg de schrik haar om het hart. Zijn zware voetstappen weerklonken op de houten vloer en Annabel zette zich inwendig schrap. Op het moment zelf had het een goed idee geleken om Colin te vragen of hij wilde oppassen, maar nu was ze daar niet meer zo zeker van. Misschien kon ze toch beter thuisblijven.

'Hai,' begroette ze hem toen hij in de deuropening van de televisiekamer kwam staan, maar hij reageerde niet op haar.

'Hallo, meiden,' zei hij terwijl hij de kamer in kwam.

Blij verrast keken Taylor en Rebecca op. Annabel had hun verteld dat hij zou komen, maar nu drong dat pas goed tot hen door.

Sam kwam toen hij zijn vaders stem hoorde de trap af sprinten. Hij had hier de hele dag naar uitgekeken en had zijn nieuwe Chelsea-tenue aangetrokken. 'Ha pap, zin om buiten een potje te voetballen?'

Colin keek naar het shirt van zijn zoon en slaagde er niet in een frons te onderdrukken. Dit vond hij helemaal geen geschikte kledij voor zijn zoon.

'Heb je die nieuwe golfclubs nog ergens die ik voor je had achtergelaten? We kunnen als je wilt wel wat gaan putten.'

Sam knikte. 'Ja, nog bedankt, pap. Die zijn tof.' Maar hij wilde helemaal niet golfen; dat had hij nooit leuk gevonden.

'Graag gedaan,' glunderde Colin. 'Zullen we het in de keuken doen?' Hij zou deze tijd benutten om Sam op het juiste spoor te zetten. Hij was er niet aan gewend quality time met zijn zoon door te brengen, maar sinds hij het huis uit was, was hun relatie een stuk verbeterd. Sam wilde bij hem komen wonen, maar dat kon absoluut niet. Hij had met zijn overvolle agenda geen tijd om voor zo'n jonge knul te zorgen.

Annabel ging haar jasje pakken, en moest even slikken voordat ze halfhartig weer de keuken in liep.

'Nou, ik ga,' zei ze. 'Bedankt dat je wilde komen oppassen.' Ze glimlachte in een poging het ijs enigszins te breken.

Al zwaaiend met Sams club nummer 7 draaide Colin zich om. 'Ik trek met mijn kinderen op,' zei hij stijfjes. 'Op je eigen kinderen pas je niet op.'

'Natuurlijk,' antwoordde ze. Hij was het nog niet verleerd om vlijmscherpe opmerkingen te maken. Onvast wipte ze van de ene voet op de andere. Ze moest zwaar boeten voor haar nieuw verworven vrijheid. 'Ik ben rond een uur of twaalf terug.'

Sam en Colin wendden hun aandacht weer naar de grond, hun blik strak gericht op een Ping-golfbal. Annabel liep de tv-kamer in en kuste de meisjes op hun kruin, waarna ze haar tas pakte en met een mengeling van bezorgdheid en opluchting de voordeur uit stapte.

Kate pakte de telefoon op en begon Annabels nummer in te toetsen. Ze wilde niet te veel nadenken over wat ze aan het doen was.
Aan de andere kant ging de telefoon tien keer over. Ze wilde al bijna neerleggen, toen er een stem klonk.

'Hallo?'

Het was Colin.

Kate herkende zijn kortaffe toon onmiddellijk. Maar wat deed
hij daar als Annabel en hij uit elkaar waren? Misschien had Fabian
het hele verhaal wel uit zijn duim gezogen, of had hij niet geweten
hoe het precies in elkaar zat.

'Wie is daar?' vroeg de stem scherp.

Kate had geen zin om met Colin te praten, dus hing ze op, teleurgesteld dat haar poging om vrede te sluiten op niets was uitge-
lopen. Annabel zou in elk geval niet weten dat ze had gebeld. Misschien zou ze eerst beter moeten nadenken over wat ze wilde gaan
zeggen.

Ze pakte de telefoon weer en belde nogmaals naar Ierland, maar
ditmaal een ander nummer.

Annabel parkeerde bij de ingang van St. Anne's Park. Dat was halverwege haar huis en Gary's flat, die ze nog niet had gezien. Bij het
vooruitzicht de lange, knappe man weer te ontmoeten kreeg ze
vlinders in haar buik. Hij had geduld met haar en begreep dat ze
behoefte had aan discretie en geheimhouding. De laatsten die ze
zou willen kwetsen waren wel haar kinderen, en ook al raakten die
inmiddels wat meer gewend aan hun nieuwe gezinssituatie, toch
wist ze dat ze niet op een vreemde man in het leven van hun moeder zaten te wachten. Voor Annabel was Gary haar geheime red-
der. Hij gaf haar de kracht om voet bij stuk te houden als haar
moeder haar de les las omdat ze Colin de deur had gewezen, en hij
gaf haar een reden om tijd voor haarzelf vrij te maken. Aanvankelijk had ze gehoopt dat ze elkaar vaker zouden kunnen zien, maar
het pakte anders uit. Toch was ze blij met de paar uurtjes die ze
konden vinden om bij elkaar te zijn.

Een lang, breedgeschouderd silhouet werd steeds groter toen

het naar Annabels Jeep toe kwam, en even later tikte Gary tegen het raampje. Snel ontgrendelde ze het portier en liet hem instappen. Gary liet zich op de passagiersstoel glijden, boog zich naar haar toe en gaf haar een verrukkelijke zoen op haar lippen. Die alleen al maakte het wachten de moeite waard.

'Hallo, schoonheid!'

'Dito,' zuchtte ze, likkend langs haar lippen.

'Ah, *Ghost*! Dat is anders niet een van mijn persoonlijke favorieten,' grinnikte hij schalks.

'Dat was geen filmcitaat, mafkees!' zei Annabel, terwijl ze hem speels in zijn ribben porde.

'Je bent té schattig!' zei hij.

Sinds ze van de basisschool af was had niemand haar meer schattig genoemd. Ze glunderde.

'Heb je zin om mee naar mijn huis te gaan?' vroeg Gary langs zijn neus weg.

Dat zag Annabel wel zitten. Ze had zich al afgevraagd wat Gary in vredesnaam in zijn flat verborgen hield – of erger nog: wie.

'Prima.' Annabel startte de motor en draaide Clontarf Road op. Vol verwachting sloeg ze de met bomen omzoomde Griffith Avenue in.

Gary leunde op zijn gemak achterover en wees de weg, tot ze bij een statig victoriaans pand kwamen van rode baksteen.

'Wat een mooie plek,' zei Annabel.

'Je mag niet op uiterlijk afgaan,' waarschuwde Gary terwijl de auto tot stilstand kwam.

Zodra ze eenmaal binnen waren, snapte ze wat hij bedoelde. Achter de lommerrijke tuinen en streng uitziende buitenkant bevond zich een doolhof aan binnenmuren die acht appartementen vormden. Het was al een tijdje geleden dat de huisbaas in enige vorm van onderhoud van het pand had geïnvesteerd. Het behang dat ze zagen toen ze via de trap naar de bovenste verdieping gingen zag eruit alsof het er voor een deel al sinds de jaren zeventig op zat.

Gary maakte de deur van dun board naar het zolderappartement open. Het gerafelde tapijt met een dessin van grote gele krullen liep vanaf de overloop door tot in Gary's woonkamer. Toen Annabel om zich heen keek, ontdekte ze dat dit gedeelte tevens als keuken en hal fungeerde.

'Ik hou van een open indeling,' zei Gary luchtig in een poging niet te laten blijken dat hij zich ervoor geneerde hoe klein het allemaal was.

'Het is heel knus. Annabel liep naar het gebloemde bankstel en streek met haar hand over de kussens.

'Dat is wel erg positief uitgedrukt!' antwoordde Gary eerlijk. 'Maar het is óók heel klein. Nou, neem plaats en doe alsof je thuis bent.'

Annabel gehoorzaamde en probeerde niet te grimassen toen een springveer van de bank kreunde onder haar gewicht. Ze had vrij zicht op Gary, die verwoed een voor een de keukenkastjes doorzocht.

'Thee, koffie of een borrel?'

'Doe maar thee. Ik moet nog rijden.'

Gary's hoofd piepte uit boven het keukenblad waarachter hij wortel leek te hebben geschoten.

'Je kunt ook blijven slapen,' stelde hij schaapachtig voor.

Annabel probeerde te glimlachen. Deze man had geen idee wat verplichtingen waren.

'Ik moet morgenochtend gewoon weer bij de kinderen zijn.'

Gary knikte; hij voelde zich nu duidelijk ongemakkelijk over zijn voorstel. 'Sorry, Annabel, daar had ik even niet aan gedacht.'

Heel even was Annabel geneigd haar verantwoordelijkheden te laten voor wat ze waren en erin toe te stemmen om te blijven. Maar toen herinnerde ze zich weer dat Colin op de kinderen paste, en niet haar moeder of zelfs maar het buurmeisje. Gary begreep gelukkig dat haar kinderen voor haar op de eerste plaats kwamen, zeker in deze moeilijke periode. Daardoor werd hij er alleen maar leuker op.

Toen Gary met twee mokken thee en een rol chocoladebiscuitjes onder zijn arm bij haar op de bank kwam zitten, verlangde ze steeds meer naar hem. De kus die hij in de auto op haar lippen had gedrukt smaakte naar meer. Dat ze in zijn flat zat, en zo dicht bij de kamer waar hij elke nacht sliep, maakte het spannend wat er nu verder zou gaan gebeuren. Ze gingen nu tenslotte bijna een maand met elkaar om.

Gary zette zijn mok op de grond en leunde achterover, met zijn arm losjes op de rugleuning van de bank achter Annabel.

'Sorry dat ik je heb meegetroond naar deze puinhoop. Pas als ik iemand voor het eerst mee hiernaartoe neem zie ik hoe morsig het allemaal is.'

'Ik meende het toen ik zei dat het knus was. Je hebt van hieraf een prachtig uitzicht over de boomkruinen.'

'Ik zal het maar eerlijk zeggen, Annabel. Het is goedkoop en Jamie is er toch nooit.'

'Jamie?'

'Mijn huisgenoot. Hij heeft een vriendin met een appartement een paar straten verderop. Hij heeft hier alleen maar zijn spullen opgeslagen en vlucht af en toe hierheen als ze ruzie hebben.'

Annabel knikte, pakte haar mok en nam een slokje. Gary had iets waardoor ze zichzelf helemaal vergat. Zijn arm was dichtbij, maar nog niet dichtbij genoeg.

'Zal ik een muziekje opzetten?' vroeg hij.

'Goed,' zei ze, terwijl ze de mok thee aan haar voeten zette.

Hij sprong op en zette de mini-hifi aan die op een plank in de hoek van de kamer stond. Ze herkende de gitaarakkoorden onmiddellijk. Het was lang geleden dat ze 'Samba Pa Ti' van Santana had gehoord. Damien draaide dat altijd wanneer hij Kate en haar vroeger van de disco naar huis bracht. Nu pas herinnerde ze zich dat ze Damien sinds hun etentje helemaal niet meer had gesproken.

Gary kwam weer naast haar op de bank zitten, zonder te beseffen welk effect de muziek op Annabels gemoedstoestand had. Toen hij ditmaal zijn arm achter haar legde, kamde hij zachtjes met zijn vingers door haar krullen. Annabel sloot haar ogen en liet zich meevoeren door zijn aanraking. Toen Gary zijn lippen teder op de hare drukte, smolt ze, maar met haar ogen stijf gesloten wist ze niet goed of ze nu aan Damien of aan Gary dacht. Uiteindelijk deed ze ze open en besefte dat ze met de juiste man samen was. Gary stond langzaam op en stak zijn hand naar haar uit. Vol verwachting en met kloppend hart kwam ze overeind en pakte zijn hand aan, waarna ze met hem meeliep naar de slaapkamer. Deze avond verliep helemaal volgens plan.

'Hallo?'

'Ha, pap,' zei Kate glimlachend in de telefoon.

'Ik wilde je net bellen. Ik kom overmorgen naar je toe.'

Ze was opgelucht bij het vooruitzicht haar vader al zo snel weer te zien.

'Prima. Ik vraag wel of Fabian je komt ophalen.'

'Ik kan ook wel een taxi nemen.'

Kate pakte een lok haar vast en draaide die om haar vinger. 'Dat kost je een vermogen.'

'De vliegreizen zijn tegenwoordig zo goedkoop dat dat niet veel uitmaakt. Hoe voel je je?'

'Ik heb eigenlijk wel een goede dag gehad,' zei ze met een knikje, ook al kon hij dat niet zien. 'Het valt nog niet mee om een invalide te zijn. Niet te geloven gewoon dat ik zo nog vier maanden te gaan heb.'

'Doe maar kalm aan,' zei Damien op geruststellende toon. 'Zodra ik bij je ben, zal ik wel een fulltime hulp voor je zien te regelen.'

Het idee dat haar vader naar haar toe zou komen om voor haar te zorgen was een grote troost voor haar. Fabian was geweldig, maar familie was toch anders, en er flitsten Kate geregeld beelden door het hoofd die haar er pijnlijk aan herinnerden dat ze haar moeder nooit meer zou zien.

'Het gaat goed, hoor pap. Maak je geen zorgen. Trouwens...' Ze aarzelde even en vervolgde toen: 'Heb je nog iets gehoord van Annabel?'

Dat had Damien niet, en hij maakte zich al ongerust over de zaak die Annabel en hij samen zouden beginnen. 'Nee.'

'Blijkbaar heeft ze gebeld toen ik in het ziekenhuis lag en aan Fabian verteld dat haar huwelijk is gestrand.'

'Dat klopt, ja.'

Fronsend keek Kate naar de telefoon. Het idee alleen al dat haar vader en Annabel allebei iets wisten waarvan zij was buitengesloten beviel haar totaal niet.

'Waarom heb jij daar niks over gezegd?'

Damien slaakte een kalme zucht. Hij moest het maar opgeven om te proberen met de vrouwen in zijn leven te communiceren. Betty was vaak tegen hem tekeergegaan als hij haar iets had willen vertellen wat ze niet wilde horen, maar later verweet ze hem weer dat hij er niets over tegen haar had gezegd.

'Je had toch gezegd dat je het nooit meer over haar wilde hebben?'

'Je had me dát wel moeten vertellen, pap.'

Damien zuchtte weer. Dit was niet het juiste moment om met zijn zwangere, verwarde dochter in discussie te gaan. 'Sorry, Kate. Ik weet niet wat ik geacht word wel en niet tegen je te zeggen. Dat bepaalde je moeder altijd voor me!'

Nu was het Kates beurt om een rotgevoel te hebben. 'Sorry, pap.'

Damien zuchtte diep. Als zijn dochter het hele verhaal wilde horen, bedacht hij, kon hij net zo goed nu meteen vertellen wat hij allemaal van plan was.

'Trouwens, ik wil Greenfield Close verkopen.'

Kate kon haar oren niet geloven. 'Hoezo dat? Dat is mijn ouderlijk huis!'

'Je woont er al twintig jaar niet meer, Kate.'

Daar had haar vader gelijk in. Maar ze moest er niet aan denken dat ze er niet meer zou kunnen logeren als ze naar Ierland kwam. 'Waar wil je dan gaan wonen?'

'In Howth. Ik ben momenteel bezig de laatste hand te leggen aan een appartementencomplex aan het strand en wil in een flat met twee slaapkamers gaan wonen. Zo veel ruimte heb ik toch niet nodig.'

'In een flat krijg je het Spaans benauwd, pap.'

'Hier kan ik niet blijven. Als ik hier nog langer blijf, wordt het een puinhoop.'

Kate verlangde er plotseling naar in Greenfield Close te zijn. Ze zag haar zoontjes en de nieuwe baby al in zo'n huis wonen. Haar gedachten sloegen op hol, zoals meestal als ze opeens een idee kreeg. Wat zou Philip ervan vinden als ze het huis overnam? Hij had zich nu gesetteld in Oxford en Gloria beweerde altijd dat ze niet in Ierland wilde wonen.

'Pap, als ik voorgoed naar huis zou komen, vind je het dan goed dat ik in Greenfield Close ga wonen?'

'Kate, nu denk je niet verstandig na. Ik zou niets liever willen dan dat je naar huis kwam, maar dat moet dan zijn omdat je in Ierland wilt wonen, en niet vanwege een huis. Ik ga hoe dan ook verhuizen.'

Kates brein draaide net zo snel als de secondewijzer op een horloge. Ze zou met de jongens moeten praten.

'Kate, ben je daar nog?'

'Jawel, pap. Hoor eens, ik zie je gauw en dan hebben we het er nog wel over.'

'Dat lijkt me een goed plan. Je bent op het moment nog zwak. De komende paar dagen zullen we alles eens op een rijtje zetten.'

'Bedankt, pap.'

Damien wilde het gesprek met zijn dochter echter niet beëindigen voordat hij haar een heel belangrijke vraag had gesteld: 'Zei je nou dat je Annabel had gesproken?'

'Nee, dat heb ik niet gezegd – maar ik heb haar wel laatst gebeld. Colin nam op en ik had geen zin om hem te spreken, dus heb ik weer opgehangen.'

Nu was het Damiens beurt om verbaasd te zijn. Colin! Zou Annabel hem hebben teruggenomen? Dat zou betekenen dat er van hun zakelijke onderneming niets meer terechtkwam. Laat staan van iets met een meer persoonlijk tintje.

'Pap?'

'Ja, lieverd?'

'Hoe laat kom je aan?'

'Mijn vliegtuig landt om half vier.'

'Mooi – dan kun je dus om een uur of zes hier zijn.'

'Ik verheug me erop.'

'Ik ook, en de jongens ook. Dag, pap.' Een beetje in de war legde Kate de telefoon neer. Wilde ze echt terug naar Ierland en in Greenfield Close gaan wonen?

Annabel haalde nog even snel een kam door haar haar voordat ze de auto uit stapte. Ze controleerde of er op haar gezicht of haar kleren geen sporen waren achtergebleven die zouden verraden wat ze de afgelopen twee uur had uitgespookt. Als een dief in de nacht opende ze de voordeur; ze wist donders goed dat ze de confrontatie met Colin aan zou moeten gaan.

Hij zat in de keuken, zijn hoofd diep over de *Financial Times* gebogen en een mok koffie op de keukentafel voor zich. Hij keek niet op toen ze binnenkwam.

'Bedankt voor het oppassen,' zei Annabel kalm, in de hoop dat hij tenminste doorhad dat ze terug was.

'Ik heb het voor de kinderen gedaan, niet voor jou,' zei hij zonder van zijn krant op te kijken.

'Toch bedankt.'

'Wanneer hou je eens op met die poppenkast?' zei Colin, en ditmaal keek hij wel op naar zijn vrouw. 'Wat mij betreft heb je je punt wel gemaakt. Ik had niet met de au pair het bed in moeten duiken. Is dat soms wat je van me wilt horen?'

Annabel werd heel kwaad. Was dit Colins poging om sorry te zeggen? In gedachten telde ze tot tien, maar daarna antwoordde ze met een innerlijke kracht waarvan ze niet had geweten dat ze die in zich had.

'Colin, ik ben jou en je gecommandeer al een hele tijd zó zat! Ik ben niet van plan om weer te doen alsof alles nog bij het oude is – nu niet en nooit niet. Is dat duidelijk?'

Opeens stond Colin op; hij vouwde zijn krant op en keek de vrouw van wie hij zich had vervreemd recht in de ogen. 'Prima,' antwoordde hij, en hij stak de krant onder zijn arm.

Annabel stond nog steeds te trillen toen ze hem de voordeur

hoorde dichttrekken. Gary was de reden dat ze zo'n toon tegen Colin had durven aanslaan. Door hem voelde ze zich nog maar een paar uur geleden heel goed, en binnen een paar minuten had Colin haar diep ellendig weten te maken. Het leek wel of het háár schuld was dat hun gezin uit elkaar viel. Kon ze maar een manier bedenken om het leed voor haar kinderen te verzachten, om te zorgen dat alles in orde kwam; maar wilde het voor hen goed voelen, dan moest het eerst voor haarzelf goed voelen, en dat was op dit moment beslist niet het geval.

Damiens taxi stopte voor het riante Franse huis van zijn dochter. Het was begroeid met zomerbloemen en tekende zich prachtig af tegen een hemelsblauwe lucht. Het paste goed bij Kate. Zou ze hier echt ooit weggaan? Hij hoopte maar dat ze het serieus meende dat ze terug wilde komen naar Greenfield Close, maar dan wel om de juiste redenen.

Ciarán en David waren al naar buiten gerend om hem te begroeten nog voordat hij de kans kreeg om aan te bellen.

'Jongens, wat zijn jullie gegroeid in de afgelopen paar weken!' zei Damien, terwijl Kates twee zoontjes hem in de armen vlogen.

'Mam is weer beter,' zei Ciarán met een brede grijns. 'Vanochtend heeft ze geschilderd.'

Dat alarmeerde Damien. Zijn dochter was al nooit zo zuinig op zichzelf geweest, maar zo veel onachtzaamheid kon ze zich op dit moment niet permitteren.

'Mam, opa is er!' riep David van onder aan de trap.

Met veerkrachtige tred kwam Kate naar beneden. 'Pap! Wat ben je mooi op tijd.'

'Kate!' zei hij, en hij spreidde zijn armen. 'Ik dacht dat je kalm aan moest doen?'

'Dat doe ik ook, hoor,' zei ze, terwijl ze op hem af vloog en hem stevig omhelsde.

'Wat hoor ik dan over schilderen?'

Kate draaide zich om en keek haar zoontjes streng aan. 'Ik ben maar heel even bezig geweest.'

'Dan zul je je wel goed voelen,' zei hij met een glimlach.

Kate gaf haar vader een arm en zei: 'Laten we naar de keuken gaan, pap.'

Ze liet hem pas los toen ze bij de waterkoker waren, waarin het water al had gekookt.

Damien liep naar de rustieke achterdeur die naar de tuin voerde en deed hem open. De dikke muren van het huisje hielden het binnen koel in de zomerse hitte. Hij wierp een blik op de fraaie en kleurige tuin, met uitzicht op de bergen.

'Ik snap wel waarom je zo dol bent op deze plek,' merkte hij peinzend op.

Kate liet de thee trekken en kwam bij haar vader staan. 'Ik zal het hier missen,' zei ze, tegen de muur geleund.

'Kate, het is allemaal zo plotseling. Voordat je uit Ierland wegging, was je er nog heilig van overtuigd dat je in Frankrijk zou blijven.'

Dat was waar, maar Kate was nu eenmaal iemand die impulsieve beslissingen kon nemen, die haar leven volkomen op zijn kop zetten.

'Als ik nu niet naar Ierland terugga, ga ik nooit meer. Dit is het juiste moment voor de jongens. Die beginnen in september op de middelbare school, en' – ze slaakte een diepe zucht en streek met haar hand lichtjes over haar bolle buik – 'ik wil thuis zijn met mijn baby. Ik wil opnieuw beginnen.'

'En Shane dan?'

Kate boog haar hoofd en sloeg haar armen over elkaar. 'Ik heb niets meer van hem gehoord. Hij is getrouwd, pap. Ik moet aan mijn gezin denken, aan mijn kinderen.'

Damien knikte. Hij begreep het wel en was er stiekem trots op dat zijn dochter zo veel verantwoordelijkheidsgevoel had. 'En, wanneer had je die grote verhuizing gepland?'

'Ik moet het snel doen, vanwege de jongens en de school. Misschien bel ik later op de dag St. Peter's wel om te vragen of ze daar terechtkunnen.'

'Weet je zeker dat dat de plek is waar ze het best heen kunnen?'

'Hun oom Philip vond het daar fijn. Als ze het er niet naar hun zin hebben, kan ik ze er altijd nog af halen. Maar op die manier zijn ze tenminste dicht bij me.'

Damien glimlachte. Het vooruitzicht zijn kleinzoons vaker te zien sprak hem wel aan. 'Wat ga je dan doen met dit huis?'

'Misschien hou ik het wel aan – als je tenminste voor Greenfield Close niet te veel rekent!'

'Je weet dat het huis voor jou is.'

'En Philip dan?'

Damien wist dat zijn zoon nooit erg veel om materiële zaken had gegeven, maar hij had zich ook nooit zorgen hoeven te maken over geld. Damien had altijd goed voor zijn gezin gezorgd.

'Dan geef ik hem ter compensatie wel een paar appartementen.'

'Pap, ik heb deze baby bijna verloren. Toen pas besefte ik hoe graag ik dit kind wil laten komen.'

Damien knikte en sloeg zijn arm om Kates schouders. 'Soms zijn kleine verrassingen de grootste zegeningen.'

Kate voelde zich veilig en beschermd. Ze hoopte maar dat de jongens met de verhuizing zouden instemmen. Maar het moeilijkst vond ze het om het nieuws aan Fabian te vertellen.

20

Annabel wist zo langzamerhand niet meer wie ze nog zou kunnen bellen. Het was acht uur en sinds half drie had niemand haar zoon nog gezien of iets van hem gehoord. Aan het ontbijt had hij niets tegen haar gezegd, maar ze begon gewend te raken aan zijn stuursheid; die was al ver voordat zijn vader was vertrokken begonnen. Ze had heel wat te stellen met zijn beginnende gepuber, maar alle andere moeders kampten met hetzelfde probleem zodra hun kin de leeftijd van elf jaar naderde, en Sam zou over een paar dagen al twaalf worden. Maar vanochtend was het anders gegaan. Sam was ervan uitgegaan dat zijn vader die nacht was blijven slapen, en hij was kwaad toen hij hem niet aantrof. Annabel had nog nooit zo'n uitbarsting van haar zoon meegemaakt.

'Na school ga ik naar Niall!' riep Sam uit, en hij slingerde zijn schooltas over zijn schouder en sloeg de deur met een klap achter zich dicht.

Tot dusver had ze naar de ouders van al zijn vrienden gebeld, en nu overwoog ze contact op te nemen met de politie. Ze wist dat ze eigenlijk Colin zou moeten waarschuwen, maar na hun woordenwisseling van de vorige avond wilde ze hem liever niet spreken. Lily zou in alle staten raken; ook die wilde ze niet waarschuwen. Gelukkig dat het 's avonds tenminste nog lang licht is, bedacht ze toen ze uit het keukenraam keek. Haar mobiele telefoon ging over en ze hoopte van harte dat het Sam was. Maar aan het schermpje te zien was hij het niet.

'Ha, Gary,' zei ze met een zucht. 'Ik zit midden in een nachtmerrie.'

'Wat is er dan aan de hand?' vroeg hij.

'Het gaat om Sam – ik had gehoopt dat hij het zou zijn. Hij is sinds half drie vandaag niet meer gezien. Ik geloof dat ik de politie maar ga bellen.'

'Wil je dat ik naar je toe kom? Kan ik iets doen?'

'Dank je, Gary, maar de meisjes kennen je niet. Ik wil het niet nog ingewikkelder maken.'

'Bel de politie maar en laat het me weten als je iets hoort.'

Gary's telefoontje gaf Annabel net dat zetje dat ze nodig had.

'Doe ik. Tot later, Gary.'

Ze legde haar mobieltje neer en pakte de vaste telefoon. Haar wijsvinger ging al over de toets met de 9 toen er een donkere schaduw over de achterdeur viel. Annabel legde de telefoon neer en ging snel kijken wie het was. Haar eerste reactie was uitzinnige blijdschap toen ze haar zoon naar de deur zag schuifelen, maar meteen daarna sloeg de schrik haar om het hart toen ze zag hoe hij erbij liep. Zijn haar en kleren waren vuil en met zwartomrande, holle ogen keek hij naar haar op. Zijn adem liet er geen misverstand over bestaan wat hij had uitgespookt.

'Waar heb jij in vredesnaam gezeten?' Annabel kende haar eigen schrille stem niet terug.

'Uit geweest,' zei de jongen, terwijl hij zijn pony uit zijn ogen schudde. 'Wat kan jou dat schelen? Wie maakt het wat uit?' Hij liep de keuken door en liet moddersporen op de tegels achter.

'Sam, kom eens terug als ik tegen je praat!'

Hij draaide langzaam zijn hoofd om en wierp zijn moeder een schampere blik toe. 'Nee!'

Hij had overduidelijk gedronken, en dat riep zo veel vragen op dat Annabel helemaal in de war raakte. Waarom was haar zoon ervandoor gegaan om zich te bedrinken? Was hij alleen geweest? Hij was pas elf! Dat hij thuiskwam zonder ook maar een spoor berouw te tonen, daar kon Annabel al helemaal niet bij. Ze had wel gehoord van jongens die ontspoorden wanneer hun vader het huis uit ging, maar ze wist bij god niet hoe ze hiermee moest omgaan. Ze moest hem tot de orde roepen voordat de meisjes hem zagen. Gelukkig werden die volkomen in beslag genomen door *The Simpsons*.

Ze volgde het modderspoor naar Sams kamer, waar hij inmiddels op bed was gaan liggen. Zijn schoenen staken uit over het voeteneind. Toen ze binnenkwam, draaide hij zich op zijn zij en braakte. Annabel graaide een T-shirt van de vloer en legde het onder zijn hoofd. Vocht schuimde om zijn lippen terwijl hij kokhalsde, tot hij begon te snikken.

'Wat heb je gedronken?' vroeg ze, maar Sam wist ook wel dat hij dat beter niet kon vertellen.

Toen hij eindelijk uitgesnikt was, boog ze zich voorover en kuste hem op zijn voorhoofd. Dit was haar schuld. Zij moest hem hiertoe hebben aangezet.

Sam was nog steeds groggy toen ze het laatste stukje braaksel van zijn wang veegde.

'Sam, lieverd, vertel me nou eens wat je gedronken hebt.'

'Wodka.'

'Waar had je die vandaan?'

Hij wees naar de grond.

'Beneden? Uit de drankkast?'

Hij knikte.

'Hoeveel heb je ervan gedronken?'

'Alles.'

Geen wonder dat hij zo ziek was – er moest een volle, ongeopende fles van driekwart liter hebben gestaan.

'Waarom, Sam, waarom heb je dit gedaan?'

'Ik wilde me beter voelen.'

'Nou, nu weet je in elk geval dat je van alcohol alleen maar beroerder wordt.'

'Maar ik voelde me wél beter... een poosje.'

Zachtjes streek Annabel de pony uit zijn gezicht. 'Sam, ik zou graag willen dat je met me praat als je je verdrietig voelt. Het valt vast niet mee voor je om papa zo te missen.'

'Waarom kan hij niet ook hier wonen? Je hoeft hem van mij helemaal niet aardig te vinden, maar dan zou iedereen tenminste denken dat ik een vader had.'

'Hij is nog steeds je vader. En wie is "iedereen"?' Annabel hield haar hoofd schuin. 'Heeft iemand iets vervelends tegen je gezegd?'

Sam boog zijn hoofd.

'Sam, vertel het me: is er iets gebeurd?'

'Jake zei op school dat ik mijn vader nooit meer zou zien. Hij zei dat jij en pap allebei verliefd waren op andere mensen en dat ik waarschijnlijk bij mijn oma moest wonen.'

Annabel kon Jake wel door elkaar rammelen. Ze vroeg zich af wat voor geruchten er nog meer de ronde deden nadat kleine oortjes de gesprekken van hun ouders aan het avondeten hadden opgevangen. Melissa en consorten hadden natuurlijk allerlei roddels over Annabels spaak gelopen huwelijk rondverteld.

'Lieverd, soms kunnen mensen heel vervelend doen als ze het moeilijk hebben. Ik weet niet waarom, maar zelfs grote mensen kunnen zich flink misdragen. Jij blijft hier bij mij, in dit huis, tot je oud genoeg bent om uit eigen vrije wil te vertrekken. En papa zal er ook altijd voor je zijn.'

Sam keek met grote ogen naar zijn moeder op. Ze wist dat hij haar niet geloofde en voelde zich volkomen machteloos. Kon ze maar op de een of andere manier de pijn van haar zoon wegnemen.

'Het gaat nu wel weer, mam. Wil je me nou even alleen laten?'

'Natuurlijk, maar je moet me beloven dat je er niet meer zomaar vandoor gaat. Waar was je eigenlijk?'

'In St. Anne's Park.'

'Allemachtig, Sam, daar is het veel te gevaarlijk. Iemand had je wel in elkaar kunnen slaan of kunnen ontvoeren.'

'Er is niets gebeurd. Ik wilde gewoon alleen zijn.'

Het voelde alsof iemand een staak door Annabels hart had gedreven. Door haar toedoen had haar zoon in zijn eentje zitten drinken op een gevaarlijke plek.

'Je moet me beloven dat je pas weer drinkt als je veel ouder bent en naar de pub mag. Er zijn wel jonge mensen doodgegaan doordat ze te veel alcohol hadden gedronken, en wodka is sterk spul.'

Sam knikte, maar ze zag geen berouw op zijn gezicht toen ze

hem een kus op zijn voorhoofd gaf en opstond van het bed.

'Probeer maar wat te slapen,' fluisterde ze, en ze sloot de deur.

Dit mocht nooit meer gebeuren, dacht ze bij zichzelf.

Kate borg haar laatste verftubes in de grote houten kisten.

'Wil je niet wat hier laten, voor als je in de vakantie terugkomt?' vroeg Fabian.

'Nee. Misschien moet ik het huis wel verhuren. Als het lang leegstaat, wordt het te vochtig.'

Kate leunde met haar handen in haar rug achterover en masseerde haar pijnlijke wervelkolom. 'Een beetje huurinkomsten kan ik ook best gebruiken – dit jaar heb ik immers geen tentoonstelling gehad!'

'*Chérie*, wat moet ik nou zonder jou?'

Kate glimlachte.

'Fabian, jij wordt verliefd en gaat je lekker settelen,' lachte ze. 'Dan heb je niet eens door dat ik er niet meer ben!'

Fabian pakte een stapel schildersdoeken en legde ze keurig netjes neer voor in de verhuiswagen. Hij veegde het stof van zijn handen en kwam naar zijn vriendin toe.

'Kate, vergeet niet dat ik er altijd voor je zal zijn en...' Hij zweeg even. 'Misschien kom ik je zelfs wel opzoeken in Dublin.'

Kates mond viel open. 'Echt? Wil je dat?'

'Ik heb op internet naar veerboten gekeken, en het kan inderdaad best eens zijn dat ik de reis ga maken.'

Kate sloeg haar armen om hem heen en drukte hem stevig tegen zich aan. 'Kom alsjeblieft, zo gauw je maar kunt!'

Fabian liet zijn hoofd lichtjes op haar schouder rusten. Hij moest zichzelf geruststellen dat hij haar snel weer zou zien. Als Kate een nieuwe baby had om voor te zorgen, zou ze vast een hele poos niet meer terugkomen naar de Pyreneeën.

'En wie wordt in Dublin je beste vriend of vriendin?' wilde Fabian weten terwijl hij zich zachtjes van haar losmaakte.

Kate schudde haar hoofd. 'Ik heb geen idee wat er met Annabel gaat gebeuren. We hebben allebei een heel ander leven gekregen en ik weet niet of we ooit nog met elkaar overweg kunnen. Had ik je al gezegd dat Colin opnam toen ik haar belde?'

Fabian reageerde met een frons.

'Dus ik heb geen idee hoe bij haar de zaken staan. Soms weet ik niet eens hoe de zaken er bij mij voor staan. Ik ben bang, Fabian, en ik zou willen dat mijn moeder er nog was – dat is wel het ergste van alles: dat ik haar kwijt ben. Het is zo oneerlijk dat ze er niet meer is nu ik eindelijk weer thuis kom wonen.'

Fabian knikte. '*Chérie*, zul je mij niet vergeten?'

Kate keek naar de trouwehondenogen van haar vriend en voelde tranen opkomen.

'Fabian, mijn lieve vriend, hoe kun je nou zoiets zeggen?'

Annabel wachtte met ingehouden adem tot Gary zou komen opdagen. Ze had zich sinds hun laatste afspraakje erg veel met Sam beziggehouden en was blij dat ze nu iets leuks met haar nieuwe vriend kon gaan doen om haar zinnen te verzetten. Op de markt was het eerder op de dag erg leuk geweest. Hij had telkens naar haar gezwaaid en was haar telkens verschillende sapjes en smoothies komen brengen om van te proeven. De buien die van tijd tot tijd vielen mochten de meeste klanten dan naar huis hebben gedreven, ze hadden hun waren prima kunnen slijten aan de paar dapperen die nog over de markt liepen.

Er kwam een bepaalde regelmaat in hun afspraakjes. Gary nam haar mee voor een wandeling op het strand van Portmarnock, waarna ze frites uit een krant gingen eten en naar de zonsondergang keken. Op andere avonden nam hij haar mee naar het Dollymount-strand. Het voelde nu heel anders dan toen ze daar vroeger kwam met Kate en haar vrienden. Zulke avondjes eindigden bij hem thuis, de enige plek waar ze gelegenheid hadden tot romantische onderonsjes. Ze vond het prettig zo ongecompliceerd als het allemaal ging als ze samen waren, en hij was heel sexy. Gevoelsmatig was er twintig jaar van haar af gevallen toen ze de eerste keer vrijden in zijn zolderappartement. Vanaf dat moment was haar hele wereld ingrijpend veranderd.

Ze had Damien niet meer gesproken sinds hun avondje uit in het Aqua, weken geleden. Die ene keer dat ze had geprobeerd hem te bellen, werd er niet opgenomen. Gary was op het ideale moment in haar leven gekomen; nu zou ze zichzelf niet zo snel voor schut zetten tegenover Damien. Als ze vaker met Damien had afgesproken, was ze weer helemaal terug bij af en net zo verliefd op hem geworden als al die jaren geleden. Ze begon zich af te vragen of ze met de koffiecorner niet te veel hooi op haar vork nam. De marktkraam liep prima, maar Gary had haar voorgehouden dat het een enorme stap was om van een marktstalletje over te gaan op een echte zaak. Misschien kon ze dat wel helemaal niet aan. Gary ging lichtvoetig door het leven; waarom zou hij zich overmatig inspannen of met mensen omgaan die een carrière najoegen? Misschien was dat de reden waarom hij met zijn eenenveertig jaren zo weinig voor elkaar had gekregen. Ze bekritiseerde zichzelf streng omdat ze zo over hem dacht. Ze had toch lang genoeg met een carrièremaker samengeleefd om te weten dat zij daar niet gelukkig van werd?

Gary kwam naar haar toe terwijl ze nog diep in gepeins was verzonken.

'Hé, schoonheid,' zei hij op brutale toon, terwijl hij bij haar op het havenmuurtje kwam zitten.

Annabel huiverde toen zijn lippen langs haar wang streken. 'Ha, Gary.' Hij was een kwartier te laat, maar ze zei er niets over. 'Waar neem je me vanavond mee naartoe?' Deze avond wilde ze iets anders doen. Ze had na al die uren op de markt wel zin in een beetje luxe.

'Naar een heel speciaal plekje. We kunnen een lange strandwandeling maken, had ik gedacht, en dan daarna iets drinken.'

'Het is acht uur!'

'Maar het is een prachtige avond.'

'Ik ben geen zestien meer, Gary!' zei ze plagerig. 'Kunnen we alsjeblieft naar een fatsoenlijke tent gaan?'

Gary, in zijn sjofele jasje, schuifelde wat heen en weer. 'Als je per se wilt, zouden we naar de film kunnen gaan. Er draait een nieuwe thriller die ik best wil zien.'

De bioscoop was niet bepaald wat zij in gedachten had, en als ze al ging, dan liever naar een romantische comedy, maar iets zei haar dat er met Gary niet meer in zat.

'Oké,' zei ze, en ze deed haar best om een glimlach op haar gezicht te toveren.

'Hoe gaat het met Sam?' vroeg hij onderweg.

Annabel schudde haar hoofd. 'Ik maak me grote zorgen om hem, Gary. Hij is nog steeds erg stil. Het lijkt wel of ik niet tot hem doordring. Sinds hij ladderzat thuiskwam, ben ik continu bang wat hij uitspookt.'

'Wie past er vanavond op hem?'

'Colin...' Annabel aarzelde even toen ze Gary's verontruste blik zag. 'Hij probeert heus niet weer bij me terug te komen of zoiets, hoor. Ik voel me gewoon alleen beter als er een man op hem let. Dan doet hij tenminste geen pogingen om ervandoor te gaan.'

Gary sloeg beschermend zijn arm om haar schouder en gaf er een kneepje in. 'Het komt wel in orde met hem, schatje. Dat is nou net het probleem met ons kerels: wij kunnen niet zo goed onder woorden brengen wat er allemaal in ons omgaat.'

Annabel dankte haar goede gesternte dat ze Gary had om haar te steunen. Hij was op dit moment de meest positieve factor in haar leven.

Bij terugkeer naar Greenfield Close voelde Damien zich een ander mens. Hij was blij dat Kate weer in Dublin kwam wonen. Het voelde als de juiste beslissing om zijn huis ter beschikking te stellen. Het werd tijd dat het weer als gezinswoning werd gebruikt; daar was het tenslotte voor gebouwd. The Oaks was een perfecte plek voor alleenstaanden en oudere echtparen; dat paste veel beter bij zijn situatie. Hij had het er moeilijk mee om zonder Betty in Greenfield Close te wonen. Damien besefte nu pas dat in al die jaren dat ze er samen hadden gewoond veel gedeelten van het huis exclusief Betty's domein waren gebleven, en hij wist nog steeds niet hoe sommige huishoudelijke apparaten werkten.

Te midden van al deze positieve ontwikkelingen deed hij vergeefse pogingen om Annabel te bellen. Hij kon niet anders dan ervan uitgaan dat ze er geen zin meer in had om een zaak op te zetten. Al wekenlang kreeg hij elke keer haar voicemail. Het had geen zin om een boodschap in te spreken; ze wist waar ze hem kon vinden. Het complex zou sneller klaar zijn dan verwacht en er waren mensen genoeg die dolblij zouden zijn als ze als eerste een bedrijfsruimte zouden mogen uitkiezen. Maar hij bleef hoop houden. Hij wilde ontzettend graag samen met haar iets opzetten. Hoewel zijn gedachten de afgelopen weken vooral door zijn dochter in beslag waren genomen, had hij ook een paar keer van Annabel gedroomd. Hij kon zijn dagdromen wel blokkeren, maar op wat zijn onbewuste 's nachts deed had hij geen invloed. Met Annabel was er nog iets niet afgemaakt, en misschien zou dat altijd wel zo blijven.

Annabel bereidde zich bij de voordeur voor op een confrontatie met Colin. Het was een heerlijke avond geweest met Gary, haar rots in de branding; ze wilde niet dat er aan haar gevoelens van warmte en veiligheid een einde zou komen.

Binnen was alles stil.

'Hallo, Colin!'

Colin keek op van zijn boek. Hij lag languit op de bank en voelde zich blijkbaar weer helemaal thuis.

'Wat ben je vroeg terug.'

Annabel keek op haar horloge. Twaalf uur vond zij niet vroeg, maar het deed haar goed dat Colin zo tegemoetkomend was. 'Ik wilde het niet te laat maken voor jou,' zei ze aarzelend.

Colin snoof zelfvoldaan. 'Geen probleem. Ik heb een appartement verderop in de straat gekocht – om dichter bij de kinderen te kunnen zijn.'

Annabel was niet heel blij met dit nieuws, maar gezien Sams gedrag van de laatste tijd was het misschien maar beter zo. 'Aha.' Ze knikte. 'En hoe ging het vanavond met Sam?'

'Lastig, op z'n zachtst gezegd. Ik weet niet wat die knul ineens heeft. Volgens mij laat je hem veel te vrij.'

Annabel had plotseling met haar zoon te doen. Wat moest hij nou met een vader die zo ongevoelig was? 'Hij mist je echt,' legde ze hem uit.

'Daar leek het vanavond anders niet op.'

Annabel hoopte maar dat Colin de zaken er niet nog erger op had gemaakt. Misschien moest ze hem vertellen over die keer dat Sam zo veel had gedronken. Maar nee, dat zou het alleen nog maar ingewikkelder maken. Dan was Colin hier helemaal niet meer weg te slaan.

'Is er dan iets gebeurd?' vroeg ze.

'Ik heb hem naar zijn kamer gestuurd. Hij had een heel grote mond.'

Annabel besefte dat ze van haar ex-echtgenoot toch niet de ware versie van het verhaal te horen zou krijgen. 'Ik ga boven wel even bij hem kijken,' zei ze.

Colin had kennelijk geen haast om op te stappen, want hij draaide zijn hoofd om en verdiepte zich weer in zijn boek.

Uit Rebecca's kamer klonk zacht gesnurk. Ze sliep altijd op haar rug. Annabel tuurde even naar binnen bij Taylor, die diep in slaap met haar gezicht naar omlaag languit op haar bed lag. Langzaam en behoedzaam deed ze de deur van Sams kamer open om hem niet wakker te maken. Door het open raam waaide een vlaag wind naar binnen. Het bed was leeg, zijn pyjama was eroverheen gegooid en zijn kleren lagen niet zoals gewoonlijk op de grond als hij zich had uitgekleed. Ze schrok zich wezenloos. Het akelige vooruitzicht om Colin te moeten vertellen dat Sam ervandoor was stelde nog niets voor vergeleken bij de afschuwelijke gedachten aan wat haar zoon zich op de hals kon hebben gehaald. Ze rende de trap af en stormde de woonkamer binnen, waar Colin zo stil zat als een wassen beeld.

'Sam is niet in zijn kamer!' bracht ze hijgend uit. 'Zo te zien is hij uit het slaapkamerraam geklommen!'

'Wat?!' Colin keek haar stomverbaasd aan – ze had net zo goed Chinees kunnen praten.

'Sam is weg, zijn kleren zijn weg. Hij moet ergens heen zijn gevlucht!'

Colin kwam overeind. 'Doe niet zo belachelijk, mens! Ik zit hier al de hele avond. Dan had ik toch iets moeten horen?'

'Ga zelf maar boven kijken.' Aan de dringende klank in haar stem was goed te horen dat ze het meende.

Toen Colin in Sams kamer keek en diens pyjama over het onopgemaakte bed zag liggen, besefte hij dat hij als kinderoppas niet erg goed had opgelet. Hij liep naar het open raam en stak zijn hoofd zo ver naar buiten dat hij de grond duidelijk kon zien. Vanaf het balkon kon je makkelijk boven op de zijmuur springen. Van daaraf had Sam zich op de vuilnisbakken kunnen laten zakken.

'We moeten de politie bellen,' zei hij terwijl hij zijn hoofd weer naar binnen trok.

'Colin, hij is al eerder weggelopen... Nou ja, hij was een paar weken geleden op een middag ineens foetsie.'

Colin kwam plots zo dicht naar Annabel toe dat ze zijn knoflookadem kon ruiken. 'Wát zeg je? Waarom heb je me dat niet eerder verteld?'

'Ik heb er een gesprek met hem over gehad en, eh... er is ook nog iets anders.' Annabel liet haar hoofd hangen. Ze had Colin dit echt eerder moeten vertellen. 'Hij had gedronken.'

Colins ogen rolden bijna uit zijn hoofd. 'En nu is het genoeg! Ik ga de politie bellen.'

Hij beende de deur uit en pakte de telefoon in haar slaapkamer. Trillend bleef Annabel op de overloop staan. Haar wereld stortte in. Hoe kon haar keurig geordende leventje toch ineens zo'n puinhoop zijn geworden?

'Ze komen eraan,' zei Colin nors toen hij de slaapkamer uit kwam. 'En wij moeten nu praten – beneden.'

Annabel schrok van de toon die hij aansloeg. Zonder iets te zeggen liep ze achter hem aan de trap af, waarna ze tegenover elkaar aan de keukentafel gingen zitten.

'Wat heb je allemaal nog meer vergeten me te vertellen?'

Annabel schudde haar hoofd. 'Niets.'

'Ik kan je niet meer vertrouwen, Annabel. Jij bent niet in staat om voor de kinderen te zorgen.'

Ook al had ze pijn in haar buik, ze kon Colin niet zomaar zijn gang laten gaan. Hier had haar advocaat haar voor gewaarschuwd: veel gescheiden vaders waren eropuit de voogdij over hun kinderen te krijgen, en bij de gedachte dat Colin daar ook op aanstuurde verkilde ze tot op het bot.

'Ik doe mijn best –'

'Nou, je best is niet goed genoeg, Annabel.'

'Laat me even uitpraten,' zei ze, op scherpere toon nu. 'Als jij voor onze scheiding eens wat vaker met je zoon was opgetrokken, zou hij nu misschien niet zo onzeker zijn; hij weet niet waar hij met ons aan toe is.'

'Als er vanavond iets met Sam gebeurt, moet je één ding goed onthouden: dan is dat jouw schuld!'

Annabel had het gevoel of iemand een speer in haar buik stak. Dit was niet het moment om met een beschuldigende vinger te gaan wijzen, maar het verbaasde haar niks dat Colin wel zo reageerde.

Opeens ging de telefoon. Annabel haastte zich om op te nemen; misschien was er nieuws over haar zoon. Het was Lily.

'Annabel, heb je enig idee waar je zoon is?'

Erger kon de nachtmerrie niet worden: eerst Colin en nu haar moeder. Maar hoe wist zij nou dat Sam werd vermist?

'We hebben de politie gebeld, mam. Hoe wist jij dat hij –'

'Hij is hier bij mij, die arme jongen, en hij is helemaal van slag. Hij beweert dat hij bij mij wil komen wonen, en ik kan niet zeggen dat ik hem dat kwalijk neem, gezien de manier waarop jij je de laatste maanden gedraagt.'

Annabel liet haar moeders woorden langs zich afglijden. Ze voelde alleen maar opluchting nu ze wist dat haar zoon in veiligheid was. 'Ik kom nu naar je toe om hem te halen.'

'Nee, dat doe je niet! Ik mocht je van hem alleen bellen als ik beloofde dat hij een nachtje mocht blijven slapen. Hij ligt nu lekker in bed met een kop warme chocola en je kunt hem morgen weer zien.'

Annabel wist dat het geen zin had om te discussiëren.

'Oké, mam. Bedankt.'

'Zeg maar tegen Colin dat het tijd wordt dat hij wat meer ver-antwoordelijkheid neemt.'

Het was voor het eerst dat Annabel haar moeder Colin hoorde veroordelen, en dat deed haar ondanks alles goed.

'Bedankt, mam. Ik ga je hangen.'

Colin stond over haar heen gebogen toen ze de telefoon neer-legde.

'Hij is bij mam.'

'Dat had ik ook al begrepen.'

Annabel pakte de telefoon weer op. 'Ik zal even de politie bellen dat hij terecht is.'

Colin verroerde zich niet, maar zijn blik werd in de loop van haar gesprek met de politie steeds dreigender.

'En wat dacht je nu te gaan doen?' vroeg hij nadat ze had opge-hangen.

Annabel fronste. 'Wat ík ga doen?' vroeg ze ongelovig. 'Doe nou maar niet alsof dit míjn probleem is. Dit heeft met ons allebei te maken. We moeten samen iets ondernemen, of de volgende keer loopt het helemaal fout af.'

21

De grote verhuiswagen draaide achteruit en stopte halverwege de oprit van Greenfield Close. Toen Kate hem aan hoorde komen, waggelde ze met haar buik van zeven maanden naar de voordeur. De overgang van Frankrijk naar Ierland was tot nu toe probleemloos verlopen, en als haar schilderspullen en piano heelhuids uit de wagen kwamen, was het eigenlijk helemaal een fluitje van een cent geweest. De jongens deden het goed op St. Peter's; David bleek over bijzondere voetbalkwaliteiten te beschikken en Ciarán kon het goed vinden met de muziekleraar, die hem extra gitaarlessen wilde geven. De broers hadden allebei een heleboel nieuwe vriendjes gekregen die vlak in de buurt van Greenfield Close woonden.

Het enige nadeel was dat Fabian niet langer in haar leven was. Hij had haar beloofd dat hij haar in Ierland zou komen opzoeken en nieuwe huurders voor haar huis in Frankrijk zou zoeken. Maar ze besefte heel goed hoe zeldzaam hun vriendschap was, en dat ze zo een-twee-drie niet nog zo'n vriend zou vinden. Was Annabel er maar! Misschien moest ze weer eens proberen haar te bellen.

De werkmensen waren aan het opruimen en zich aan het klaarmaken voor vertrek toen de verhuizers de kratten en dozen naar binnen sleepten. Op de keuken na had Greenfield Close een flinke opknapbeurt gekregen; Kate hield van flamboyante kleuren. Ze had echter besloten de keuken te laten zoals hij was tot de baby wat groter zou zijn. Hij of zij zou de komende jaren heel wat schade aanrichten aan de muren en kastjes. De achterste slaapkamer was al veranderd in een geïmproviseerd atelier en ze had plannen de

komende weken de zolder te verbouwen. Dan zou dat haar slaapkamer worden en had ze een heleboel ruimte. Met het aanbrengen
van dakramen had ze uitzicht op de bergen rondom Dublin Bay:
een goedmakertje voor het gemis van de spectaculaire berggezich-
ten uit Frankrijk.

Ze ging de trap op naar haar slaapkamer om even te gaan liggen.
Ondertussen hoorde ze Damien de verhuizers op de beneden-
verdieping instructies geven. Ze had een man in haar leven nodig.
Haar vader was fantastisch geweest, maar ze miste een man die
voor haar zorgde en de taken op zich nam die partners doorgaans
hebben, zoals zich bezighouden met verhuizers.

Ze zuchtte bij de gedachte aan Shane. Ze moest vaak aan hem
denken. Elke dag, zonder uitzondering, had ze haar Shane-mo-
menten. Die beschouwde ze nu niet meer als zonde van de tijd,
maar als traktatie. Ze wist heel zeker dat ze had gedaan wat goed
was – maar als het goed was, waarom voelde ze zich er dan zo beroerd onder? Ze wierp een blik op de telefoon op het nachtkastje.
Het was hetzelfde kastje dat haar moeder in de laatste dagen van
haar leven had gebruikt. Kate miste haar moeder. Had ze haar
maar beter gekend. Ze vroeg zich af hoe goed ze andere mensen
eigenlijk kende als de persoon die haar het meest na had gestaan al
zo lang een geheim leven had kunnen leiden. Nu was Betty er niet
meer en zou ze nooit meer de kans krijgen er met haar over te praten. Kate wilde niet dat dat met Annabel en haar ook zo zou gaan.

Annabel had het aan Sam te danken dat ze met Colin probeerde
een minnelijke schikking te treffen. Ze had voorgesteld een gesprek te voeren met hun beider advocaten erbij, maar Colin had
haar verrast door te zeggen dat hij de dingen op een volwassen
manier wilde regelen. Ze hoopte maar dat hij dat serieus meende.
De havenbuurt was een leuke plek om af te spreken en het restaurant dat Colin had uitgekozen bood een schitterend uitzicht op de
rivier de Liffey. Een superslanke serveerster kwam haastig naar
hen toe met een karaf gekoeld water met een paar takjes munt
erin.

'Wilt u bestellen?' vroeg ze met een onmiskenbaar Italiaans accent.

'Ik wacht op iemand, dank u,' zei Annabel, terwijl ze goedkeurend knikte toen het meisje haar glas volschonk.

In de verte ontwaarde ze Colin in een marineblauw krijtstreeppak van Hugo Boss. Zijn tred had tegenwoordig iets kwiekers en aantrekkelijkers dan in de tijd dat hij nog na zijn werk de hal van hun huis in kwam lopen.

'Hallo,' begroette hij haar stralend terwijl hij de chroom-met-leren stoel achteruitschoof.

'Hai. Leuke plek is dit,' zei Annabel, die hun bespreking graag in een positieve stemming wilde beginnen.

'Ik neem hier soms cliënten mee naartoe als er bij Patrick Guillbaud's geen plaats meer is.'

Annabel kreeg er kromme tenen van dat hij het nodig vond om een dergelijke naam te noemen; dat was een van de dingen die ze bepaald niet van hem miste.

'Ik hoop dat we vandaag ergens kunnen komen,' begon Colin.

Annabel kreeg het gevoel dat ze een lid was van zijn personeel: er dreigde ontslag als ze het niet eens was met het voorstel van de baas.

'Wat stel jij voor?' Ze nam een slokje water uit haar glas omdat ze een droge mond kreeg.

'Ik heb een voorstel waar iedereen zich in zal kunnen vinden.'

Toen ze zijn slappe grijns zag, vroeg Annabel zich af hoe ver hij ernaast kon zitten.

'Wat dacht je ervan als ik weer thuis kom wonen en in de logeerkamer ga slapen?' Colin zag een opstandige blik op Annabels gezicht verschijnen. 'Laat me voordat je iets zegt eerst even uitpraten. Ik zal niet doen alsof we weer man en vrouw zijn, maar de kinderen hebben dan de stabiliteit van twee ouders die bij het reilen en zeilen van hun dagelijkse leven betrokken zijn.'

Annabel begon haar hoofd te schudden. 'Colin, denk je dat ik als een kip zonder kop heb besloten bij je weg te gaan? Ik ben al jaren niet tevreden over mezelf en het leven dat we leidden. Als puntje bij paaltje komt kan ik eigenlijk niet zeggen dat ik ooit gelukkig ben geweest.'

Colin wreef over zijn gefronste voorhoofd. 'Annabel, ik wil niet beledigend zijn over hoe je nu in het leven staat of zo, maar het is allemaal niet makkelijk voor je geweest. Simon heeft me verteld dat je geen contact meer hebt met Melissa en de andere vrouwen met wie je altijd omging.'

Annabel geloofde haar oren niet dat hij zo gewichtig en uit de hoogte kon doen. Ze had gehoopt dat hij doordat hij nu een poos alleen was geweest, zou zijn veranderd.'

'Verder is er de kwestie van Sam, en dat is de werkelijke reden waarom ik met dit voorstel kom. We zijn het aan onze zoon verplicht om hem een stabiele thuissituatie te bieden.'

Op dat punt moest Annabel Colin gelijk geven. Sam zat niet lekker in zijn vel en kon zo doorslaan dat er grote kans was dat hij nog een keer iets doms of gevaarlijks zou doen, of allebei. 'Dat ben ik helemaal met je eens, maar is Sam erbij gebaat als wij elkaar lopen af te snauwen en hij moet aanzien hoe jij me keer op keer verneeert, zoals je altijd hebt gedaan?'

'Ik verneder je helemaal niet!' Annabel overviel Colin hiermee en hij wierp zijn hoofd achterover.

Annabel deed haar best haar kalmte te bewaren. 'Dat doe je wel, Colin – voortdurend. Volgens mij heb je het zelf niet eens door.'

'Nou, jij neemt anders de laatste tijd ook geen blad voor de mond, Annabel.'

Annabel liet haar hoofd in haar handen rusten en kamde met haar vingers door haar haar voordat ze Colin weer aankeek.

'Kijk, dit is nou precies wat ik bedoel. Je behandelt me niet als een gelijkwaardige partner. Ik ben voor jou altijd de mindere, nietcapabele helft van onze relatie, en dat ben ik ook altijd geweest – alleen maar goed om kinderen te baren en groot te brengen.'

'Dat is belachelijk!'

'En de eerste keer dan dat ik iets voor mezelf ging doen, zoals de marktkraam – hoe reageerde je daar dan op?'

Colin zweeg.

'Snap je nou wat ik bedoel?' In afwachting van zijn volgende uitbarsting gingen Annabels wenkbrauwen omhoog.

'Nou,' mompelde Colin, 'wat mij betreft kun je die marktkraam
best houden...'

Annabel dacht aan Gary. Er was geen sprake van dat ze een relatie met een andere man kon hebben als haar echtgenoot weer onder hetzelfde dak kwam wonen. Gary was een enorme steun en zat
heel anders in elkaar dan Colin; ze genoot met volle teugen van alle liefde die ze met deze nieuwe man in haar leven had gedeeld.

'We moeten eerst zorgen dat we met elkaar overweg kunnen
voordat we er ook maar over kunnen peinzen weer bij elkaar te
gaan wonen,' zei ze. 'Ik heb nagedacht over therapie en ik denk dat
jij dat ook eens zou moeten doen.'

Colin fronste bij die suggestie. Een zielenknijper was wel het
laatste waar hij op zat te wachten.

'Bent u, eh... al zover om te bestellen?' zei de scrveerster, die
ineens uit het niets was verschenen.

'De Dublin Bay-garnalen alstublieft,' zei Annabel terwijl ze naar
haar opkeek.

'Voor mij ook graag,' bromde Colin, die niet kon wachten tot
het meisje haar hielen weer had gelicht.

'Wijn misschien?'

'Nee, dank u,' zei Colin scherp. 'We laten het hierbij.'

Terwijl de serveerster zwierig wegliep, ademde hij langzaam uit.
Hij had het vervelend gevonden om in een hotel te wonen en hij
had al helemaal geen zin om al zijn spullen naar het nieuwe appartement in Howth te brengen. Hij moest thuis zijn, waar hij hoorde.
Had hij die vreselijke Rosa maar niet in huis gehaald; hij had al die
tijd gelijk gehad wat au pairs betrof.

Om hen heen heerste een geanimeerde drukte. Annabel zou
willen dat ze naast Gary zat in plaats van naast haar man. In stilte
aten ze van hun garnalen, en na het eten wilde geen van beiden
koffie.

'Ik moet nu weer aan het werk,' zei Colin.

'Oké.'

'Jammer dat we niet zijn opgeschoten.'

Annabel knikte.

'Maar wil je nadenken over mijn aanbod?' vroeg hij terwijl hij zijn jas aantrok en de kraag fatsoeneerde.

Weer knikte Annabel. Dat was het makkelijkste antwoord.

'Ik reken zo wel af,' zei hij.

Toen hij door de glazen voorkant van het gebouw uit het zicht verdwenen was, slaakte Annabel een zucht van verlichting. De druk die ze in Colins bijzijn had gevoeld was niet natuurlijk voor een stel dat al zo veel jaar bij elkaar was. Hoe anders was deze lunch vergeleken met het aangename etentje dat ze met Damien in het Aqua had! Hoe zou het met hem gaan. Het werd tijd om hem te vertellen dat ze de koffiecorner niet meer zag zitten. Ze zou niet weten waar ze de energie vandaan moest halen om naast alle onzekerheden in haar leven ook nog eens een nieuwe onderneming te beginnen. Ze kon het net zo goed nu meteen doen. Gary's woorden klonken nog na in haar oren toen ze Damiens nummer intoetste: 'Je hoeft niet zo te stressen, schat! De marktkraam is genoeg voor jou en mij samen!'

Zenuwachtig koos ze zijn nummer.

'Hallo?'

'Damien! Eindelijk heb ik je te pakken. Met Annabel.'

'Annabel, hallo! Ik probeer je al weken te bereiken.'

'Sorry, Damien. Ik had echt een boodschap voor je moeten achterlaten. Ik heb je een paar keer gebeld, maar was tot nu toe niet zeker over mijn beslissing.'

Meer hoefde ze niet te zeggen. Hoe die beslissing was uitgevallen kon hij wel horen aan haar stem.

'Voor mijn gevoel is dit geen goed moment om iets nieuws te beginnen,' vervolgde ze. 'Ik heb mijn handen vol aan de kinderen en mijn marktkraam is me al bijna te veel, laat staan een nieuwe zaak.'

'Ik begrijp het, Annabel. Je hoeft het niet uit te leggen. Ik heb je eerder geprobeerd te bellen, maar ik durfde niet goed een boodschap voor je in te spreken op je voicemail.'

Annabel kon zich niet voorstellen dat Damien ergens bang voor was – en waarom zou hij trouwens moed moeten verzamelen om haar te bellen?

'Ik ben erg druk geweest met Kates verhuizing.'

'Kates wat?' Annabel wist niet zeker of ze hem wel goed had verstaan.

'Kate is weer naar Ierland gekomen en is in Greenfield Close gaan wonen.'

'Dat meen je niet!'

'Hopelijk hebben jullie nog een keer contact voordat je elkaar toevallig tegen het lijf loopt, want het zit er dik in dat dat gaat gebeuren. Zo groot is Dublin niet.'

Annabel stond perplex. Wat een fantastisch nieuws! 'Ik ga haar zeker bellen. Dus ze woont nu bij jou?'

'Nee, eh...' Damien vond het moeilijk om aan Annabel te vertellen; zij was deels de oorzaak van zijn besluit om te verhuizen. 'Ik trek in een van de nieuwe appartementen die ik net heb opgeleverd in Howth.'

'Dan kom je vlak bij mij te wonen! O, Damien, als we buren worden, moet je echt bij me op bezoek komen!' giechelde ze.

Je moest eens weten, dacht Damien in stilte. 'Nou, bedankt dat je het me hebt laten weten, Annabel, en ik weet zeker dat ik je snel wel weer eens zie.'

'Dag, Damien.'

Dit was een interessante ontwikkeling. Maar zou het voor Kate en haar nu veel te laat zijn om het nog bij te leggen? Stralend liep ze het restaurant uit. Wat gebeurden er toch een hoop nieuwe dingen de laatste tijd. Met vederlichte stappen liep ze Custom House Quay af, totdat ze bij Abbey Street kwam. Ze zou even bij Eason's binnenwippen om een paar lekkere romans te kopen, en dan zou ze binnen een uur met de DART thuis kunnen zijn.

O'Connell Street was een zee van mensen en verkeer. Annabel vroeg zich af hoe het moest zijn als je je dag in dag uit midden in deze chaos moest begeven. Er hing echter ook een soort opwinding in de stad, die je in de buitenwijken nooit aantrof.

333

Bij de ingang van Eason's viel haar blik op de lange gestalte van een aantrekkelijke man. Hij liep van haar weg met zijn arm om een tenger meisje met lang blond haar heen geslagen. Was dat Gary? Maar dat kon toch helemaal niet? Ze keek nog eens, maar kon alleen zijn silhouet zien terwijl hij met zijn gezellin opging in de drukte van de hoofdstraat.

Annabel moest wel achter hem aan gaan.

Toen ze het stel bijna had ingehaald, draaide de lange man zich om en glimlachte haar toe. Hij had de zwartste tanden die ze ooit had gezien, en een enorme neus. Godzijdank, verzuchtte ze bij zichzelf. Hoe kwam ze er ook bij dat haar Gary met een andere vrouw zou zijn? Annabel nam het zichzelf kwalijk.

In de winkel pakte ze de nieuwste romantische bestseller van de plank en drukte het boek tegen haar borst. Zij had de man van haar dromen al gevonden, en onderweg naar huis kon ze zich koesteren in de gelukzalige wetenschap dat hij helemaal van haar was.

Shane wierp een blik op de notities op het prikbord in de commandopost. Er viel zelden iets belangrijks op te lezen, afgezien van zo nu en dan de aankondiging van een feestje in Lilies Bordello. Maar in gezelligheid had hij helemaal geen zin gehad sinds Kate uit zijn leven was verdwenen. Trouwens, Natasha was tegenwoordig vaak te vinden in de hotspots in het centrum en hij had geen zin om haar tegen het lijf te lopen. Ze had nog steeds een paar vriendinnen bij Airjet die hem probeerden uit te horen wanneer ze samen een vlucht hadden en die met brokjes cruciale informatie strooiden om te zien hoe hij zou reageren. Eén vriendin leek zich daar zelfs helemaal in te hebben vastgebeten. Ze was tijdens een overnachting zijn hotelkamer in gekomen, gehuld in weinig meer dan een glimlach. Hij zat alleen niet te wachten op seks die hem door een van Natasha's vriendinnen, of door wie dan ook, op een presenteerblaadje werd aangeboden. Het enige waar hij zich helemaal in uitleefde was racketball.

'Alles goed, Shane?'

Hij draaide zich om en Tim, de forsgebouwde operations officer, keek hem over de rand van zijn koffiekop stralend aan.

'O, hai, Tim. Ik keek even of er nog interessante mededelingen waren...'

'Als je er niets voor voelt in de States te gaan werken niet, nee.'

Shane speurde het memobord af. 'Waar staat dat dan?'

'Ze zoeken een paar gezagvoerders om daar te gaan helpen met de opleiding voor de nieuwe routes over de Atlantische Oceaan.'

In een hoekje van het bord stond op een klein kaartje inderdaad iets vermeld over transfers naar Florida.

'Sinds wanneer hangt dat hier?'

'Sinds een week ongeveer,' antwoordde Tim.

'Klinkt interessant.' Shane dacht aan de zon en aan de kansen die hij dan zou krijgen om een heel nieuw leven te beginnen. Zijn appartement in Howth zou hij zolang kunnen verhuren.

'Tot wanneer kun je je aanmelden? Niet te geloven dat ik dit nu pas zie.'

'Er lopen een hoop sollicitaties.'

Shane wist dat degenen die al een tijd bij Airjet werkten deze geweldige kans om flink wat extra geld te verdienen met beide handen zouden aangrijpen. Het werd tijd om verder te gaan en Kate te vergeten. Een paar maanden in de zon zouden dat een stuk makkelijker maken.

De roman sleepte haar helemaal mee. Annabel was al op bladzijde 34 tegen de tijd dat de DART het station van Bayside binnenreed. Terwijl de trein tot stilstand kwam, keek ze naar de stralend blauwe lucht. Haar ogen dwaalden vervolgens naar een stelletje dat in innige omhelzing op het perron stond. Opeens drong tot haar door dat ze een van de twee kende. Ze knipperde drie keer met haar ogen.

Ditmaal vergiste ze zich niet: de lange man die zich om de knappe vrouw met rood haar heen had gedrapeerd was onmiskenbaar Gary. Niet te geloven! Haar eerdere vergissing op O'Connell Street leek wel een soort waarschuwing! Wie was die jonge vrouw? Zou ze zijn zus kunnen zijn? Annabel wist niet eens of Gary wel een zus had. Het meisje, dat niet ouder dan vijfentwintig kon zijn, tuitte haar lippen toen hij zich vooroverboog en er teder een kus op drukte. Nee, dit was zijn zus niet!

Het meisje zwaaide toen ze in de trein stapte. Gary bleef naar haar kijken tot ze achter de dichtschuivende deuren verdween.

Het voelde alsof Annabel een klap in haar gezicht had gekregen. Het meisje zat voor in het rijtuig, zich totaal niet bewust van wat ze had aangericht. Annabel zat te trillen terwijl de trein doorreed naar het volgende station, met als eindbestemming Howth. Daar stroomden alle wagons leeg. Ze moest er niet aan denken om nu naar huis te gaan en gewoon door te gaan met haar leven alsof er helemaal niets aan de hand was.

Ze moest de waarheid weten. Ze moest Gary spreken, en snel ook.

Dee roffelde hard op de deur van Greenfield Close. Kate had haar verzekerd dat ze om vier uur thuis zou zijn. Ze klopte nog eens en wachtte. Ze stond al op het punt om zich weer om te draaien en in de auto te stappen toen er door het matglas van de deur heen een vaag silhouet zichtbaar werd.

Toen Kate de deur opendeed, leek ze even gedesoriënteerd.

'Kate, lieverd. Alles goed?'

'Ja hoor, Dee,' zei Kate, terwijl ze in haar ogen wreef en geeuwde. 'Ik lag net wat te dutten.'

'Ik ben zo weer weg. Ik kwam alleen even langs om te kijken of ik iets voor je kan doen.'

Dee was een fantastische hulp nu Kate weer thuis was komen wonen. Als een soort moederfiguur hielp ze haar door alle fasen van haar zwangerschap heen.

'Ga maar weer liggen, dan kom ik je zo een lekker kopje thee brengen,' zei Dee terwijl ze haar nicht de trap op duwde. 'Waar zijn de jongens?'

'Pap is ze gaan ophalen. Binnenkort mogen ze van mij op de fiets naar huis. Ze hebben het volgens mij prima naar hun zin in hun nieuwe omgeving.'

Kate kroop weer onder haar dekbed. Even later kwam Dee naar boven met twee mokken en een rol biscuitjes.

'Ik ga zo boodschappen doen voor mijn schoonmoeder en dacht: ik wip even bij je langs om te vragen of jij nog iets nodig hebt.' Ze zette de mokken op het kastje naast Kates bed en bood haar een koekje aan.

'Ik heb gisteren boodschappen gedaan, maar toch bedankt, Dee. Je slooft je maar uit voor dat oude mens. Kijkt er verder niemand naar haar om?'

'Haar dochters zijn geëmigreerd en als je haar kende zou je meteen snappen waarom,' zei Dee, kauwend op een biscuitje. 'Ik zou er bijna zelf van emigreren!'

'Dat kun je niet maken,' zei Kate op smekende toon. 'Niet nu ik net weer terug ben!'

'Nee hoor, ik ga nergens heen.' Dee lachte. 'Maar ik kom niet alleen langs vanwege die boodschappen. Moet je horen, ik heb uitgezocht hoe het zit met die oude vriend van je moeder!'

Kate ging rechtop in bed zitten. Ze was een en al oor, want Liam was nu niet langer alleen de oude vriend van haar moeder; hij was ook haar vader.

'Het is een tragisch verhaal, eigenlijk. Je oom Bob heeft een paar jaar geleden gehoord dat Liam zelfmoord zou hebben gepleegd,' zei Dee op haar gebruikelijke zakelijke toon, terwijl ze de koekkruimels van haar broek klopte. 'In 1996, geloof ik. Hij was gescheiden van zijn Australische vrouw en naar de binnenlanden verhuisd. Hij was al twee dagen dood voordat iemand hem vond. Hij had verder geen familie. Echt triest.'

Haar nieuws had een verpletterende uitwerking op Kate. Nu zou ze haar echte vader nooit meer kunnen leren kennen.

'Kate? Luister je wel naar me?'

'Ik, eh...' De tranen sprongen Kate in de ogen. 'Ik weet niet wat ik moet zeggen.'

'Het is een tragische toestand. Maar je moeder wist ervan.'

'Hoe weet jij dat?'

Met een hoofdknikje zei Dee: 'Ze heeft blijkbaar een paar keer met je oom Bob over hem gesproken.'

'Denk je dat hij zelfmoord heeft gepleegd omdat mam niet bij pap weg wilde om naar hem toe te gaan?'

Dee haalde haar schouders op en schudde haar hoofd. 'Dat zullen we nooit weten. Ik moet nu echt opschieten, lieverd. Morgen hoor je nog van me.' Ze boog zich voorover en gaf de met stomheid geslagen Kate een afscheidszoen.

Misschien was het maar goed ook dat ze die vreemdeling aan de andere kant van de wereld – de reden dat zij op aarde rondliep – nooit zou leren kennen. Damien was haar vader – een geweldige vader.

'Kan ik je met een gerust hart alleen laten, schat?'

Kate keek op. 'Ik red me wel, Dee. Bedankt.'

Pas nadat Dee de voordeur achter zich had dichtgetrokken begroef Kate haar hoofd in haar handen en snikte het uit. Ze wist niet precies om wie ze huilde. Misschien om Liam, maar misschien ook wel om Betty. Het echte droevige einde van het hele verhaal was de golf van verlies die over haar heen spoelde. Zelfs de wetenschap dat ze op het punt stond een nieuw kind op de wereld te zetten kon haar niet troosten. Toen besefte ze om wie ze huilde: om haarzelf!

Gary was aan de late kant. Annabel vroeg zich af of de roodharige schone daar iets mee te maken had. Nu ze er nog eens over nadacht, gedroeg hij zich elke keer dat ze met elkaar hadden afgesproken weer ietsepietsje anders. Annabel kon niet in alle eerlijkheid zeggen dat ze hem nou zo veel beter had leren kennen. Ze maakte een omweg naar de kiosk naast Molly's koffieshop, waar ze hadden afgesproken. Dit was wel iets heel anders dan Findlaters, waar ze op hun eerste date waren geweest. Ze vroeg zich af wat voor leugens en bedrog haar nog meer te wachten stonden.

Annabel pakte het nieuwe nummer van *Ciao* op. Het was een ranzig Iers blad, vol roddels over iedereen behalve de internationale celebrity's die er echt toe deden. Haar aandacht werd getrokken door een fotootje van Melissa in een hoekje op de cover. Dit zou haar wel bezighouden terwijl ze wachtte op Gary, en het was tevens een goede afleiding voor de woede die ze voelde sinds ze hem op het station had gezien.

Annabel installeerde zich aan een tafeltje bij het raam. De herfst was in aantocht en het werd steeds vroeger donker.

'Wilt u iets bestellen?' vroeg een jonge serveerster met een bleek gezicht.

'Een cappuccino graag.'

Ze bladerde haar tijdschrift door. Het omslagartikel stond op pagina 5, 6 en 7: Melissa en haar man Simon liepen achter de acteur Jack Owens en zijn vrouw aan de Savoy-bioscoop binnen voor de première van diens nieuwe film. Annabel kromp even in elkaar toen ze dacht aan de verhitte verhalen die ze te horen zou hebben gekregen als ze nog steeds met Melissa bevriend zou zijn. Het was een opluchting om haar niet meer om zich heen te hoeven hebben, maar iets in haar miste toch wel die poppenkast die bij haar oude leventje had gehoord. Ze bleef door het blad bladeren tot ze een naam zag die haar bekend voorkwam, al wist ze bij god niet meer waarvan: Natasha Gleason. Wie was dat ook weer? Ze droeg een blote jurk van dunne stof die was versierd met diamantjes. Ze was egaal gebruind en haar blonde haar was in een losse wrong naar achteren gestoken, een kapsel dat uren gekost moest hebben. Haar rechterhand rustte op de arm van Dublins meest begeerlijke vrijgezel. Ron Larkin was een telg uit een familie van schatrijke hotelhouders. Maar wie was Natasha Gleason? Ze las verder en kwam te weten dat het tweetal kortgeleden was teruggekeerd van een korte vakantie in Monaco, waar ze op zijn jacht hadden verbleven. *Natasha's ex-man, de piloot Shane Gleason...* Annabel hoefde niet meer verder te lezen. Dus Shane en zijn vrouw waren uit elkaar. Damien had haar verteld dat Kate het met Shane had uitgemaakt, maar misschien wist Kate niet dat Shane bij Natasha weg was? Annabel huiverde bij al deze informatie. Ze wilde Kate dolgraag spreken.

'Hallo schat, sorry dat ik zo laat ben,' zei Gary terwijl hij een stoel bijtrok vanonder de tafel.

'Gary, hallo.' Ze werd misselijk toen ze hem zag – hoe moest ze hem ooit vertellen wat ze had gezien?

'Wat zit je te lezen?'

'Gewoon, een roddelblaadje – er staat iemand in die ik ken.'

Gary schoof zijn stoel naar achteren en ging wat makkelijker zitten. 'Heb je zin om een stukje te gaan rijden of wandelen?'

'Ik, eh... Gary, we moeten praten.'

Zijn gezicht betrok. Meestal was hij degene die de vrouwen in zijn leven de bons gaf, en aan de hem onbekende toon die Annabel aansloeg kon hij wel horen dat er iets niet in de haak was. 'Waarover?'

Annabel geloofde zelf niet dat ze hem dit recht in zijn gezicht ging zeggen. Vanbinnen sidderde ze, maar nu ze a had gezegd, moest ze ook b zeggen. Ze moest de waarheid weten.

'Ik zat vandaag nog in de DART.'

'O ja?' Hij haalde zijn schouders op.

Dit zou niet makkelijk worden.

'Gary, ik heb je op het Bayside-station zien zoenen met een roodharige vrouw.'

Gary's gezicht verschoot. Zijn ogen werden groot, als bij een dier dat een geladen geweer op zich gericht krijgt. 'Dat was mijn vriendin Amy. Ze heeft een kraam op de Phoenix-markt.' Hij fronste. 'Wat heb jij nou, Annabel? Mag ik soms geen andere vriendinnen hebben?'

Annabel besefte dat ze nu niet meer terug kon. Als ze nog een greintje zelfrespect wilde bewaren, moest ze nu doorzetten. 'Natuurlijk mag je andere vriendinnen hebben, maar het zag ernaar uit dat ze niet zomaar een vriendin was.'

Gary trok zijn schouders naar achteren en ging verzitten op zijn stoel. 'Heb ik ooit gezegd dat wat wij hadden exclusief was? Ik bedoel, jij hebt je handen vol aan je kinderen, en voor mij heb je alleen tijd als het je uitkomt.'

Annabel was ontzet. Het was helemaal niets voor hem om zoiets te zeggen. Wie had kunnen vermoeden dat de vrolijke man die zo makkelijk was in de omgang en met wie ze de afgelopen weken zo veel had gedeeld zo plotseling in een monster kon veranderen?

'Gary, ik ga niet met andere mannen om en ik dacht dat wij iets speciaals hadden. Ik wil graag de waarheid weten.'

Hij boog zich over het tafeltje heen tot zijn gezicht dat van Annabel bijna raakte. 'Hou erover op, wil je? Heb je op je vorige man soms ook zo zitten vitten?' Hij slaakte een diepe zucht voordat hij zich weer op zijn stoel achterover liet zakken.

Die opmerking kwam hard aan. Vanbinnen ziedde ze van woede, maar ze kon de woorden niet vinden om hem van repliek te dienen. Sinds ze op eigen benen stond, was er iets heel erg misgelopen. 'Gary, kunnen we dit alsjeblieft uitpraten?'

Gary haalde zijn schouders op. 'Om eerlijk te zijn ben je nogal een prinsesje, Annabel. Je bent het ideale type voor die sukkel van een man van je. Ik bedoel, laten we er geen doekjes om winden: jij hebt vrienden die in flutblaadjes staan. Ik wilde je het voordeel van de twijfel gunnen, maar ik heb geen trek in dit soort gedoe.' Hij stond op en knikte haar zelfvoldaan toe. Vervolgens liet hij haar met haar tijdschrift in de bar achter, net op het moment dat haar cappuccino werd gebracht.

Annabel kon wel janken. Misschien had Gary gelijk en paste ze inderdaad prima bij Colin. Maar kon ze het aan om weer terug te gaan naar wie ze vroeger was geweest? Ze had zich de afgelopen paar maanden net een vlinder gevoeld: vrij om wat voor beslissingen dan ook te nemen in haar huis en met haar kinderen. Met de meisjes ging het goed, ook al had Sam dan nog steeds moeite met haar. Ze had hard gewerkt voor de marktkraam en draaide elke week een goede omzet. O god, ze was zo blij geweest met haar nieuwe relatie! Hoe had ze zich zo kunnen vergissen?

'We gaan sluiten, mevrouw,' zei de jonge serveerster, die Annabel liet schrikken.

Wat moest ze nu doen? Naar huis kon ze niet; daar was Colin. Ze moest met een vriendin praten. Ze sprong in haar Jeep. Maeve woonde maar een kilometer verderop.

Ze parkeerde voor de smetteloze oprit met keurige rijen dahlia's langs het voetpad. De voordeur stond op een kier en ze klopte zachtjes aan terwijl ze naar binnen stapte.

'Maeve!' riep ze.

Toen Maeve Annabels stem hoorde, kwam ze de trap af.

'Hai – wat een aangename verrassing! Kom mee naar de keuken, dan drinken we een kopje thee.'

'Ik hoop dat ik de kinderen niet wakker heb gemaakt?'

'Maak je daar maar geen zorgen over. Het duurt een eeuwigheid voordat die in slaap vallen.' Maeve liep naar de waterkoker en zette die aan. 'Ik dacht dat je vanavond met Gary had afgesproken?'

'Dat had ik ook, en ik heb hem ook gezien. Ik bedoel...' Met een zucht liet Annabel zich op een keukenstoel zakken. 'Waarom heb ik wat mannen betreft toch zo'n vreselijke smaak?'

Maeve draaide zich om en keek haar wanhopige vriendin aan. 'Wat heeft hij dan uitgevreten?'

Annabel kreeg tranen in haar ogen en begon te snikken. 'Ik had gisteren met Colin afgesproken in de stad en ging daarna met de DART naar huis. Op station Bayside zag ik Gary...' De volgende woorden kon ze zelf bijna niet geloven. 'Hij stond te zoenen met een of ander mens met rood haar. Iemand van hooguit vijfentwintig!'

Maeve kromp in elkaar. 'Lekker is dat. Ik dacht dat hij de ware jakob was.'

'Vanavond leek hij daar anders niet op. Hij zei dat hij nooit had beweerd dat wij iets *exclusiefs* hadden.'

'En wat houdt dat in?'

'Dat we allebei vrij zijn om ook met anderen het bed in te duiken.'

Maeve krabde op haar hoofd. 'Ik weet het niet, hoor Annabel. Ik doe al zo lang niet meer aan daten dat ik er volgens mij niet meer tegen zou kunnen.'

'Het is allemaal niet makkelijk,' zei Annabel met een knikje, en ze pakte de kop thee dankbaar van Maeve aan. 'Misschien moest ik Colin maar terugnemen. Hij doet erg zijn best met Sam.'

'Je kunt hem niet terugnemen alleen omdat Gary je de bons heeft gegeven. Dan moet je toch eerst zeker weten dat je zelf echt met hem samen wilt zijn.'

Annabel besefte dat Maeve gelijk had. Kate zou precies hetzelfde zeggen. Maar alle spanningen van de afgelopen paar weken eisten hun tol en ze stond inmiddels niet meer zo sterk in haar schoenen.

22

Vol trots en bloedfanatiek stond Lily de schoorsteenmantel op te poetsen.

'Je doet er goed aan, Annabel. De afgelopen paar weken zijn voor iedereen verschrikkelijk geweest.'

'Mam, je hoeft echt niet af te stoffen. De nieuwe werkster is heel goed en ze is nog maar twee dagen geleden geweest.'

'Dat Poolse mens is te oud. Aan een huis als dit zou ze niet moeten beginnen.'

'Ze is minstens vijf jaar jonger dan jij, mam.'

Lily maakte een afkeurend geluidje. 'Ik vind dat je het Colin verplicht bent dat het er hier een beetje goed uitziet.'

Annabel sloeg haar ogen ten hemel. Ze had zich er door Colin van laten overtuigen dat het voor iedereen het best zou zijn als hij weer thuis kwam wonen, en nadat haar zelfvertrouwen zo'n gevoelige klap had gekregen door Gary zag ze geen andere mogelijkheden. Maar ze wilde wel zien te voorkomen dat ze in oude patronen verviel. Misschien was dit voor de kinderen inderdaad de beste oplossing, maar ze was er nog steeds niet van overtuigd dat het ook voor haarzelf het beste was. Ze keek nu anders tegen de situatie aan, maar voor de buitenwereld zou alles weer bij het oude zijn. Maeve vond dat ze meer tijd moest nemen – totdat ze over de Gary-affaire heen was, die haar zo veel had gedaan. Maar in een opwelling had ze weer gekozen voor stabiliteit in haar leven.

De voordeur zwaaide open en ze werd verwelkomd door het geluid van Colins golfclubs die op de vloer van de hal neervielen.

Sam wilde er aanvankelijk bij zijn als zijn vader thuiskwam, maar toen een vriendje hem vroeg of hij mee ging bowlen, was de keus snel gemaakt. Zijn vader zou hij later wel zien. De meisjes zaten in de televisiekamer en hoorden niets.

Een paar tellen later stak Colin zijn hoofd om de deur van de woonkamer.

'Ik ben er weer.'

Lily vloog naar hem toe en omhelsde haar schoonzoon onhandig.

Colin nam de tijd om zichzelf vervolgens te fatsoeneren en schonk Annabel een knikje. 'Dan ga ik mijn spullen maar naar onze kamer brengen.'

Annabel wilde Colin niet weer in haar slaapkamer hebben. Ze hadden afgesproken dat hij de eerste paar weken in de logeerkamer zou slapen. Maar nu hij voor haar stond realiseerde ze zich ineens dat ze hem überhaupt niet om zich heen wilde hebben, nergens en op geen enkel moment van de dag of de nacht. Wat had ze gedaan?

Kate zat op de rand van het bed naar de telefoon te staren. Er spookten allerlei gedachten door haar hoofd; ze miste haar moeder, en des te meer nu ze weer thuis woonde. Ze was nieuwsgierig naar Liam – de vader die ze nooit zou zien – en ze had grote behoefte aan een goed gesprek met Fabian. Ook al hadden ze elkaar een paar dagen geleden nog gesproken, het voelde toch niet hetzelfde. Ze was er tijdens hun gesprekken uit het verleden aan gewend geraakt dat zijn lichaamstaal nog meer zei dan zijn woorden, en die kon ze over de telefoon niet zien.

In een opwelling pakte Kate de telefoon op en toetste Annabels nummer in. Om de een of andere reden leek dat een goed idee. Ze zat te trillen toen ze het toestel hoorde overgaan.

'Hallo?'

'Annabel, met Kate.'

Annabel geloofde haar oren niet. Ze was naar de telefoon gevlogen om niet te hoeven aanzien hoe haar moeder in de woonkamer bij Colin stond te slijmen. Ze had totaal niet verwacht Kates stem aan de andere kant van de lijn te horen.

'Kate, hoe is het met je?' zei ze enthousiast. 'Wat fijn om van je te horen!'

Kate kreeg opeens de neiging om heel snel op te hangen. Ze was blij met de hartelijke ontvangst, maar wist opeens niet meer wat ze moest zeggen.

'Ik ben weer in Dublin komen wonen – voorgoed. Ik vond dat ik je dat even moest laten weten, want we lopen elkaar vast nog wel eens tegen het lijf.'

'Wauw, wat een geweldig nieuws! Sinds wanneer?' Annabel durfde niet tegen haar te zeggen dat ze het al wist en zelf niet de moeite had genomen om even te bellen.

'Een paar weken geleden.'

Wat dacht ze nou te bereiken door Annabel op te bellen? Het voelde ongemakkelijk, en terwijl Kate verder praatte gingen er allerlei vreemde gevoelens door haar heen.

'Waar zit je?' Annabel probeerde ondanks de spanning tussen hen luchtig te klinken.

'Ik woon in Greenfield Close. Mijn vader is verhuisd naar een appartement in Howth.'

'O ja?' Annabel wilde dolgraag naar de baby vragen. 'Hoe gaat het met je? Ik heb je nieuws gehoord – gefeliciteerd!'

Kate moest even terugdenken aan Biarritz en voelde misselijkheid opkomen – maar zij was degene die de telefoon had gepakt en moest het gesprek dus voortzetten.

'Niet slecht. Een paar maanden geleden ging het flink mis, maar nu is alles weer in orde.'

'O god! Wat is er dan gebeurd?' vroeg Annabel, oprecht bezorgd.

'Ik kreeg een bloeding. Hopelijk is straks alles goed.'

Annabels hart ging tekeer. Nu ze daadwerkelijk met Kate praatte, voelde ze zich zenuwachtig. Ze had haar zo veel te vertellen – er was zo veel waar ze het samen over moesten hebben. Er bestond geen makkelijke manier om Betty ter sprake te brengen, en ze probeerde het zo te formuleren dat haar vriendin niet van streek zou raken.

'Kate, arme ziel! Je hebt het wel heel zwaar gehad, zeker omdat je je moeder ook nog eens moest verliezen.'

Annabel had gelijk, bedacht Kate. Dat ze haar moeder was verloren was de bitterste pil van allemaal geweest. 'Een ongeluk komt zelden alleen!'

'Zullen we een keer afspreken om bij te kletsen?' vroeg Annabel op smekende toon. 'Ik zou je graag willen zien.'

Kate aarzelde. Maar wat had ze dan verwacht? Natuurlijk moesten ze afspreken, maar op de een of andere manier stak de woede waar ze sinds Biarritz mee rondliep zijn lelijke kop weer op, en naarmate ze langer naar Annabels stem luisterde werd die steeds sterker.

'Ik kom op het moment het huis amper uit. De doktoren hebben me gewaarschuwd dat het wel eens een vroege bevalling zou kunnen worden.'

'Ik zou ook naar jou toe kunnen komen – wat voor jou het makkelijkst is,' drong Annabel aan. Ze moest zichzelf even knijpen, want ze kon nog steeds niet geloven dat ze eindelijk contact met Kate had. Het leek te mooi om waar te zijn, ook al hoorde ze terughoudendheid in haar stem.

'Morgen zou eventueel kunnen,' zei Kate onzeker.

'Morgen?' vroeg Annabel opgetogen. 'Zal ik dan bij je langskomen?'

Kate voelde zich gevangen in een wervelstorm van emoties. 'Goed.'

'Oké dan. Om elf uur? Ik neem aan dat je kinderen dan op school zitten?'

'Jazeker.'

'Dan zie ik je om elf uur.' Annabel zweeg even. 'Kate?'

'Ja?'

Annabel kreeg zin om de telefoon te kussen. Ze wilde tegen Kate zeggen hoeveel ze van haar hield en hoe erg ze haar miste. Er moesten woorden en zinnen worden ingehaald die maandenlang onuitgesproken waren gebleven. Hoe zou ze al die verloren tijd ooit kunnen inhalen? De kloof die er in hun gesprek bleek te zijn zei genoeg.

'Bedankt voor het bellen.'

'Ja, oké, tot later dan,' zei Kate in haar haast om op te hangen.

Annabel legde de telefoon neer en kon een brede grijns niet onderdrukken.

'Wie was dat?' vroeg Colin toen hij plots de keuken binnenkwam.

'Kate,' antwoordde Annabel uitdagend. 'Ik heb morgen met haar afgesproken.'

Colin trok een bedenkelijk gezicht. 'Is ze dan in Dublin?'

'Ze is weer voorgoed hier komen wonen,' liet Annabel hem opgewekt weten.

Maar hij was er niet erg blij mee dat Kate was teruggekeerd in het leven van zijn vrouw, net nu hij zijn best deed om haar weer naar zijn pijpen te laten dansen.

'Ik ga ervandoor, mam,' riep Annabel naar Lily. 'Even naar de supermarkt om spullen voor de kraam in te slaan, en daarna naar de kapper. Jij wilt zeker wel op de kinderen letten, hè Colin?'

Ze stormde het huis uit alsof ze op een wolk zat, helemaal in hoger sferen. Kate was terug in haar leven, en zij zou ervoor zorgen dat ze daar niet meer uit wegging!

Nadat ze had aangebeld, verscheen er kippenvel op Annabels armen. Hoe zou het met Kate zijn? Het was zo lang geleden.

Kate deed open en haar bolle buik was het eerste wat Annabel zag.

'Hallo, Annabel. Wat zie je er goed uit!' zei ze stijfjes, en ze stapte naar achteren omdat ze niet tot lichamelijk contact bereid was voordat ze erachter was wat ze nog voor Annabel voelde – en Annabel voor haar.

'Hallo, Kate! Jij ook. Bloeiend.'

Annabel hield een bos witte lelies in bruin papier en met een bruin touwtje eromheen in haar handen. Toen ze de hal binnenstapte, gaf ze ze aan Kate.

'En nu de waarheid, graag. Ik zie eruit als een uitgezakt nijlpaard,' zei Kate met een uitgestreken gezicht. 'In mijn negende maand van de tweeling zag ik er nog niet zo uit als nu. Bedankt voor de bloemen.'

Annabel glimlachte. Typisch Kate: scherp en geestig. 'Fijn om je te zien, Kate.'

Kate staarde naar Annabels voeten. 'Kom mee naar de keuken. De waterkoker staat aan. Betty's geest lijkt hier nog rond te waren en ik heb haar radar voor bezoek geërfd; zij had altijd water op staan als er visite aan kwam.'

Kate praatte snel om de spanning in haar stem te verhullen.

Langzaam en bedaard liep Annabel achter haar vriendin aan, er nog steeds niet zeker van hoe ze nu precies tegenover elkaar stonden.

'Wat akelig toch allemaal,' zei ze. 'Ik kan nog steeds niet geloven dat Betty er niet meer is.'

'Het is niet makkelijk geweest,' beaamde Kate. 'Ik heb nooit beseft hoe snel je ineens volwassen wordt als je een van je ouders verliest.'

Annabel knikte zonder iets te zeggen. Haar eigen vader was nu al zo lang dood dat ze het soms moeilijk vond om zich zijn gezicht nog voor de geest te halen.

'Kate, ik hoop dat ik je niet van streek heb gemaakt door naar Betty's crematie te komen. Ik vond echt dat ik ernaartoe moest – ik heb ook van haar gehouden.'

Kate knikte, maar zei niets. Dat zou ook niet veel zin hebben.

'Het is goed,' zei ze zachtjes, zonder dat ze Annabel daarmee uitsluitsel gaf over wat ze er echt van vond.

'Hoe lang heb je nog te gaan?' vroeg Annabel met een gebaar naar haar dikke buik.

'Zeven weken, maar de dokters denken dat het een vroege bevalling gaat worden. Ze hebben me nauwlettend in de gaten gehouden sinds ik bijna een miskraam had gekregen. Ik heb totaal geen conditie. Ik heb geen idee hoe ik me door de bevalling heen moet slaan!'

'Met een heleboel zuurstof en een ruggenprik. Daarmee heb ik het gered,' zei Annabel luchtig.

Maar Kates gezichtsuitdrukking veranderde nog steeds niet.

'Vertel me nou eens hoe het met jou gaat, Annabel. Ik heb gehoord dat jij nu ook weer alleen door het leven gaat.'

Annabel schraapte haar keel. Ze vond het gênant om tegenover Kate toe te geven dat ze Colin had laten terugkomen. 'Om eerlijk te zijn willen we een nieuwe poging wagen.'

'O.' Kate wist niet goed hoe ze moest reageren. 'Mooi. Eh... ik neem aan dat je gelukkig bent?'

Annabel perste haar lippen strak op elkaar. Ze wist niet wat ze daarop moest antwoorden. 'De kinderen lijken het fijn te vinden, vooral Sam. We hebben een paar weken flink wat met hem te stellen gehad – hij had gedronken en was weggelopen.' Verdorie, dacht ze, Kate kan dwars door me heen kijken. Ander onderwerp graag. 'Heb je nog iets van Shane gehoord?'

Kate vond het maar gek om met Annabel over hem te praten. Shane en zij hadden immers niet echt een relatie of zoiets gehad. Ze hadden maar een paar keer met elkaar afgesproken en een paar heerlijke momenten samen meegemaakt, te midden van alle hectiek en drukte van de eerste maanden van haar zwangerschap. Als ze zichzelf toestond te denken dat het meer had voorgesteld, zou ze ter plekke in tranen uitbarsten.

'Die heb ik in geen maanden gezien.'

'Wat jammer,' zei Annabel. 'Zeker nu Natasha iemand anders heeft leren kennen.'

Kate spitste haar oren. 'Heeft Natasha iemand anders leren kennen?'

Annabel knikte. 'In de *Ciao* stond een foto van haar met Ron Larkin.'

'Van die hotelfamilie?' vroeg Kate verrast.

'Ja.'

Kate was zo met zichzelf bezig geweest dat ze er geen seconde over had nagedacht dat Shane het misschien wel helemaal los van haar met Natasha kon hebben uitgemaakt. 'Daar wist ik helemaal niets van.'

'Weet hij dat je weer thuis woont?'

Kate haalde haar schouders op. Ze zou het niet weten.

'Ik wil wedden dat hij je graag zou zien, Kate.'

'Zoals ik er nu bij loop?' vroeg ze, quasizielig wijzend naar haar buik.

'Is hij daar dan niet van op de hoogte?' Daar schrok Annabel even van. 'Heb je het hem niet verteld?'

Kate schudde haar hoofd.

'Shane houdt van je, Kate. Hij heeft altijd van je gehouden.'

'Ik wil niet dat hij zich verplicht voelt om voor de baby van een vreemde te gaan zorgen. Misschien zou hij dan een wrok tegen het kind gaan koesteren.'

'Of hij zou er heel veel van gaan houden!'

Kate zei niets. Ze besefte dat Annabel gelijk had. Was dat ook niet precies wat haar eigen vader had gedaan?

'Waarom bel je hem niet even?' opperde Annabel.

'Dat lijkt me niet zo'n goed idee,' zei Kate snel.

'Nou, voor het geval je je bedenkt: het aanbod staat nog steeds.'

Kate wist dat Annabel alleen maar behulpzaam wilde zijn, maar ze wilde niet dat iemand zich ermee bemoeide. Zover zij wist wilde Shane nooit meer iets met haar te maken hebben, en dat kon ze hem niet kwalijk nemen. 'Mijn vader vroeg nog naar je.'

'Eerlijk gezegd heb ik afstand gehouden. Het was ontzettend aardig van hem om me bedrijfsruimte aan te bieden om een eigen zaak te beginnen. Ik baal ervan dat ik niet op dat aanbod kan ingaan.'

'Waarom dan niet?'

'Ik was er de afgelopen paar maanden niet klaar voor om zo'n enorme onderneming op te starten. En het was min of meer een voorwaarde voor Colins terugkomst dat ik geen verdere stappen zou zetten op het zakelijke pad. Hij wilde zelfs dat ik mijn marktkraam opgaf, maar die wilde ik per se aanhouden. Ik dacht dat ik degene was die hem een gunst bewees door hem terug te laten komen, maar hij wist alles weer naar zijn hand te zetten. Alleen had ik tegen die tijd Sam al verteld dat zijn vader weer thuis zou komen wonen, en toen was het te laat.'

'Ik vind dat je je eigen dingen zou moeten kunnen doen, Annabel.'

Kate had gelijk. Het had niet eens een punt van discussie mogen zijn. Colin moest zich altijd overal mee bemoeien en hij zou het liefst zien dat ze net als vroeger weer achter het aanrecht stond en voor de kinderen zorgde. Daar kwam het in feite op neer.

'Je moet hem erop aanspreken, Annabel.'

Annabel glimlachte. Dit leek meer op de gesprekken die ze vroeger altijd met Kate had gevoerd. Zonder dat ze het zelf in de gaten hadden, was weer de vertrouwdheid ontstaan die ze allebei na hun ruzie zo hadden gemist.

'Ik heb er de kracht niet meer voor om het met hem uit te vechten. Ik heb een vervelende ervaring gehad met een man met wie ik een poosje iets had en hij heeft mijn vertrouwen geschonden. Hij stond ook op de markt. Gelukkig heb ik hem daar, sinds we elkaar voor het laatst hebben gesproken, niet meer gezien – hij is er zeker even tussenuit.'

'Annabel,' zei Kate hoofdschuddend, 'je weet ze wel uit te kiezen! Zo te horen was de enige fatsoenlijke kerel met wie je het ooit hebt aangelegd mijn vader!' Voor de eerste keer sinds Annabel het huis was binnengestapt verscheen er een glimlach op Kates gezicht.

Opgelucht hoorde Annabel haar aan, en ze zag aan Kate dat ze begon te ontdooien. 'Heb je me dan vergeven?'

Kate haalde haar schouders op en zei een poosje niets. Ze wist niet goed of ze Annabel moest vertellen wat ze na Betty's dood had ontdekt. Ze zag de open, verwachtingsvolle blik in haar ogen, en besloot de deur naar hun hereniging op een kier open te zetten.

'Betty heeft zich ook niet bepaald engelachtig gedragen. Het grootste deel van haar getrouwde leven hield ze er een geheime relatie op afstand op na.'

'Betty?' Annabel wist niet wat ze hoorde.

'Ik snap je verbazing,' zei Kate met een knikje. Opeens voelde ze een golf van opluchting over zich heen spoelen. Het leek wel een soort vergiffenis toen ze Annabel toelachte en zei: 'Ik heb het niet van een vreemde, hè?'

Annabel kon het niet opbrengen om met een glimlach te reageren, zo verbijsterd was ze over deze onthulling.

'Kate, ik kan het haast niet geloven!'

'En dat is nog niet alles.'

Annabel had al zo'n vermoeden wat ze ging zeggen.

'Damien blijkt mijn biologische vader helemaal niet te zijn.'

Annabel deed haar best om verrast te lijken.

'Damien werd erin geluisd om met mam te trouwen, terwijl zijn beste vriend Liam de benen nam naar Australië.'

'Hoe is het afgelopen met die vriend?'

Kate slikte moeizaam. 'Die pleegde zelfmoord toen mam niet bereid bleek Damien voor hem te verlaten. Nou ja, ik neem aan dat dat de reden was. Of althans voor een deel. Dat was nadat ze jarenlang een geheime verhouding hadden gehad, vooral via brieven. Die liggen allemaal hier in huis.'

'Wat een verbijsterend verhaal, Kate. Wanneer heb je dit ontdekt?'

'Nadat mam was overleden. Maar ik weet nog maar sinds kort dat Liam is overleden. Daar kwam mijn tante Dee mee.'

Annabel schoof naar voren op haar stoel en legde haar hand op Kates arm. 'Hoe voel je je eronder?'

'Alsof ik geen van mijn twee ouders ooit echt heb gekend.' Kate zweeg even. 'Daarom vond ik het denk ik ook zo moeilijk te verwerken wat jij me in Biarritz vertelde. Het liet niets heel van het beeld dat ik van mijn vader had. Het grappige is wel dat ik sindsdien heel anders tegen alles en iedereen aankijk.'

'Ik had nooit gedacht dat Betty een minnaar zou hebben, in geen honderdduizend jaar.' Ongelovig schudde Annabel haar hoofd.

'Ik ook niet.'

'Hoe sta je nu tegenover Damien?'

'Dat is een van de positieve dingen die hieruit voortkomen, denk ik,' zei Kate met een traag hoofdknikje. 'Ik hou echt van hem. Hij is mijn leven lang een geweldige vader voor me geweest. Ik zou me niet dichter bij hem kunnen voelen. Hij is waarschijnlijk de reden dat ik hier terug ben. Ik wil terug naar mijn roots en naar de plek waar ik thuishoor, en daarbij heb ik zijn steun nodig.'

'Ik ben er ook altijd voor je, dat weet je,' zei Annabel zachtjes. 'Het betekent veel voor me om nu zo met je te praten. Sinds Biarritz heeft er een dichte mist om mijn hoofd gehangen. Ik wist niet goed of het kwam doordat ik geen contact meer met je had, maar ik zie het nu weer allemaal helder, dus dat moet het wel geweest zijn.'

Kate voelde haar van hormonen overvloeiende lichaam ontdooien. Ze kreeg tranen in haar ogen en keek diep in die van Annabel. 'Ik heb jou ook gemist. Het was echt zwaar toen Betty overleed.'

Annabel stond op en kwam dichter bij Kate zitten. Ze boog zich omlaag en sloeg haar armen losjes om de hals van haar vriendin. 'Kate, laat dit alsjeblieft niet nog een keer gebeuren. Ik wil echt heel graag dat we terugkrijgen wat we zijn kwijtgeraakt. Ik heb je de afgelopen maanden zo hard nodig gehad dat ik me nu pas realiseer hoe zwaar het allemaal is geweest.'

Kate sloot haar ogen en liet haar hoofd op Annabels schouder rusten. 'Mij zul je er niet meer over horen, als jij er ook over ophoudt. Als je met Damien zaken wilt doen – mijn zegen heb je. Ik help je wel om de opening te organiseren.'

'Kate, waar ben ik toch allemaal mee bezig?' Annabel maakte zich van haar vriendin los en zonk weer neer op haar stoel. 'Waarom laat ik me zo afblaffen door Colin?'

'Dat is een vraag waarop alleen jij het antwoord weet,' zei Kate wijs. 'Maar je moet voortaan allereerst doen wat je zelf wilt. Het leven begint bij veertig!'

'Degene die dat ooit heeft gezegd maakte geen grapje, hè?'

Kate schudde haar hoofd.

'En hoe zit het dan met Shane? Hoe ga je het met hem aanpakken?'

Kate had het gevoel of ze nu een koekje van eigen deeg kreeg. 'Moet jij maar eens opletten. Zodra ik er niet langer uitzie als een nijlpaard, ga ik de hele wereld veroveren.'

'Daar ben je de eerste drie maanden veel te moe voor.'

'O ja, dat is waar ook. Het is wel heel aardig van de natuur dat je al die details niet onthoudt, want anders zouden er volgens mij heel wat minder broertjes en zusjes op de wereld rondlopen!'

Annabel lachte.

'Nog een kopje thee?' vroeg Kate.

Annabel knikte. Wat was het fijn om in Kates keuken thee te zitten drinken. Opeens zag alles er een stuk zonniger uit.

23

De eerste week dat Colin terug was, was hij nog te pruimen, de
tweede week werd het al minder, de derde week was hij niet om uit
te staan. Inmiddels was Annabel serieus in staat om hem in zijn
slaap te vermoorden. Sam begon over hem te klagen en zelfs Lily
liep niet langer dansend door het huis.

Omdat Annabel Kate inmiddels een keer of tien had gesproken,
was ze wel veel tevredener met zichzelf en positiever gestemd over
de rest van de wereld. Damien verhuurde de bedrijfsruimte aan
een jonge kerel die graag zo snel mogelijk een koffieshopketen wilde opzetten. Annabel vond het jammer dat er van haar sprong
naar de vrijheid zo weinig terechtkwam, temeer nu het steeds
moeilijker werd om met Colin samen te leven.

Tijdens de waardevolle gesprekken met Kate concludeerden ze
dat het allemaal neerkwam op angst. Het gebrek aan zelfvertrouwen liep als een rode draad door Annabels leven. Zelfs nu Kate
weer terug was in haar leven, durfde Annabel er nog steeds niet
goed iets aan te doen.

'Ik kom wel even langs om de verhuizers binnen te laten,' drong
Kate bij haar vader aan toen ze hem aan de lijn had.

'Ik heb tegen ze gezegd dat het morgen pas hoefde,' zei Damien.
Hij wilde zijn dochter in haar toestand niet belasten met klusjes.

'Bel ze dan maar terug. Ik ben er om drie uur. Ik heb vandaag
niets omhanden en ik begin zo zwaar te worden dat er van schilderen toch niets komt. Trouwens, daar ben ik veel te moe voor.'

'Nou, als je het zeker weet...'

'Ik weet het zeker, pap. Ik weet heus wel dat je het liefst je appartement klaar hebt voordat de baby zich aandient.'

Damien had gehoopt dat hij dat niet al te erg had laten blijken. 'Zo zit het niet, Kate.'

'Weet ik. Ik plaag je maar, pap,' zei ze glimlachend. 'Bel ze maar terug en zeg dat ik er om drie uur ben.'

'Bedankt, Kate.'

'Het is het minste wat ik kan doen nu ik je je huis uit heb gegooid! Tot later, pap.'

Kate hing op. Nu moest ze de sleutel van het appartement in Howth zien te vinden. Ze ploegde de rommella in de keuken door en vond de sleutelbos met het embleem van The Oaks eraan. Ze had nog tijd om onderweg te tanken en een paar boodschappen te doen bij de SuperValu.

Toen ze door het veiligheidshek van het prestigieuze appartementencomplex reed, voelde ze een tinteling van energie van haar schouders naar haar kruin trekken. Het was een vreemd soort duizeling en ze kon het niet verklaren – eenzelfde gevoel dat ze had bij grote mijlpalen in haar leven, zoals die keer dat ze na het eindexamen naar voren moest komen om haar diploma in ontvangst te nemen, of toen ze haar jawoord gaf.

Ze was al één keer eerder in de flat geweest, voordat er geschilderd was, en ze kon zich helemaal in de keus van haar vader vinden. De hal was licht en ruim, en aan alle kanten had je een mooi uitzicht. Ze stapte de gestroomlijnde lift in naar haar vaders appartement op de tweede verdieping. Het liftmechaniek was soepel en stil, en ze merkte er amper iets van dat hij stopte.

Maar toen de deuren opengleden, was ze met stomheid geslagen toen ze zag wie er tegenover haar stond.

Shane was in volledig uniform gestoken, met zijn pet balancerend in de kromming van zijn elleboog. Zijn tas met documentatie over de vlucht en het weer hing zwaar aan zijn andere arm. Toen de deuren helemaal open waren, keken zijn blauwe ogen in die van Kate; ze moest steun zoeken tegen een van de liftwanden. Heel even dreigden de deuren weer dicht te gaan, maar Shane hield ze open door zijn voet ertussen te zetten.

Kates mond viel een stukje open, maar ze kon geen woord uitbrengen.

'Kate,' zei Shane geschrokken. Hij keek omlaag naar haar bolle buik en toen weer naar haar gezicht. Toen zei hij nogmaals: 'Kate!'

Kate slikte moeizaam en probeerde zich te herpakken voordat ze de overloop op stapte. Shane deed een paar stappen naar achteren om haar de ruimte te geven.

'Shane, wat doe jij hier?'

'Ik woon hier. Ik ben hier in het weekend ingetrokken.'

'Dat wist ik helemaal niet.' Kates mond voelde opeens heel droog aan; ze moest even gaan zitten. 'Mijn vader komt hier ook wonen.'

'O ja?' Shane kon bijna niet reageren. 'Na volgende week zal ik hem alleen niet veel zien, want ik ga een jaar in Amerika werken.'

Kate kreeg amper lucht. 'O, wat leuk.'

Wat hadden ze toch een vreselijke timing!

Er viel even een diepe stilte, waarna hij zei: 'Het spijt me dat ik niet op de crematie van je moeder was, Kate. Ik hoorde het pas de dag erna – ik was weg – en ik wist niet goed of ik je moest schrijven of wat ik dan precies moest zeggen.'

'Het geeft niet,' zei Kate terwijl ze licht haar hoofd schudde. 'We wisten allemaal dat ze niet lang meer te leven had.'

Zijn ogen dwaalden weer naar haar buik en bleven op de bolling rusten.

'Misschien dat dit iets voor je kan verklaren?' zei ze zacht, niet in staat hem in de ogen te kijken.

'Ik, eh...' Hij wist zich duidelijk niet goed raad met de situatie.

'Ik ben over vier weken uitgerekend.'

'Maar wie...? Neem me niet kwalijk, dat is mijn zaak niet.' Hij schudde zijn hoofd en zette nog een stap naar achteren.

Ze was het hem verplicht de waarheid te vertellen, hoe verschrikkelijk die ook klonk.

'Het is gebeurd toen ik met Annabel in Biarritz was.'

Kate zat altijd al vol verrassingen, maar dit had Shane helemaal niet verwacht. Even voelde hij zich verraden – dit was het zoveelste staaltje impulsiviteit van Kate, maar als het op hun relatie aankwam, viel er geen impulsiviteit te ontdekken. Ze kan nooit zo veel van mij gehouden hebben als ik van haar, bedacht hij.

'Wist je het al toen wij met elkaar omgingen?'

'Op het laatst wel, ja,' zei Kate met een knikje.

'Je had het me moeten vertellen.'

'Dat kon ik niet,' zei Kate, opgelaten. Ze staarde naar de vloer.

Hij aarzelde. 'Heb je... Heb je iets met de vader?'

'Nee,' zei Kate, nog steeds zonder hem aan te kijken. 'Ik heb het hem nooit verteld. Dat kon ook helemaal niet. Ik heb geen idee waar hij is. Het was een onenightstand.'

Eerst was Shane enorm opgelucht, maar al snel voelde hij een lichte weerzin. *Hoeveel verrassingen had ze nog meer in petto?* Hij gooide het over een andere boeg. 'Ben je hier voor de bevalling?'

'Ik ben voorgoed weer hier komen wonen.'

Daar heb je alvast de eerste! 'Waar woon je dan?'

'Ik woon nu in Greenfield Close.' Toen was het Kates beurt om vragen te stellen. Eindelijk sloeg ze haar ogen op. 'Waar is Natasha?'

'Die woont nog in Dalkey. Ze heeft een nieuwe man leren kennen.'

'Wat vervelend allemaal. Ik heb pas een paar weken geleden gehoord dat jullie uit elkaar zijn.'

Shane had het niet meer. Waarom had Kate hem niet gebeld toen ze wist dat hij van Natasha af was? Kennelijk wilde ze niets meer met hem te maken hebben, of hij nu single was of niet.

'Ik moet naar mijn werk, Kate,' zei hij aarzelend. Moest hij voorstellen om elkaar nog eens te zien? Nee, eerst moest hij al het nieuws verwerken dat ze over hem had uitgestort. Maar ook al had ze hun levens – wonder boven wonder – nog ingewikkelder gemaakt, toch besefte hij dat hij nog steeds van haar hield. Zou hij er wel tegen kunnen als Kate nog meer fratsen uithaalde? Een slecht moment om dat te onderzoeken, net nu hij op het punt stond om naar het buitenland te verhuizen.

'Fijn om je weer even te zien. Pas goed op jezelf.' Hij boog zich naar voren en streek voorzichtig met zijn lippen langs haar wang.

Hij stapte in de glanzende lift en liet Kate roerloos aan de andere kant staan. Toen ze zeker wist dat hij weg was, liep ze met wankele passen naar de voordeur van haar vaders appartement en stak de sleutel in het slot. Eerst bibberde haar hand te erg om hem erin te krijgen; ze kon door haar tranen heen amper het sleutelgat zien. Er leek nu geen weg meer terug. Shane vond het stuitend dat ze zwanger was, en dat kon ze hem niet kwalijk nemen. En tot overmaat van ramp zag ze er ook nog eens vreselijk beroerd uit: geen spoortje make-up en een lelijk joggingpak, dat ze als de baby was geboren meteen in de vuilnisbak zou smijten. Hij daarentegen had er fantastisch uitgezien – maar ja, hij zag er altijd fantastisch uit.

'En wat gebeurde er toen?' vroeg Annabel, die haar koffiekopje bijna fijnkneep.

'Helemaal niets! Hij ging naar zijn werk.'

'Niet te geloven, Kate. Jij bent altijd degene die de mond vol heeft over het lot, en als dit niet genoeg bewijs voor je is, weet ik het ook niet meer.'

'Het bewijst alleen maar dat hij een goede smaak heeft als het om huizen gaat.'

'Onzin!' hield Annabel vol. 'Het is een teken. Jij hebt het toch altijd over tekenen?' Ze wees naar haar getatoeëerde enkel. 'Als jij er niet was geweest, met al je tekenen, had ik dit kloteding nooit op mijn enkel laten zetten! Jullie tweeën moeten weer bij elkaar komen.'

'Hij wekte anders niet de indruk dat hij me graag nog eens terug wilde zien. Hij kon zijn ogen niet van mijn buik afhouden en keek dan telkens weer weg.'

'Waarschijnlijk was hij geschrokken, en dat kun je hem ook niet aanrekenen, toch?'

Kate schudde haar hoofd. 'Ik had hem de waarheid moeten vertellen op het moment dat we uit elkaar gingen. Nu is er geen enkele kans meer dat hij me ooit nog vertrouwt.'

'Waarom bel je hem niet?'

'Dat kan ik niet. Echt niet, Annabel. Mijn haar plakte aan mijn hoofd, ik had een joggingpak aan dat er niet uitzag en ik had helemaal geen make-up op. Volgens mij is hij blij dat hij eronderuit is gekomen.'

'Nu praat je echt onzin. Jullie kennen elkaar goed genoeg om niet aan uiterlijk te hechten. Ik wil wedden dat hij je er fantastisch uit vond zien.'

'Jij hebt hem niet almaar naar mijn buik zien staren!'

Annabel begon haar geduld te verliezen met haar vriendin. 'Kate, die arme jongen schrok zich dood! Kun je je dan helemaal niet voorstellen hoe hij zich gevoeld moet hebben?'

Kate besefte dat Annabel gelijk had. 'Wat moet ik nu dan volgens jou doen?'

'Hem bellen!'

Kate leunde achterover op de keukenstoel en dacht na. Wat zou ze Shane moeten zeggen?

'Het spijt me, Kate, maar ik moet er nu vandoor. Ik moet de meisjes ophalen.'

'Hoe gaat het eigenlijk met jou?' vroeg Kate. 'Ik zit de hele ochtend maar over mezelf te ratelen.'

'O, goed hoor,' zei Annabel op een toon die Kate duidelijk maakte dat het allesbehalve goed met haar ging.

'Hoe lang is Colin nu al terug?'

'Drie weken, vijf dagen en ongeveer acht uur.' Het gezicht dat Annabel erbij trok zei genoeg.

'Ik maak me zorgen om je!' zei Kate, en ze trok een pruillip.

'Met mij gaat het prima,' verzuchtte Annabel terwijl ze opstond. Ze probeerde de tranen terug te dringen die zouden opkomen als ze zich aan zelfmedelijden overgaf. Het leven op Summit Green was ondraaglijk geworden. Colin was nog bezitteriger geworden dan hij al was en elke keer dat ze naar de markt vertrok begon hij te steunen en te kreunen. Ze verlangde terug naar het gevoel van vrijheid waarvan ze even had geproefd. Het was allemaal flink misgelopen.

'Annabel, je moet iets doen; anders word je gek.'

'Ik geloof dat ik dat al ben.' Annabel draaide zich om om te gaan. 'Ik moet nu echt de kinderen halen. Zie ik je later?'

'Ja,' zei Kate met een knikje. Ze stond op om Annabel uit te laten.

Annabels auto was al uit het zicht verdwenen toen Kate de deur dichtdeed en terugkeerde naar de keuken. Ze wierp een blik op de telefoon die op de bar stond. Ze wilde Shane graag bellen, maar wat moest ze zeggen? De situatie was volkomen veranderd nu Natasha en hij uit elkaar waren. Misschien had hij wel iemand anders. Ze zag al helemaal voor zich hoe alle stewardessen van Airjet als bijen om hem heen gonsden. Maar ze voelde zich niet in de positie om stappen te ondernemen, nu over een paar weken de baby geboren zou worden.

Annabel bracht haar auto tot stilstand naast de benzinepomp en begon haar Jeep vol te tanken. Ze was helemaal in gedachten verzonken toen ze iemand haar naam hoorde roepen. Zware voetstappen kwamen naderbij en ze draaide zich om, waarbij ze bijna benzine over haar voeten morste.

'Damien, hoe is het met je?' Ze keek hem aan en er verscheen een brede, stralende glimlach op haar gezicht.

'Prima, dank je, Annabel.' Hij voelde zich onhandig en opgelaten, maar wist niet goed waarom. 'En jij?'

'O, goed hoor,' zei ze, terwijl ze haar blik afwendde om de slang weer terug te hangen aan de pomp.

'Ik moest gisteren nog aan je denken,' zei hij.

'O ja? Dan hoop ik maar dat het goede gedachten waren,' zei ze luchtig, wat de spanning uit de lucht haalde.

'Natuurlijk! Die jongen die de koffieshop zou overnemen kreeg het geld niet bij elkaar. En ik zat zo te denken dat het toch wel jammer is dat onze plannen nooit van de grond zijn gekomen.'

Annabel keek in zijn grote bruine ogen. Ze voelde zich zo veilig bij hem. Ze verlangde er opeens naar dat hij hier ter plekke zijn armen om haar heen zou slaan.

'Gaat het?' vroeg hij toen Annabel hem roerloos aan bleef staren.

'Ja hoor, prima, Damien. Ja, het is inderdaad jammer. Dat vind ik zelf ook. Ik mis het om iets voor mezelf te doen.'

'Maar je staat toch nog steeds op de markt?'

Annabel knikte. 'Jawel, maar het voelt niet meer hetzelfde.'

'Mam, ik wil naar Ellen toe!' riep Rebecca vanuit de Jeep.

'Sorry,' zei ze, terwijl ze zich weer naar Damien keerde. 'Hoor eens, misschien kom ik nog op mijn besluit terug. Ik zal het er vanavond met Colin over hebben.'

Damien glimlachte breed. 'Dat zou fantastisch zijn.'

'Ik bel je nog.'

'Ik kijk ernaar uit, Annabel.'

Hij liep terug naar zijn Saab om die vol te tanken, terwijl Annabel bij de pomphouder ging betalen. Ze stapte in de auto, zwaaide naar Damien en ging op weg naar huis. Ze zette Rebecca af bij het huis van haar vriendinnetje en maakte toen haar laatste ritje om Sam op te halen van zijn voetbaltraining. Hij stond al bij de ingang van de club met twee van zijn vriendjes; alle drie zaten ze flink onder de modder. Annabel glimlachte toen ze het stralende gezicht van haar zoon en zijn rode wangen zag. Dat ze Colin weer thuis liet wonen had tenminste één voordeel.

Sam gooide zijn sporttas op de achterbank en kwam op de passagiersstoel naast zijn moeder zitten.

'Hoe was de training?'

'Tof,' zei hij terwijl hij zijn veiligheidsgordel vastklikte. 'We hebben zaterdag een wedstrijd en ik ben spits bij het eerste team.'

'Dat is geweldig, lieverd,' zei Annabel met een bemoedigende glimlach, ook al begreep ze nog steeds niks van de basisregels van het voetbal. 'Ik ben trots op je.' Sinds zijn vader terug was, ging het al snel beter met hem. 'Je kunt zeker niet wachten om het aan je vader te vertellen?'

Sam haalde zijn schouders op. 'Pap geeft toch niks om dingen waar hij zelf niets mee heeft.'

'Dat is niet waar!'

'Het is wél waar, mam. We weten allebei hoe hij is.'

Annabel minderde vaart en keek opzij om het gezicht van haar zoon te polsen. Hij had het niet bedoeld als klacht, maar stelde alleen – als een volwassene – een feit vast. 'Ben je dan niet blij dat papa nu weer thuis is?'

Weer haalde Sam zijn schouders op. 'Toen hij weg was, was ik eerst bang dat jij ook weg zou gaan. Ik was in de war. Nu weet ik dat jij nooit weg zou gaan, en toen papa weg was, was het op de een of andere manier een stuk rustiger in huis.'

Annabel stond perplex. Was dat haar zoontje van twaalf die zulke dingen zei? 'Ik dacht dat je zo graag wilde dat we een echt gezin waren?'

'Dat wilde ik ook, maarre...'

Annabel parkeerde de auto in de berm en keek haar zoon opmerkzaam aan. 'Ik wil alleen maar dat je blij bent en je veilig voelt, lieverd – dat weet je toch?'

Sam knikte. 'Weet ik ook. Ik had niet dronken moeten worden en niet moeten proberen om weg te lopen. Ik was kwaad op je omdat ik dacht dat je me in de steek zou laten. Nu weet ik dat dat dom van me was.'

'Kom eens hier,' zei ze met zachte drang.

Sam drukte zijn bezwete voorhoofd tegen zijn moeders schouder en slaakte een diepe zucht. 'Ik hou van je, mam. Ik zal je niet meer teleurstellen.'

Terwijl ze haar zoon troostend over zijn achterhoofd wreef, vocht Annabel tegen haar tranen. Ze zou hem niet nog een keer van streek maken, maar iets vanbinnen vertelde haar dat Sam in de afgelopen maanden een stuk volwassener was geworden – misschien wel té volwassen voor een kind van twaalf. Maar het ging goed met hem, en het belangrijkste was dat hun relatie sterker was dan ooit. Ze wist dat ze nog een lange weg te gaan hadden als hij echt zou gaan puberen, maar ze hadden hun eerste grote hindernis zojuist overwonnen en zouden elkaar blijven steunen.

Met een tevreden gevoel reed ze de oprit van Summit Green op, en met zijn sporttas in de hand sprong Sam naar buiten. Hun gesprekje had niet op een beter moment kunnen plaatsvinden. Na het eten zou ze haar zegje doen bij Colin. Het feit dat het weer goed ging met haar zoon gaf haar hernieuwde kracht.

De rest van de middag ging tergend langzaam voorbij. Hoe vaker ze op de keukenklok keek, hoe langzamer de wijzers leken te gaan. Tegen de tijd dat ze het avondeten klaar had en de heerlijke geuren van gebraden kip in golven uit de oven kwamen, was ze op van de zenuwen. Ze had zich vast voorgenomen om Colin haar wensen en behoeftes duidelijk te maken. De koffieshop zou iets zijn wat helemaal van haar was. Meestal was Colin op woensdag op tijd thuis, en hoe sneller ze hem zou spreken, hoe beter.

Shane zette het toestel aan de grond op landingsbaan One-Zero. Het was zijn een-na-laatste vlucht bij Airjet Europe voor minstens een jaar. Van nu af aan zou hij zich koesteren in de zon van Florida. Waarom was hij dan niet gelukkig met dit nieuwe vooruitzicht? De vorige dag bij het opstijgen van Dublin Airport was het de first officer opgevallen dat hem iets dwarszat. Shane zette het toestel neer bij terminal B en deed beleefd, maar afwezig tegen de medewerkers van het grondpersoneel. Hij was best een beetje van slag door de hele situatie met Kate. Hij zou het liefst teruggaan naar zijn appartement en proberen alles in alle rust en stilte op een rijtje te krijgen. De afgelopen nacht in het Sheraton op het vliegveld van Brussel had hij geen oog dichtgedaan.

'Bedankt, Shane,' zei de first officer met een glimlach.

'Vind je het erg als ik er nu even tussenuit piep? Ik, eh... moet om zes uur ergens zijn.'

'Geen punt. Tot gauw. Volgens mij zijn we zaterdag weer samen ingeroosterd.'

'O ja?' Het was helemaal niets voor Shane om zijn rooster niet te kennen. 'Tot dan.'

Hij liep weg van het toestel zonder nog enige aandacht aan de stewardess te besteden. Hij wist niet hoe snel hij thuis moest komen. Het was een stralende dag en hij trapte het gaspedaal diep in terwijl hij over de kronkelende kustweg naar Howth reed.

Terwijl hij in de lift naar zijn appartement stond, dacht hij onwillekeurig steeds maar aan de hoogzwangere Kate zoals hij haar de vorige dag had gezien. Ze had er prachtig uitgezien. Haar ogen waren nog groter en straalden nog meer dan anders nu ze leven in zich droeg. Ze zag er zo natuurlijk uit met haar zwangere buik; die paste goed bij haar vrouwelijke figuur met al zijn rondingen. Hij had nooit eerder in romantische zin aan een zwangere vrouw gedacht, maar nu hij Kate in volle glorie had gezien begeerde hij haar des te sterker. Wat had hij graag gewild dat het kind dat ze droeg van hem was. Als ze met elkaar naar bed waren geweest, zou hij waarschijnlijk denken dat dat ook zo was. Misschien dat ze er daarom zo fel op was geweest dat ze niet zouden vrijen. Hij zou er nooit achter komen, tenzij hij een kans kreeg om met iemand over haar te praten.

Hij kon het altijd bij Annabel proberen.

Colin stampvoette op de harde granieten vloer als een tweejarig kind met een driftbui.

'Wat probeer je me nu precies te vertellen, mens?'

Annabels lichaam verstrakte, terwijl ze voelde dat ze kippenvel op haar armen kreeg. 'Dat heb ik je al gezegd: ik wil een eigen zaak beginnen. Net voordat jij terugkwam was ik dat al van plan, en ik zie niet in waarom ik het niet zou kunnen doorzetten.'

'We hadden afgesproken dat je dat soort dingen zou laten!'

Jíj had met jezelf afgesproken dat ik het niet mocht doen, dacht ze bij zichzelf. 'Ik ben van gedachten veranderd. Zo kan ik niet leven.'

Colin moest snel handelen; geen sprake van dat hij Annabel nog een keer zou verliezen aan een of ander idioot plan dat ze toch niet goed van de grond kreeg. 'En het startkapitaal dan?'

'Geld heb ik niet nodig. Daar zorgt Damien Carlton voor. De bedrijfsruimte is van hem.'

'Je gaat me toch niet vertellen dat hij bereid is met jou in zaken te gaan, terwijl je geen enkele ervaring hebt, zonder dat hij daar bijbedoelingen mee heeft?' zei Colin besmuikt. 'Belachelijk! Hij

probeert je te versieren, let op mijn woorden! De Vrolijke Weduwnaar!'

Annabel kromp in elkaar. Ze kreeg de neiging om Colins hersens in te slaan, toen plotseling de telefoon ging.

Geen van beiden kwam in beweging.

'Neem je niet op?' vroeg Colin kortaf.

Annabel pakte het toestel op en hield haar hand om het spreek-
gedeelte. 'Hallo,' zei ze bedaard.

De stem aan de andere kant klonk gespannen.

'Annabel, met Shane.'

Kate zette zich schrap toen er weer een wee langs haar ruggengraat
trok. Het waren maar voorweeën, maar desondanks waren ze heel
pijnlijk. 'Jongens, jullie eten is klaar!' riep ze.

Ze haalde de pan bonen van het gas en zette hem midden op de
keukentafel. Toen knapte er iets. Het vocht stroomde langs de binnenkant van haar dijen.

Ciarán bleef stokstijf bij de keukendeur staan, in de greep van
herinneringen aan de avond dat zijn moeder plotseling naar het
ziekenhuis moest worden gebracht.

'Wil je de telefoon even pakken, lieverd?' vroeg Kate terwijl ze
op de dichtstbijzijnde stoel neerzeeg en vooroverboog.

Ciarán pakte haar mobiele telefoon en gaf hem aan haar. Kate
belde haar vader. De voicemail schakelde in.

'Pap, mijn vliezen zijn gebroken. Ik wil graag dat jij op de jongens past. Bel me zodra je dit bericht hoort.'

Vervolgens belde ze Annabel.

'Hallo?' zei Annabel, die nog steeds op de vaste telefoon met
Shane in gesprek was.

'Met Kate. Mijn vliezen zijn gebroken. Kun jij me naar het Rotunda brengen?'

Annabel hield de twee telefoons in haar handen en keek naar
Colins woedende gezicht. Ze wilde en kon haar vriendin maar één
antwoord geven.

'Natuurlijk. Ik kom eraan. Waar is je vader?'

'Ik weet het niet,' zei Kate met een zucht. 'Ik heb een boodschap ingesproken op zijn voicemail.'

'Hou nog even vol, Kate. Ik ben zo bij je!'

Annabel zette haar mobieltje uit en keerde terug naar de vaste lijn. 'Shane, ik kan nu niet praten. Dat was Kate op mijn mobieltje; haar vliezen zijn gebroken. Ik moet gaan. Ik bel je later nog.'

Met haar tas en autosleutels in de hand haastte Annabel zich langs Colin heen.

'Waar ga je naartoe?' vroeg hij.

'Kates bevalling is begonnen en ik ga haar naar het ziekenhuis brengen,' zei ze over haar schouder. 'Het avondeten staat in de oven – vergeet niet de kinderen eten te geven.'

'Wij zijn nog niet uitgepraat!' riep Colin haar na.

Ze draaide zich om. 'Ik ben anders wel uitgepraat met jou!' Ze liep terug en bracht haar gezicht tot vlak bij het zijne. 'Ik neem die bedrijfsruimte en ga een koffieshop openen, of je dat nou wilt of niet. En loop me niet voor de voeten; ik moet mijn vriendin naar het ziekenhuis brengen.' Met rammelende autosleutels stoof ze de deur uit.

Colin barstte uit zijn vel van kwaadheid.

'Annabel! Annabel!' riep hij.

Maar ze was al weg.

Kate ging bevallen. Shane legde de telefoon weer neer. Uit Annabels reactie maakte hij op dat Kate hem had willen beschermen. Dacht ze nou echt dat hij haar niet zou willen als ze een kind kreeg van een andere man? Wat was er door haar hoofd gegaan in de tijd dat ze met elkaar waren omgegaan? Hoe goed kende hij haar eigenlijk?

Als hij nu in zijn eentje in zijn appartement bleef zitten, schoot geen van beiden daar iets mee op. Hij moest iets doen; hij wilde een daad stellen. Hij griste zijn autosleutels mee en rende naar zijn auto.

Hij reed alsof zijn leven ervan afhing. Hij had geen idee hoe er op zijn komst zou worden gereageerd, maar wist wel heel zeker dat hij dit moest doen. Hij trapte het gaspedaal van zijn BMW diep in, en de auto bracht hem in no time naar Greenfield Close.

Hij reed de oprit op, sprong de auto uit, liet het portier openstaan, rende naar de voordeur en begon er hard op te bonzen. De deur ging open en aan de andere kant stond David.

'Hai, Shane,' zei hij, terwijl zijn mond openzakte van verbazing. David had zijn opa verwacht. 'Mama is in de keuken.'

Shane stoof naar binnen en trof Kate aan op een stoel met een plas vocht aan haar voeten.

'Shane!' riep ze verrast.

'Ik zat aan de vaste telefoon met Annabel toen jij haar mobiel belde. Kan ik iets doen?'

'Je zou me een lift kunnen geven.' Haar gezicht was vertrokken van spanning en pijn.

'En de jongens dan?'

'Annabel kan wel op ze passen, als ze hier komt.' Kate wendde zich tot haar zoontjes. 'Jongens, jullie mogen alleen opendoen voor Annabel of opa, en dan blijven jullie bij hen tot ik bel, oké?'

David en Ciarán knikten en keken toe hoe Shane hun moeder bij de arm pakte. Hij nam haar logeertas van haar aan. Die had ze ruim van tevoren ingepakt sinds haar dokter haar bij haar laatste controle had gezegd dat ze elk moment kon bevallen; alleen had ze niet verwacht dat het al zo snel zou zijn.

'De instap is een beetje laag,' zei hij terwijl hij Kate in zijn BMW hielp. 'Toen ik hem kocht had ik dit soort situaties niet voorzien.'

Terwijl hij het portier sloot, keek ze glimlachend naar hem op.

Onderweg moest Kate om de haverklap grimassen en kreunen, waarbij Shane haar bezorgd gadesloeg.

'We zijn er bijna,' stelde hij haar gerust, en hij legde zijn hand op haar bovenbeen.

Kate glimlachte zonder iets te zeggen. In haar dromen had ze zichzelf en Shane soms in deze situatie voorgesteld, maar nu het echt gebeurde leek het allemaal volkomen vanzelfsprekend.

Met een schokje kwam de auto tot stilstand voor de hoofdingang van het Rotunda Maternity Hospital.

Shane liep snel om de auto heen om Kate eruit te helpen.

Ze liepen naar het gebouw toe.

'Die kunt u hier niet laten staan,' zei een groezelig mannetje in een groen uniform, wijzend naar Shanes auto.

'Ik kom zo terug,' beet Shane hem toe. 'Ziet u dan niet dat deze vrouw op het punt staat een kind te krijgen?'

Kate had hem nog nooit zo geagiteerd meegemaakt.

De receptioniste rechtte haar rug toen ze naar de opnamebalie liepen.

'Kate Cassaux. Ik ben patiënt van dokter Lennon.'

'Zeker, mevrouw Cassaux. Wilt u dit formulier invullen en gaan zitten, alstublieft?'

Shane was in alle staten. 'Ze is aan het bevallen!' snauwde hij.

'Ze heeft nog tijd genoeg om het formulier in te vullen, gelooft u mij maar,' zei de parmantige kleine receptioniste, terwijl de glimlach om haar lippen vervaagde.

'Het is in orde, Shane,' zei Kate, die een hand op zijn arm legde. 'Met mij komt alles heus wel goed. Ga jij de auto nou maar wegzetten, voordat je een bon krijgt.'

Shane kon er met zijn pet niet bij hoe ze zo kalm kon zijn terwijl ze zulke helse pijnen uitstond. 'Wil je dat ik bij je blijf als ik de auto heb weggebracht?'

'Dat kan ik niet van je vragen,' zei Kate, en met haar grote hertenogen keek ze diep in de zijne.

'Als ik het zelf niet wilde, zou ik het niet aanbieden,' luidde zijn antwoord.

'Goed dan. Maar dan moet je je wel voordoen als de vader. Ze zijn hier erg streng.'

'Ik ben zo terug.'

Hij rende naar buiten, naar zijn auto, en liet Kate achter om de formulieren in te vullen. Hij had geen idee waar hij precies mee bezig was, maar hij wist wel dat dit de plek was waar hij moest zijn.

'En wie heeft je moeder naar het ziekenhuis gebracht?'

'Shane,' antwoordde de tweeling tegelijkertijd.

'Waar is jullie opa?'

'Die komt zo, zei mama.'

'Dan wacht ik wel tot hij er is.' Annabel probeerde Kate nog eens te bellen, maar haar telefoon stond uit. Op dit soort momenten haatte Annabel mobiele telefoons. Het was zo normaal geworden om iedereen altijd en overal maar te kunnen bereiken dat je er razend van werd als er eens niet werd opgenomen.

Annabel zette net de waterkoker aan toen ze een sleutel in het slot hoorde. Het welbekende geluid van zware laarzen en gestage voetstappen klonk door de hal. Door het glaspaneel van de deur heen zag ze Damiens silhouet.

'Annabel!' zei hij verrast toen hij de keuken binnenkwam. 'Waar is Kate?'

'Die is kennelijk al naar het ziekenhuis. We zijn te laat. Shane was als eerste bij haar.'

'Shane?'

Annabel knikte. 'Wil je dat ik op de jongens pas?'

'Nee, het is goed. Ik kan Kate niet bereiken; ze neemt niet op.'

'Ik probeer Shane wel te bellen; hij kan ons vertellen hoe het met haar is,' zei Annabel terwijl ze haar mobieltje pakte en zijn nummer intoetste.

'Hallo?'

Annabel kon aan Shanes stem horen dat hij erg zenuwachtig en gespannen was. 'Ha Shane, met Annabel. Ik ben in Greenfield Close bij de jongens. Wil Kate dat ik naar het ziekenhuis kom?'

'Nee, ik ben hier bij haar. Ik ben al toegelaten en ze laten er nu niemand meer bij. Ik bel je later nog wel.'

Hij klonk gespannen, maar wel alsof hij de situatie in de hand had, en Annabel was erg opgelucht dat Kate iemand bij zich had die altijd goed voor haar was geweest. Ze zette haar mobieltje op de speaker, zodat Damien kon meeluisteren.

'Damien is hier ook. Hij blijft bij de jongens.'

'Oké, Annabel. Dat zal ik tegen Kate zeggen. Ze wordt op dit moment onderzocht. De hoofdzuster kijkt me nu vuil aan omdat ik mobiel zit te bellen, dus ik kan maar beter ophangen.'

'Zeg maar tegen Kate dat ze zich over het thuisfront geen zorgen hoeft te maken.' Annabel hing op en keek naar Damien. 'Heb je het allemaal kunnen volgen?'

Hij knikte. 'Ik hoop maar dat het goed met haar komt.'

'Jij kent Kate beter dan ik. Ze redt het wel,' stelde Annabel hem gerust. 'Zin in een kopje thee?'

'Mmm.' Hij voelde zich hulpeloos. Stiekem had hij gehoopt dat hij van Kate bij de bevalling had mogen zijn. Zijn taak was nu om voor haar te zorgen. Ze mocht dan voor de buitenwereld een sterke en onafhankelijke vrouw zijn, maar ze zou altijd zijn kleine meisje blijven. 'Niet te geloven dat het kind al zo snel komt.' Zijn gezicht stond zorgelijk.

'Zo gaat dat soms. Maar ze is in goede handen.'

Annabel ging aan de keukentafel zitten en Damien liet zich op de stoel naast haar neerzakken.

'Damien, ik heb nog eens nagedacht over de koffieshop.'

'Ja?'

'Het lijkt me een geweldige kans. Ik heb het er met Kate over gehad, en allebei kwamen we tot de conclusie dat ik gewoon bang ben om de sprong te wagen.'

Damien schudde zijn hoofd. 'Er is niets om bang voor te zijn. Wat kan er nou gebeuren?'

Annabel kon wel het een en ander bedenken – en in de meeste scenario's speelde Colin de hoofdrol. 'Je hebt gelijk, dat weet ik wel. Maar ik heb nog nooit eerder zoiets gedaan.'

'Ik heb alle vertrouwen in je,' stelde Damien haar gerust.

Colin had in al die jaren dat ze getrouwd waren nog nooit zoiets gezegd. Het enige wat hij had gedaan was keer op keer haar zelfvertrouwen ondermijnen, totdat ze alleen nog maar zijn echtgenote en de moeder van hun kinderen kon zijn, en zelfs voor die taken kon er bij hem nooit een complimentje af.

'Ik heb al eerder tegen Colin gezegd, voordat Kate belde, dat ik heb besloten alsnog op je aanbod in te gaan.'

Aangenaam verrast ging Damien rechtop op zijn stoel zitten. 'Echt waar?'

Ze knikte. 'Volgens mij is het nu of nooit.'

'Wat goed van je! Het kan niet misgaan,' zei Damien met een brede glimlach.

Annabel kreeg ineens alle vertrouwen in zichzelf. Damien gaf haar het gevoel dat ze speciaal was en kon zijn wat ze maar wilde. Een heel nieuwe wereld doemde voor haar op.

Kate lag te zwoegen en te zweten. Na twaalf jaar was ze helemaal vergeten hoe het was om een kind ter wereld te brengen, maar nu kwam alles weer terug.

'Je doet het geweldig,' zei Shane, die zo hard in haar hand kneep dat hij haar bijna net zo veel pijn deed als de wee die door haar heen trok.

De anesthesist kwam aanlopen, een lange, nonchalante man, die meer op een vriendelijke dorpsdokter of een dierenarts leek.

'Zo, hoe gaat het hier?' vroeg hij monter.

'Ik probeer me erdoorheen te slaan.' Kate kromp plots in elkaar.

'Als je het kunt uithouden, ben je zonder ruggenprik sneller weer de oude. Hoeveel centimeter ontsluiting heb je?'

'Een uur geleden was het vier,' hijgde Kate, terwijl er een volgende pijnscheut door haar buik trok. 'Ik probeer het wel op eigen kracht.'

'Kate, moet je niet alle hulp met beide handen aangrijpen?' opperde Shane.

'Een echte vader,' grijnsde de anesthesist. 'Maar het is nu te laat om spijt te hebben! Nou, ik kom straks nog wel even kijken of je van gedachten bent veranderd, maar wacht er dan niet te lang meer mee.'

Hij liep de verloskamer uit en liet Kate en Shane alleen.

'Ik hoop dat je het niet erg vindt,' zei Kate tussen de weeën door.

'Wat?'

'Dat je moet doen of je de vader bent.'

'Natuurlijk niet!' Shane slikte moeizaam en keek Kate diep in de ogen. 'Ik vind het alleen maar jammer dat ik dat niet ben.'

Kate kreeg tranen in haar ogen. 'Dank je, Shane.'

'Waarom heb je me de waarheid niet verteld? Ik heb me suf ge-piekerd om erachter te komen waarom je me had afgewezen. Je hebt geen idee hoe moeilijk ik het daarmee heb gehad.'

Kate schokte plotseling heen en weer en slaakte een kreet van pijn.

'Sorry, Kate! Ik mag je niet zo van streek maken!'

'Het komt niet door jou!' riep ze uit. 'Het is de baby, verdomme!'

Zenuwachtig keek Shane om zich heen. 'Moet ik de vroedvrouw gaan halen?'

Kate knikte verwoed.

Shane rende naar de grote zaal en greep de dichtstbijzijnde vrouw bij haar lichtgroene uniform. 'Ze heeft verschrikkelijke pijn. Kunt u alstublieft meekomen?'

De vroedvrouw haastte zich naar de verloskamer. Ze onder-zocht Kate en glimlachte breed toen ze de dunne rubber hand-schoen terugtrok. 'Negen centimeter al, Kate. Het duurt nu niet lang meer.'

Met de mouw van zijn shirt veegde Shane over zijn voorhoofd. Hij had geen idee gehad dat een bevalling zo slopend kon zijn.

'Het mooiste moet nog komen, papa!' zei de vroedvrouw met een grijns naar de ontzette Shane.

Twintig minuten later lag Kate ingestopt in een ziekenhuisbed met een bundeltje in een blauw dekentje in haar armen.

'De roze dekentjes schijnen vanavond erg in trek te zijn. Maar ze vindt het vast niet erg,' had de verpleegster met een glimlach ge-zegd.

Shane zat vlak bij Kate in de zwartleren fauteuil en staarde ver-wonderd naar het roze gerimpelde gezichtje dat knipperend naar haar moeder opkeek.

'Ze heeft jouw haar,' zei de vroedvrouw tegen Kate, wijzend naar de dikke donkere haardos op het hoofdje van het kleine meisje. 'Hebben jullie al een naam?'

'Ik heb Molly altijd leuk gevonden voor een meisje,' zei Shane, terwijl hij zich naar Kate toe draaide om haar aan te kijken.

Kate was helemaal overweldigd door alle gebeurtenissen. Wat leek dit allemaal onwerkelijk. Het was net of Shane echt de vader was en ze nu een compleet gezin vormden.

'Dat is een mooie naam,' beaamde Kate. 'Ik had nog helemaal niet over namen nagedacht. Ik was zo bang dat er na de bloeding iets mis zou gaan.'

'Maar je hebt een mooie, gezonde baby gekregen,' zei de verpleegster terwijl ze de deur uit liep en hen eindelijk alleen liet.

'Dank je wel, Shane. Sorry dat je dit hebt moeten meemaken.' Eindelijk drong ten volle tot haar door wat ze samen allemaal hadden doorstaan.

'Zeg dat niet, alsjeblieft. Ik wilde hier heel graag zijn.'

'Wat een avond, hè?'

'Ik had geen idee wat het inhield om een nieuw leven op de wereld te zetten. Je hebt het geweldig gedaan.'

Kate voelde zich dichter bij Shane staan dan ooit tevoren in haar leven. Nu ze zo op bed lag, met haar dochtertje in haar armen, kon ze haar tranen niet meer bedwingen.

'Ik hou van je, Shane!'

Hij legde zijn hand op haar voorhoofd en streek de lokken vochtig haar die aan haar huid plakten naar achteren. Hij boog zich voorover en drukte zijn lippen even zachtjes op de hare; ze smaakten als zoet zout.

'Kom dan bij me.'

Kate knipperde met haar ogen. Ze kon het bijna niet geloven. *Was het allemaal maar zo eenvoudig.*

'Ik ben niet alleen. We zijn met z'n drieën – ik bedoel met z'n vieren, met de baby erbij.'

Vol verlangen keek Shane Kate in de ogen. Het grote moment was dan toch eindelijk gekomen. Van nu af aan zou zijn leven compleet zijn. Hij zou samen zijn met zijn zielsverwante en zou haar nooit meer laten gaan.

'Dan ben ik een geluksvogel die een kant-en-klaar gezin krijgt! Jij bent voor mij altijd de ware geweest, Kate.'

De baby in Kates armen maakte wat pruttelgeluidjes en stak

haar handje uit, tot dat Shanes hand raakte.

'Wil jij haar even vasthouden?' vroeg Kate.

'Jawel,' zei Shane, en hij pakte de ingebakerde baby aan en nam haar voorzichtig in zijn armen.

De baby opende haar oogjes en leek naar hem op te kijken.

'Zal ik je eens wat zeggen?' zei Shane.

'Nou?'

'Volgens mij wordt het een echt vaderskindje!'

'Dat was Shane,' zei Annabel met een glimlach, en ze klapte haar mobieltje dicht. 'Je hebt een gezonde kleindochter gekregen!'

Damien stond op van de bank en stapte bij dat opwindende nieuws snel naar Annabel toe.

'Moeten we de jongens wakker maken?'

'Is het niet wat laat voor ze?' zei Annabel met een blik op haar horloge. Het was half een en ze moesten de volgende dag naar school.

'Misschien wel, ja. We laten ze wel slapen en dan ga ik morgenmiddag met ze naar het ziekenhuis,' antwoordde Damien met een knikje. 'Zullen we iets drinken om het te vieren? Ik geloof dat ik achter in die kast in de hoek nog een fles champagne heb staan.'

Hij draaide zich om naar de drankkast en haalde een fles Bollinger tevoorschijn.

'Eigenlijk zou ik het niet moeten doen,' zei Annabel schuchter. 'Ik moest maar eens opstappen.' Het was al heel laat. De afgelopen paar uur had ze intens genoten van Damiens gezelschap. Wat had ze hem gemist!

'Zullen we hem dan maar koud zetten en morgenavond opdrinken, nadat we de papieren voor ons nieuwe bedrijf hebben getekend?'

'O, Damien!' riep Annabel uit. Nu zou haar eigen zaak er echt van gaan komen. Haar gezicht klaarde op. 'Ik zie het helemaal zitten. En ik ben zo blij voor Kate! Denk je dat het weer wat wordt tussen Shane en haar?'

'Na wat ze net hebben meegemaakt zou ik denken van wel, jij niet?'

Verlegen boog Annabel haar hoofd. Haar eigen ware jakob zat maar een paar centimeter van haar af. Kon ze maar tegen hem zeggen wat ze voor hem voelde.

Damien schoof dichter naar haar toe, tot hij bijna boven op haar zat. 'Ze verdient het om gelukkig te zijn. Dat verdienen we allemaal!'

Het was nu of nooit. Als hij Annabels signalen goed had opgevangen, dacht zij er net zo over als hij. Annabel keek op, recht in de ogen van Damien, die haar blik niet meer losliet. Geen van beiden kon een woord uitbrengen. Er zat te veel ruimte tussen hen; ze moesten nog dichter bij elkaar komen. Damien stak zijn hand uit en streek zachtjes een lok blond haar uit haar gezicht. Heel even raakte zijn vinger haar wang. Ze pakte zijn hand en drukte die tegen haar gezicht, waarna ze haar hoofd een stukje draaide, zodat ze een zachte kus op zijn handpalm kon drukken. Ineens waren ze weer terug in de scheepshut op een woeste zee.

'We hebben nu geen storm die ons kan beschermen,' zei hij. 'Zijn we er klaar voor?'

Annabel knikte toen Damien zich naar voren boog en haar honingzoete lippen proefde.

Epiloog

Vier jaar later

Kate zat voor de spiegel terwijl Annabel de laatste hand legde aan haar make-up.

'Je ziet er prachtig uit.'

'Dankzij jou,' zei Kate, die haar met gloss bedekte lippen over elkaar wreef. 'Waar is Molly gebleven?'

Annabel wees naar de slaapkamerdeur. 'Die rent het hele huis door om iedereen te vertellen dat ze een prinses is.'

'Zolang ze de baby maar met rust laat!'

'Ze is dol op hem. Ik hoorde haar laatst zeggen dat hij niet haar broertje, maar haar baby was, terwijl ze hem in haar kinderwagentje probeerde te leggen.'

'Ze is verwend tot op het bot, en een echt vaderskindje.'

'Net als haar moeder!'

'En haar moeders beste vriendin.'

Annabel lachte luidkeels. Haar relatie met Damien was langzaam op gang gekomen, maar nu ze een echt stel waren, was iedereen blij.

'Zenuwachtig?'

'Alleen de gebruikelijke trouwdagkriebels,' grijnsde Kate. 'Ik hoop maar dat alles goed gaat.'

'Driemaal is scheepsrecht!'

'Ik weet dat het klinkt als een cliché, maar het voelt alsof het de eerste keer is.'

'Dat klinkt helemaal niet als een cliché,' zei Annabel met een brede glimlach. 'Je doet nu alleen maar wat je al jaren geleden had moeten doen.'

Kate knikte. 'Annabel?'

'Ja?' antwoordde ze terwijl ze het haar van haar beste vriendin vastspeldde.

'Begint het nou ook tot jou door te dringen?'

'Wat?' Annabel keek haar vriendin in de spiegel nog steeds niet aan.

'Dat er grote kans is dat jij op een dag mijn stiefmoeder wordt?'

Annabel glimlachte. Damien en zij wilden hun nieuws voor zich houden tot Kate en Shane terug waren van hun huwelijksreis.

Dankwoord

Ik had niet beseft hoe moeilijk dit zou worden, maar daar gaat-ie dan...

Dank aan Paula Campbell en iedereen bij Poolbeg, omdat jullie het mogelijk hebben gemaakt mijn boek in druk te laten verschijnen, en speciale dank aan Gaye Shortland, die het zo veel leesbaarder heeft gemaakt voor alle andere mensen die het lezen; jouw goede humeur en enthousiasme werken aanstekelijk.

Dank aan mijn vrienden die – hoofdstuk na hoofdstuk – zich door allerlei versies heen hebben moeten ploegen, met name aan Clodagh, Suzanne, Niamh, Jill, Susan, Maria en Sarah. Jullie hadden een blind vertrouwen in me, meiden, waarvoor dank!

Dank aan de leden van de SLC-club – de champagne is voor mijn rekening, jongens. Bedankt voor de geweldige avonden met vele flessen merlot. Speciale dank aan mijn vriendin Catherine Whiteside, die bereid was met me door de straten van Biarritz te sjouwen.

Dank aan June Considine – bedankt voor je geweldige steun en goede raad toen ik een tijd geleden het besluit nam om schrijfster te worden. Aan Joy Lennon en Angela Forte, die me helpen mijn lichaam en chakra's in het gareel te houden tijdens alle stadia die nodig waren om hier uit te komen. Dank aan Juliet Bressan omdat ze me heeft geholpen met de 'wetenschappelijke' gedeelten.

Dank aan mijn ouders, Pauline en Jim – zonder jullie zou ik hier niet zijn! Jullie inspireren me allebei en zijn een onuitputtelijke bron van hulp en steun.

Tot slot dank aan mijn man Brian – dank je wel dat je al die eindeloze uren dat ik aan mijn laptop gekluisterd zat hebt weten te verduren, en voor het gedenkwaardige glas whisky toen ik eindelijk mijn eerste roman af had. Dank aan Mark en Nicole – mijn prachtige kinderen en muzen. Als jullie er niet waren geweest, had ik nooit een letter op papier gekregen!